Isaac Bashevis Singer

Massel & Schlamassel und andere Kindergeschichten

Aus dem Amerikanischen
übersetzt von
Gertrud Baruch, Irene Rumler,
Rolf Inhauser und Hildegart Krahé

Carl Hanser Verlag

Titel der Originalausgabe
Stories for Children

Für die Genehmigung zum Abdruck der Übersetzungen
von Irene Rumler (aus *Der Geschichtenerzähler*)
danken wir dem Verlag Thienemann, Stuttgart
von Rolf Inhauser (aus *Zlateh die Geiß* und
Als Schlemihl nach Warschau ging)
dem Verlag Sauerländer, Aarau und Frankfurt am Main
von Hildegart Krahé (aus *Noahs Taube*)
dem Gerstenberg Verlag, Hildesheim
Die deutschen Umschreibungen für die jiddischen Namen
wurden in dieser Ausgabe vereinheitlicht

ISBN 3-446-14368-8

Satz: Janß, Pfungstadt
Druck und Bindung: Franz Spiegel Buch GmbH, Ulm
Printed in Germany

Vorwort

Ich hätte nie geglaubt, daß ich für Kinder schreiben könnte. Ich hatte immer den falschen Eindruck, daß diejenigen, die für Kinder schreiben, keine richtigen Schriftsteller seien, und diejenigen, die solche Bücher illustrieren, keine richtigen Maler. Als Kind habe ich die Märchen der Gebrüder Grimm gelesen und habe sie geliebt. Ich vergesse nie, wieviel Freude es mir gemacht hat, eine jiddische Ausgabe der Sherlock-Holmes-Geschichten von Conan Doyle zu lesen. Trotzdem kam mir nie der Gedanke, für Kinder zu schreiben. Aber Verlagslektoren wissen oft mehr über Schriftsteller als diese selbst. Die betreffende Lektorin, Elizabeth Shub, war überzeugt, daß ich für Kinder schreiben könnte, und ließ sich durch nichts, was ich einzuwenden hatte, von dieser Überzeugung abbringen. Sie ließ einfach nicht locker, und schließlich schrieb ich die Geschichten, die in dem Band *Zlateh die Geiß und andere Geschichten* sowie in einem Dutzend anderer Kinderbücher erschienen sind. Viele dieser Geschichten wurden von Elizabeth Shub und mir ins Englische übersetzt.

Die vorliegende Auswahl aus meinen Kindergeschichten ist mir besonders wichtig. Obzwar ich Kinderbuchillustrationen liebe und obwohl sie in vielen Fällen einen wertvollen Beitrag zu den Geschichten darstellen, glaube ich nach wie vor, daß die Kraft des Wortes das beste Medium ist, um unsere jungen Leser zu informieren und zu unterhalten. Die meisten Geschichten, die ich als Junge las, waren nicht illustriert. Und natürlich hatten die biblischen Geschichten, die ich damals las und später immer wieder gelesen habe, keine Illustrationen. Im vorliegenden Band wende ich mich also allein mit dem geschriebenen Wort an meine jungen Leser. Ich glaube nach wie vor, daß am Anfang der *logos* war, die Kraft des Wortes.

New York, 1984
I.B.S.

Massel
&
Schlamassel
und
andere
Kindergeschichten

Die Ältesten von Chelm und Genendels Schlüssel

Wie man weiß, wurde Chelm vom Gemeindeältesten und von den sechs Dorfältesten regiert, allesamt Narren. Der Gemeindeälteste hieß Gronam Ochs. Die Dorfältesten waren Lekisch Dämlich, Zeinwel Trottel, Treitel Tor, Sender Simpel, Schmendrick Knallkopf und Feiwel Blödel. Gronam Ochs war der Allerälteste. Er trug einen weißen gelockten Bart und hatte eine hohe Stirn vom vielen Denken.

Weil Gronam ein großes Haus bewohnte, trafen sich die Dorfältesten gewöhnlich bei ihm. Ab und zu brachte ihnen Gronams Frau Genendel Tee, Kuchen und Marmelade.

Gronam wäre ein glücklicher Mensch gewesen, wenn ihm Genendel nicht jedesmal, nachdem die Ältesten gegangen waren, vorgeworfen hätte, er rede Unsinn. Nach ihrer Meinung war ihr hochgeachteter Mann ein Simpel, ein Einfaltspinsel.

Nach so einem Streit sagte Gronam einmal zu seiner Frau: »Was nützt es, wenn du immer dann meckerst, nachdem die Dorfältesten schon gegangen sind! Komm in Zukunft ins Zimmer, wenn du mich etwas Dummes reden hörst, und sag es mir. Ich werde dann sofort von etwas anderem sprechen.«

»Na, aber ich kann dir doch nicht vor den Dorfältesten sagen, daß du Unsinn redest. Wenn sie erfahren, daß du ein Dummkopf bist, wirst du die längste Zeit der Gemeindeälteste gewesen sein.«

»Wenn du schon so schlau bist, dann denk dir was aus«, knurrte Gronam.
Genendel dachte einen Augenblick nach, dann rief sie: »Ich hab's.«
»Na?«
»Wenn du was Blödes sagst, komm ich rein und geb dir den Schlüssel von unserem Geldschrank. Dann weißt du, daß du wie ein rechter Narr geredet hast.«
Gronam war von dem Einfall seiner Frau so entzückt, daß er in die Hände klatschte und sagte: »Frau, du wirst noch so gescheit werden wie ich.«
Ein paar Tage später trafen sich die Dorfältesten wieder in Gronams Haus. Diesmal sprach man über Schawuot – einen Festtag, an dem viel saurer Rahm gebraucht wurde. Den sauren Rahm aß man zu Plinsen. In diesem Jahr gab es kaum sauren Rahm, weil der Frühling recht trocken gewesen war und die Kühe wenig Milch gaben.
Die Dorfältesten wühlten in ihren Bärten und rieben sich die Stirn, ein Zeichen dafür, daß sie angestrengt nachdachten. Aber keiner kam darauf, wie man genug sauren Rahm für den Festtag beschaffen könnte.
Plötzlich schlug Gronam mit der Faust auf den Tisch und rief: »Ich hab's!«
»Na, was?«
»Also, wir machen ein Gesetz. Wasser soll in Zukunft saurer Rahm heißen, und saurer Rahm soll Wasser heißen. Und weil die Brunnen von Chelm voller Wasser sind, wird jede Hausfrau ein Faß voll sauren Rahm haben.«
»Was für eine prächtige Idee!« rief Sender Simpel.
»Ein Geniestreich!« kreischte Zeinwel Trottel.

»Nur Gronam Ochs kann sich so was Wunderbares ausdenken«, staunte Lekisch Dämlich.
Treitel Tor, Schmendrick Knallkopf und Feiwel Blödel meinten das auch. Der Gemeindeschreiber, Feiwel Blödel, nahm Feder und Papier zur Hand und schrieb das neue Gesetz auf. Von Stund an hieß Wasser saurer Rahm, und saurer Rahm hieß Wasser.

Als die Dorfältesten die Gemeindegeschäfte erledigt hatten, sprachen sie über gewöhnlichere Dinge.
Gronam sagte: »Letzte Nacht hab ich kein Auge zugetan. Ich mußte darüber nachdenken, warum es im Sommer warm ist. Schließlich hab ich's doch herausgefunden.«
»Na, warum?« fragten die Dorfältesten.
»Weil den ganzen Winter über alle Öfen in Chelm geheizt werden. Und diese Hitze bleibt in Chelm. Das macht den Sommer warm.«
Die Ältesten nickten, nur Lekisch Dämlich nicht. Er fragte: »Aber warum ist es dann im Winter kalt?«
»Das ist doch klar«, antwortete Gronam. »Im Sommer werden die Öfen nicht geheizt, so bleibt keine Hitze übrig für den Winter.«
Die Dorfältesten waren wieder einmal begeistert von Gronams großer Erfahrung. Nach so heftiger geistiger Anstrengung schauten sie zur Tür, wo Genendel mit Tee, Kuchen und Marmelade erscheinen mußte. Sie kam herein, aber sie brachte statt des Tabletts einen Schlüssel, den sie ihrem Mann gab, und sagte: »Gronam, hier ist der Schlüssel zu unserem Geldschrank.«

Gerade heute war Gronam davon überzeugt, nur klug gesprochen zu haben. Aber da stand Genendel mit dem Schlüssel in der Hand, ein sicheres Zeichen dafür, daß er wie ein Narr geredet haben mußte. Er wurde fuchsteufelswild und fragte die Dorfältesten: »Sagt mir, hab ich so närrisches Zeug geredet, daß mir mein Weib den Schlüssel zu unserem Geldschrank bringen muß?«
Die Ältesten erstaunte die Frage; so erklärte ihnen Gronam, was er mit Genendel vereinbart hatte, nämlich, daß sie ihm den Schlüssel geben sollte, sobald er wie ein Idiot redete.
»Aber heute, habe ich heute nicht in höchster Weisheit gesprochen? Ihr seid meine Richter.«
Die Dorfältesten waren wütend auf Genendel. Feiwel Blödel sagte, was alle dachten: »Wir sind die Dorfältesten von Chelm, und wir verstehen alles. Eine Frau kann uns nicht sagen, was klug ist und was dumm.«
Dann beredeten sie die ganze Sache und machten ein neues Gesetz: Wann immer Genendel glaubte, ihr Mann rede wie ein Narr, dann sollte sie hereinkommen und den Ältesten den Schlüssel geben. Wenn auch sie der Meinung waren, würden sie Gronam sagen, er solle von etwas anderem reden. Stimmten sie ihr aber nicht zu, dann mußte sie eine doppelte Portion Tee, Kuchen und Marmelade bringen und außerdem noch drei Plinsen für jeden Weisen.
Feiwel Blödel brachte das neue Gesetz sogleich zu Papier und drückte das Siegel von Chelm auf, das einen Ochsen mit sechs Hörnern zeigt.
Von Stund an konnte Gronam reden, wie ihm der Schnabel gewachsen war, denn Genendel war ein

arger Geizhals. Kein einziges Mal kam sie mit dem Schlüssel, denn es hätte ihr gar nicht gepaßt, wenn sich die Dorfältesten mit ihren vorzüglichen Plinsen vollgestopft hätten.

An diesem Schawuot mangelte es nicht an »saurem Rahm« in Chelm, aber ein paar Hausfrauen jammerten darüber, daß sie so wenig »Wasser« hätten. Das aber war ein neues Problem, das nach dem Festtag gelöst werden mußte.

Gronam Ochs wurde in der ganzen Welt berühmt als der Weise, der es durch ein Gesetz geschafft hatte, daß in Chelm viele Brunnen und ein ganzer Fluß sauren Rahm führten.

Eine Geschichte von drei Wünschen

FRAMPOL. So hieß das Städtchen. Es hatte alles, was ein Städtchen haben sollte: ein Bethaus, ein Lernhaus, ein Armenhaus, einen Rabbi und ein paar hundert Einwohner. Jeden Dienstag war in Frampol Wochenmarkt, da kamen die Bauern aus den kleinen Dörfern, um Korn, Kartoffeln, Hühner, Kälber, Honig zu verkaufen und um Salz, Kerosin, Schuhe, Stiefel und alles, was ein Bauer sonst noch braucht, einzukaufen.

In Frampol wohnten drei Kinder, die oft miteinander spielten: Schloma (oder Salomon), sieben Jahre alt; seine Schwester Esther, sechs Jahre alt; und sein Freund Mosche, der ungefähr gleichaltrig mit Schloma war.

Schloma und Mosche gingen in dieselbe Schule, den Cheder, und dort erzählte ihnen jemand, daß sich an Hoschana Rabba, dem letzten Tag des Laubhüttenfestes, spät in der Nacht der Himmel auftue. Wer das geschehen sehe, habe eine Minute Zeit, um sich etwas zu wünschen, und dieser Wunsch werde auf jeden Fall in Erfüllung gehen.

Schloma, Mosche und Esther sprachen oft darüber. Schloma sagte, er würde sich wünschen, so weise und reich wie König Salomo, sein Namensvetter, zu werden. Mosche wäre gern so gelehrt in Glaubensdingen geworden, wie es der berühmte Rabbi Mosche Maimonides gewesen war. Und Esther wollte gern so schön wie die Königin Esther sein.

Nach langem Hin und Her beschlossen die drei Kinder, an Hoschana Rabba die ganze Nacht wachzubleiben und, wenn der Himmel sich auftat, ihre Wünsche auszusprechen.
Kinder müssen zeitig zu Bett gehen, aber diese drei blieben wach, bis ihre Eltern eingeschlafen waren. Dann schlichen sie sich aus dem Haus und trafen sich im Hof der Synagoge, um auf das wundersame Ereignis zu warten.
Es war ein recht abenteuerliches Unternehmen. Der Mond schien nicht, und die Nacht war kalt. Die Kinder hatten schon oft gehört, daß draußen Dämonen lauern, die sich auf jeden stürzen, der sich in einer stockdunklen Nacht ins Freie wagt. Und es wurde auch von Leichnamen gemunkelt, die nach Mitternacht in der Synagoge beten und aus der heiligen Torarolle vorlesen. Wenn jemand zu später Stunde an der Synagoge vorbeiginge, könnte es passieren, daß ihn die Toten ans Vorlesepult riefen – ein schauerliches Erlebnis! Aber Schloma und Mosche hatten Gebetsmäntel angelegt, und Esther hatte sich zwei Schürzen umgebunden, eine vorn und eine hinten. Damit sollten die bösen Mächte abgewehrt werden. Trotzdem hatten die Kinder Angst. Eine Eule schrie. Man hatte Esther erzählt, nachts flögen Fledermäuse umher, und wenn sich eine in den Haaren eines Mädchens verfinge, würde es binnen einem Jahr sterben. Esther hatte sich ein Tuch um die Haare gebunden.
Eine Stunde verging, zwei Stunden, drei – und der Himmel hatte sich immer noch nicht aufgetan. Die Kinder wurden müde und hungrig. Plötzlich blitzte es, und der Himmel tat sich auf. Die Kinder erblickten Engel, Seraphim, Cherubim, feurige

Triumphwagen und die Himmelsleiter, die Jakob im Traum gesehen hatte – mitsamt den hinauf- und hinabsteigenden geflügelten Engeln, genau wie es in der Bibel geschrieben steht. Das alles geschah so plötzlich, daß die Kinder ihre Wünsche vergaßen.
Esther sagte als erste etwas. »Ich hab' Hunger. Wenn ich doch eine Plinse hätte!«
Und sofort sahen die Kinder eine Plinse vor sich.
Als Schloma merkte, daß seine Schwester ihren Wunsch an etwas so Unwichtiges wie eine Plinse verschwendet hatte, wurde er zornig und rief: »Du dummes Mädchen, ich wollte, du wärst selber eine Plinse!«
Im Nu verwandelte sich Esther in eine Plinse. Nur ihr Gesicht lugte blaß und angstvoll aus dem Teig hervor.
So lange Mosche zurückdenken konnte, hatte er Esther lieb gehabt. Als er sah, daß seine geliebte Esther in eine Plinse verwandelt worden war, geriet er in schreckliche Verzweiflung. Jetzt war keine Zeit zu verlieren. Die Minute war schon fast vorbei. Mosche rief: »Ich möchte, daß Esther wieder so ist, wie sie war!«
Und so geschah es.
Im nächsten Moment schloß sich der Himmel wieder.
Als den Kindern klar wurde, wie töricht sie ihre Wünsche vergeudet hatten, begannen sie zu weinen. Es war stockdunkel geworden, und sie konnten den Heimweg nicht finden. Sie schienen sich in einem fremden Ort verlaufen zu haben. In Frampol gab es keine Berge, doch die Kinder stiegen einen Berg hinauf. Sie wollten umkehren, aber ihre Füße gingen wie von selbst bergaufwärts. Dann

tauchte ein alter Mann mit einem weißen Bart vor ihnen auf. In der einen Hand hatte er einen Stock, in der anderen eine Laterne, in der eine Kerze brannte. Sein Gewand war mit einer weißen Schärpe gegürtet. Es war sehr windig, aber die Kerze flackerte nicht.
Der Alte fragte: »Wohin geht ihr? Und warum weint ihr?«
Schloma sagte ihm die Wahrheit: daß sie die ganze Nacht aufgeblieben waren und daß sie ihre Wünsche vergeudet hatten.
Der Alte schüttelte den Kopf. »Ein guter Wunsch ist nie vergeudet.«
»Vielleicht haben uns die Dämonen verwirrt, damit wir unsere Wünsche vergessen«, sagte Mosche.
»In der heiligen Nacht von Hoschana Rabba haben die Dämonen keine Macht.«
»Warum hat uns dann der Himmel einen so üblen Streich gespielt?« fragte Esther.
»Der Himmel spielt keine Streiche«, erwiderte der Alte. »*Ihr* habt versucht, dem Himmel einen Streich zu spielen. Niemand wird ohne Erfahrung klug, niemand kann ohne zu lernen ein Gelehrter werden. Du, kleines Mädchen, bist bereits sehr hübsch, aber zur Schönheit des Körpers muß auch die Schönheit der Seele kommen. Kein Kind kann die Liebe und Treue einer Königin besitzen, die bereit war, ihr Leben für ihr Volk hinzugeben. Weil ihr drei euch zu viel gewünscht habt, habt ihr gar nichts bekommen.«
»Was sollen wir jetzt tun?« fragten die Kinder.
»Geht nach Hause und versucht, euch durch Anstrengung das zu verdienen, was ihr allzu schnell bekommen wolltet.«

»Wer seid Ihr?« fragten die Kinder, und der Alte erwiderte: »Dort oben nennt man mich ›Wächter in der Nacht‹.«

Sobald er das ausgesprochen hatte, befanden sich die Kinder wieder im Hof der Synagoge. Sie waren so erschöpft, daß sie, als sie wieder daheim waren und den Kopf aufs Kissen legten, sofort einschliefen. Sie erzählten niemandem, was sie erlebt hatten. Es blieb ihr Geheimnis.

Jahre vergingen. Schloma war immer wißbegieriger geworden. Er erwies sich als so begabt und las so viele Bücher über Geschichte, Handel und Finanzwesen, daß er Berater des Königs von Polen wurde. Man nannte ihn den »ungekrönten König« und den »König Salomo von Polen«. Er heiratete die Tochter eines bedeutenden Mannes und wurde wegen seiner Weisheit und Mildtätigkeit berühmt.

Mosche hatte sich stets vor allem für Glaubensdinge interessiert. Die Bibel und den Talmud konnte er fast auswendig. Er verfaßte viele religiöse Bücher und wurde als der »Maimonides unserer Zeit« bekannt.

Esther wurde eine junge Dame, die nicht nur schön, sondern auch gebildet und sehr tugendhaft war. Viele junge Männer aus reichen Familien schickten Heiratsvermittler zu Esthers Eltern, um sie um die Hand ihrer Tochter zu bitten, doch Esther liebte nur Mosche, genau wie Mosche nur Esther liebte.

Als der alte Rabbi von Frampol starb, wurde Mosche zu seinem Nachfolger ernannt. Ein Rabbi muß eine Frau haben, und Rabbi Mosche heiratete Esther.

Ganz Frampol nahm am Hochzeitsfest teil. Schloma, der Bruder der Braut, kam in einer sechsspännigen Kutsche zur Hochzeit seiner Schwester. Vor und hinter der Kutsche ritten Stallknechte. Die Musik spielte, es wurde getanzt, und das junge Paar bekam viele Geschenke. Spät in der Nacht wurde der Bräutigam und dann jeder Gast zum Tanz mit der Braut aufgerufen, wobei diese nach alter Sitte das eine Ende ihres Taschentuchs und der Tanzpartner das andere Ende in der Hand hielt. Als jemand fragte, ob alle mit der Braut getanzt hätten, sagte der Hochzeits-Spaßmacher: »Ja, alle außer dem Nachtwächter.« Bei diesen Worten tauchte aus dem Nirgendwo ein alter Mann auf, der in der einen Hand einen Stock und in der anderen eine Laterne hatte und der mit einer weißen Schärpe gegürtet war. Die Braut, ihr Bruder und der Bräutigam erkannten den Alten wieder, sagten aber kein Wort. Er ging auf die Braut zu, stellte die Laterne auf eine Bank, legte den Stock daneben und begann dann, mit der Braut zu tanzen, während die anderen verwundert zusahen. Niemand hatte diesen alten Mann je zuvor gesehen. Die Musikanten hörten zu spielen auf. Es wurde so still, daß man das Zischen der Kerzen und von draußen das Zirpen der Heuschrecken hören konnte. Dann nahm der Alte seine Laterne, überreichte sie Rabbi Mosche und sagte: »Dieses Licht soll dir den Weg in die Tora weisen.« Seinen Stock überreichte er Schloma mit den Worten: »Dieser Stock soll dich vor deinen Feinden schützen.« Zu Esther, die seine weiße Schärpe erhielt, sagte er: »Diese Schärpe soll dich für immer an dein Volk und seine Bedrängnis binden.«

Nach diesen Worten verschwand der Alte.

In den folgenden Jahren geschah es oft, daß die

Juden zu Esther kamen und sie baten, sich bei den Herrschern des Landes für sie einzusetzen. Sie band sich dann jedesmal die weiße Schärpe um und versäumte es nie, ihrem Volk zu helfen. Jedermann nannte sie »Königin Esther«.
Immer wenn es Rabbi Mosche schwerfiel, irgendeine Einzelheit des Gesetzes zu verstehen, öffnete er den Schrein, in dem die Laterne mit dem ewigen Licht stand, und sogleich wurde ihm alles klar. Wenn Schloma in Schwierigkeiten geriet, nahm er den Stock in die Hand, und sogleich waren seine Gegner machtlos.
Alle drei erreichten ein hohes Alter. Erst kurz vor seinem Tod enthüllte Rabbi Mosche den Leuten von Frampol, was damals in der Nacht von Hoschana Rabba geschehen war. Er sagte: »Für alle, die willens sind, sich anzustrengen, hält die Zukunft große Wunder und herrliche Schätze bereit. Für sie sind die Tore des Himmels immer offen.«

Die ausgelöschten Lichter

Es war Brauch, die Chanukkakerzen nicht in der Synagoge oder im Lernhaus sondern daheim anzuzünden, aber ein Lernhaus in Bilgoraj bildete eine Ausnahme. Der alte Reb Berisch wohnte gewissermaßen in diesem Lernhaus. Er betete dort und studierte die Mischna; er aß dort und schlief sogar manchmal auf der Bank beim Ofen. Er war der älteste Mann im Städtchen. Er gab zu, schon über neunzig zu sein, manche allerdings behaupteten, er sei schon über hundert. Er konnte sich noch an den Krieg zwischen Rußland und Ungarn erinnern. An den Feiertagen pflegte er Rabbi Chazkele von Kuzmir und andere uralte Rabbis zu besuchen.

In jenem Winter schneite es in Bilgoraj fast jeden Tag. Nachts wurden die Häuser in der Brückenstraße völlig eingeschneit, und morgens mußten sich die Hausbewohner ausschaufeln. Reb Berisch hatte eine eigene kupferne Chanukkalampe, die der Gemeindediener im Lesepult aufbewahrte – zusammen mit anderen heiligen Gegenständen: einem Widderhorn, dem auf eine Pergamentrolle geschriebenen *Buch Esther*, einer gedrehten Hawdole-Kerze, einem Gebetsschal und Gebetsriemen, einem Weinbecher und einer Gewürzbüchse.

In den ersten Nächten des Chanukkafestes scheint der Mond nicht, aber in jener Nacht glitzerte der Schnee im Sternenschimmer als wäre er mit Diamanten gesprenkelt. Wie das Gesetz es vorschreibt, stellte Reb Berisch seine Chanukkalampe ans Fenster, goß Öl in den Behälter, steckte einen Docht hinein und sagte die altgewohnten Segenssprüche. Dann setzte er sich an den offenen Schamotte-Ofen. Die meisten Kinder blieben an den Chanukka-Abenden zu Hause, aber einige Jungen kamen ins Lernhaus, nur um sich Reb Berischs Geschichten anzuhören. Er war allgemein bekannt als Geschichtenerzähler. Während er den Jungen etwas erzählte, briet er sich auf den glühenden Kohlen Kartoffeln.

»Wenn heutzutage Schnee fällt und Frostwetter ist«, sagte er, »dann nennen das die Leute ›Winter‹. Im Vergleich zu den Wintern von früher sind die jetzigen gar nichts. Früher war es so kalt, daß die Eichbäume im Wald zerbarsten. Der Schnee reichte bis zu den Dachfirsten. Ganze Rudel von hungrigen Wölfen kamen nachts ins Dorf, und ihr Geheul ließ die Leute im Bett erschauern. Die Pferde wieherten in den Ställen und versuchten in panischer Angst, die Tür aufzubrechen. Die Hunde bellten wie verrückt. Damals war Bilgoraj noch ein Kaff. Wo heute die Badstraße ist, war damals noch Weideland.

Der Winter, von dem ich euch erzählen will, war der schlimmste von allen. Tagsüber war es fast so dunkel wie nachts. Die Wolken waren schwarz wie Blei. Wenn eine Frau mit ihrem Putzeimer aus der Küche kam, gefror das Wasser bevor sie es ausgießen konnte.

Und jetzt hört und staunt! Wie jedes Jahr segneten die Männer am ersten Abend die Chanukkalichter, aber plötzlich kam aus dem Nirgendwo ein Wind und blies die Lichter aus. Das passierte in allen Häusern gleichzeitig. Man zündete die Lichter noch einmal an, aber wieder wurden sie vom Wind ausgelöscht. Damals gab es noch mehr als genug Brennholz, um die Häuser warmzuhalten. Damit kein Wind durch die Fensterritzen drang, hatte man sie mit Watte oder mit Stroh zugestopft. Wie also konnte trotzdem der Wind hereinblasen? Und wieso passierte das überall gleichzeitig? Alle wunderten sich. Man fragte den Rabbi um Rat, und der Rabbi entschied, daß die Chanukkalichter jedesmal wieder angezündet werden sollten. Einige fromme Männer zündeten sie bis zum ersten Hahnenschrei immer wieder an. Das geschah in der ersten Nacht des Chanukkafestes und auch in der zweiten und in den folgenden Nächten. Es gab Ungläubige, die behaupteten, das ganze sei ein Naturereignis. Die meisten Leute glaubten jedoch, daß irgendeine geheimnisvolle Macht dahintersteckte. Aber was für eine? Ein Dämon? Ein Spottgeist? Ein Kobold? Und warum ausgerechnet an Chanukka?

Angst verbreitete sich im Dorf. Alte Weiber sagten, es sei ein Vorzeichen für den Ausbruch eines Krieges oder einer Seuche. Väter und Großväter waren so verstört, daß sie vergaßen, den Kinder Chanukkageld zu geben, und nun konnten die Kinder mit ihren kleinen Blechkreiseln nicht Dredl spielen. Die Frauen, die zu Chanukka immer Kartoffelpuffer gebraten hatten, brieten in diesem Jahr keine.

So ging es weiter bis zur siebten Nacht. Als alle Leute schliefen und der Rabbi in seiner Kammer saß und den Talmud studierte, klopfte jemand an seine Tür. Der Rabbi hatte sich angewöhnt, früh am Abend zu Bett zu gehen und nach Mitternacht aufzustehen, um zu studieren. Gewöhnlich machte seine Frau Tee für ihn, aber mitten in der Nacht

goß der Rabbi selber das Wasser in den Samowar, zündete die Kohlen an und bereitete den Tee zu. Er trank ein Glas nach dem anderen, während er bis zum Tagesanbruch studierte.
Als der Rabbi das Klopfen hörte, stand er auf und öffnete die Tür. Draußen stand eine alte Frau. Der Rabbi bat sie herein. Sie setzte sich und erzählte ihm, daß ihre kleine Enkelin Altele, eine Waise, letztes Jahr kurz vor dem Chanukkafest gestorben sei. Altele war im Sommer krank geworden, und kein Arzt konnte ihr helfen. Als sie nach den hohen Feiertagen gespürt hatte, daß es mit ihr zu Ende ging, hatte sie gesagt: ›Großmutter, ich weiß, daß ich sterben werde, aber ich wünsche mir, daß ich noch bis Chanukka leben darf, weil ich dann vom Großvater mein Chanukkageld bekomme und mit den anderen Mädchen Dredl spielen kann‹. Alle Leute in Bilgoraj beteten um Alteles Genesung, aber ausgerechnet einen Tag vor Chanukka starb das Mädchen. Ein volles Jahr verging, ohne daß Altele ihren Großeltern im Traum erschien. In der folgenden Nacht aber sah die Großmutter sie dreimal hintereinander im Traum vor sich. Altele kam zu ihr und sagte, sie sei im Zorn gestorben, weil die Leute im Dorf nicht so eifrig für sie gebetet hätten, daß es ihr noch vergönnt gewesen wäre, die erste Chanukkakerze zu sehen. Deshalb habe *sie* die Chanukkalichter in allen Häusern ausgelöscht.
Nach dem ersten Traum hatte die alte Frau ihren Mann aufgeweckt und ihm davon erzählt, aber er hatte gesagt, das alles hätte sie nur deshalb geträumt, weil sie zuviel über ihre Enkelin nachdächte. Als Altele ihrer Großmutter zum zweiten Mal im Traum erschien, hatte diese sie gefragt, was

die Leute im Dorf tun sollten, damit ihre Seele in Frieden ruhen könne. Aber ehe die alte Frau verstehen konnte, was das Mädchen darauf antwortete, war sie plötzlich aufgewacht. Erst im dritten Traum hatte sie Altele klar und deutlich sagen gehört, es sei ihr Wunsch, daß alle Einwohner von Bilgoraj in der letzten Nacht des Chanukkafestes zusammen mit dem Rabbi und den Gemeindeältesten zu ihrem Grab gehen und dort die Chanukkakerzen anzünden sollten. Sie sollten alle Kinder mitbringen, Kartoffelpuffer essen und auf dem gefrorenen Schnee Dredl spielen.

Als der Rabbi das hörte, begann er zu zittern. ›*Ich* bin schuld daran‹, sagte er. ›Ich habe für dieses Kind nicht genug gebetet‹. Er bat die alte Frau, zu warten, goß ihr Tee ein und sah dann in seinen Büchern nach, ob der Wunsch des Mädchens im Einklang mit dem Gesetz stand. Obzwar er in keinem einzigen Band seiner Bibliothek einen ähnlichen Fall finden konnte, entschied er, daß der Wunsch der gekränkten Seele erfüllt werden sollte. Er sagte der alten Frau, es sei zwar unwahrscheinlich, daß in einer kalten, windigen Nacht die Lichter draußen im Freien überhaupt brennen würden, aber wenn der Geist des Mädchens imstande sei, alle Lichter in den Häusern auszulöschen, dann habe er vielleicht auch die Macht, die Lichter im Freien nicht ausgehen zu lassen. Dann versprach der Rabbi der alten Frau, von ganzem Herzen für gutes Gelingen zu beten.

Als am Morgen der Gemeindediener kam, bat ihn der Rabbi, mit seinem Holzhammer von Haus zu Haus zu gehen, an die Fensterläden zu klopfen und den Leuten zu sagen, was sie jetzt tun sollten.

Obwohl Chanukka ein Freudenfest ist, sollten die älteren Leute auf Anordnung des Rabbis fasten und die fromme Seele des Mädchens um Vergebung bitten – und sie sollten auch darum beten, daß am Abend kein Wind blasen würde.
Den ganzen Tag war es stürmisch. Von einigen Dächern wurden die Schornsteine heruntergewirbelt. Der Himmel war mit dunklen Wolken bedeckt. Nicht nur die Ungläubigen, sondern auch manche Gottesfürchtige bezweifelten, daß Kerzen in einem solchen Sturm brennen würden. Manche Leute vermuteten, daß die alte Frau sich den Traum nur ausgedacht hatte oder daß ein Dämon, verkleidet als ihre Enkelin, bei ihr erschienen war, um die Gläubigen zu verhöhnen und in die Irre zu führen. Nissan, der Heilkundige des Dorfes, der sich den Bart stutzte und nur am Sabbat in die Synagoge ging, nannte die alte Frau eine Lügnerin und wies warnend darauf hin, daß die kleinen Kinder sich auf dem Friedhof schrecklich erkälten und vielleicht Lungenentzündung bekommen würden. Der Wirbelsturm schien von Minute zu Minute schlimmer zu werden. Aber plötzlich – während die Leute die Abendgebete sprachen – änderte sich das Wetter. Der Himmel klärte sich auf, der Wind legte sich, und von den Feldern und Wäldern wehte ein lindes Lüftchen herüber. Der Monat Tebet hatte bereits begonnen, und inmitten von unzähligen Sternen stand die Mondsichel am Himmel.
Manche Ungläubige waren so verdutzt, daß sie kein Wort herausbrachten. Nissan der Heiler versprach dem Rabbi, daß nie wieder eine Schere seinen Bart berühren und daß er von nun an täglich zum Beten kommen werde. Nicht nur die größeren, sondern

auch die kleinen Kinder wurden auf den Friedhof mitgenommen. Lichter wurden angezündet, Segenssprüche wurden aufgesagt. Die Frauen verteilten die Kartoffelpuffer, die sie zu Hause gebraten und mit Marmelade bestrichen hatten. Auf dem gefrorenen Schnee, der so glatt wie Eis war, spielten die Kinder Dredl. Über Alteles Grab war ein goldener Lichtschein – ein Zeichen dafür, daß diese Chanukkafeier der Seele des kleinen Mädchens Freude machte. Nie zuvor und nie danach sah es auf dem Friedhof so festlich aus wie an jenem achten Chanukka-Abend. Alle Ungläubigen taten Buße. Auch die Christen erfuhren von dem Wunder und gaben zu, daß Gott die Juden nicht im Stich gelassen hatte.

Tags darauf zeichnete Mendel der Schreiber dieses Ereignis in der pergamentenen Gemeindechronik auf, aber Jahre später wurde dieses Buch während des Ersten Feuers verbrannt.«

»Wie lange ist das denn schon her?« fragte eines der Kinder.

Reb Berisch faßte sich an den Bart, der früher einmal rot gewesen, dann weiß und schließlich vom Schnupftabak gelblich geworden war. Er dachte eine Weile nach, dann sagte er: »Mindestens achtzig Jahre.«

»Und Ihr könnt Euch noch so genau daran erinnern?«

»Als ob es gestern gewesen wäre.«

Das Licht in Reb Berischs Chanukkalampe begann zu zischen und zu blaken. Die Lernstube war jetzt voller dunkler Schatten. Mit den bloßen Händen holte der Alte drei Kartoffeln aus dem Ofen, brach sie auseinander und reichte sie den Kindern. »Der

Körper stirbt«, sagte er, »aber die Seele geht hinauf zu Gott und lebt ewig.«
»Was tun all die Seelen, wenn sie bei Gott sind?« fragte ein Junge.
»Sie sitzen im Paradies auf goldenen Stühlen. Sie haben eine Krone auf, und Gott lehrt sie die Geheimnisse der Tora.«
»Ist Gott ein Lehrer?«
»Ja, Gott ist ein Lehrer, und alle guten Seelen sind Seine Schüler«, erwiderte Reb Berisch.
»Wie lange müssen denn die Seelen bei Ihm lernen?« fragte ein Junge.
»Bis der Messias kommt. Dann werden die Toten auferstehen. Aber auch dann wird Gott in Seiner ewigen Jeschiwa weiterlehren, denn die Geheimnisse der Tora sind tiefer als das Meer, höher als der Himmel und köstlicher als alle Freuden, die der Körper jemals genießen kann.«

Massel und Schlamassel oder Die Milch einer Löwin

Es war in einem fernen Land, an einem sonnigen Frühlingstag. Der Himmel war so blau wie das Meer, und das Meer so blau wie der Himmel, und die Erde war grün und verliebt in Himmel und Meer. Zwei Geister gingen durch ein Dorf. Der eine hieß Massel – das bedeutet »Glück« –, und der andere hieß Schlamassel – das bedeutet »Unglück«.
Geister können von Menschen nicht gesehen werden, aber sie können einander sehen.
Massel war jung, groß, schlank. Er hatte rosige Wangen und sandfarbene Haare. Er trug eine grüne Jacke, rote Reithosen und einen Hut mit einer Feder. An seinen hohen Stiefeln waren silberne Sporen. Massel ging selten zu Fuß. Meistens ritt er auf seinem Pferd, das ebenfalls ein Geist war. Aber an diesem Tag hatte er Lust, zu Fuß durchs Dorf zu spazieren.
Auf einen knorrigen Stock gestützt, humpelte Schlamassel neben ihm – ein alter Mann mit fahlem Gesicht und mißmutigen Augen unter buschigen Brauen. Seine krumme Nase war vom vielen Trinken rot angelaufen. Sein Bart war so grau wie Spinnweben. Er trug einen langen schwarzen Mantel und einen spitzen Hut.
Massel redete, Schlamassel hörte zu. Massel war zum Prahlen aufgelegt. »Alle wollen mich haben,

alle lieben mich«, sagte er. »Wohin ich auch gehe, überall bringe ich Freude. Die Menschen können mich natürlich nicht sehen, weil ich ein Geist bin, aber alle sehnen sich nach mir: Kaufleute und Seeleute, Ärzte und Schuhmacher, Verliebte und Kartenspieler. Überall in der Welt rufen die Menschen: ›Massel, komm zu mir!‹ Nach dir, Schlamassel, ruft niemand. Du mußt zugeben, daß ich recht habe.«
Schlamassel schürzte die Lippen und griff nach seinem Bart. »Ja, ich gebe zu, daß du ein Charmeur bist. Aber die Welt wird von den Starken regiert, nicht von den Charmanten. Was du vielleicht in einem Jahr zustande bringst, das kann ich in einer einzigen Sekunde zerstören.«
Schlamassel hatte ins Schwarze getroffen, und Massel biß sich ärgerlich auf die Lippen. »Wir alle wissen, daß du zerstören kannst«, erwiderte er. »Aber das tust du immer auf die gleiche Art und Weise: du tötest oder du vernichtest durch Feuer, du schickst Krankheit oder Hungersnot, Krieg oder Armut. Ich dagegen fließe über von neuen Ideen. Ich weiß Millionen Möglichkeiten, die Menschen glücklich zu machen.«
»Und ich habe Milliarden Möglichkeiten, sie unglücklich zu machen.«
»Das stimmt nicht. Du verwendest immer die gleichen alten Kniffe«, behauptete Massel. »Ich wette, daß dir keine einzige neue Methode einfällt, etwas Schönes, das ich zustande gebracht habe, zu zerstören.«
»Was du nicht sagst!« entgegnete Schlamassel. »Worum wollen wir wetten?«
»Wenn du gewinnst, bekommst du von mir ein ganzes Faß von dem kostbaren Wein des Vergessens.

Wenn du verlierst, steckst du deine rote Nase fünfzig Jahre lang nicht mehr in meine Angelegenheiten.«
»Einverstanden!« sagte Schlamassel. »Also, was willst du denn Schönes zustande bringen?«
»Ich werde in die armseligste Hütte dieses Dorfes gehen und dem Menschen, der dort haust, Glück bringen. Ich werde ein volles Jahr bei ihm bleiben. Sobald das Jahr vorüber ist, kannst du mich ablösen, aber nur unter der Bedingung, daß du ihn weder durch ein Mißgeschick sterben noch ihn erkranken oder verarmen läßt. Und du darfst auf keinen Fall eine deiner alten, abgedroschenen Finten anwenden. Also, wie lange wirst du brauchen, um mein Werk zunichte zu machen?«
»Eine Sekunde«, erwiderte Schlamassel.
»Die Wette gilt!«
Massel streckte die Hand aus; an seinem Mittelfinger funkelte der grüne Edelstein der Hoffnung. Er griff nach Schlamassels dürrer, runzliger Hand, deren verkrümmte Finger hornige Fingernägel hatten. Obwohl es ein warmer Tag war, fühlte sich Schlamassels Hand eiskalt an.
Kurz nachdem die beiden sich getrennt hatten, kam Massel an eine Hütte, die bestimmt die armseligste im ganzen Dorf war. Die Baumstämme, aus denen sie errichtet worden war, waren verfault und mit Moos bedeckt. Sie hatte keinen Schornstein; der Rauch entwich durch ein Loch im Dach. Die Fenster, die schon längst keine Scheiben mehr hatten, waren mit Brettern vernagelt.
Massel mußte den Kopf einziehen, als er durch die niedrige Tür hineinging. Drinnen wucherten Blätterpilze an den unverputzten Wänden.

Auf einer kaputten, mit Stroh bedeckten Bettstatt hockte ein Bauernbursche. Er war barfuß und halbnackt.
Massel fragte ihn nach seinem Namen.
»Tam«, antwortete der Bursche.
»Warum bist du so heruntergekommen?«
Tam konnte Massel nicht sehen, sprach aber trotzdem mit ihm, weil er glaubte, mit sich selber zu reden. »Ich habe Eltern gehabt, aber sie wurden vom Unglück verfolgt. Mein Vater ist an Schwindsucht gestorben. Meine Mutter ging zum Pilzesammeln in den Wald und wurde von einer giftigen Schlange gebissen. Das Stückchen Land, das sie mir hinterlassen haben, ist so steinig, daß ich es kaum bewirtschaften kann. Und letztes Jahr hatten wir eine Dürre und eine Heuschreckenplage. Dieses Jahr werde ich überhaupt nichts ernten, weil ich nichts zum Säen hatte.«
»Trotzdem soll man die Hoffnung nicht aufgeben«, sagte Massel.
»Was habe ich denn noch zu hoffen? Wer nicht sät, wird nicht ernten. Meine Kleider sind zerlumpt, und die Mädchen im Dorf lachen mich aus. Kein Glück zu haben, ist schlimmer als der Tod.«
»Vielleicht bessert sich dein Los doch noch.«
»Wann denn?«
»Bald.«
»Wie denn?«
Ehe Massel antworten konnte, waren Trompetenschall und galoppierende Hufschläge zu hören. Vierundzwanzig königliche Gardisten ritten der Kutsche des Königs voraus, die von weißen Hengsten gezogen wurde. Die Reiter trugen Uniformen: rote Hosen, gelbe Waffenröcke und weiße Helme

mit Federbüschen. Ein ganzer Troß von Höflingen, ebenfalls zu Pferde, folgte der Kutsche.
Alle Dörfler waren aus ihren Hütten gekommen, um die königliche Reisegesellschaft zu bewundern. Wer eine Kopfbedeckung trug, nahm sie ab. Einige Dorfbewohner hatten sich auf die Knie geworfen. Die Mädchen knicksten.
Zunächst schien es, als ob die Kutsche ohne anzuhalten durchs Dorf fahren und das Volk seinen König gar nicht zu Gesicht bekommen würde. Doch Massel hatte sich bereits etwas ausgedacht. Als die Kutsche bei Tams Hütte angelangt war, verlor sie ein Rad und wäre beinahe umgestürzt. Die Reiter zügelten ihre Pferde, und der ganze Troß hielt an.
Die Kutschentür wurde geöffnet, und der König stieg aus, gefolgt von der siebzehnjährigen Kronprinzessin Nesika, seinem einzigen Kind. Nesika war über die Grenzen des Landes hinaus für ihre Schönheit berühmt. Die königliche Reisegesellschaft kam gerade von einem Ball zurück, den der König eines Nachbarlandes zu Ehren Nesikas gegeben hatte. Die Prinzessin hatte schulterlange goldblonde Haare, blaue Augen, einen milchweißen Teint, einen langen, schlanken Hals und eine schmale Taille. Sie trug ein weißes Gewand, das bis zu ihren Schuhspitzen reichte. Der König hatte Nesika immer sehr verwöhnt, weil sie, als sie noch klein gewesen war, ihre Mutter verloren hatte. Heute jedoch war er ärgerlich auf seine schöne Tochter.
Der Ball war zu dem Zweck veranstaltet worden, Nesika mit dem Kronprinzen Typpisch bekanntzumachen, mit dem sie vermählt werden sollte. Aber

der Kronprinz hatte Nesika nicht gefallen – und er war bereits der siebte Prinz, den sie abgewiesen hatte! Beim ersten hatte sie bemängelt, daß er zu laut und zu oft lache. Beim zweiten, daß er immer nur von seiner Geschicklichkeit bei der Fuchsjagd rede. Beim dritten, daß sie gesehen habe, wie er seinen Hund verprügelte. Beim vierten, daß er die ärgerliche Angewohnheit habe, alle Sätze mit »Ich« zu beginnen. Beim fünften, daß er nichts als dumme Streiche im Kopf habe. Beim sechsten, daß er immer wieder die gleichen Geschichten erzähle. Und was Typpisch betraf, so hatte Nesika ganz einfach erklärt, sie wolle ihn nicht heiraten, weil sie seine Stiefel lächerlich finde.

»Wie können Stiefel lächerlich sein?« hatte ihr Vater gefragt.

»Wenn die Füße lächerlich sind, dann sind es auch die Stiefel«, hatte Nesika erwidert.

»Wie können Füße lächerlich sein?«

»Wenn der Kopf lächerlich ist, dann sind auch die Füße lächerlich.«

Jedesmal hatte Nesika einen Grund gefunden, nicht zu heiraten. Der König befürchtete schon, sie würde eine alte Jungfer werden.

Nach dem Gesetz des Landes konnte Nesika nach dem Tod ihres Vaters nur unter der Bedingung Königin werden, daß sie einen Gemahl hatte, der ihr helfen würde, das Reich zu regieren. Andernfalls würde der Premierminister (der Kamzan hieß) an ihrer Stelle den Thron besteigen. Kamzan war allgemein als Intrigant, Feigling und Geizhals bekannt. Er war so knauserig, daß er anläßlich seiner Goldenen Hochzeit – einem Jubiläum, bei dem es üblich ist, etwas aus Gold zu schenken – seiner

lieben Frau bloß einen in Goldpapier gewickelten blechernen Fingerhut überreicht hatte.
Als die Kutsche ein Rad verloren hatte, bekam der ohnehin schon verärgerte König einen Wutanfall. Er warf seinem Gefolge vor, ihn in Lebensgefahr gebracht zu haben, und wollte wissen, wer von ihnen das Rad am schnellsten wieder an der Kutsche anbringen könnte.
Tam verstand wenig von solchen Reparaturen und gar nichts von eleganten Kutschen. Aber weil Massel hinter ihm stand, hatte er viel Mut. Er rief: »Majestät, ich kann's!«
Erstaunt musterte der König den halbnackten Burschen. Nach einigem Zögern – und einem heimlichen Stups von Massel – sagte er: »Wenn du's kannst, dann tu's – aber schnell!«
Die Dorfbewohner, die Tam als Nichtsnutz und Stümper kannten, sahen angstvoll zu. Sie waren überzeugt, daß er alles verpfuschen und daß dann der König seinen Ärger am ganzen Dorf auslassen würde.
Wenn Massel hinter einem Menschen steht, dann gelingt diesem Menschen alles. Auch Tam erging es so. Als Junge hatte er kurze Zeit in einer Schmiede gearbeitet, aber er glaubte, sich an nichts mehr erinnern zu können, was er dort gelernt hatte. Doch kaum hatte er das Rad aufgehoben, da fiel ihm alles wieder ein. Der König staunte darüber, wie geschickt dieser junge Bursche sich anstellte. Als Tam die Kutsche repariert hatte, fragte ihn der König, warum ein so tüchtiger junger Mann in Lumpen herumlaufe und in einer Bruchbude hause.
»Weil ich kein Glück habe«, antwortete Tam.
»Manchmal kann sich das sehr schnell ändern«,

sagte der König. »Komm mit an meinen Hof, dort werden wir Arbeit für dich finden.«
Das alles ereignete sich so plötzlich, daß die Dörfler ihren Augen nicht trauten. Der König öffnete ganz einfach die Tür seiner Kutsche und ließ Tam einsteigen. Dann gab er den Befehl, weiterzufahren.
Tam befürchtete die ganze Zeit, daß das Rad wieder abgehen würde, doch obwohl die Pferde galoppierten, was das Zeug hielt, löste sich das Rad nicht von der Kutsche.
Der König und Nesika stellten Tam Fragen über sein Leben in diesem Dorf. Der junge Bursche antwortete in aller Bescheidenheit, und seine Antworten waren kurz und gescheit. Aus seinem Mund sprach Massel. Der König sagte etwas zu Nesika – in einer fremden Sprache, die Tam nicht verstehen konnte; aber Massel verstand sie. »Sieh mal an, was für gescheite junge Männer es unter unseren Bauern gibt!«
Und Nesika erwiderte in derselben Sprache: »So mancher Prinz könnte etwas von ihm lernen.« Nach einer Weile fügte sie nachdenklich hinzu: »Und hübsch ist er auch. Er braucht bloß anständige Kleidung.«
Da Massel nur ein Jahr Zeit hatte, brachte er die Dinge sofort in Gang. Noch am selben Tag, gleich nach der Ankunft im Schloß, befahl der König, ein Bad für Tam zu richten und ihm frische Unterwäsche und neue Kleider zu geben.
Tam bekam einen Arbeitsplatz in der königlichen Schmiede. Schon bald erwies er sich als ungewöhnlich geschickter Handwerker. Er konnte Kutschen reparieren, die man für nicht mehr reparaturfähig hielt. Er konnte Pferde beschlagen, die so wild

waren, daß niemand sich an sie heranwagte. Und er erwies sich auch als hervorragender Reiter. Nach weniger als einem Monat wurde er zum königlichen Stallmeister ernannt.
Alljährlich wurden am Königshof Pferderennen veranstaltet. Tam erhielt die Erlaubnis, teilzunehmen, und es gelang ihm fast auf Anhieb, den Hofstaat, die zu Besuch weilenden Würdenträger, ja das ganze Land für sich zu begeistern.
Er hatte sich ein unbekanntes Reitpferd ausgesucht, doch mit Massels Hilfe wurde es zum schnellsten Pferd in der Geschichte des Landes. Mit Tam im Sattel sprang es mit Leichtigkeit über die breitesten Gräben und höchsten Zäune und gewann sämtliche Geldpreise. Tam machte eine so elegante Figur, daß alle Hofdamen sich in ihn verliebten.
Nesika war natürlich von Anfang an in ihn verliebt. Wie alle bis über beide Ohren Verliebten glaubte auch Nesika, ihre Gefühle für Tam seien ihr persönliches Geheimnis. Tatsächlich aber wußte der ganze Hof davon. Und auch ihr Vater, der König. Er wußte aber auch, daß Verliebte sehr dickköpfig sein können. Und weil der stolze König nicht wollte, daß seine Tochter einen Bauernburschen heiratete, beschloß er, Tam mit einer Aufgabe zu betrauen, die so schwierig war, daß er bestimmt daran scheitern würde. Er schickte ihn zusammen mit einigen seiner Gefolgsleute ins Landesinnere, um Untertanengehorsam von einem wilden, rebellischen Stamm zu fordern, den bisher kein Edelmann des Königreiches dazu bewegen konnte. Mit Massels Hilfe bewältigte Tam nicht nur diese Aufgabe, sondern konnte dem König und Nesika auch prächtige Geschenke überbringen.

Tams Ruhm wuchs ständig. Fahrende Sänger und Spielleute sangen von seinen Heldentaten. Hohe Beamte baten ihn um Rat. Er wurde der am meisten bewunderte und der beliebteste Mann im ganzen Königreich. Wenn einfache Leute Erfolg haben, werden sie oft hochnäsig und vergessen jene, unter denen sie aufgewachsen sind. Tam jedoch versäumte es nie, den Bauern und den Armen zu helfen.
Bekanntlich hat ein Mensch um so mächtigere Feinde, je berühmter er selber wird. Premierminister Kamzan, der den Thron besteigen wollte, intrigierte gegen Tam. Er und seine Henkersknechte verbreiteten das Gerücht, Tam sei ein Hexer. Wie sonst hätte es ein einfacher Bauernbursche schaffen können, Dinge zu erreichen, an denen hohe Herren gescheitert waren? Sie behaupteten, Tam habe seine Seele dem Teufel verkauft. Als in diesem Jahr Nacht für Nacht ein sonderbarer Komet mit einem langen Schweif am Himmel zu sehen war, behaupteten Tams Feinde, dies sei ein Vorzeichen dafür, daß Tam Unheil über den König bringen und das Land ins Verderben führen werde.

Schlamassel hatte Massel zwar versprochen, Tam ein ganzes Jahr lang in Ruhe zu lassen, aber das hielt ihn nicht davon ab, eine Falle vorzubereiten, in die Tam tappen sollte, sobald die Frist abgelaufen war. Schlamassel konnte es kaum erwarten, die Wette zu gewinnen und das Faß mit dem Wein des Vergessens zu bekommen. Bekanntlich verschaffte einem ein einziger Schluck davon mehr Genuß als alle anderen angenehmen Dinge dieser Welt. Schla-

massel litt seit unendlich langer Zeit an Schlaflosigkeit und Alpträumen. Er wußte, daß der Wein des Vergessens ihm endlich Schlaf bringen würde – und süße Träume von silbernen Meeren und goldenen Flüssen, von Gärten mit kristallenen Bäumen und von himmlisch schönen Frauen. Zudem wollte er seinen Anhängern – den Dämonen, Kobolden, Gnomen und anderen bösen Geistern – beweisen, daß er mächtiger sei als Massel und daß er diesen überlisten könne.
Plötzlich wurde der König krank. Er hatte berühmte Hofärzte, doch sie konnten nicht feststellen, was ihm fehlte. Nach langen Beratungen erklärten sie, der König leide an einer seltenen Krankheit, gegen die es nur ein einziges Heilmittel gebe: die Milch einer Löwin. Wo beschafft man sich die Milch einer Löwin? In der Hauptstadt gab es einen zoologischen Garten, aber derzeit war dort keine Löwin, die ihre Jungen säugte. Der König setzte so großes Vertrauen in Tam, daß er ihn zu sich rufen ließ und ihn bat, die Milch einer Löwin zu beschaffen. Jeden anderen hätte ein solches Ersuchen zu Tode erschreckt. Aber weil Massel hinter ihm stand, sagte Tam schlicht und einfach: »Ja, mein König, ich werde eine Löwin finden und sie melken und Euch die Milch bringen.«
Der König war von Tams beherzter Antwort so gerührt, daß er seinen Höflingen zurief: »Ihr seid meine Zeugen! An dem Tag, an dem Tam mit der Milch einer Löwin zurückkommt, gebe ich ihm meine Tochter zur Frau.«
Jetzt konnte Premierminister Kamzan, der bei den Höflingen stand, nicht mehr an sich halten. »Majestät, niemand kann eine Löwin melken und mit

dem Leben davonkommen. Tam hat Euch ein Versprechen gegeben, das er nicht halten kann.«

»Und *wenn* er Milch bringt«, warf ein Anhänger Kamzans ein, »wer garantiert Euch dann, daß es wirklich die Milch einer Löwin ist?«

»Majestät, ich werde eine Löwin finden und sie melken«, sagte Tam noch einmal voller Selbstvertrauen.

»Mach dich auf den Weg – und viel Glück!« sagte der König. »Aber ich warne dich: Versuch nicht, mich zu täuschen und mir die Milch eines anderen Tieres zu bringen.«

»Wenn ich Eure Majestät betrüge, habe ich den Tod verdient«, erwiderte Tam.

Jedermann erwartete, daß Tam sich mit Waffen und mit einem Netz zum Einfangen der Bestie ausrüsten oder daß er irgendwelche Kräuter mitnehmen würde, um die Löwin damit einzuschläfern. Niemand hielt es für möglich, daß er sich ohne Hilfskräfte auf den Weg machen würde. Doch Tam ritt allein und unbewaffnet los. Nur einen irdenen Krug für die Milch nahm er mit.

Als die Höflinge das sahen, begannen auch diejenigen, die Tam vertraut hatten, an ihm zu zweifeln. Er war in solcher Eile aufgebrochen, daß er sich nicht einmal von der besorgten Nesika verabschiedet hatte. Kamzans Freunde verbreiteten sofort das Gerücht, Tam sei über den schwierigen Auftrag, den ihm der König erteilt hatte, so entsetzt gewesen, daß er sich schleunigst aus dem Staub gemacht habe.

Alle weisen Männer waren sich einig darüber, daß keine Löwin sich von einem Menschen melken lassen würde.

Was natürlich keiner wußte, war, daß Massel neben Tam hergaloppierte. Tam war noch keine Stunde geritten, als er auf einem kleinen Hügel eine stattliche Löwin entdeckte. Ihre beiden Jungen standen neben ihr.

Mit dem Mut derer, die von Massel beschützt werden, ging Tam auf die Löwin zu, kniete sich hin und begann, sie wie eine Kuh zu melken. Er füllte den Krug mit der warmen Milch der Löwin, deckte ihn sorgfältig zu, stand auf und tätschelte den Kopf des Raubtieres. Erst jetzt schien die Löwin zu merken, was geschehen war. Ihre gelben Augen schienen zu fragen: »Was habe ich mit mir machen lassen? Habe ich vergessen, daß ich die Königin der Tiere bin? Wo ist mein Stolz geblieben? Meine Würde?« Und plötzlich brüllte sie ganz furchtbar. Zum Glück saß Tam schon wieder im Sattel, als sein Pferd in panischer Angst durchging und in Richtung Hauptstadt galoppierte.

Weil Tam schon so bald zurückkam, war jedermann überzeugt, daß die Milch, die er mitbrachte, nicht von einer Löwin stammen konnte. Löwen lebten in der Wüste, in einer Gegend des Königreiches, in die man von der Hauptstadt aus erst nach wochenlanger Reise gelangte. Alle waren überzeugt, daß Tam den König täuschen wollte, um nach dessen Tod an der Seite Nesikas zu herrschen.

Der König war ebenso argwöhnisch wie alle anderen, ließ Tam aber trotzdem zu sich rufen. Den Milchkrug in beiden Händen haltend, betrat Tam das königliche Gemach.

Er kniete vor dem König nieder und sagte: »Majestät, ich bringe Euch das, wonach Ihr mich ausgesandt habt: die Milch einer Hündin.«

Nach diesen Worten herrschte Totenstille. In den Augen des Königs glomm Zorn auf.
»Du wagst es, dich über mein Unglück lustig zu machen! Die Milch einer Hündin bringst du mir! Dafür wirst du mit deinem Leben bezahlen.«
Warum hatte Tam gesagt, er habe die Milch einer Hündin gebracht?
Das Schicksal wollte es, daß genau in der Sekunde, in der Tam am Krankenbett des Königs erschien, Massels Jahr abgelaufen war und Schlamassel an Massels Stelle trat. Es war Schlamassel, der Tam veranlaßt hatte, »Hündin« statt »Löwin« zu sagen.
Schlamassel hatte also tatsächlich in einer einzigen Sekunde alles zerstört, was Massel im Lauf eines Jahres zustande gebracht hatte. Und wie vereinbart, hatte Schlamassel keinen seiner alten Kniffe angewandt.
Tam wollte seinen Fehler korrigieren, aber als das Glück ihn verlassen hatte, hatte es ihm auch die Sprache verschlagen. Auf einen Wink des Königs befahl Kamzan zwei Palastwächtern, Tam festzunehmen und ihn in Ketten zu legen. Sie brachten ihn in das Verlies, in dem die zum Tod Verurteilten eingekerkert waren.
Als Nesika erfuhr, was passiert war, geriet sie in Verzweiflung. Sie rannte zu den Gemächern ihres Vaters, um ihn um Gnade für Tam zu bitten. Aber zum ersten Mal verweigerte der kranke König seiner Tochter den Zutritt.
In dieser Nacht war es im Schloß, ja in der ganzen Hauptstadt dunkel und still. Nur Kamzan und seine Henkersknechte feierten insgeheim Tams Untergang. Sie wußten, daß der König bald sterben und daß dann – weil Nesika unverheiratet war – die

Herrschaft über das Königreich Kamzan zufallen würde. Der Premierminister bot seinen Gästen Brot und Bier an. Dieser Geizhals hatte die Angewohnheit, seine Gäste für Speis und Trank bezahlen zu lassen. Diesmal allerdings brauchten sie bloß für das Bier zu berappen.

Im tiefsten Keller des Schlosses, der dafür bekannt war, daß es dort spukte, hielten Massel und Schlamassel ihre Zusammenkunft ab. Schlamassel hatte damit gerechnet, daß Massel so enttäuscht und verärgert sein würde wie alle, die eine Wette verloren haben. Aber Massel war kein schlechter Verlierer. Wie gewöhnlich war er ruhig und gefaßt.

»Schlamassel, du hast gewonnen. Ich gratuliere dir.«

»Ist dir klar, daß dein Glückspilz Tam bei Tagesanbruch gehenkt wird?« fragte Schlamassel.

»Ja, das ist mir klar.«

»Hast du meinen Wein des Vergessens vergessen?«

»Nein.«

Massel ging hinaus. Kurz darauf rollte er ein mit Staub und Spinnweben bedecktes Faß herein. Er stellte es auf, reichte Schlamassel einen Becher und sagte: »Trink, Schlamassel! Trink soviel dein Herz begehrt!«

Schlamassel stellte den Becher unter den Zapfhahn, füllte ihn mit Wein und trank gierig. Sein teuflisches Gesicht verzog sich zu einem breiten Grinsen. »Wenn man bedenkt, daß ich der Herr und Meister des Unglücks bin, kann ich wirklich von Glück sagen.« Er nahm noch einen großen Schluck. Offenbar schon beschwipst, sagte er: »Hör mal zu, Massel. Warum tust du dich nicht mit mir zusammen statt mich zu bekämpfen? Wir beide wären ein fabelhaftes Gespann.«

»Du meinst, daß wir gemeinsam die Welt ruinieren könnten«, erwiderte Massel.
»Und ob!«
»Und was dann? Nach einer Weile hätten wir nichts mehr zu tun.«
»Was macht das schon aus, solange wir den Wein des Vergessens trinken können?«
»Um Wein zu bekommen, muß jemand die Weinstöcke pflanzen«, gab Massel zu bedenken. »Jemand muß die Trauben ernten und keltern. Aus nichts kann nichts entstehen – auch nicht der Wein des Vergessens.«
»Wenn dieser Wein wirkt, kann mir die Zukunft egal sein.«
»Er wird bald wirken«, sagte Massel. »Trink und vergiß dich selbst.«
»Massel, mein Freund, trink mit mir!«
»Nein, Schlamassel, Vergessen ist nichts für mich.«
Schlamassel leerte einen Becher nach dem anderen. Halb lachend, halb weinend verzog sich sein runzliges Gesicht. Dann begann er, wie es Betrunkene manchmal tun, über sich selbst zu reden.
»Ich bin nicht als Schlamassel geboren worden. Mein Vater war arm, aber er ist ein guter Geist gewesen. Er war Wasserträger im Paradies. Meine Mutter war die Dienstmagd eines Heiligen. Meine Eltern schickten mich in Reb Zeinwels Schule. Sie wollten, daß aus mir ein Seraph oder wenigstens ein Engel werden würde. Aber ich haßte meine Eltern, weil sie mich zum Lernen zwangen. Um ihnen eins auszuwischen, schloß ich mich einer Bande von Teufelchen an. Wir trieben allerlei Unfug. Wir stopften uns voll mit geklautem Stern-

nebel, Mondmilch und anderen verbotenen Lekkerbissen. Nachts trieben wir uns auf der Erde herum, schlichen uns in Ställe und erschreckten die Pferde. Wir brachen in Speisekammern ein und hinterließen Teufelskot auf den Lebensmitteln. Wir verkleideten uns als Wölfe und hetzten Schafe. Was haben wir nicht alles angestellt! Einmal verwandelte ich mich in einen Frosch und versteckte mich in Reb Zeinwels Schnupftabaksdose. Als er sie öffnete, um eine Prise zu nehmen, hüpfte ich heraus und biß ihn in die Nase. Langsam aber stetig stieg ich in die höheren Ränge der teuflischen Heerscharen auf, bis ich das wurde, was ich heute bin – Schlamassel, der Herr und Meister des Unglücks.«
Schlamassel goß sich noch einen Becher ein und begann mit heiserer Stimme zu singen:

»Plant und hofft – was nützt das schon?
Massel ist bloß eine Illusion.
Greift jedoch Schlamassel ein,
kann Tam niemals ein Glückspilz sein.
Massel quasselt, Schlamassel handelt,
Fluch in Wahrheit er verwandelt.
Massel gewinnt manchmal eine Runde,
Schlamassel kämpft bis zur letzten Sekunde.
Auf Massel ist eben kein Verlaß.
Schlamassel siegt immer, merkt euch das!«

Schlamassel rülpste und fiel um wie ein Holzklotz. Genau darauf hatte Massel gewartet. Es war höchste Zeit, denn draußen dämmerte es schon, und im Schloßhof hatten sich bereits die Würdenträger versammelt, um Tams Hinrichtung durch den Strang beizuwohnen. Die Wache führte den gefesselten Tam in den Hof. Umgeben von seinen Speichel-

leckern, tat sich Kamzan im Kreis der hohen Herren hervor. Er hatte bereits Bestechungsgelder angenommen und denen, die am meisten berappt hatten, die höchsten Ämter versprochen.
Auf ein Zeichen Kamzans begannen die Trommler zu trommeln. Der Henker, der eine Gesichtsmaske trug und halb in Rot, halb in Schwarz gekleidet war, schickte sich an, Tam die Schlinge um den Hals zu legen. In diesem Moment erschien Massel. Niemand konnte ihn sehen, aber alle spürten seine Gegenwart. Plötzlich ging die Sonne auf und tauchte alles in purpurrotes Licht.
Jetzt, da Schlamassel stockbesoffen im Keller lag und Massel neben Tam stand, hatte dieser wieder Mut gefaßt. Mit fester Stimme rief er: »Edle Herren, es ist üblich, dem Verurteilten vor der Hinrichtung einen letzten Wunsch zu erfüllen. Mein Wunsch ist, zum König geführt zu werden.«
Die Trommler waren so verdutzt, daß sie mit dem Trommeln aufhörten. Kamzan erhob Einspruch, doch die anderen Edelleute überstimmten ihn und befahlen, daß Tam ans Krankenbett des Königs geführt werden sollte.
Tam fiel vor dem König auf die Knie und sagte: »Majestät, gestattet mir, Euch zu erklären, warum ich sagte, ich hätte Euch die Milch einer Hündin gebracht. Bekanntlich ist der Löwe der König der Tiere, aber im Vergleich zu Euch, mein König, ist ein Löwe nicht mehr als ein Hund. Darum habe ich, als Ausdruck des Respekts und der Bewunderung, die ich für Eure Majestät empfinde, die Löwin als Hündin bezeichnet. Ich *habe* Euch die Milch einer Löwin gebracht. Ich bitte Euch, sie zu trinken, denn sie wird Euch heilen. Ich schwöre bei

meiner Liebe zu Nesika, daß ich die Wahrheit sage.«
Da Massel wieder neben Tam stand, glaubte der König dessen Worten.
»Aber die Milch ist weggegossen worden«, warf Kamzan ein.
Nesika, die die ganze Nacht nicht geschlafen, sondern unentwegt darum gebetet hatte, daß es für Tam doch noch eine Rettung geben würde, hatte erfahren, was sich ereignet hatte, und war ins Zimmer ihres Vaters gestürmt. Als Kamzan sagte, die Milch sei weggegossen worden, rief Nesika: »Nein, ich habe sie aufbewahrt! Ich befahl den Dienern, mir die Milch zu geben, weil ich an Tam glaube.«
Sie eilte hinaus und brachte ihrem Vater die Milch. Mit wachsendem Erstaunen beobachteten alle Anwesenden, wie der König die Milch bis zum letzten Tropfen trank. Sie wirkte so schnell, daß er, noch während die anderen zugegen waren, gesund wurde. Seine bleichen Wangen röteten sich wieder, seine trüben Augen bekamen wieder ihren alten Glanz, und sein Körper kam wieder zu Kräften. Der Hofstaat jubelte, ausgenommen natürlich Kamzan und diejenigen, an die er bereits hohe Ämter im Königreich verkauft hatte. Am allerglücklichsten war Nesika.
Sie warf sich ihrem Vater zu Füßen und sagte: »Vater, Tam hat dir das Leben gerettet. Jedes Wort, das er gesagt hat, ist wahr gewesen. Jetzt halte du dein Versprechen und laß Tam und mich heiraten.«
Der König ordnete sofort an, daß Vorbereitungen für ein Hochzeitsfest – so prachtvoll, wie es einer künftigen Königin würdig sei – getroffen werden

sollten. Fürstlichkeiten und Würdenträger aus den Nachbarländern wurden eingeladen. Könige, Königinnen, Prinzen und Prinzessinnen kamen zusammen mit ihrem Gefolge zur Hochzeitsfeier und brachten die kostbarsten Geschenke mit.
In ihrem Brautkleid, dessen zehn Meter lange Schleppe von zwanzig Pagen getragen wurde, sah Nesika wunderschön aus. Sie trug ein funkelndes Krönchen, verziert mit dem aus Diamanten zusammengesetzten Abbild einer Löwin. Tam trug an seiner Uniform den Orden für selbstlose Treue, die höchste Auszeichnung des Landes.
Tam und Nesika waren das glücklichste Paar im ganzen Königreich. Nesika schenkte ihrem Gatten sieben Kinder – vier Prinzen und drei Prinzessinnen, alle hübsch, gesund und mutig.
Kein Mensch lebt ewig. Eines Tages starb der König. Nesika wurde Königin, Tam wurde Prinzgemahl. In allen Regierungsangelegenheiten beriet sich Nesika mit ihrem Gemahl, denn alles, womit sich Tam befaßte, ging gut aus.
Kamzan wurde vor lauter Selbstmitleid zum Trunkenbold. Da er nach wie vor sehr knauserig war, verbrachte er seine Zeit damit, in Wirtshäusern herumzulungern und darauf zu warten, daß ihm jemand etwas zu trinken spendierte. Diejenigen, die ihm einst geschmeichelt hatten, waren die ersten, die sich von ihm abwandten.
Obzwar Schlamassel nach einiger Zeit seinen Rausch ausgeschlafen hatte, suchte er Tam nie wieder heim. Der Wein des Vergessens hatte nämlich eine so starke Wirkung, daß Schlamassel sich gar nicht mehr daran erinnern konnte, daß Tam existierte. Da Schlamassel von jeher viel fürs Trinken

und für Trunkenbolde übrig gehabt hatte, heftete er sich jetzt Kamzan an die Fersen.
Massel half Tam natürlich auch weiterhin. Tam hatte Massel eigentlich nur noch selten nötig. Er hatte gelernt, daß das Glück mit denen ist, die fleißig, ehrlich, rechtschaffen und hilfsbereit sind. Wer diese Eigenschaften besitzt, ist wahrlich zeitlebens ein glücklicher Mensch.

Noahs Taube

Die Menschen waren so schlecht geworden, daß Gott zur Strafe die Sintflut schicken wollte. Noah aber war ein rechtschaffener Mann, der mit seiner Familie gerettet werden sollte.

Noah baute deshalb eine Arche, um sich und alles, was zu ihm gehörte, vor dem Wasser zu retten.

Da versammelten sich alle Tiere der Erde um sein Rettungsschiff. Sie hatten gehört, Noah würde nur die Besten von ihnen aufnehmen, und begannen darum einen Wettstreit untereinander. Jedes Tier war bemüht, sich selbst zu loben und die anderen nach Möglichkeit schlecht zu machen.

»Ich bin der Stärkste. Es ist klar, daß ich gerettet werden muß«, brüllte der Löwe.

»Ich bin der Größte«, trompetete der Elefant. »Ich habe den längsten Rüssel, die riesigsten Ohren und die schwersten Füße.«

»Groß und schwer zu sein, ist nicht so wichtig«, jappte der Fuchs. »Man muß klug sein und ich bin der Allerklügste.«

»Und was ist mit mir?« schrie der Esel. »Ich dachte, ich sei der Klügste.«

»Klug sein, das kann doch jeder«, stänkerte das Stinktier. »Ich dufte von allen am besten. Mein Geruch ist berühmt.«

»Ihr alle krabbelt nur auf dem Erdboden herum, ich bin der einzige, der auf Bäume klettert«, kreischte der Affe.

»Der einzige?« brummte der Bär. »Und was denkst du, tue ich?«

»Mich vergeßt ihr wohl ganz?« fiepte das Eichhörnchen beleidigt.
»Ich gehöre jedenfalls zur vornehmen Familie der Tiger«, schnurrte die Katze.
»Ich bin mit dem Elefanten verwandt«, quiekte die Maus.
»Ich bin genauso stark wie der Löwe«, knurrte der Tiger. »Und habe dazu noch das schönste Fell.«
»Aber meine Flecken werden mehr bewundert als deine Streifen«, fauchte der Leopard.
»Ich bin der beste Freund des Menschen«, bellte der Hund.
»Du bist nur ein schwanzwedelnder Anschmeichler«, heulte der Wolf. »Ich dagegen bin ein stolzer Einzelgänger und kusche vor niemandem.«
»Bäh«, blökte das Schaf. »Das bist du nur, weil du so gefräßig bist. Wer nichts gibt, bekommt auch nichts. Ich gebe dem Menschen meine Wolle, und er sorgt für mich.«
»Du gibst dem Menschen Wolle, ich aber habe süßen Honig für ihn«, summte die Biene. »Natürlich habe ich auch ein Gift, das mich vor meinen Feinden schützt.«
»Was ist dein Gift schon, verglichen mit meinem?« zischte die Schlange. »Und außerdem bin ich der guten Erde näher als irgendeiner von euch.«
»Nicht so nah, wie ich es bin«, protestierte der Regenwurm und steckte seinen Kopf aus der Erde.
»Ich lege Eier«, gackerte das Huhn.
»Ich gebe Milch,« muhte die Kuh.
»Ich helfe den Menschen, die Erde zu pflügen«, prahlte der Ochse.
»Ich trage den Menschen auf meinem Rücken und

habe die größten Augen von euch allen«, wieherte das Pferd.
»Du hast zwar die größten Augen, aber nur zwei, während ich viele habe«, sirrte die Fliege dem Pferd genau ins Ohr.
»Verglichen mit mir, seid ihr doch alle Zwerge«, ertönte von oben herab die Stimme der Giraffe.
»Ich bin beinahe so groß wie du«, maulte das Kamel, »und kann tagelang ohne Wasser und ohne Nahrung durch die Wüste reisen.«
»Ihr zwei seid groß, aber ich bin dick«, prustete das Nilpferd. »Und ich bin ziemlich sicher, daß mein Maul das größte ist.«
»Da sei nicht zu sicher«, höhnte das Krokodil und gähnte.
»Ich kann wie ein Mensch sprechen«, quasselte der Papagei dazwischen.
»Du kannst ja gar nicht richtig sprechen. Du machst nur die Töne nach«, tockerte der Hahn. »Mein Kikeriki jedenfalls habe ich selbst erfunden.«
»Ich sehe mit den Ohren und fliege nach meinem Gehör«, pfiff die Fledermaus.
»Und ich singe mit meinen Flügeln. Ist das nichts?« zirpte die Grille.

So stritten die Tiere miteinander.
Noah aber fiel auf, daß die Taube schweigsam auf einem Zweig hockte und sich am Streit nicht beteiligte.
»Warum bist du so still?« fragte Noah sie. »Hast du denn gar nichts Besonderes an dir?«
»Doch«, gurrte die Taube, »aber darum bin ich nicht besser, klüger oder schöner als die anderen;

denn jeder von uns hat bei seiner Erschaffung etwas Besonderes bekommen, das ihn von anderen unterscheidet.
»Die Taube hat recht«, sagte Noah, »hört auf zu prahlen und zu streiten. Ich werde euch alle in die Arche aufnehmen.«
Darüber freuten sich die Tiere, und bald war aller Streit vergessen.
Bevor Noah die Tiere in die Arche hineinließ, sagte er: »Ich liebe euch alle, weil die Taube aber still und bescheiden blieb, als ihr Streit miteinander hattet, erwähle ich sie zu meinem Boten.«
Und Noah hielt Wort. Als der große Regen aufhörte, ließ er die Taube fliegen. Sie sollte auskundschaften, ob die Fluten zurückgingen. Mit einem Olivenzweig im Schnabel kehrte sie zurück. Da wußte Noah, daß es wieder Land gab.
Und als das Land dann wieder trocken war, verließ Noah mit seiner Familie und all den Tieren die Arche.

Und Gott versprach, daß es nie wieder eine Sintflut geben würde und daß Saat und Ernte, Frühling und Sommer, Herbst und Winter für immer einander ablösen sollten.
Wahr ist auch, daß es auf der Welt mehr Tauben gibt als Tiger, Leoparden, Wölfe, Geier und andere Raubtiere.
Die Taube lebt glücklich ohne Kampf und Streit.
Sie ist für die Menschen seit Noahs Zeiten zum Sinnbild des Friedens geworden.

Zlateh die Geiß

Zur Chanukka-Zeit ist die Straße vom Dorf in die Stadt gewöhnlich eingeschneit, aber in diesem Jahr war der Winter mild gewesen. Chanukka nahte, aber nur wenig Schnee war gefallen. Meistens schien die Sonne. Die Bauern klagten, weil das Wintergetreide wegen des trockenen Wetters nur eine magere Ernte versprach. Neues Gras sproß, und die Bauern trieben ihr Vieh auf die Weide.

Für Ruben den Pelzhändler war es ein schlechtes Jahr, und nach langem Zögern entschloß er sich, Zlateh die Geiß zu verkaufen. Sie war alt und gab nur noch wenig Milch. Der Stadtmetzger Feiwel hatte acht Gulden für sie geboten. Für diese Summe konnte man Chanukka-Kerzen kaufen, Kartoffeln und Öl für die Pfannkuchen, Geschenke für die Kinder und andere Dinge, die zu Feiertagen im Hause nötig sind. Ruben befahl seinem ältesten Sohn Aaron, die Geiß in die Stadt zu bringen. Aaron verstand, was es hieß, die Geiß zu Feiwel zu bringen, aber er gehorchte seinem Vater. Lea, seine Mutter, wischte sich Tränen vom Gesicht, als sie die Neuigkeit hörte. Aarons jüngere Schwestern, Anna und Mirjam, weinten laut. Aaron zog seine gesteppte Jacke an und setzte die Mütze mit den Ohrenklappen auf, band einen Strick um Zlatehs Hals und steckte zwei Käsebrote ein, die er unterwegs essen wollte. Aaron sollte die Geiß abends abliefern, die Nacht über bei den Metzgersleuten bleiben und am anderen Tag mit dem Geld zurückkehren.

Während sich die Familie von der Geiß verabschiedete und Aaron den Strick an ihrem Hals zurechtrückte, stand Zlateh geduldig und gutmütig wie immer da. Sie leckte Ruben die Hand. Sie schüttelte ihren dünnen, weißen Bart. Zlateh vertraute den Menschen. Sie wußte, daß sie immer gefüttert wurde und man ihr niemals etwas zuleide tat.
Als Aaron sie auf die Straße zur Stadt brachte, schien sie etwas erstaunt zu sein. Sie war nie zuvor in diese Richtung geführt worden. Fragend schaute sie zu ihm zurück, als wollte sie sagen: »Wohin führst du mich?« Aber nach einer Weile war sie wohl zu dem Ergebnis gekommen, daß eine Geiß keine Fragen stellen sollte. Dennoch, dieser Weg war anders als die gewohnten. Sie kamen an neuen Feldern, Weiden und strohgedeckten Hütten vorbei. Ab und zu bellte ein Hund und rannte hinter ihnen her, aber Aaron verjagte ihn mit seinem Stock.
Die Sonne schien, als Aaron das Dorf verlassen hatte. Plötzlich aber änderte sich das Wetter. Eine große schwarze Wolke, blau in der Mitte, zog von Osten auf und breitete sich rasch über den ganzen Himmel aus. Kalter Wind blies. Tief flogen krächzend die Krähen. Zuerst sah es so aus, als wollte es regnen, aber dann fing es wie im Sommer zu hageln an. Es war noch früh am Tag, aber es wurde dunkel wie zur Dämmerung. Nach einer Weile löste Schnee den Hagel ab.
Aaron hatte in seinen zwölf Jahren schon jedes Wetter gesehen, aber einen Schneefall wie diesen hatte er noch nicht erlebt. Die Schneeflocken fielen so dicht, daß das Tageslicht verlöschte. Nach kurzer Zeit war der Weg völlig bedeckt. Eisiger Wind kam

auf. Die Straße zur Stadt war eng und gewunden. Aaron wußte nicht mehr, wo er war. Er konnte durch den fallenden Schnee nicht hindurchschauen. Die Kälte durchdrang bald seine gesteppte Jacke.

Zuerst schien Zlateh den Wetterwechsel gar nicht zu beachten. Auch sie war zwölf Jahre alt und wußte, was Winter bedeutet. Aber als ihre Beine immer tiefer und tiefer im Schnee einsanken, drehte sie den Kopf und schaute Aaron verwundert an. Ihre sanften Augen schienen zu fragen: »Warum sind wir bei so einem Sturm draußen?« Aaron hoffte, daß ein Bauer mit seinem Marktwagen daherkäme, aber keiner kam.

Der Schnee fiel dichter in großen Flocken auf den Boden. Aaron spürte unter seinen Stiefeln weiches, gepflügtes Feld. Er merkte, daß er vom Weg abgekommen war. Er wußte nicht, wo Osten und wo Westen war, wo das Dorf lag und wo die Stadt. Der Wind pfiff und heulte und trieb den Schnee in Wirbeln umher. Es sah aus, als ob weiße Kobolde über den Feldern Fangen spielten. Weißer Staub wirbelte auf. Zlateh stand still. Sie konnte nicht mehr laufen. Widerspenstig stemmte sie ihre gespaltenen Hufe in den Boden und meckerte, als ob sie darum bitten wollte, nach Hause geführt zu werden. Eiszapfen hingen von ihrem weißen Bart herunter, und ihre Hörner glänzten vom Eis.

Aaron wollte die Gefahr nicht zugeben, aber er wußte trotzdem, daß sie erfrieren würden, wenn sie keinen Unterschlupf fanden. Das war kein gewöhnlicher Sturm. Das war ein Blizzard, der schlimmste Schneesturm. Der Schnee reichte ihm bis zu den Knien. Seine Hände waren erstarrt, und seine Ze-

hen konnte er nicht mehr spüren. Wie Holz fühlte sich seine Nase an, und er rieb sie mit Schnee ein. Zlatehs Meckern hörte sich wie Weinen an. Diese Menschen, denen sie so sehr vertraut hatte, hatten sie in eine Falle geführt.
Aaron begann zu Gott zu beten, für sich selbst und für das unschuldige Tier.
Plötzlich erkannte er die Form eines Hügels. Was das wohl sein mochte? Wer hatte den Schnee zu so einem riesigen Haufen aufgetürmt? Zlateh hinter sich her zerrend, ging Aaron darauf zu. Als er näher kam, sah er, daß es ein großer Heuhaufen war, den der Schnee zugedeckt hatte.
Aaron begriff sofort, daß sie gerettet waren. Unter großer Anstrengung grub er sich einen Weg durch den Schnee. Er war ein Dorfjunge und wußte, was zu tun war. Als er das Heu erreicht hatte, höhlte er ein Nest für sich und die Geiß aus. Wie kalt es draußen auch sein mag, im Heu ist es immer warm. Und Heu war Futter für Zlateh. Kaum hatte sie es gerochen, da war sie zufrieden und begann zu fressen. Draußen fiel weiter Schnee. Schnell deckte er den Durchgang wieder zu, den Aaron gegraben hatte. Aber ein Junge und ein Tier müssen atmen, und es war kaum Luft in ihrem Versteck. Aaron bohrte eine Art Fenster durch das Heu und den Schnee und hielt das Loch sorgfältig frei. Nachdem Zlateh sich satt gegessen hatte, setzte sie sich auf die Hinterbeine. Sie schien ihr Vertrauen in die Menschheit wiedergewonnen zu haben. Aaron aß seine zwei Käsebrote, aber nach dieser mühsamen Reise war er noch hungrig. Er schaute Zlateh an und bemerkte, daß ihre Euter voll waren. Er legte sich so neben sie hin, daß er sich die Milch in den Mund

melken konnte. Die Milch war fett und schmeckte süß. Zlateh war es zwar nicht gewohnt, auf diese Weise gemolken zu werden, aber sie wehrte sich nicht. Im Gegenteil, sie schien Aaron dafür belohnen zu wollen, daß er sie in einen Unterschlupf geführt hatte, dessen Wände, Boden und Decke aus lauter Futter für sie bestanden.

Durch das Loch konnte Aaron einen Blick nach draußen werfen. Der Wind trieb Schneeschauer vorbei. Es war stockdunkel, und er wußte nicht, ob es schon Nacht geworden war, oder ob der Schneesturm die Dunkelheit verursachte. Gott sei Dank war es im Heu nicht kalt. Das getrocknete Heu, Gras und Feldblumen, strömte die Wärme der Sommersonne aus. Zlateh fraß in einem fort; sie knabberte oben und unten, links und rechts. Ihr Körper gab Wärme ab, und Aaron kuschelte sich eng an sie. Er hatte Zlateh schon immer gern gehabt, aber jetzt war sie wie eine Schwester. Er war allein, von seiner Familie abgeschnitten, und er wollte reden. So sprach er mit Zlateh.

»Zlateh, was meinst du wohl, was aus uns werden wird?« fragte er.

»Mäh«, antwortete Zlateh.

»Wenn wir den Heuhaufen nicht gefunden hätten, wären wir beide jetzt schon steif gefroren«, sagte Aaron.

»Mäh«, antwortete Zlateh.

»Wenn weiter so viel Schnee fällt wie jetzt, müssen wir tagelang hier bleiben«, erklärte Aaron.

»Mäh«, meckerte die Geiß.

»Was bedeutet ›Mäh‹?« fragte Aaron. »Du solltest deutlicher sprechen.«

»Mäh, mäh«, war die Antwort der Geiß.

»Gut, lassen wir's bei ›Mäh‹« sagte Aaron geduldig. »Du kannst nicht sprechen, aber ich weiß, du verstehst mich. Ich brauche dich und du brauchst mich, nicht wahr?«

»Mäh.«

Aaron wurde schläfrig. Er machte sich aus etwas Heu ein Kissen, lehnte den Kopf daran und schlummerte ein. Zlateh schlief auch.

Als Aaron die Augen öffnete, wußte er nicht, ob es Morgen oder Nacht war. Der Schnee hatte sein Fenster verstopft. Er versuchte es freizulegen, aber als er seinen Arm ganz hineingebohrt hatte, war er noch immer nicht draußen angelangt. Glücklicherweise hatte er seinen Stock bei sich und konnte damit durchstoßen. Draußen war es noch immer dunkel. Schnee fiel, und der Wind heulte, zuerst nur mit einer Stimme und dann mit vielen. Manchmal klang es wie teufliches Gelächter. Zlateh wachte auf, und als Aaron sie begrüßte, antwortete sie: »Mäh.« Ja, Zlatehs Sprache bestand nur aus einem Wort, aber das bedeutete so vieles. Jetzt sagte sie: »Wir müssen alles annehmen, was Gott uns gibt. Hitze, Kälte, Zufriedenheit, Licht und Dunkelheit.«

Aaron war hungrig aufgewacht. Er hatte seine Brote gegessen, aber Zlateh gab noch viel Milch.

Drei Tage blieben Aaron und Zlateh in dem Heuhaufen. Aaron hatte Zlateh schon immer gern gehabt, aber in diesen drei Tagen gewann er sie noch viel lieber. Sie nährte ihn mit ihrer Milch und half ihm, warm zu bleiben. Sie ermutigte ihn mit ihrer Geduld. Er erzählte ihr viele Geschichten, und immer spitzte sie die Ohren und hörte zu. Wenn er sie streichelte, leckte sie ihm Gesicht und Hände.

Dann sagte sie: »Mäh.« Und er wußte, das bedeutete: Ich hab' dich lieb.

Drei Tage fiel der Schnee, wenn auch nach den ersten Tagen nicht mehr so dicht; und der Wind hatte sich gelegt. Manchmal war es Aaron, als hätte es nie einen Sommer gegeben, als wäre immer Schnee gefallen, solange er sich erinnern konnte. Als hätte er niemals Vater und Mutter gehabt. Als wäre er ein Schneekind, vom Schnee geboren, und Zlateh auch. Es war so ruhig im Heu, daß es bei dieser Stille in seinen Ohren brauste. Aaron und Zlateh schliefen die ganze Nacht und einen guten Teil des Tages. In Aarons Träumen war immer warmes Wetter. Er träumte von grünen Feldern, blühenden Bäumen, klaren Bächen und singenden Vögeln. In der dritten Nacht hörte es zu schneien auf, aber Aaron wagte nicht, in der Dunkelheit den Heimweg zu suchen. Der Himmel wurde klar, der Mond schien und warf silberne Netze über den Schnee. Aaron grub sich aus und schaute sich die Welt an. Alles war weiß, ruhig, und träumte Träume von himmlischer Herrlichkeit. Groß und nah waren die Sterne. Der Mond schwamm am Himmel wie in einem See.

Am Morgen des vierten Tages hörte Aaron das Klingeln von Schlittenglocken. Der Heuhaufen lag nicht weit von der Straße. Der Bauer, der den Schlitten fuhr, zeigte ihm den Weg – nicht in die Stadt und zum Metzger Feiwel, sondern heim ins Dorf. Aaron hatte im Heuhaufen beschlossen, sich niemals mehr von Zlateh zu trennen.

Aarons Familie und die Nachbarn hatten nach ihm und der Geiß gesucht, aber während des Sturms war keine Spur von ihnen zu finden. Sie fürchte-

ten, daß sie verloren waren. Aarons Mutter und Schwestern beweinten ihn, sein Vater blieb still und traurig. Plötzlich kam einer der Nachbarn mit der Nachricht gerannt, daß Aaron und Zlateh die Straße heraufkämen.
Große Freude herrschte in der Familie. Aaron erzählte ihnen, wie er den Heuhaufen gefunden und wie Zlateh ihn mit ihrer Milch genährt hatte. Aarons Schwestern küßten und umarmten Zlateh und gaben ihr etwas ganz besonders Gutes zu fressen: geschnitzelte Rüben und Kartoffelschalen, die Zlateh hungrig verschlang.
Niemand dachte jemals wieder daran, Zlateh zu verkaufen. Und nun, da das kalte Wetter endgültig eingesetzt hatte, brauchten die Dorfleute auch wieder Ruben des Pelzhändlers Dienste. Als Chanukka kam, konnte Aarons Mutter jeden Abend Kartoffelpuffer braten, und Zlateh bekam auch ihren Teil. Obgleich Zlateh ihren eigenen Stall hatte, kam sie oft in die Küche. Sie klopfte dann mit ihren Hörnern an die Tür, um anzuzeigen, daß sie einen Besuch machen wollte, und sie wurde immer hereingelassen. Am Abend spielten Aaron, Mirjam und Anna »Dredl«. Zlateh lag neben dem Ofen und beobachtete die Kinder und das Flackern der Chanukka-Kerzen.
Mitunter fragte dann Aaron: »Zlateh, erinnerst du dich noch an die drei Tage, die wir zusammen verbrachten?«
Und Zlateh kratzte sich dann mit einem Horn den Hals, schüttelte den weißbärtigen Kopf und meckerte ihr »Mäh«, das alle ihre Gedanken ausdrückte und ihre ganze Liebe.

Ein Chanukka-Abend in Warschau

I

Seit zwei Wochen hielt eine schneidende Kälte, wie man sie seit Jahren nicht mehr erlebt hatte, Warschau – und vielleicht ganz Polen – mit eisigem Griff umklammert. Doch ich, damals ein Kind von noch nicht sieben Jahren, ging weiterhin jeden Morgen sehr früh in den Cheder. Wir – meine Eltern, mein älterer Bruder Joschua, meine Schwester Hindele, mein jüngerer Bruder Mosche und ich – wohnten in der Krochmalna 10, und der Cheder lag in der Grzybowska 5. Jeden Morgen holte mich der Hilfslehrer ab und brachte mich in den Cheder und abends wieder nach Hause. Damit ich unterwegs nicht erfrieren würde, packte mich die Mutter in zwei wollene Hemden, zwei Paar Socken und Handschuhe. Sie stülpte eine Kapuze über meinen Kopf, die mein rotes Haar und die Schläfenlocken bedeckte; wenn ich in den Spiegel sah, konnte ich mich selbst nicht mehr erkennen und streckte dem Fremden die Zunge heraus.

Die langen Winternächte waren angefüllt mit Träumen. Mal träumte ich, ich sei ein Kaiser, dann wieder war ich ein Bettler. Ein altes Zigeunerweib schnappte mich und sperrte mich in einen Keller. Dann wieder träumte ich, es sei Sommer und ich schlenderte mit Schoscha, der Tochter unserer Nachbarin Baschele, durch einen Garten, der von

Blütenduft und dem Gesang der Vögel erfüllt war. Ich segelte in einem Boot auf der Weichsel, aber Piraten kaperten mein Schiff und schafften mich nach Madagaskar, wo ich in die Sklaverei verkauft werden sollte. Meine Träume mischten sich mit meinen Phantasievorstellungen und mit den Geschichten, die ich von meiner Mutter gehört oder in Büchern gelesen hatte.

Jener Wintermorgen war kalt, aber sonnig. Der Himmel über den Häusergiebeln war mit einem hellen Blau überzogen. Und obwohl unser Ofen mit Holz und Kohle beheizt worden war, hatten sich über Nacht Eismuster auf den Fenstern gebildet. Sie erinnerten an Bäume, aber nicht an solche, wie es sie in Polen gab, sondern eher an Dattelpalmen und Feigen- und Johannisbrotbäume, die der Bibel zufolge im Land Israel wuchsen.

Normalerweise blieb ich bis zum Abend im Cheder, aber heute war Chanukka-Abend, und ich sollte früher nach Hause kommen als sonst. Ich mochte Chanukka – das einzige Fest während des Winters. Abends nach dem Gottesdienst segnete Vater die Chanukka-Lichter, Mutter buk Kartoffelpuffer und ich bekam zum Fest einen Blechkreisel und Geld. Ich konnte es kaum erwarten, nach Hause zu kommen.

Bevor ich das Haus verließ, gab Mutter mir eine Papiertüte mit Brot und Butter, Käse und einem Apfel. Das war mein zweites Frühstück. Der Hilfslehrer nahm mich bei der Hand und führte mich die Treppen hinunter auf die Straße. Mutter schärfte ihm ein, mich nicht loszulassen. In so einer großen Stadt könne ein Kind leicht verlorengehen. Auf den Straßen wimmle es von Schlitten, und ich könnte leicht überfahren werden, was der Himmel verhüten möge. Ich schämte mich, daß sich meine Mutter solche Sorgen machte. Sie stammte aus einer kleinen Stadt, und die Menschen aus der Provinz wittern in der Großstadt alle möglichen Gefahren. Ich war im Alter von drei Jahren nach Warschau gekommen und fühlte mich als Stadtjunge. Ich hätte allein in den Cheder gehen können; man hätte mich nicht hinbringen müssen. Ich beneidete die anderen Kinder meines Alters, die allein in den Cheder gingen. Ich hatte das Gefühl, daß sie mich auslachten, weil ich wie ein Baby begleitet wurde. Gott im Himmel, wie anders doch heute die Straße aussah! Sie war zugedeckt mit frischem Schnee, der über Nacht gefallen war. Noch hatten weder Schlitten noch Füße ihn zusammengedrückt, und er glitzerte in der Sonne, und seine Kristalle schimmerten in allen Regenbogenfarben. Ein einzelner Baum wuchs in unserer Straße; seine kahlen Zweige waren von Rauhreif überzogen. Sie erinnerten mich an die Arme eines riesigen Chanukka-Leuchters. Schlitten glitten mit Glöckchenläuten vorbei, und aus den Nüstern der Pferde dampfte es. Schneehauben lagen auf Dächern und Balkonen. Die ganze Welt war weiß, wunderbar und wie ein Traum.

II

In den Cheder zu gehen war für mich Tag für Tag eine Qual. Die anderen Schüler freundeten sich schnell miteinander an. Sie wickelten alle möglichen geheimen Geschäfte untereinander ab. Ein Junge gab einem anderen einen silbernen Knopf und bekam dafür einen goldenen. Unauffällig, so daß der Lehrer es nicht merkte, tauschten sie Bleistifte, Federhalter und manchmal Schokolade oder Plätzchen, die sie von zu Hause mitbrachten. Die meisten Schüler waren Söhne von Geschäftsinhabern oder Fabrikbesitzern, und sie waren selbst schon kleine Geschäftsleute. Ihre Eltern wohnten in den vornehmeren Vierteln. Einige der Schüler brachten jeden Tag ein anderes Spielzeug in den Cheder – Bleisoldaten, Pfeifen und Trompeten. Ein Junge hatte einen Federhalter mit einem Guckloch. Wenn man hineinsah, erblickte man Krakau. Ein anderer hatte eine Spieluhr, und wenn man sie aufzog, spielte sie eine Melodie. Wieder ein anderer Junge hatte eine echte Uhr. Die meisten hatten schwarze Haare, einige waren blond, aber niemand im Cheder außer mir hatte feuerrote Haare. Und niemand sonst trug so lange Schläfenlocken. Ich war der Sohn eines Rabbiners, und meine Eltern kleideten mich nach alter jüdischer Tradition. Obwohl ich in Warschau aufgewachsen war, sah ich aus wie ein Bauerntölpel. Die Jungen lachten über mich und meinen Kleinstadtaufzug. Sie machten sich sogar über die Art und Weise lustig, wie ich einige Wörter auf Jiddisch aussprach. Außerdem konnten sie mit mir keine Geschäfte machen. Ich brachte nichts in den Cheder außer meinem Pentateuch.

Ich schämte mich immer, wenn ich in den Cheder kam, und oft betete ich zu Gott, er möge mich schneller groß werden lassen. Doch es gab auch etwas Erfreuliches für mich. Alle Kinder hören gerne Geschichten, und ich hatte mir den Ruf eines Geschichtenerzählers erworben. Außerdem brachte ich es fertig, meine eigenen Phantasien in die Geschichten, die wir im Pentateuch lasen, einzubringen. Um die Zeit des Chanukkafestes nahm der Lehrer mit uns den Abschnitt durch, der sich mit Josef und seinen Brüdern befaßt. Ich konnte mir die Bedeutung der hebräischen Worte besser merken als viele andere Kinder, und ich wiederholte die Legende, als hätte ich sie selbst miterlebt. Josefs Träume wurden meine Träume. Die Brüder beneideten mich und verkauften mich in die Sklaverei zu den Ismaeliten, die mich an die Ägypter weiterverkauften. Potiphar ließ mich ins Gefängnis werfen, und später wurde ich der erste Minister des Pharao. Jakob, Josef, Rachel und all die anderen waren mir so vertraut wie meine eigene Mutter und mein Vater, wie unsere Nachbarin Baschele und ihre Tochter Schoscha, die ich insgeheim liebte. Während ich im Cheder über meinem Pentateuch saß, sehnte ich mich nach ihr und ihren kindlichen Worten, die mir tausend Freuden bereiteten . . .

Um drei Uhr hatten wir unser Pensum erledigt, und der Lehrer, Reb Mosche Jizchok, ein achtzigjähriger Patriarch, legte den Zeigestab und die Hasenpfote mit dem Riemen, mit dem er schlechte Schüler zu schlagen pflegte, nieder, und ließ uns nach Hause gehen.

Der Hilfslehrer kam zu mir her und sagte zögernd: »Du behauptest immer, du könntest den Weg nach Hause allein finden. Ist das wahr?«

»Ja, es ist wahr.«

»Und du würdest dich nicht verlaufen?«

»Mich verlaufen? Ich würde mitten in der Nacht nach Hause finden!«

»Ich muß noch etwas erledigen und habe keine

Zeit, dich nach Hause zu bringen. Kann ich mich darauf verlassen, daß du es alleine schaffst?«
»Ja, ja ...«
»Und du wirst es deinen Eltern nicht sagen?«
»Nein, niemals!«
»Versprichst du mir das?«
»Ich schwöre es bei meinen Schaufäden.«
»Du brauchst nicht bei deinen Schaufäden zu schwören.«
»Ich sage nichts, selbst wenn sie mich umbringen sollten.«
»Also gut. Geh auf dem schnellsten Weg nach Hause und halte dich unterwegs nirgends auf. Du wirst ihnen sagen, daß ich dich bis an die Haustür gebracht habe.«
»Ja.«
Der Hilfslehrer half mir in den Mantel, die Kapuze, die Handschuhe und Galoschen. Die anderen Jungen lachten und machten sich über mich lustig. Sie nannten mich einen Weichling, ein Muttersöhnchen, einen kleinen Rabbiner, einen verzogenen Balg. Einer streckte mir die Zunge heraus, ein anderer machte eine verächtliche Geste. Ein dritter sagte: »Er ist Josef aus der Bibel. Sein Vater wird ihm noch einen bunten Rock schenken ...«

III

Ich wollte vor den Jungen prahlen, daß ich ganz allein nach Hause gehen würde, aber offenbar erriet der Hilfslehrer meine Absicht, denn er legte den Finger an die Lippen.
Ich ging auf die Straße hinaus und fühlte mich

zum ersten Mal erwachsen. Wie kurz doch die Tage im Winter waren! Es war gerade erst Viertel nach Drei, aber der Himmel war bereits dämmrig blau. Einige Cheder-Jungen schlitterten auf dem Eis im Rinnstein und probierten eine Figur, die sie »Kleiner Schuhmacher« nannten. Als sie mich so allein vorbeigehen sahen, begannen sie zu schreien und Grimassen zu schneiden, als wollten sie Jagd auf mich machen. Einer von ihnen warf einen Schneeball nach mir. Schnell lief ich davon. Sie warteten nur auf eine Gelegenheit, Streit anzufangen und mit ihrer Kraft anzugeben. Auf der Gnoyna blieb ich vor einem Schaufenster stehen. Obwohl das Geschäft einem Juden gehörte, verkauften sie dort Kugeln, Glocken, Lichter und Glitzerzeug, mit dem die Nichtjuden ihre Christbäume schmücken. Ein Mann mit einem langen Stab in der Hand zündete die Gaslaternen an. In den Eingängen saßen Frauen auf Kisten und Schemeln und boten ihre Ware feil – Kartoffelpuffer, heiße Kichererbsen, heiße Limabohnen, Bejgl und Ölkuchen. Die Gerüche, die diese köstlichen Sachen verströmten, waren himmlich. Ich begann mir vorzustellen, was ich anfangen würde, wenn ich eine Million Rubel hätte. Ich würde alle diese Leckereien kaufen und ein Fest für Schoscha bereiten. Wir würden uns mit Schokolade, Kuchen und Früchten vollstopfen und eine Schlittenfahrt machen. Ich würde nicht mehr in den Cheder gehen, sondern mich zu Hause von einem Rabbiner unterrichten lassen.

Ich war so in meine Träumereien versunken, daß ich nicht bemerkte, daß es zu schneien begonnen hatte. Dichter Schnee fiel, trocken und körnig wie Salz. Meine Augen verkrusteten. Die Straßenlaternen wurden zugeschneit und schimmerten jetzt orange, blau, grün und violett. Doch es fiel nicht nur Schnee, sondern Schnee gemischt mit Graupeln. Eisklumpen fielen vom Himmel, und es kam ein starker Wind auf. Vielleicht rückte das Ende der Welt heran? Ich hatte den Eindruck, daß es donnerte und blitzte.

Ich begann zu rennen und fiel einige Male hin. Als ich mich aufrappelte, sah ich zu meinem Schrekken, daß ich in irgendeine andere Straße geraten war. Statt der Gaslaternen gab es hier elektrische Lampen. Ich sah eine Straßenbahn, die nicht von Pferden gezogen wurde. Die Stäbe auf ihrem Dach, die die Oberleitung berührten, sprühten blaue Funken. Angst überfiel mich – ich hatte mich verlaufen! Ich hielt vorübergehende Leute an und fragte sie nach der Richtung, aber sie übersahen mich. Ein Passant antwortete mir, aber auf polnisch, einer Sprache, die ich nie gelernt hatte. Ich konnte die Tränen kaum zurückhalten. Ich wollte zurückkehren, von wo ich gekommen war, verirrte mich aber offenbar nur noch mehr. Ich kam an hell erleuchteten Läden vorbei und an einem Gebäude mit Balkonen und Säulen, das aussah wie ein königlicher Palast. Oben spielte Musik und unten räumten die Händler ihre Waren von den Ständen.

Der Wind blies Kopftücher, Taschentücher, Hemden und Blusen durcheinander, so daß sie wie Kobolde in der Luft herumwirbelten. Das, wovor ich mich immer gefürchtet hatte, war anscheinend eingetreten – die bösen Geister ließen ihre Wut an mir aus.

Manchmal schob der Wind mich vorwärts, im nächsten Moment zerrte er mich zurück. Er blähte meinen Mantel auf und versuchte, mich in die Luft zu heben. Ich wußte, wohin die Sturmböen mich tragen wollten – nach Sodom, in das Land jenseits der dunklen Berge, zu Asmodäus' Schloß, zum Berg Sair, wo die Erde aus Eisen und der Himmel aus Kupfer ist. Ich wollte Gott anrufen, wollte ein Gebet oder eine Beschwörung stammeln, aber mein Mund war gefühllos und meine Nase starr wie Holz. Die Kälte drang durch meinen Mantel und durch beide Hemden. Meine Augenlider schwollen an, und in dem weißen Wirbel konnte ich nichts mehr sehen.

Plötzlich hörte ich einen schrillen Schrei und Rufe. Jemand tat einen Satz, packte mich am Kragen und schleppte und zerrte mich davon. War es ein Teufel, ein Gespenst? Ein Mann in langem Mantel und mit einem schwarzen Bart, den Schnee und Frost weiß gefärbt hatten, brüllte mich an: »Wo rennst du hin? Wohin willst du? Du wärst um ein Haar von der Straßenbahn überfahren worden.«

Ich wollte ihm danken, brachte aber kein Wort heraus.

Der Mann fragte: »Wer läßt ein Kind bloß bei einem solchen Sturm hinaus? Hast du denn keine Eltern?«

Ich weiß nicht warum, aber ich sagte: »Nein. Ich bin Waise.«

»Waise, so? Bei wem wohnst du?«

»Bei meinem Großvater.«

»Und wo wohnt dein Großvater?«

Ich nannte eine falsche Adresse – »Krochmalna 13.«

»Und was tust du dann hier, wenn du in der Krochmalna 13 wohnst? Hast dich wohl verlaufen, was?«

»Nein.«
»Wo willst du denn hin?«
»Ich wollte ein Gebet für meine Eltern sprechen«, antwortete ich und war selbst über meine Lüge erstaunt.
»In der Krochmalna gibt es wohl keine Synagogen oder Bethäuser? Ich sehe schon, daß du dich verlaufen hast. Komm, ich bring dich zurück.«
Er nahm mich bei der Hand und führte mich.
Er fragte: »Was macht denn dein Großvater? Womit verdient er seinen Lebensunterhalt?«
»Er ist Gepäckträger«, sagte ich. Die Worte kamen wie von selbst aus meinem Mund.
»Gepäckträger? So ein alter Mann und hat noch genug Kraft? Hast du Hunger?«
»Nein. Doch.«
»Warte, du bekommst gleich etwas.«
Wir gingen nur ein paar Minuten. Ich hatte angenommen, daß ich mich weit von der Krochmalna entfernt hatte, aber plötzlich sah ich sie wieder. Ich wollte vor dem Mann und meinen Lügen davonlaufen, aber er hielt mich fest an der Hand. Er sagte: »Lauf nicht weg, mein Junge. Armut ist keine Schande.«
Er führte mich in ein Restaurant. Ich war schon am Morgen daran vorbeigegangen. Sommer wie Winter stand drinnen eine Dampfwolke, und es roch nach gebratenen Zwiebeln, Knoblauch, Fleisch, Suppe und Bier. Abends spielte dort Musik. Einmal hörte ich meine Mutter sagen, daß das Essen, das dort serviert wurde, nicht streng koscher sei und daß die Stammkundschaft aus Gaunern, Dieben und Pöbel bestünde. Einmal hat dort irgend so ein Kerl eine Wette abgeschlossen, daß er eine

ganze gebratene Gans verdrücken könnte. Gerade wollte er den letzten Bissen hinunterschlucken, als ihm übel wurde und er ins Krankenhaus gebracht werden mußte. Jetzt war ich selbst dort. Der Boden war weiß und schwarz gekachelt, wie ein Schachbrett. Stämmige Männer und dicke Frauen saßen an rot gedeckten Tischen. Einige aßen gekochtes Rindfleisch, andere tranken Bier aus Krügen. Viele Gaslampen flackerten. Kellner mit weißen Schürzen balancierten riesige Tabletts mit Geschirr über den Köpfen der Gäste. Es gab auch noch andere Räume; aus einem tönten Gesang, ein Akkordeon und Geklatsche.

Der Mann konnte keinen Tisch finden. Er stand mit mir mitten im Gedränge und sprach mit jedem und keinem. »Ein Waisenkind. Wäre fast überfahren worden. Ausgehungertes, armes Ding. Halb erfroren. Gebt ihm was zu essen. Es ist eine gute Tat!« Er bettelte für mich. Wieder versuchte ich, ihm zu entschlüpfen, aber er hielt mich fest. Die Wände waren mit roten Stofftapeten bedeckt und hingen voller Spiegel, so daß ich immer wieder mich selbst sah.

Eine stämmige Frau trat zu uns und fragte meinen Wohltäter: »Warum hältst du diesen Jungen fest? Hat er etwas angestellt?«

»Etwas angestellt? Nichts hat er getan. Er ist ein armes Waisenkind und hat Hunger.«

»Ein Waisenkind? Er ist der Sohn unseres Rabbiners. Seine Eltern sind am Leben. Ich habe seine Mutter erst heute morgen beim Metzger gesehen.«

»Was? Aber er hat mir gesagt, er sei Waise und sein Großvater sei Gepäckträger –.«

»Gepäckträger? Ist er verrückt geworden?«

Offenbar war der Mann so verblüfft, daß er meine Hand losließ. Ich rannte davon. Im nächsten Augenblick war ich wieder draußen.

IV

Ich erkannte die Straße kaum wieder. Mein Bruder Joschua hatte oft vom Nordpol gesprochen und davon, daß die Nächte dort sechs Monate dauerten. Jetzt kam mir die Krochmalna wie der Nordpol vor. Riesige Mengen Schnee waren gefallen. Ganze Türme und Berge hatten sich entlang dem Rinnstein gebildet. Die Fußgänger sanken tief in die Schneemassen ein. Die Straßenlaternen sandten nebelige Lichtstreifen aus. Der Himmel hing tief und war violett gefärbt, und man sah weder den Mond noch die Sterne. Ich versuchte zu laufen, aus Angst, daß mich der Mann fangen und für meine Lügen bestrafen würde. Ich hatte so viele Sünden begangen! Meine Eltern würden bald entdecken, daß ich den Mann angelogen und mich als Waise ausgegeben hatte. Sie würden auch erfahren, daß der Hilfslehrer mich allein nach Hause gehen ließ und daß ich mich verlaufen hatte. Die Jungen im Cheder würden wieder etwas zu lachen haben und sich neue Spitznamen für mich ausdenken. Der Hilfslehrer würde mein Feind werden.
Plötzlich fiel mir eine Geschichte ein, die mein Bruder Joschua mir erzählt hatte. Sie handelte von einem Jungen, den man am Pessach-Abend zur Tür geschickt hatte, um sie für den Propheten Elias zu öffnen, und der verschwunden war. Jahre spä-

ter war er als erwachsener Mann und Professor zurückgekehrt. Er war aus der Stadt, in der seine Eltern lebten, nach Warschau gegangen, und von dort aus nach Berlin. Reiche Leute hatten ihm zu einer Ausbildung verholfen. Genau das würde ich auch tun müssen – von zu Hause fortlaufen! Ich würde alle Bücher über die Sonne, den Mond und die Sterne lesen. Ich würde lernen, wie sich die Berge, Flüsse, Meere und der Nordpol gebildet hatten. Mein Vater hatte auf alles die eine Antwort: das hat Gott erschaffen. Er wollte, daß ich nur religiöse Bücher studierte. Aber offensichtlich gab es in den weltlichen Büchern noch viele andere Erklärungen.

Joschua sprach oft von den Naturwissenschaften. Er behauptete, daß einen die Erziehung im Cheder in Unwissenheit beließ. Er sprach von einem Teleskop, durch das man die Berge und die Krater auf dem Mond sehen konnte. Da wir in Warschau wohnten, würde ich direkt nach Berlin gehen. Ich wußte, daß vom Güterbahnhof ein Zug nach Deutschland fuhr. Ich würde einfach den Schienen folgen, bis ich nach Berlin kam. Und was war mit Schoscha? Ich würde sie schrecklich vermissen. Da kam mir eine verrückte Idee: Vielleicht würde Schoscha mit mir weglaufen. In Büchern hatte ich oft von Jungen und Mädchen gelesen, die zusammen von zu Hause wegliefen, weil sie sich liebten. Freilich waren das immer Erwachsene, aber ich liebte Schoscha. Ich dachte an sie am Tag und träumte von ihr in der Nacht. Wir würden zusammen in Berlin studieren, und sobald ich Professor war, würden wir heiraten und nach Warschau zurückkehren. Alle Bewohner der Krochmalna würden aus ihren Häusern kommen, um uns zu begrüßen. Meine Mutter und Schoschas Mutter würden weinen und uns in die Arme nehmen. Bis dahin würden alle die Dummheit vergessen haben, die ich heute begangen hatte. Die Jungen vom Cheder, die mich jetzt umherstießen und hänselten, würden zu mir kommen, damit ich sie in Naturwissenschaft und Philosophie unterrichte ...

Ich hatte inzwischen unser Haus erreicht, ging aber weiter zu Schoscha. Ich mußte mit ihr reden! In Gedanken betete ich zu Gott, sie möge allein zu Hause sein. Ihr Vater arbeitete in einem Geschäft, und ihre Mutter ging oft zum Einkaufen auf den Markt oder zu ihrer Schwester zum Tratschen. Diesmal war das Glück auf meiner Seite. Ich klopfte an, und Schoscha öffnete. Mein Anblick schien sie zu erschrecken, und sie sagte: »Wie siehst du denn aus? Weiß wie ein Schneemann!«

Es war warm in Schoschas Küche, und ich begann sofort, sie in meine Pläne einzuweihen. Sie setzte sich auf einen Schemel. Sie war blond, blauäugig und trug ihre Haare zu Zöpfen geflochten. Sie war ausnehmend blaß. Obwohl sie in meinem Alter war, sah sie eher aus wie ein fünfjähriges Kind. Sie spielte mit Puppen und bekam schlechte Noten in der polnischen Schule, die sie besuchte. Sie konnte weder anständig lesen noch rechnen. Ich schlug ihr vor, sie solle mich nach Berlin begleiten. Schoscha ließ mich in Ruhe ausreden und fragte dann: »Und was werden wir essen?«

Ich war wie vor den Kopf geschlagen. Ich hatte völlig vergessen, daß der Mensch essen muß.

Nach einer Weile sagte ich: »Wir werden Lebensmittel von zu Hause mitnehmen.«

»Und wo wollen wir schlafen?«
Ich wußte nicht, was ich antworten sollte. Die Reise nach Berlin würde zweifellos Wochen dauern. Im Sommer konnte man draußen schlafen, aber im Winter würde es zu kalt sein. Einen Augenblick lang wunderte ich mich über meine eigene Dummheit und Schoschas Klugheit. Da ging plötzlich die Tür auf, und herein kam meine Mutter, dicht gefolgt von meiner Schwester Hindele.
Hindele rief: »Da ist er ja, Mama! Was habe ich dir gesagt?«
Mutter blickte mich verwirrt an. »Also da steckst du ... Wir suchen dich seit mehr als zwei Stunden. Ich dachte schon, es sei weiß Gott was passiert ...« Und dann explodierte sie plötzlich. »Ungezogenes Kind! Wann wirst du endlich lernen, zu gehorchen!«
Ich wußte, daß mich zu Hause ein Verhör erwartete. Und ich hatte keine Entschuldigungen zur Hand.
Meine Schwester sagte: »Wir haben mit dem Segnen der Chanukka-Lichter auf dich gewartet.«
»Wo hast du nur die ganze Zeit gesteckt? Hat dich der Hilfslehrer denn nicht begleitet?« fragte Mutter.
»Doch, er hat mich begleitet.«
»Wann denn? Sitzt du hier schon seit zwei Stunden?«
»Er ist gerade eben gekommen«, sagte Schoscha.
»Warum bist du bei so einem Sturm in der Gegend herumgerannt? Und warum bist du hierher gegangen anstatt nach Hause?«
»Er möchte, daß wir den Bahngleisen folgen ...«, sagte Schoscha, nicht weil sie mich verraten wollte,

sondern einfach, weil sie die Bedeutung von alledem nicht begriff.
Meine Schwester begann zu lachen. »Er möchte mit der kleinen Schoscha davonlaufen! Er ist in sie verliebt!«
»Lach nicht, Hindele, lach bloß nicht!« sagte Mutter. »Der Junge macht mich noch ganz krank!«
»Sieh ihn nur an! Weiß wie eine Wand!« bemerkte meine Schwester.
»Komm mit!« sagte Mutter.
Sie packte mich am Kragen und zog mich hinaus. Ich rechnete mit einer schweren Strafe, aber als Vater mich sah, lächelte er nur und sagte: »Ich habe mit den Chanukka-Lichtern auf dich gewartet. Außerdem habe ich ein Geschenk für dich.«
»Er wird kein Geschenk bekommen«, rief Mutter. »Er war die ganze Zeit draußen in der Kälte. Du hast nicht einmal gefragt, wo ich ihn gefunden habe!« warf sie dem Vater vor. »Bei unserer Nachbarin, bei Baschele!«
»Und wer ist diese Baschele?« fragte Vater.
»Abraham Kaufmanns Frau.«
»Und was hat er dort gemacht?«
»Sie haben ein Mädchen, ein kleines, einfältiges Ding, und er will mit ihr davonlaufen.«
Vater hob die Augenbrauen. »So? Nun, es ist Chanukka. Wir wollen uns das Fest nicht verderben.«
Zu Ehren des Festtages hatte Vater seinen samtenen Hausmantel angelegt. Die Deckenlampe war angezündet. Der Chanukka-Leuchter stand bereit. Vater goß Olivenöl hinein und sprach den Segen. Dann zündete er die Lichter an. Vaters roter Bart glühte wie Feuer. Aus seiner Tasche nahm er ein Gebetbuch mit Holzdeckeln. Die Schnitzerei auf

der Vorderseite zeigte die Klagemauer, die auf der Rückseite die Höhle von Machpela.
Er sagte: »Dieses Gebetbuch stammt aus dem Land Israel.«
»Aus dem Land Israel?«
Zitternd und voller Freude nahm ich das Gebetbuch. Nie zuvor hatte ich einen Gegenstand in Händen gehalten, der aus diesem fernen und heiligen Land stammte. Es schien mir, als strömte dieses Gebetbuch den Duft von Feigen, Datteln, Johannisbrot, Nelken und Zedern aus. All die Geschichten aus der Heiligen Schrift kamen mir plötzlich in den Sinn: von Sodom, dem Toten Meer und Rachels Grab, von Josefs Träumen, von König David, König Salomo und der Königin von Saba.
Meine Schwester Hindele sagte: »Warum bekommt er ein Geschenk?« Und sie fügte hinzu: »Der schlechteste Hund bekommt den größten Knochen.«
»Du wirst sehen, daß dieser Junge noch Schmach und Schande über uns bringt!« klagte Mutter. »Ich glaube nicht, daß ihn der Hilfslehrer überhaupt zurückbegleitet hat. Sonst bringt er ihn doch immer ins Haus.«
»Nun, heute ist ein Festtag, ein Festtag!« sagte Vater halb zu uns, halb zu sich selbst.
»Du verwöhnst ihn so, daß er noch ganz außer Rand und Band gerät«, warnte Mutter.
»Mit der Hilfe des Allmächtigen wird er zu einem anständigen Mann heranwachsen«, sagte Vater. Er wandte sich an mich. »Bete aus diesem Buch. Alles, was aus dem Land Israel kommt, ist heilig. Diese Mauer ist ein Überrest des Heiligen Tempels, den die Gottlosen zerstört haben. Die Göttliche Gegen-

wart herrscht dort in Ewigkeit. Die Juden haben gesündigt; darum wurde der Tempel zerstört. Aber der Allmächtige ist gnädig. Er ist unser Vater und wir sind Seine Kinder. So Gott will, wird der Messias kommen, und wir werden alle in unser Heimatland zurückkehren. Die Toten werden auferstehen. Das Licht der Sonne wird siebenmal heller scheinen als jetzt. Und die Heiligen werden mit Kronen auf ihren Häuptern dasitzen und die Geheimnisse der Tora studieren.«

»Mama, die Kartoffelpuffer werden kalt«, sagte Hindele.

»Ach ja!«

Und Mutter und Schwester gingen zurück in die Küche.

»Wo bist du gewesen?« fragte Vater. »Es ist eiskalt draußen. Gott behüte, du hättest dich erkälten können. Du tätest besser daran, in dein heiliges Buch zu sehen.«

»Papa, ich würde gerne Naturwissenschaft studieren«, sagte ich und war erstaunt über meine eigenen Worte.

»Naturwissenschaft? Was für eine Naturwissenschaft?«

»Warum es im Sommer warm ist und im Winter kalt. Wie hoch der Mond steht und was droben bei den Sternen passiert. Wie tief die Erde ist und wie hoch der Himmel. Alles ... alles ...«

»Alles Wissen ist in der Tora enthalten«, gab Vater zur Antwort. »In jedem Abschnitt der Tora verbergen sich zahllose Geheimnisse und unendliche Tiefen. Jene, welche die Kabbala studieren, gewinnen daraus mehr Wahrheit als alle Philosophen.«

»Papa, lehr mich die Kabbala.«

»Die Kabbala ist nichts für Jungen. Du kannst sie nicht studieren, bevor du dreißig bist.«
»Ich will es aber jetzt!«
»Warte ab. Du bist noch ein Kind. Was hast du eigentlich drüben bei den Nachbarn gemacht? Wer ist dieses kleine Mädchen? Da sie ein dummes Ding ist, was hast du mit ihr zu schaffen?«
»Sie ist *kein* dummes Ding.«
»So? Was ist sie dann?«
»Sie ist gut. Die Jungen im Cheder machen sich lustig über mich, aber sie ist nett zu mir. Wenn wir größer sind, will ich sie heiraten«, sagte ich, und meine eigenen Worte verblüfften mich. Es war, als hätte ein anderer aus mir gesprochen, und das machte mir Angst.
Vater lächelte, wurde aber gleich wieder ernst. »Alles wird im Himmel bestimmt. Man sagt, daß vierzig Tage, bevor ein Mensch geboren wird, ein Engel im Himmel verkündet: ›Dieses Mannes Tochter wird jenes Mannes Sohn heiraten.‹ Wie heißt das Mädchen?«
»Schoscha.«
»Schoscha? Ich hatte eine Tante Schoscha. Sie war meine Tante und deine Großtante.«
»Und wo lebt sie?«
»Tante Schoscha? Im Himmel, im Paradies. Sie war eine Heilige. Wenn sie zum Rabbi von Belz kam, gab er ihr einen Ehrenplatz. Im hohen Alter reiste sie in das Land Israel, und dort starb sie. Oh, ich habe noch ein anderes Geschenk für dich, ein Dredl.«
Die Tür ging auf, und Mutter und Hindele brachten die Kartoffelpuffer herein. Während der kurzen Zeit in der Küche hatte sich das Gesicht der

Mutter entspannt. Meine Schwester lächelte. Ich zeigte Mutter das blitzende neue Dredl, und sie sah mich durchdringend an.
»Du hast dich verlaufen, was?«
Ich wollte es leugnen, aber vor lauter Glück konnte ich nicht sprechen. Abgesehen davon wußte sie alles, genau wie eine Prophetin. Es kam oft vor, daß sie meine Gedanken las. Ihre großen, grauen Augen schienen zu sagen: »Ich weiß über all deine Streiche Bescheid, aber ich liebe dich trotzdem.«

Die Narren von Chelm und der törichte Karpfen

In Chelm, der Stadt der Narren, kauften alle Hausfrauen Fisch für den Sabbat. Die Reichen kauften große Fische, die Armen kleine. Gekauft wurden sie am Donnerstag, ausgenommen, zerteilt und zubereitet am Freitag, und am Sabbat wurden sie gegessen.

Eines Donnerstagmorgens öffnete sich die Tür zum Haus des Gemeindevorstehers von Chelm, Gronam Ochs, und Zeinwel Trottel trat mit einem Trog voll Wasser ein. Darin schwamm ein großer Karpfen.

»Was ist das denn?« fragte Gronam Ochs.

»Ein Geschenk für dich von den Weisen von Chelm«, sagte Zeinwel. »Dies ist der größte Karpfen, der je im See von Chelm gefangen wurde, und wir haben beschlossen, ihn dir zum Zeichen der Anerkennung deiner großen Weisheit zu geben.«

»Vielen Dank«, antwortete Gronam Ochs. »Meine Frau Jente Pesche wird sich sehr darüber freuen. Sie und ich, wir mögen Karpfen sehr gern. Ich habe in einem Buch gelesen, daß das Gehirn eines Karpfens, wenn man es ißt, einen noch weiser macht, und auch wenn wir in Chelm schon ungeheuer klug sind, kann eine kleine Verbesserung nie schaden. Aber laß mich ihn genau ansehen. Man hat mir gesagt, daß man am Karpfenschwanz die Größe seines Gehirns ablesen kann.«

Jedermann wußte, das Gronam Ochs kurzsichtig

war, und als er sich zu dem Trog hinunterbeugte, um den Schwanz des Karpfens besser sehen zu können, tat der Karpfen etwas, das bewies, daß er nicht so klug war, wie Gronam glaubte. Er hob seinen Schwanz und klatschte ihn Gronam ins Gesicht.

Gronam Ochs war fassungslos. »So etwas ist mir noch nie passiert«, rief er empört. »Ich kann gar nicht glauben, daß dieser Karpfen im See von Chelm gefangen wurde. Ein Chelmer Karpfen hätte das nie getan.«

»Er ist der gemeinste Fisch, den ich je im Leben gesehen habe«, pflichtete Zeinwel Trottel ihm bei.

Obwohl Chelm eine große Stadt ist, verbreiten sich Neuigkeiten dort in Windeseile. Innerhalb kürzester Zeit versammelten sich die anderen weisen Männer von Chelm im Haus ihres Vorstands, Gronam Ochs. Treitel Tor kam und Sender Simpel, Schmendrick Knallkopf und Feiwel Blödel. Gronam Ochs sagte: »Ich werde diesen Fisch am Sabbat nicht essen. Dieser Karpfen ist verrückt und durch und durch bösartig. Wenn ich ihn esse, könnte ich dumm werden anstatt klüger.«

»Was sollen wir dann mit ihm anfangen?« fragte Zeinwel Trottel.

Gronam Ochs legte einen Finger an seine Stirn, zum Zeichen, daß er angestrengt nachdachte. Nach einer Weile rief er: »Kein Mensch oder Tier in Chelm darf Gronam Ochs schlagen. Dieser Fisch muß bestraft werden.«

»Aber auf welche Weise sollen wir ihn bestrafen?« fragte Treitel Tor. »Fische werden sowieso getötet, und man kann einen Fisch nicht zweimal umbringen.«

»Man sollte ihn nicht wie einen anderen Fisch töten«, schlug Sender Simpel vor. »Er sollte auf andere Weise sterben, damit jeder sieht, daß niemand unseren verehrten Gemeindevorsteher Gronam Ochs ungestraft schlagen darf.«

»Aber was für eine Todesart?« überlegte Schmendrick Knallkopf. »Sollen wir ihn vielleicht einfach ins Gefängnis stecken?«

»Es gibt kein Gefängnis für Fische in Chelm«, sagte Zeinwel Trottel. »Und so ein Gefängnis zu bauen, würde zu lange dauern.«

»Man sollte ihn aufhängen«, meinte Feinwel Blödel.

»Wie willst du einen Karpfen aufhängen?« wollte Sender Simpel wissen. »Man kann jemanden nur am Hals aufhängen, aber da dieser Karpfen keinen Hals hat, wie willst du ihn dann aufhängen?«

»Ich schlage vor, daß er den Hunden bei lebendigem Leib zum Fraß vorgeworfen wird«, sagte Treitel Tor.

»Das hat keinen Sinn«, antwortete Gronam Ochs. »Unsere Hunde in Chelm sind schlau und bescheiden, aber wenn sie diesen Karpfen fressen, werden sie vielleicht genauso dumm und gemein wie er.«

»Was also sollen wir tun?« fragten die weisen Männer im Chor.

»Dieser Fall bedarf eingehender Überlegung«, befand Gronam Ochs. »Vorerst wollen wir den Karpfen in seinem Trog lassen und über die Sache so lange wie nötig nachdenken. Da ich der weiseste Mann in Chelm bin, kann ich es mir nicht leisten, ein Urteil zu sprechen, das nicht von allen Chelmern bewundert wird.«

»Wenn der Karpfen lange Zeit in diesem Trog bleibt, könnte er sterben«, erklärte Zeinwel Trottel,

ein ehemaliger Fischhändler. »Um ihn am Leben zu erhalten, müssen wir ihm eine große Wanne geben und regelmäßig das Wasser wechseln. Außerdem muß er anständig gefüttert werden.«
»Du hast recht, Zeinwel«, stimmte Gronam Ochs zu. »Geh und suche die größte Wanne in Chelm und kümmere dich darum, daß der Karpfen bis zum Tag des Urteils am Leben und gesund bleibt. Wenn ich zu einer Entscheidung komme, werde ich es dich wissen lassen.« Natürlich waren Gronams Worte in Chelm Gesetz. Die fünf weisen Männer zogen los und fanden eine große Wanne, füllten sie mit frischem Wasser, Brotkrumen, Chale und anderen Leckerbissen, die einem Karpfen schmecken mochten, und legten den kriminellen Karpfen hinein. Schlemihl, Gronams Leibwächter, wurde neben der Wanne postiert, um aufzupassen, daß sich keine gierige Hausfrau an dem unter Arrest stehenden Karpfen vergreifen würde.
Es ergab sich, daß Gronam Ochs viele andere Entscheidungen zu fällen hatte und das Urteil immer wieder hinausschob. Den Karpfen schien das nicht ungeduldig zu machen. Er fraß, schwamm in der Wanne umher, wurde noch fetter, als er ohnehin schon war, und machte sich gar nicht klar, daß ihm ein schlimmes Urteil drohte. Schlemihl wechselte häufig das Wasser, weil man ihm gesagt hatte, daß, sollte der Karpfen sterben, dies von Gronam Ochs und dem Gerichtshof von Chelm als Verhöhnung aufgefaßt würde. Jukel, der Wasserträger, verdiente sich jeden Tag ein paar Pfennige dazu, indem er Wasser für den Karpfen brachte. Einige Einwohner von Chelm, die gegen Gronam Ochs waren, verbreiteten das Gerücht, daß Gronam ein-

fach nicht die rechte Strafe für den Karpfen finden könne und nur darauf warte, daß der Karpfen eines natürlichen Todes stürbe. Doch sie wurden enttäuscht. Etwa ein halbes Jahr später wurde eines Morgens das Urteil verkündet, und als es bekannt wurde, waren die Leute von Chelm überwältigt: Der Karpfen sollte ertränkt werden.
Gronam Ochs hatte sich schon viele kluge Urteile ausgedacht, aber noch nie ein so geistreiches wie dieses. Selbst seine Feinde waren über seine gewitzte Rechtsprechung erstaunt. Ertränken ist genau die Todesart, die ein tückischer Karpfen mit einem großen Schwanz und einem kleinen Hirn verdient. An diesem Tag versammelte sich die ganze Gemeinde von Chelm am See, um zuzusehen, wie das Urteil vollstreckt wurde. Der Karpfen, der inzwischen fast doppelt so dick war wie zuvor, wurde in dem Karren, der die Schwerverbrecher zur Richtstatt fuhr, zum See gebracht. Die Trommler trommelten. Trompeten schmetterten. Der Henker von Chelm hob den schweren Karpfen hoch und warf ihn mit einem mächtigen Schwung in den See, daß es nur so klatschte.
Die Leute von Chelm schrien aus vollem Hals: »Nieder mit dem Verräter! Lang lebe Gronam Ochs! Hurra!«
Gronam wurde von seinen Bewunderern auf die Schultern gehoben und unter Lobeshymnen nach Hause getragen. Einige Chelmer Mädchen überschütteten ihn mit Blumen. Sogar Jente Pesche, seine Frau, die oft Kritik an Gronam übte und es sogar wagte, ihn einen Esel zu nennen, schien von Gronams ungeheurer Intelligenz beeindruckt.
Wie überall gab es auch in Chelm Neider, die an je-

dem etwas auszusetzen fanden, und diese behaupteten, es gäbe keinerlei Beweis dafür, daß der Karpfen wirklich ertrunken sei. Warum auch sollte ein Karpfen im Seewasser ertrinken, wollten sie wissen. Während Hunderte unschuldiger Fische jeden Freitag umgebracht wurden, sagten sie, hatte dieser blöde Karpfen monatelang bequem auf Kosten der Steuerzahler gelebt und war dann gesund und wohlbehalten in den See zurückgekehrt, wo er sich über die Menschen lustig machte. Aber nur wenige hörten auf diese bösartigen Worte. Man wies darauf hin, daß Monate vergingen, ohne daß der Karpfen wieder gefangen wurde – ein sicheres Zeichen, daß er tot war. Gewiß, der Karpfen könnte beschlossen haben, vorsichtig zu sein und den Netzen der Fischer auszuweichen. Aber wie kann ein dummer Karpfen, der Gronam Ochs ins Gesicht schlägt, solche Klugheit besitzen?

Um trotzdem ganz sicherzugehen, erließen die weisen Männer von Chelm eine Verfügung, daß, falls der abscheuliche Karpfen sich geweigert haben sollte, zu ertrinken, und wieder gefangen würde, ein eigenes Gefängnis für ihn gebaut werden sollte, ein Becken, in dem man ihn bis zum Ende seiner Tage gefangen halten würde.

Die Verfügung wurde in großen Lettern im Nachrichtenblatt von Chelm abgedruckt und von Gronam Ochs und seinen fünf Weisen unterzeichnet – von Treitel Tor, Sender Simpel, Schmendrick Knallkopf, Zeinwel Trottel und Feiwel Blödel.

Die ruchlose Stadt

Als Abraham von Gott befohlen wurde, das Land Haran zu verlassen, beschloß Lot, sein Neffe, mit ihm zu ziehen. Lot war Advokat in Haran und allgemein bekannt als Verteidiger von Verbrechern. In solchen Dingen war er sehr gewieft, wenngleich er wenig Sinn für Gerechtigkeit hatte. Er riet seinen Klienten, zu lügen, und er bestach die Richter.

Lot war reich und mächtig geworden. Er hatte ein großes Haus, eine hübsche Frau und zwei muntere Töchter, Bechira und Zira. Aber trotz allem war seine Frau nicht zufrieden. Sie wollte mehr Gold, mehr Perlen und mehr Sklaven besitzen. Sie hatte gehört, daß Sodom eine ungeheuer reiche Stadt sei und daß es dort viele Verbrecher gebe, die einen Advokaten brauchten. Deshalb überredete sie Lot, dorthin zu ziehen.

Abraham war ein heiliger Mann, ein Diener Gottes, der nichts davon wußte, wie sein Neffe seine Geschäfte betrieb. Gott befahl Abraham, sein Heimatland zu verlassen, und Abraham gehorchte. Als Lot ihm vorschlug, gemeinsam in Richtung Kanaan zu ziehen, das in der Nähe von Sodom lag, stimmte Abraham sofort zu.

Bevor Lot das Land Haran verließ, verkaufte er sein Haus, seine Kühe, seine Ochsen, seine Pferde, seine Esel und seine Kamele. Er und seine Angehörigen ritten auf Abrahams Eseln, aßen Abrahams Brot und deckten sich nachts mit seinen Tierfellen zu.

Sara, Abrahams Frau, fragte ihn: »Warum benützt

Lot unser Hab und Gut? Er ist doch ein reicher Mann.«
»Er ist meines Bruders Sohn«, erwiderte Abraham. »Wir haben keine eigenen Kinder, und nach unserem Tod wird er alles erben, was wir haben. Warum sollte er nicht schon jetzt alles benützen, was einmal ihm gehören wird?«
Als sie sich dem Land Kanaan näherten, befahl Gott Abraham, sich dort anzusiedeln. Lot aber sagte: »Onkel, ich will dir nicht länger zur Last fallen. Ich ziehe weiter nach Sodom. Ich habe erfahren, daß dort große Nachfrage nach Advokaten besteht. Dort kann ich mir bestimmt mein Brot verdienen.«
»Zieh hin, und Gottes Segen sei mit dir«, sagte Abraham.

Lot zog mit seiner Frau und den beiden Töchtern nach Sodom. Doch am Stadttor wurden sie aufgehalten. Fremden war es gesetzlich verboten, sich in Sodom niederzulassen. Die Einwohner der Stadt durften nicht einmal Lebensmittel an Reisende verkaufen. Wenn Fremde – was selten genug vorkam – die Erlaubnis erhielten, die Stadt zu betreten, wurden sie meistens im Dunkel der Nacht getötet. So ging es zu in dieser lasterhaften Stadt.
Lot wollte umkehren, doch seine Frau sagte zu den Torhütern: »Mein Mann ist Advokat und berühmt als Verteidiger von Verbrechern. In Haran hatte jemand seinen Vater und seine Mutter ermordet, aber mein Mann hat erreicht, daß er freigesprochen wurde.«
»Wie hat er das geschafft?« fragte ein Torhüter.
»Er hat den Richter darauf hingewiesen, daß der

Mörder jetzt verwaist sei und daß eine Waise Gnade verdiene. Der Mörder wurde nicht nur freigesprochen, sondern hat auch das gesamte Vermögen seiner Eltern geerbt und ist jetzt einer der reichsten Männer in Haran.«

Als die Torhüter das hörten, schickten sie einen Boten zu den Gemeindeältesten von Sodom. Diese waren von dem Bericht über Lots erfolgreiche Verteidigung des verwaisten Angeklagten so beeindruckt, daß sie nicht nur beschlossen, Lot in die Stadt hereinzulassen, sondern ihn auch aufforderten, zu bleiben und Bürger von Sodom zu werden.

Lot gewöhnte sich rasch an das Leben und die Bräuche in Sodom. Die Sprache der Einheimischen sprach er zwar mit ausländischem Akzent, ansonsten aber benahm er sich wie ein gebürtiger Sodomit.

Noch schneller gewöhnte sich seine Frau an die Lebensart Sodoms. Als einmal ein Bettler zu ihr kam und um ein Stück Brot bat, erwiderte sie: »Ich gebe nur altbackenes Brot her.«

»Ich bin so hungrig«, sagte der Bettler, »daß ich auch für altbackenes Brot dankbar bin.«

»Aber wir haben heute gebacken, und das Brot ist noch frisch. Komm in ein paar Tagen wieder, dann ist es altbacken. Dann gebe ich dir ein Stück«, sagte Lots Frau, obwohl sie genau wußte, daß der Bettler bis dahin verhungert sein würde.

Ein andermal kam ein Hausierer zu ihr und sagte: »Ich habe zwei Sack Äpfel, die normalerweise einen Silberschekel pro Sack kosten. Aber weil ich dringend Geld brauche, kannst du beide Säcke für den Preis von einem haben. Du bekommst also einen Sack Äpfel kostenlos.«

Daraufhin nahm Lots Frau einen Sack Äpfel, zahlte aber nichts dafür.
»Warum bezahlst du die Äpfel nicht?« fragte der Hausierer.
»Ich habe den Sack genommen, der nichts kostet.«
Als der Hausierer protestieren wollte, hetzte Lots Frau die Hunde auf ihn, und er kam gerade noch mit dem Leben davon.
Die Nachbarn, die von diesen Vorfällen hörten, waren voller Bewunderung für Lots Frau. Es dauerte nicht lange, bis sie ihren Töchtern verbot, Hebräisch oder Aramäisch, die Sprache des Landes Haran, zu sprechen. »In Sodom hat man sich wie die Sodomiter zu benehmen«, erklärte sie ihnen. Und sie verbot ihnen auch, jemals wieder ihren Großvater Abraham und ihre Großmutter Sara zu erwähnen. »Als ehrenwerte Bürger Sodoms«, sagte sie, »ist es unter unserer Würde, einen alten Narren in der Familie zu haben, der an Gott glaubt und dessen Wort gehorcht.«
Eines Tages heuerte Lots Frau einen Ausrufer an, der mit seiner Trommel durch die Straßen Sodoms laufen und ein Loblied auf Lot singen mußte. Er stellte sich auf den Marktplatz und rief: »Mein Herr und Gebieter Lot ist dank seiner Weisheit imstande, Diebe, Mörder, Übeltäter, Schwindler und Räuber vor dem Gefängnis zu bewahren. Einen so berühmten Verteidiger von Verbrechern wie meinen Dienstherrn hat es seit den Tagen der Sintflut nicht gegeben.«
Und im Nu hatte Lot noch mehr Mandanten. Er wurde einer der beliebtesten Bürger der Stadt, und man ernannte ihn zum Vorsitzenden des Obersten Gerichtshofs von Sodom. Seine Töchter Bechira

und Zira heirateten junge Sodomiter, die bei Lot Rechtswissenschaft studierten.
Etwas allerdings wurmte Lot: Er konnte sich den ausländischen Akzent nicht abgewöhnen, und manchmal passierte es ihm, daß er hebräische und aramäische Ausdrücke benützte. Seiner Frau und seinen Töchtern war es peinlich, daß Lot seine hebräische Herkunft nicht verleugnen konnte. Das passierte ihm vor allem dann, wenn er zuviel getrunken hatte. Es war Brauch in Sodom, dem Alkohol zu frönen. Lot betrank sich oft. Dann sagte er ganze Sätze auf hebräisch und machte seiner Familie Schande.

Eines Tages kam ein Bote mit der Nachricht, daß Abraham aus Kanaan zu Besuch zu Lot kommen werde.
Lot war außer sich. In Sodom waren alle Männer glattrasiert, Abraham hingegen hatte einen langen weißen Bart. Er sprach nur Hebräisch oder Aramäisch, und was noch schlimmer war: Er war kein Götzendiener. Er diente einem Gott, der angeblich Himmel und Erde erschaffen und den noch niemand gesehen hatte. Lot wußte von vornherein, daß der Besuch seines Onkels nur Schmach und Schande über ihn bringen würde.
Noch mehr regten sich seine Frau und seine Töchter darüber auf. Bechira und Zira erklärten, sie würden das Haus verlassen, falls dieser alte Hebräer zu Besuch käme. Aber Lot entgegnete: »Wie könnte ich ihn abweisen? Er ist meines Vaters Bruder. Außerdem bin ich sein Erbe. Seine Frau Sara ist alt und bekommt bestimmt kein Kind mehr.«
»Du redest schon seit Jahren von dieser Erbschaft«,

sagte Lots Frau. »Abraham ist schon fast hundert Jahre alt und sollte endlich sterben.«
»Willst du vielleicht, daß ich ihn umbringe?«
»Warum nicht? Wenn Sara stirbt und Abraham eine junge Frau heiratet, bekommt er vielleicht noch einen Sohn und Erben. Dann kriegen wir keinen einzigen Schekel von seinem Geld.«
Lot konnte seine Frau nur mit Mühe dazu bewegen, dem Besuch des alten Mannes zuzustimmen.
Kurz darauf traf Abraham in Sodom ein. Weil er ein Verwandter des hochangesehenen Lot war, gewährte man ihm Einlaß. Abraham brachte seinen Neffen noch mehr in Verlegenheit als dieser befürchtet hatte. Sein Bart schien noch länger geworden zu sein, und er trug einen Stab und einen Sack bei sich – wie ein Bettler. Er war von zwei Dienern namens Gabriel und Raphael begleitet, die genau so fremdartig aussahen wie er.
Gleich am ersten Tag tat Abraham etwas, worüber Lot entsetzt war. Er stellte sich auf den Marktplatz und rief mit rauher Stimme: »Bewohner von Sodom, bereut eure Sünden! Laßt ab vom Stehlen, Betrügen und Morden! Hört auf, Fremde zu verunglimpfen, eure Eltern zu schmähen und das Fleisch von noch lebenden Tieren zu essen! Wenn ihr nicht ablaßt von eurer Lasterhaftigkeit, dann wird Gott Sodom zerstören!«
Die Leute, die Abrahams Worte hörten, lachten ihn aus und verspotteten ihn. »Was für ein Gott ist das denn, du alter Narr?« fragte jemand.
»Der Gott, der Himmel und Erde erschaffen hat«, erwiderte Abraham. »Ein Gott, der Blutvergießen und Falschheit, Grausamkeit und Ungerechtigkeit verabscheut.«

»Wo ist denn dieser Gott? Aus was ist er denn gemacht? Aus Stein? Aus Gold? Aus Kupfer? Aus Elfenbein?«

»Weder aus Stein noch aus Gold, weder aus Kupfer noch aus Elfenbein. Niemand hat ihn gemeißelt, geschnitzt oder gegossen. Er ist unsichtbar. Er hat die Meere und die Berge, die Menschen und die Tiere erschaffen. Er ist allgütig und sorgt für alles, was lebt.«

»Warum hat Lot seinem verrückten Onkel erlaubt, hierher zu kommen?« fragte ein Zuschauer. Andere bewarfen Abraham und seine beiden Begleiter mit Eselskot.

»Das hat man davon, wenn man Fremde hereinläßt«, sagte jemand. »Früher oder später holen sie andere Ausländer in die Stadt.«

»Er gehört ausgewiesen!« rief einer aus der Menge.

»Ihr braucht mich nicht auszuweisen«, sagte Abraham. »Ich möchte nicht hierbleiben. Aber ich warne euch zum letzten Mal: bereut!«

Doch niemand zeigte auch nur eine Spur von Reue. Am Abend wiederholte Abraham in Lots Haus seine Warnung: »Sodom wird zerstört werden.« Zu Lot sagte er: »Wenn du am Leben bleiben willst, dann steh im Morgengrauen auf, nimm deine Familie mit und laß die Stadt hinter dir. Kurz nach Sonnenaufgang wird von Sodom nur noch Schwefel und Asche übrig sein.«

Lots Frau, die ihren Ärger nicht mehr bezähmen konnte, schrie: »Der Alte ist irr!«

Lot hatte seiner Dienerschaft befohlen, ein Festmahl für Abraham und seine Begleiter zu rüsten. Sie hatten ein Spanferkel gebraten, Rindfleisch in Blut geschmort und ein Zicklein in der Milch seiner

Mutter gekocht. In Sodom waren das Leckerbissen. Abraham, Gabriel und Raphael aber weigerten sich, davon zu essen, und erklärten, solche Speisen seien im Angesicht Gottes ein Abscheu. Abraham bat, man möge ungesäuertes Brot für ihn backen. Lots Frau fühlte sich vor ihren Sklaven gedemütigt. Bechira und Zira schämten sich vor ihren Ehemännern.

Vor Lots Haus hatte sich eine Volksmenge zusammengerottet. Man warf Steine an die Fenster und verlangte, daß Abraham und seine Begleiter herausgeführt werden sollten, damit man sie, wie es in Sodom Brauch war, verhöhnen und martern konnte. Nur mit größter Mühe gelang es Lot, den Pöbelhaufen zum Rückzug zu bewegen.

Es war schon sehr spät, als Lot und seine Familie zu Bett gingen. Abraham und seine Begleiter legten sich nicht zur Ruhe. Lot, der nicht einschlafen konnte, hörte, wie Abraham zu Gott flehte: »Willst Du die Gerechten zusammen mit den Frevlern vernichten? Es gibt vielleicht fünfzig Gerechte in der Stadt. Willst Du auch *sie* vernichten statt diesen Ort zu verschonen um der fünfzig Gerechten willen, die darin sind? Ferne sei es von Dir, solches zu tun . . . Sollte nicht der Richter der Welt ein gerechtes Urteil fällen?«. . .

»Und wenn dort nicht fünfzig Gerechte sondern fünf weniger sind?«. . .

»Und wenn es dort nur vierzig gibt?« . . .

»Und wenn sich dort nur dreißig finden?« . . .

»Und wenn sich dort nur zehn finden?« . . .

Auch Lots Frau war aufgewacht. »Der Alte ist bestimmt nicht richtig im Kopf«, sagte sie zu Lot. »Wenn du ihn morgen nicht fortschickst, werde ich mich von dir trennen, und das Gericht wird dich dazu verurteilen, mir dein gesamtes Vermögen zu überlassen. Dann mußt du mir jede Woche tausend Schekel zahlen, oder man wird dich ins Gefängnis stecken.«

»Ich flehe dich an, hör auf damit! Kann ich denn etwas dafür, daß ich einen törichten alten Onkel habe?«

»*Ich* kann bestimmt nichts dafür!« fauchte seine Frau. »Und meine Töchter und Schwiegersöhne auch nicht. Die werden sich nicht mehr auf der Straße blicken lassen können. Trotz allem nennt man uns hier immer noch ›die Hebräer‹. Immer wenn es Meinungsverschiedenheiten gibt, johlen die Leute: ›Ihr dreckigen Hebräer!‹ und sagen, wir sollen wieder zurück nach Haran.«

Endlich schlummerten Lot und seine Frau ein. Es war eine heiße Nacht. In der Wüste erhob sich ein sengender Wind und blies feinen, heißen Sand durch die Ritzen der Fensterläden. In der Ferne heulten Schakale.

Als Lot im Morgengrauen aufstand und aus dem Fenster sah, bekam er Angst. Der Himmel war auffallend rot. Die Luft war drückend und roch nach Asche und Schwefel. Die aufgehende Sonne war rot wie Blut.

Lot sagte zu seiner Frau: »Wer weiß, vielleicht hat mein Onkel Abraham recht, und es wird wirklich Unheil über uns kommen. Irre haben manchmal einen sechsten Sinn.«

»Was sollen wir denn tun?«

»Wir sollten die Stadt verlassen. Das kann nicht schaden. Wir werden den alten Narren eine kurze Wegstrecke begleiten und dann wieder umkehren.«

Seine Frau war nicht einverstanden. »Wenn die Nachbarn uns fortgehen sehen, werden sie glauben, wir hätten das Gerede des Alten über die Zerstörung der Stadt ernstgenommen. Dann werden sie uns beschuldigen, an Abrahams Gott zu glauben, und wenn die Ältesten das hören, werden sie uns für immer aus Sodom verbannen.«
»Wir sagen einfach, daß wir einen Ausflug machen wollen. Nehmen wir doch einen Imbißkorb und Wein mit!«
Lots Frau und seine Töchter ließen sich schließlich dazu überreden, seine Schwiegersöhne aber wollten nichts von diesem Ausflug wissen. Sie tuschelten einander zu, es sei höchste Zeit für sie, den Schwiegervater und seine Sippschaft loszuwerden.
Nach viel Gezänk lud Lot einen Korb mit Schweinefleisch und ein Fäßchen Wein auf einen Esel. Lots Frau schloß das Haus nicht ab, denn ein Türschloß nützte in Sodom nicht viel: Wie man Türschlösser aufbricht, lernten hier schon die Kinder in der Schule. Da aber die Diebe große Bewunderung für Lot hegten, war nicht zu befürchten, daß sie diesen beliebten Richter berauben würden.
Inzwischen war die Sonne verschwunden. Der Himmel war mit gelblichen Wolken bedeckt. Die Luft wurde noch drückender, der Geruch nach Asche und Schwefel noch stärker. Krähenschwärme flogen krächzend hin und her. Aasgeier tauchten auf. Die Kamele und Esel schrien. Die Ochsen brüllten. Hunde bellten. Katzen miauten. Der Erdboden versengte die Fußsohlen der Menschen. In panischer Angst flohen die Tiere aus der Stadt. Sogar die Ratten und Mäuse verließen Sodom scharenweise.

Die Sodomiter rannten in die Tempel und warfen sich vor ihren tönernen, steinernen, silbernen und goldenen Götzenbildern nieder. Sie gelobten, Tier- und Menschenopfer zu bringen, um das, was sie für den Zorn ihrer Götter hielten, zu beschwichtigen.

Abraham mit seinen Begleitern und Lot mit seiner Familie hatten auf der Straße nach Zoar eben erst die Stadt verlassen, als loderndes Feuer vom Himmel fiel und Sodom in einen rauchenden Schmelzofen verwandelte. Abraham rief Lot und den Seinen zu: »Schaut euch nicht um! Flieht so schnell ihr könnt!«

»Mein Haus, meine Möbel!« jammerte Lots Frau. »Meine Kleider! Meine Teppiche! Meine Pelze, mein Schmuck!« Sie schaute sich um – vielleicht wollte sie überlegen, ob sie zurückgehen sollte – und im selben Moment erstarrte sie zur Salzsäule.

»Wehe, wehe, seht, was mit unserer Mutter passiert ist!« schrien Lots Töchter. Lot faßte nach dem Arm seiner Frau, aber als er merkte, daß sie sich nicht mehr bewegte, preßte er vor Schreck die Hand an den Mund. Sie schmeckte nach Salz. »Salz!« jammerte er. »Meine Frau ist zu Salz erstarrt!«

Auf Abrahams Geheiß zogen sie weiter, und erst als sie schon eine beträchtliche Strecke zurückgelegt hatten, erlaubte er ihnen, zurückzuschauen. Was noch vor kurzem eine von Menschen wimmelnde Stadt gewesen war, war jetzt ein riesiger qualmender Aschenhaufen.

»Lot«, sagte Abraham, »wisse, daß meine Begleiter Gabriel und Raphael Engel sind. Da du nun die Wahrheit erkennst – bereue und wende dich Gott zu!«

»Welche Wahrheit? Ich glaube weder an Gott noch an Engel.«
»Aber du siehst doch, was mit Sodom geschehen ist.«
»Der Vulkan ist ausgebrochen. Es hat nichts mit deinem Gott und seinen Engeln zu tun.«
Darauf sagte Abraham zu den Engeln: »Er wird bis an sein Ende so bleiben, wie er ist. Machen wir uns auf den Weg!«
»Onkel Abraham«, sagte Lot, »würdest du mir erst etwas von meinem Erbteil geben? Du wirst bald sterben, und ich habe kein Geld mehr.«
»Ich kann dir kein Erbteil geben«, erwiderte Abraham, »denn Sara, meine Frau, wird einen Sohn gebären. Das haben mir die Engel verheißen. Gabriel und Raphael, ist es nicht so?«
»Ja, es ist wahr. Sara, deine Frau, wird dir einen Sohn schenken.«
»Soll das heißen, daß Sara auf ihre alten Tage ein Kind bekommen wird?« fragte Lot verwundert und begann zu lachen. Seine Töchter stimmten ein.
»Warum lachst du, Lot?« fragte Gabriel. »Gibt es etwas, das Gott dem Herrn unmöglich ist?«
»Unsinn! Aberglaube!« sagte Lot. »Erzählt eure Märchen den Narren in Kanaan, nicht mir! Ich bin zu gewitzt, um solchen Blödsinn zu glauben.«
Abraham und die Engel zogen weiter und ließen Lot und seine Töchter zurück.
»Vater, was sollen wir jetzt tun?«, fragten die Töchter.
»Ich habe meine Frau verloren, und ihr habt keine Ehemänner mehr«, sagte Lot. »Aber wir haben ein Fäßchen Wein.« Sie öffneten das Fäßchen und bald waren sie besoffen.

Später entdeckten sie eine Höhle, in der sie sich niederließen und wie die Wilden lebten. Lot hatte nie etwas anderes gekonnt, als Verbrecher zu verteidigen. Seine verhätschelten Töchter, die kaum etwas anderes gelernt hatten, als zu essen, zu trinken, Sklaven herumzukommandieren und über die Armen zu spotten, lebten jetzt in Schmutz und Sünde. Die ruchlose Stadt Sodom wurde nie wieder aufgebaut. Sie blieb eine Wüstenei, die selbst von wilden Tieren gemieden wurde.
Nach einiger Zeit ließ sich Lot in einer anderen verruchten Stadt nieder, wo er wieder Mörder, Diebe und Schwindler verteidigte. Von Abraham hörte er nichts mehr, aber das war ihm jetzt auch egal. Er hatte nämlich von herumziehenden Hausierern erfahren, daß die Engel die Wahrheit gesprochen hatten und er jetzt keine Erbschaft mehr erwarten konnte.
Abraham besuchte seinen ungläubigen Neffen Lot und dessen lasterhafte Töchter nie wieder. Sara gebar Abraham einen Sohn, wie es die Engel vorausgesagt hatten.
Er wurde Isaak genannt. Und sein Sohn war Jakob, von dem die zwölf Stämme Israels abstammen.

Rabbi Leib und die Hexe Gurruh

Rabbi Leib, Saras Sohn, und die Hexe Gurruh hatten beide mit Wundern zu tun. Sie unterschieden sich nur dadurch, daß Rabbi Leib seine Wunder mit göttlicher Hilfe vollbrachte, während Gurruh mit dem Teufel im Bunde stand. Gurruh hatte einen Sohn, den berüchtigten Straßenräuber Bolvan, der seine zusammengestohlenen Reichtümer in einer Höhle häufte. Bolvan führte die Überfälle aus, aber Gurruh plante sie. Den Eingang zur Höhle, in der sie ihre Beute versteckten, konnte sie durch ihre Hexerei unsichtbar machen.

Gurruh war schon sechzig Jahre alt, aber sie hatte immer noch rabenschwarzes Haar und eine glatte, frische Haut. Man sagte, sie hätte einen Zaubertrank, durch den man jung bleibt.

Jahrelang hatten Rabbi Leib und Gurruh einen heimlichen Krieg gegeneinander geführt. Wenn Rabbi Leib einem Kaufmann ein Amulett gab, das ihn gegen den Teufel schützen sollte, dann konnte Bolvan ihn weder ausplündern noch ihm sonst was antun. Das kostete den Straßenräuber manchen fetten Brocken. Gurruh versuchte Rabbi Leib zu überlisten, aber seine Gebete waren gewöhnlich stärker als ihre Zauberei.

Rabbi Leib war so oft der Gewinner, daß Gurruh schließlich gar nicht mehr darum herumkam, ihn zu bewundern. Und von Bewunderung zu Liebe führt oft nur ein Schritt. Gurruh konnte aber nur

wie eine Hexe lieben. Diesen Brief schrieb sie Rabbi Leib:
»Leib, Du bist der mächtigste Mann auf Erden, und ich, Gurruh, bin die mächtigste Frau. Wenn wir heiraten, können wir die Welt beherrschen. Wir können die größten Banken ausrauben, die reichsten Münzanstalten plündern, und die mächtigsten Herrscher werden vor uns zittern.«
Und das war Rabbi Leibs Antwort:
»Ich will keine Banken ausrauben und Münzanstalten plündern. Ich will Gott dienen und nicht dem Teufel. Ich würde lieber mit einer Schlange hausen als mit Dir.«
Nachdem Gurruh Rabbi Leibs Brief gelesen hatte, mischte sich ihre Liebe mit Haß. Sie schwor, sie würde ihn zur Heirat zwingen und sich dann an ihm rächen. Sie schrieb ihm wieder:
»Du entkommst mir nicht. Du wirst mir in die Falle gehen. Du wirst mich heiraten, ob Du willst oder nicht. Und Du wirst auf die gleiche Art enden wie meine fünf Männer vor Dir.« Gurruh war schon zum fünften Male Witwe, und jedesmal hatte sie den Mann vernichtet.
Rabbi Leib und Gurruh lebten in dem gleichen riesigen Wald. Sie wohnte in einem prächtigen unterirdischen Haus mit einem geheimen Eingang durch einen hohlen Baumstamm. Er hauste in einer kleinen Hütte an einem Fluß, in dem er jeden Morgen badete, bevor er seine Gebete sprach. Er betete gern unter den Bäumen.
Ab und zu wanderte er in ein nahes Dorf, um sich mit Essen und Trinken zu versorgen. Er aß nichts, was von Lebendigem stammte, weder Fisch noch Fleisch. Er legte sich nur karge Vorräte an, aber

stets hatte er viele Säcke mit Körnern für die Vögel des Waldes. Jeden Morgen kamen sie in Scharen und pickten die Körner vor seiner Hütte auf. Während er betete, sangen und zwitscherten die Vögel, und ihr Gesang festigte seinen Glauben.
Plötzlich geschahen seltsame Dinge, und Rabbi Leib erkannte sie als Gurruhs Werk. Giftschlangen kamen zu seiner Hütte und griffen die Vögel an. Nachts störte ihn das Geheul wilder Hunde beim Nachdenken. Eines Morgens badete er im Fluß, da biß ihn ein seltsames kleines Tier, das so ähnlich wie ein Igel aussah. Rabbi Leib rief einen heiligen Spruch, und das Tier ließ von ihm ab. Die Bisse aber blieben sichtbar.
Rabbi Leib kaufte frisches Brot aus dem Holzofen des Dorfes, aber als er zu Hause ankam, war das Brot schimmelig. Würmer, Mäuse und Ratten überfielen seine Hütte. Rabbi Leib hielt sich auch ein paar Hühner, die schlachtete er aber nicht, denn er mochte den Hahnenschrei und das Gackern der Hennen. Eines Nachts schlich sich ein Wiesel in den Stall und tötete sie alle. Das Flußwasser, das immer kristallklar gewesen war, floß plötzlich schlammig dahin und stank.
Eines Abends, als Rabbi Leib zum Gebet in den Wald ging, bemerkte er auf dem Dach seiner Hütte einen Mann, der rußbedeckt war wie ein Schornsteinfeger. Der Mann trug einen baumlangen Besen und ein Seil. Die wilden Augen eines Tieres hatte er und vorstehende weiße Zähne. Rabbi Leib rief ihm zu:

»Lauerndes Wesen und Nachtgetier,
In die Wüsten von Sodom, hinweg mit dir!«

Einen Augenblick zögerte der Dämon, dann rief er: »Ich werde nicht verschwinden, ehe Ihr gehört habt, was ich Euch zu sagen habe.«
»Wer bist du? Was willst du von mir?«
»Hurmizah bin ich, der ergebene Diener meiner Herrin Gurruh. Ich soll Euch sagen, daß sie aus Liebe zu Euch schier vergeht. Wenn Ihr sie nicht heiraten wollt, wird sie sich an den Eurigen rächen. Euch selbst kann sie ja nichts anhaben, aber mit den anderen kann sie tun, was sie will. Wenn Ihr aber ihr Mann sein wollt, dann gibt sie Euch die Hälfte ihrer Schätze: Säcke voller Gold, Diamanten und andere kostbare Dinge. Auf dem Berg Sair wird sie Euch auch einen Palast errichten, neben Asmodis Schloß. Sie hat Euch zu einem seiner sieben Ratgeber ausersehen. Tausend Teufel und Dämonen sollen Euch zu Diensten stehen. Statt in Eurem dreckigen kleinen Fluß werdet Ihr in Balsam baden. Naamah selbst wird mit ihren Mädchen für Euch tanzen. Fünftausend Jahre alten Wein aus den Kellern des Melchisedek werdet Ihr trinken können.«
Hurmizah hätte noch weiter geredet, aber Rabbi Leib sprach ein heiliges Wort, das er nur in höchster Not gebrauchte, und Gurruhs Bote mußte weichen. Hurmizah breitete seine fledermausähnlichen Flügel aus und rief: »Überlegt Euch das, Leib. Morgen komme ich wieder. Am Ende wird Gurruhs Zauberkraft doch stärker sein als Eure heiligen Sprüche.«
Er flog davon und ließ den Geruch von Pech und Schwefel hinter sich.
In dieser Nacht konnte Rabbi Leib nicht schlafen. Er zündete eine Kerze an, aber der Wind blies die

Flamme aus. Aus dem Schornstein tönte Wispern und Gelächter. Er wußte zwar, daß Gurruh ihm nichts zuleide tun konnte, aber um seine Freunde, seine Verwandten und um seine geliebten Vögel sorgte er sich. Ein für allemal mußte er die Hexe loswerden.

Aber wie?

In der folgenden Nacht erschien der teuflische Schornsteinfeger wieder auf Rabbi Leibs Dach. Der Rabbi sagte zu ihm: »Hurmizah, letzte Nacht habe ich kein Auge zugetan. Ich habe mir alles überlegt. Ich bin zu dem Schluß gekommen, daß Gurruh recht hat. Sie und ich, wir würden zusammen das mächtigste Paar der Welt sein. Flieg zu deiner Herrin und berichte ihr, daß ich bereit bin, sie zu heiraten.«

Als Hurmizah diese Worte hörte, sagte er: »Mein Herr, das ist aber gut, daß Ihr zur Vernunft gekommen seid. Meine Herrin Gurruh hatte sich ausgedacht, Euer Haus zu zerstören, den Wald niederzubrennen, den Fluß auszutrocknen – und das alles nur als Vorgeschmack. Niemand ist mächtiger oder schöner als sie. Zusammen werdet ihr über Mensch und Tier herrschen.« Hurmizah verschwand sogleich, um Gurruh die gute Nachricht zu überbringen.

Gurruh verlor keine Zeit. Sie kleidete sich in ihre schönsten Gewänder, setzte sich eine diamantene Krone auf den Kopf und schmückte sich mit vielen kostbaren Armreifen und Fußspangen. Sie bestieg einen Besen mit silbernen Borsten und flog zu Rabbi Leibs Hütte. Hinter ihr kam ihr Gefolge: Wesen mit Rüsseln statt Nasen, gedrehten Hörnern, langen Schwänzen und Ohren, die ihnen bis auf

die Schultern reichten. Ein Riese mit einer Nase wie ein Schofar trug einen fetten Zwerg auf dem Rücken. Während sie dahinjagten, schrien sie, lachten, johlten und lästerten.
In ein weißes Gewand gekleidet, trat Rabbi Leib aus seiner Hütte, um den Brautzug zu begrüßen. Die ganze Gesellschaft landete vor seinen Füßen. Gurruh sagte: »Leib, ich vergebe dir alles Unrecht, das du mir angetan hast. Du wirst mein Mann werden und ich dein Weib. Sobald wir verheiratet sind, werden die Mächte des Guten ihre Kraft verlieren, und du und ich, wir werden mit Satans Hilfe die Herrscher über Himmel und Erde sein.«
»Gurruh«, antwortete Rabbi Leib, »ich versuchte, deinen Lockungen zu widerstehen, aber ich konnte nicht. Es geschehe mit mir, was du willst.«
»Kinderchen, stellt den Traubaldachin auf!« befahl Gurruh.
Vier Kobolde brachten einen schwarzen Baldachin, der von vier Schlangen statt von vier Stangen getragen wurde. Von irgendwoher jaulte Katzenmusik auf. Hurmizah war der Brautvater. Ein riesiger Teufel machte den Brautführer. Die Hochzeitszeremonie begann im Morgengrauen. Gurruh lachte in sich hinein. Sie hatte sich schon ausgedacht, wie sie Rabbi Leib vernichten wollte. Aber erst mußte sie seine heiligen Sprüche lernen, damit sie ihn seiner göttlichen Macht berauben konnte. Was bist du doch für ein Narr, Leib, und das bei all deiner Weisheit, dachte sie hämisch.
Einer der Teufel gab Rabbi Leib einen schwarzen Ehering, den er Gurruh auf den Daumen stecken sollte. Hätte er das getan, wären sie wirklich Mann und Frau geworden, und für immer und ewig wäre

er ein Sklave der Unterwelt gewesen. Aber Rabbi Leib sagte: »Gurruh, meine Liebe, bevor du meine Frau wirst, möchte ich dir ein Geschenk geben.«
»Was für ein Geschenk?«
»Ein goldenes Medaillon, das dir Macht über diese Welt und über die Unterwelt geben wird. Erlaube mir, daß ich es dir um deinen lieblichen Hals lege.«
Gurruh lächelte geschmeichelt und sagte: »Sehr schön, Leib. Häng mir das Medaillon um.« Sie bückte sich. Nun war Rabbi Leib am Ziel. Das Medaillon enthielt einen von Rabbi Michael von Zloczow gesegneten Zauber. Rabbi Leib legte Gurruh das Medaillon um. Gurruh drehte sich Hurmizah zu, um mit ihrem wertvollen Geschenk zu prahlen und um sich an Rabbi Leibs Vertrauensseligkeit zu weiden. Plötzlich aber stieß sie einen fürchterlichen Schrei aus. Das Medaillon brannte auf ihrem Hals wie das Feuer der Hölle. Sie versuchte es sich vom Hals zu reißen, aber ihre Hände waren wie gelähmt.
Rabbi Leib hatte es wieder einmal geschafft, die Hexe zu überlisten.
Als die Teufel und Popanze sahen, daß ihre Herrin machtlos war, flohen sie in panischer Angst. Die Teuflischen sind feige. Gurruh allein blieb zurück. Sie fiel vor Rabbi Leib auf die Knie und bat ihn unter tausend Versprechungen, das Medaillon abzunehmen. Aber Rabbi Leib hatte gelernt, mit den Unterirdischen kein Mitleid zu haben. Er wußte, was in alten Zeiten Josef della Reina geschehen war, dem berühmten Heiligen, der den Satan gefangen und in Ketten gelegt hatte. Der Satan hatte um etwas Schnupftabak gebeten, und Rabbi Josef überkam damals Mitleid. Der Satan schüttete den

Schnupftabak ins Feuer, so schmolzen seine Ketten, und er konnte entkommen.
»Obgleich ich jetzt die Macht habe, Gurruh, dich zu vernichten, habe ich beschlossen, dich nicht zu töten. Aber ich will dich an einen Ort bringen, von dem es keine Rückkehr gibt.«
Dann sang er:

»Gurruh, Keteffs Tochter,
Flieg hin nach Admah,
Und bleibe, bis du stirbst da.«

Admah war eine der Städte, die in biblischen Zeiten mit Sodom und Gomorrah zerstört worden waren. Vergeblich weinte Gurruh, flehte ihn an und machte allerhand Versprechungen. Ein starker Wind hob sie in die Lüfte und trug sie fort, so schnell wie ein Pfeil von der Bogensehne fliegt. Das Medaillon fiel ihr vom Hals, und für alle Zeiten verlor sie ihre Macht. In den Trümmern von Admah lebte sie ihr Leben zu Ende, nicht weit von dem Ort, wo Lots Frau zu einer Salzsäule erstarrt war.
Ohne den Schutz seiner Mutter wurde Gurruhs Sohn Bolvan ein ganz gewöhnlicher Dieb. Bald fand man die versteckte Höhle, wo er seine Beute stapelte, und lochte ihn ein. Das Gold, die kostbaren Steine und die gestohlenen Waren wurden den rechtmäßigen Eigentümern zurückgegeben oder ihren Erben. In Ketten gelegt starb Bolvan, noch ehe Gerichtstag war.
Von Stund an lebte Rabbi Leib in Frieden. Der Fluß, in dem er jeden Morgen zu baden pflegte, war wieder kristallklar, und die Vögel versammelten sich wieder vor seiner Hütte an den Futterstellen. Er beschenkte die Armen, heilte die Kranken

und half jenen, die von bösen Geistern besessen waren.
Solange er lebte, kamen die schwarzen Heerscharen nicht wieder in den Wald. Erst nach seinem Tode wagten sie es wieder, ihre alten durchtriebenen Schliche und Schurkereien zu versuchen. Bald danach kam ein anderer Heiliger, der berühmte Wundermann Reb Baruch, und der alte Krieg zwischen Gut und Böse fing von neuem an.

Der Wellensittich namens Dredl

Diese Geschichte hat sich vor zehn Jahren im New Yorker Stadtteil Brooklyn zugetragen. Den ganzen Tag über hatte es heftig geschneit. Gegen Abend klärte sich der Himmel auf, und ein paar Sterne waren zu sehen. Frost setzte ein. Es war der achte Tag des Chanukkafestes, und meine silbere Chanukkalampe, in der alle Kerzen brannten, stand auf dem Fensterbrett. Sie spiegelte sich in der Scheibe, und ich bildete mir ein, draußen wäre noch eine Lampe. Esther, meine Frau, briet gerade Kartoffelpuffer. Ich saß mit meinem Sohn David am Tisch und spielte mit ihm Dredl. Plötzlich rief David: »Papa, schau!« und deutete zum Fenster.

Ich blickte auf und sah etwas schier Unglaubliches. Draußen auf dem Fenstersims stand ein gelbgrüner Vogel und beäugte die Kerzen. Dann begriff ich, was passiert war. In irgendeiner Wohnung war ein Wellensittich entflogen, hinaus auf die helle Straße geflattert und – vielleicht von den Lichtern angezogen – auf meinem Fenstersims gelandet.

Wellensittiche sind in Ländern mit warmem Klima heimisch und können Kälte und Frost nicht lange vertragen. Ich versuchte also sofort, den Vogel vor dem Erfrieren zu bewahren. Zuerst nahm ich die Chanukkalampe vom Fensterbrett, damit der Vogel sich beim Hereinflattern nicht versengen würde. Dann öffnete ich das Fenster und scheuchte den Sittich mit einer raschen Handbewegung ins Zim-

mer. Das alles spielte sich in wenigen Sekunden ab. Zuerst flatterte der verängstigte Vogel von einer Wand zur anderen. Er prallte gegen die Decke, dann hing er eine Weile von einem Kristallprisma des Kronleuchters herab. David versuchte, ihn zu beruhigen: »Hab' keine Angst, Vögelchen, wir sind deine Freunde.« Nun flatterte der Vogel auf David zu und ließ sich auf seinem Kopf nieder – ganz so, als sei er auf dergleichen dressiert worden und bereits an Menschen gewöhnt. David tanzte im Zimmer herum und jauchzte vor Freude. Meine Frau, die draußen in der Küche den Lärm gehört hatte, kam herein, um nachzusehen, was los war. Als sie den Vogel auf Davids Kopf sitzen sah, fragte sie: »Wo hast du denn plötzlich einen Vogel her?«
»Mama, er ist gerade erst an unser Fenster gekommen.«
»Ans Fenster? Mitten im Winter?«
»Papa hat ihm das Leben gerettet.«
Der Vogel hatte keine Angst vor uns. David hob die Hand an die Stirn, und der Sittich setzte sich auf seinen Finger. Esther stellte eine Untertasse mit Hirse und ein Schälchen mit Wasser auf den Tisch, und der Vogel aß und trank. Dann sah er den kleinen Kreisel und begann, ihn mit dem Schnabel herumzuschieben. »Schaut!« rief David. »Der Vogel spielt Dredl!«
Und kurz darauf sprach er davon, daß wir einen Käfig kaufen und dem Vogel einen Namen geben müßten. Aber Esther und ich erinnerten ihn daran, daß der Vogel nicht uns gehörte. Wir müßten versuchen, die Besitzer ausfindig zu machen, die sich bestimmt schon Sorgen darüber machten, was ihrem entflogenen Wellensittich bei diesem eisigen

Wetter zugestoßen sein könnte. David sagte: »Inzwischen nennen wir ihn Dredl.«
In dieser Nacht schlief Dredl auf einem Bilderrahmen und am Morgen weckte er uns mit seinem Gezwitscher auf. Er stand auf dem Bilderrahmen, sein Gefieder schimmerte im purpurnen Licht der aufgehenden Sonne. Er wiegte sich hin und her, als wollte er beten, und dabei pfiff er, zwitscherte und plapperte. Der Wellensittich mußte einer Familie gehören, in der Jiddisch gesprochen wurde, denn wir hörten ihn sagen: »Zeldele, geh schlafen!« Diese einfachen Wörter von diesem winzigen Geschöpf ausgesprochen zu hören, erfüllte uns mit Staunen und Entzücken.
Am nächsten Tag brachte ich in den Fahrstühlen der Nachbarhäuser die Mitteilung an, daß uns ein jiddischsprechender Wellensittich zugeflogen sei. Als sich nach einigen Tagen noch niemand bei uns gemeldet hatte, inserierte ich in der Zeitung, für die ich Beiträge schrieb, aber eine Woche verging, ohne daß jemand den Wellensittich zurückverlangt hätte. Erst jetzt wurde Dredl *unser* Vogel. Wir kauften einen großen Käfig mit allem Zubehör und allerlei Spielzeug, das möglicherweise für einen Vogel geeignet war. Aber weil Chanukka ein Freiheitsfest ist, beschlossen wir, den Käfig niemals zu schließen. Dredl konnte in der Wohnung herumfliegen, wann immer er wollte. (Wie uns der Verkäufer in der Tierhandlung gesagt hatte, war Dredl ein Männchen.)
Neun Jahre vergingen, und Dredl blieb bei uns. Wir schlossen ihn von Tag zu Tag mehr ins Herz. Er lernte von uns eine ganze Menge jiddische, englische und hebräische Wörter. David brachte ihm ein

Chanukkalied bei. Und im Käfig war immer ein hölzerner Kreisel – ein »Dredl« –, mit dem der Sittich spielen konnte. Wenn ich auf meiner jiddischen Schreibmaschine etwas tippte, klammerte sich Dredl entweder an meinen rechten oder an meinen linken Zeigefinger und vollführte bei jedem Buchstaben, den ich anschlug, akrobatische Sprünge. Esther sagte oft scherzhaft, daß Dredl mir beim Schreiben helfe und deshalb die Hälfte meiner Honorare beanspruchen könne.

Unser Sohn David wuchs heran und begann sein Collegestudium. An einem Winterabend ging er zu einer Chanukka-Party. Er sagte, daß er spät nach Hause kommen werde. Esther und ich gingen zeitig zu Bett. Wir waren gerade eingeschlafen, als das Telefon läutete. Es war David. Für gewöhnlich war er ein ruhiger, beherrschter junger Mann, diesmal aber redete er so aufgeregt, daß wir ihn kaum verstehen konnten. Anscheinend hatte er auf der Party seinen Studienkollegen die Geschichte unseres Wellensittichs erzählt, und plötzlich hatte ein Mädchen namens Zelda Rosen gerufen: »Dieses Zeldele bin *ich*! Vor neun Jahren ist unser Wellensittich entflogen.« Zelda und ihre Eltern wohnten in unserer Gegend, hatten damals aber weder das Zeitungsinserat noch den Anschlag in den Fahrstühlen gelesen. Zelda ging jetzt aufs College und war mit unserem Sohn befreundet. Sie war noch nie bei uns zu Besuch gewesen, aber David hatte seiner Mutter schon oft von ihr erzählt.

In dieser Nacht fanden wir wenig Schlaf. Am nächsten Tag kamen Zelda und ihre Eltern, um ihren so lange vermißten Wellensittich zu besuchen. Zelda war ein schönes und begabtes Mädchen. David ging

oft mit ihr ins Theater und in Museen. Die Familie Rosen erkannte ihren Sittich wieder, aber auch der Vogel schien die Leute, denen er früher gehört hatte, wiederzuerkennen. Sie hatten ihn »Zip-Zip« genannt, und als er sie jetzt »Zip-Zip« sagen hörte, flatterte er ganz aufgeregt von einem Familienmitglied zum anderen, kreischte und schlug mit den Flügeln. Zelda und ihre Mutter weinten vor Freude, als sie ihren geliebten Sittich gesund und munter wiedersahen. Der Vater betrachtete ihn schweigend, dann sagte er: »Wir haben unseren Zip-Zip nie vergessen.«
Ich war bereit, den Wellensittich seinen früheren Besitzern zurückzugeben, aber Esther und David erklärten, sie könnten sich nie von Dredl trennen. Das brauchten sie dann auch nicht: David und Zelda beschlossen nämlich am selben Tag, nach Abschluß des Collegestudiums zu heiraten. Dredl ist also noch bei uns und bemüht sich eifrig, neue Wörter und neue Spiele zu lernen. Wenn David und Zelda heiraten, nehmen sie ihn mit in ihr neues Heim. Zelda hat oft gesagt: »Dredl war unser Heiratsvermittler.«
Zu Chanukka bekommt er jedesmal ein Geschenk – einen Spiegel, eine Leiter, ein Badewännchen, eine Schaukel oder ein Glöckchen. Mittlerweile ist er sogar auf den Geschmack von Kartoffelpuffern gekommen, wie es sich für einen Wellensittich namens Dredl gehört.

Lemel und Zipe

Diese Geschichte hat mir meine Mutter erzählt, und ich gebe sie hier Wort für Wort so wahrheitsgetreu wie möglich wieder. Es lebte einmal ein wohlhabender Landmann namens Tobias. Er und seine Frau Lea hatten eine Tochter, Zipe, die so dumm war, daß man weit und breit nicht ihresgleichen fand. Als sie größer wurde, begannen die Heiratsvermittler Partien für sie vorzuschlagen, aber jedesmal wenn ein zukünftiger Bräutigam kam, um sie in Augenschein zu nehmen, und sie nichts als dummes Zeug von sich gab, ergriff er die Flucht. Es hatte den Anschein, als würde Zipe eine alte Jungfer werden. Die Eltern suchten Rat beim Rabbi, und dieser meinte: »Ehen werden im Himmel geschlossen. Da Zipe eine Törin ist, wird der Himmel sicherlich einen törichten Bräutigam für sie vorgesehen haben. Fragt einfach herum nach einem jungen Mann, der ein größerer Narr ist als eure Tochter, und wenn die zwei Narren heiraten, werden sie glücklich miteinander sein.«

Die Eltern waren sehr zufrieden mit diesem Ratschlag. Sie gingen zu einem Heiratsvermittler und trugen ihm auf, für ihre Tochter den größten Narren in der Provinz Lublin ausfindig zu machen. Sie versprachen dem Heiratsvermittler das doppelte Honorar, das normalerweise für das Zustandekommen einer Hochzeit bezahlt wird. Nun wußte der Heiratsvermittler, daß es in keiner Stadt so viele Narren gab wie in Chelm, also machte er sich auf den Weg dorthin.

Er kam zu einem Haus, vor dem ein junger Bursche saß und weinte. Der Heiratsvermittler fragte: »Bursche, warum weinst du?«
Und der Bursche sagte: »Meine Mutter hat eine ganze Schüssel Plinsen für das Schawuot-Fest gebacken. Als sie fortging, um Sauerrahm für die Plinsen zu kaufen, ermahnte sie mich: ›Lemel, daß du mir die Plinsen nicht vor Schawuot ißt!‹ Ich versprach es ihr, aber sobald sie das Haus verlassen hatte, bekam ich großen Appetit auf eine Plinse und aß eine, und nach der ersten gelüstete es mich nach einer zweiten und einer dritten und einer vierten, und bevor ich mich versah, hatte ich die ganze Schüssel leer gegessen. Ich war so mit dem Futtern von Plinsen beschäftigt, daß ich nicht sah, daß die Katze mich beobachtete. Und jetzt habe ich große Angst, daß die Katze meiner Mutter, sobald sie zurückkommt, erzählt, was ich getan habe, und daß meine Mutter mich am Kragen packt und mich wieder so nennt, wie sie's immer tut – Narr, Hornochse, Dummkopf, Simpel, Dussel, Esel.«
»Dieser Lemel ist wie geschaffen für Zipe«, dachte der Heiratsvermittler.
Laut sagte er: »Ich kann die Sprache der Katzen sprechen. Ich werde der Katze sagen, sie soll dich nicht verraten, und wenn ich einer Katze etwas befehle, hört sie auch darauf, denn ich bin der König der Katzen.«
Als er diese Worte hörte, begann Lemel vor Freude zu tanzen. Der Heiratsvermittler redete mit erfundenen Wörtern auf die Katze ein – er sagte, was ihm gerade einfiel: »Petsche-metsche-ketsche-letsche.«
Dann fragte er: »Lemel, möchtest du eine Braut?«

»Aber sicher!«
»Ich habe genau die richtige Braut für dich – so eine wie sie gibt es nicht noch einmal auf der Welt. Sie heißt Zipe.«
»Hat sie rote Backen?« fragte Lemel. »Ich möchte ein Mädchen mit roten Backen und langen Zöpfen.«
»Sie hat alles, was du dir nur wünschen kannst.«
Wieder begann Lemel zu tanzen und klatschte in die Hände. In diesem Augenblick kam seine Mutter mit dem Topf Sauerrahm. Als sie ihren Sohn herumtanzen sah, fragte sie: »Lemel, was hat dieser Freudentanz zu bedeuten?«
Und Lemel antwortete: »Ich habe die ganzen Plinsen aufgegessen und hatte Angst, die Katze würde mich verraten, aber dieser Mann hat der Katze befohlen, nichts zu sagen.«
»Du Dummkopf! Du Blödmann!« schrie seine Mutter ihn an. »Was soll ich nur mit dir machen? Was für ein Mädchen möchte schon so einen Schwachkopf heiraten?«
»Mama, ich habe schon eine Braut!« rief Lemel. »Sie heißt Zipe und hat lange Backen und rote Zöpfe.«
Ein paar Tage später unterzeichneten Lemel und Zipe ihren Verlobungsvertrag. Da sie nicht einmal ihre Namen schreiben konnten, unterzeichnete Lemel mit drei Punkten und Zipe mit drei Strichen. Zipe bekam zweihundert Gulden Mitgift. Doch da Lemel keine Ahnung von Geld hatte und eine Banknote nicht von der anderen unterscheiden konnte, wickelte Zipes Vater die Fünfguldenscheine in weißes Papier und die Zehnguldenscheine in blaues Papier. Außerdem bekam Lemel

eine silberne Uhr, aber da er keine Zahlen lesen konnte, hielt er jedesmal, wenn er wissen wollte, wie spät es war, jemanden auf der Straße an und fragte: »Wieviel Uhr ist es?« Wobei er immer hinzufügte: »Ich kann es nicht erkennen, weil ich meine Brille verloren habe.« Seine Mutter hatte ihm beigebracht, diese Ausrede zu benützen.

Als der Tag der Hochzeit kam, begann Zipe bitterlich zu weinen. Ihre Mutter fragte: »Zipe, warum weinst du?«

Und Zipe gab zur Antwort: »Ich schäme mich, einen Fremden zu heiraten.«

Die Mutter sagte: »Ich habe auch einen Fremden geheiratet. Aber nach der Hochzeit kommen sich Mann und Frau näher und sind sich nicht mehr fremd.«

Doch Zipe widersprach: »Du, Mama, hast Papa geheiratet, aber ich muß einen völlig fremden Mann heiraten.«

Die Mutter sagte: »Zipe, du bist eine große Närrin, aber dein Bräutigam ist genauso ein Narr und zusammen werdet ihr, so Gott will, zwei glückliche Narren.«

Nach längerem Hin und Her ließ sich Zipe zum Traubaldachin führen.

Einige Zeit nach der Hochzeit sagte Zipes Vater zu seinem Schwiegersohn: »Lemel, dein Vater ist Kaufmann, ich bin Kaufmann, und du sollst auch Kaufmann werden. Ich habe dir eine Mitgift gegeben. Nimm sie und fang damit ein Geschäft an.«

»Was ist ein Kaufmann?« fragte Lemel, und sein Schwiegervater sagte: »Ein Kaufmann ist jemand, der billig einkauft und teuer verkauft. Auf diese Weise macht er einen Gewinn. Nimm die Mitgift und fahr nach Lublin, und wenn du dort günstige Ware entdeckst, kauf sie so billig wie möglich ein. Dann komm zurück und verkauf sie zu einem hohen Preis.« Lemel tat, wie sein Schwiegervater ihm geheißen. Zipe gab ihm für unterwegs ein in Kohlblätter eingewickeltes Huhn mit. Auf der Fahrt wurde Lemel hungrig und wollte das Huhn essen, aber es war roh. Zipes Mutter hatte gesagt, sie solle ihrem Mann ein Huhn mitgeben, aber da sie nichts vom Kochen gesagt hatte, hatte Zipe Lemel ein rohes Huhn mitgegeben.

Lemel kehrte in einem Wirtshaus ein. Er hatte großen Hunger. Er wurde gefragt, was er essen wolle, und er sagte: »Gebt mir alles, was ihr habt, und ich werde essen, bis ich satt bin.« Gesagt, getan. Erst gaben sie ihm ein Glas Wein, dann noch eines; dann eine Vorspeise aus Kutteln und Kalbsfuß. Die aß Lemel mit einem großen Stück Brot und Meerrettich. Dann trugen sie eine Schüssel Nudelsuppe auf. Nachdem Lemel sie aufgegessen hatte, bestellte er eine zweite. Dann setzten sie Lemel eine riesige Portion Fleisch mit Grütze, Kohl, Kartoffeln und Karotten vor. Lemel aß alles auf und war noch immer hungrig. Als nächstes brachten sie ihm Kompott aus gedörrten Zwetschgen, Äpfeln, Birnen und Rosinen. Lemel schlang es hinunter, aber noch immer war sein Hunger nicht gestillt. Als letztes trugen sie Tee, Biskuit-Torte und Honigkuchen auf. Lemel trank den Tee und aß den Kuchen, doch noch immer verspürte er nagenden Hunger. Der Gastwirt sagte: »Ich hoffe, daß du jetzt satt bist.« Aber Lemel antwortete: »Nein, ich habe noch immer Hunger.« Der Gastwirt holte ein Plätzchen aus dem Schrank und sagte: »Versuch's damit.«

Lemel aß das Plätzchen und fühlte sich sofort gesättigt. Er sagte: »Jetzt bin ich satt. Hätte ich gewußt, daß man von einem Plätzchen satt werden kann, hätte ich nicht all die anderen Gerichte bestellt.«
Da erkannte der Gastwirt, daß er es mit einem Einfaltspinsel zu tun hatte. Und da er ein Gauner war, sagte er: »Dafür ist es jetzt zu spät. Aber solltest du je wiederkommen, werde ich dir gleich so ein Plätzchen geben, so daß du dir die anderen Gerichte sparen kannst. Und jetzt sei so gut und bezahl dein Essen.«
Lemel zog aus seinem Geldbeutel die Banknoten, die in weißes Papier gewickelt waren, und die, die in blaues Papier gewickelt waren, und sagte: »In einem Papier stecken die Fünfguldenscheine und im anderen die Zehnguldenscheine, aber ich weiß nicht mehr, welche welche sind.«
Der Gastwirt wickelte die beiden Päckchen auf und behauptete – wie bei einem Schwindler nicht anders zu erwarten –, die Zehnguldenscheine seien Fünfguldenscheine. Außerdem betrog er Lemel mit dem Wechselgeld.
In Lublin ging Lemel von Geschäft zu Geschäft auf der Suche nach günstiger Ware, aber er konnte einfach nichts finden. Als er nachts im Bett lag, begann Lemel über das wundersame Plätzchen nachzudenken, das einen auf der Stelle satt machte. »Wenn ich wüßte, wie man solche Plätzchen bäckt, könnte ich reich werden«, sagte Lemel zu sich selbst. »Es gibt nicht genug zu essen in Chelm, die Leute haben Hunger, und alle würden sich auf dieses Plätzchen stürzen.« Er selbst verspürte, nachdem er dieses Plätzchen gegessen hatte, fast zwanzig Stunden lang keinen Hunger mehr.

Am nächsten Tag machte sich Lemel auf den Nachhauseweg und kehrte im selben Wirtshaus ein. Er bestellte das wundersame Plätzchen, aber der Gastwirt sagte: »Gerade habe ich das letzte einem Gast gegeben. Aber ich kann dir das Rezept verkaufen. Glaub mir, wenn du diese Plätzchen in Chelm bäckst, kannst du sie mit großem Gewinn verkaufen und wirst reich werden wie Rothschild.«
»Und was soll das Rezept kosten?«
Der Gastwirt nannte einen hohen Preis, aber Lemel war überzeugt, daß er, wenn er solche Plätzchen buk, das Geld schnell wieder hereinbekommen und außerdem noch einen großen Gewinn machen würde. Also kaufte er das Rezept. Nachdem der Gastwirt gesehen hatte, daß Lemel weder lesen noch schreiben konnte und noch nicht einmal den Wert von Geldscheinen kannte, dachte er sich folgendes Rezept aus:

Man nehme drei Liter Entenmilch, fünf Pfund Eisenmehl, zwei Pfund Schneekäse, ein Pfund Fett, ein halbes Pfund Federn von einer roten Krähe und ein Viertelpfund Kupfersaft. Alles in einen Topf aus Wachs geben und es drei Tage und drei Nächte über dem Feuer eines Kartoffelbaumes kochen. Nach drei Tagen einen Teig aus der Mischung kneten, die Plätzchen mit einem Messer aus Butter ausschneiden und in einem Ofen aus Eis backen, bis sie rot, braun und gelb werden. Dann ein Loch graben, das ganze Zeug hineinschütten und darüber ein Schild anbringen mit der Aufschrift:

WENN MAN EINEN NARREN
AUF DEN MARKT SCHICKT,
FREUEN SICH DIE HÄNDLER.

Nachdem Lemel für sein Essen und das Rezept bezahlt hatte, blieb ihm kaum noch genug Geld für die Heimfahrt. Aber er war zufrieden mit dem guten Geschäft, das er gemacht hatte. Als er nach Hause kam, erzählte er Zipe von dem wundersamen Plätzchen, und sie klatschte in die Hände und tanzte. Aber die Freude währte nicht lange. Als Lemels Schwiegervater nach Hause kam und das Rezept las, wurde er wütend und brüllte: »Lemel, man hat dich betrogen!«

Zipe begann zu weinen. Und Zipes Mutter weinte mit ihr. Nach einer Weile sagte Lemel: »Der ganze Ärger kommt daher, daß ich nicht lesen kann. Ich muß lesen lernen, je schneller desto besser.«

»Ja, mein Sohn«, sagte Zipes Vater. »Ein Kaufmann muß lesen und schreiben können.«

Da es im Dorf keine Lehrer gab, beschloß Lemel, nach Lublin zu gehen, um lesen zu lernen. Wieder gab ihm sein Schwiegervater Geld für die Fahrt und für den Unterricht. In Lublin ging Lemel los, um sich einen Lehrer zu suchen. Er kam an einem Laden vorüber, in dessen Schaufenster Brillen lagen. Er warf einen Blick ins Innere und sah, wie ein Kunde eine Brille aufsetzte und in ein Buch schaute, während der Ladeninhaber fragte: »Kannst du jetzt lesen?«

»Ja, jetzt kann ich gut lesen«, sagte der Kunde.

Lemel dachte im stillen: »Wenn es genügt, eine Brille aufzusetzen, um lesen zu können, wozu brauche ich dann einen Lehrer?«

Lemel war nicht aufs Lernen erpicht. Er sehnte sich nach Hause und nach Zipe.

Er betrat das Geschäft und sagte zum Inhaber: »Gib mir eine Brille, damit ich lesen kann.«

Der Mann fragte ihn, wie stark die Brillengläser gewesen seien, die er bisher getragen habe, und Lemel sagte: »Ich habe keine Ahnung, laß sie mich ausprobieren.«
Der Mann reichte ihm eine Brille und legte ihm ein offenes Buch hin.
Lemel blickte in das Buch und sagte: »Ich kann nicht lesen.«
»Ich gebe dir eine stärkere Brille«, sagte der Mann.
Lemel probierte die zweite Brille aus und sagte: »Ich kann immer noch nicht lesen.«
Der Mann brachte ihm eine Menge unterschiedlicher Brillen zum Ausprobieren, aber Lemel gab immer dieselbe Antwort – er könne immer noch nicht lesen.
Nach einer Weile sagte der Mann: »Verzeih mir, aber kann es sein, daß du überhaupt nicht lesen kannst?«
»Wenn ich lesen könnte, dann wäre ich doch wohl nicht hierher gekommen«, sagte Lemel.
»In diesem Fall mußt du erst zu einem Lehrer gehen und lesen lernen. Du kannst nicht lesen lernen, indem du einfach nur eine Brille aufsetzt«, sagte der Geschäftsinhaber.
Diese Antwort stimmte Lemel traurig. Er hatte fest damit gerechnet, die Brille aufzusetzen und nach Hause fahren zu können. Nach einer Weile fand Lemel, daß er es nicht länger ohne Zipe aushalten konnte. Sie fehlte ihm schrecklich.
Er machte sich auf die Suche nach einem Lehrer, nicht so sehr, um lesen zu lernen, sondern weil der Lehrer für ihn einen Brief nach Hause schreiben sollte. Bald fand er einen. Als Lemel fragte, wie lange es dauern würde, lesen zu lernen, sagte der

Lehrer: »Es kann ein Jahr dauern, mindestens aber ein halbes Jahr.«
Lemel wurde sehr traurig. Er sagte zu dem Lehrer: »Kannst du einen Brief für mich schreiben, ich möchte meiner Zipe einen Brief schicken.«
»Ja, ich kann einen Brief für dich schreiben. Sag mir, was ich schreiben soll.«
Und Lemel begann zu diktieren:

Liebe Zipe,

ich bin schon in Lublin. Ich dachte, wenn man eine Brille aufsetzt, könnte man lesen, aber der Mann im Laden sagte, daß eine Brille da auch nicht hilft. Der Lehrer sagt, es würde ein halbes Jahr oder ein ganzes dauern, mir das Lesen beizubringen, und ich müßte die ganze Zeit hier in Lublin bleiben. Liebes Zipele, ich liebe Dich so sehr, daß ich vor Sehnsucht sterbe, wenn ich nur einen Tag von Dir fort bin. Wenn ich ein halbes Jahr ohne Dich bin, muß ich vielleicht hundert Mal oder noch öfter sterben. Deshalb habe ich beschlossen, nach Hause zu kommen, wenn es meinem Schwiegervater, Deinem Vater, recht ist. Ich hoffe, daß ich eine Arbeit finde, bei der ich nicht lesen oder schreiben muß.

Voller Sehnsucht
Dein Lemel

Als Zipe diesen Brief bekam und ihr Vater ihn ihr vorlas, brach sie in Tränen aus und diktierte folgenden Brief an Lemel:

Lieber Lemel,

wenn Du mich einen Tag lang nicht siehst, mußt Du sterben, aber wenn ich Dich eine Minute lang nicht sehe, werde ich verrückt. Ja, mein lieber Lemel, komm zurück. Ich brauche keinen Schreiberling, sondern einen guten Mann und später ein Haus voller Kinder – sechs Jungen und sechs Mädchen. Vater wird schon irgendeine Arbeit für Dich finden. Warte nicht länger, sondern komm schnell nach Hause, wenn Du tot zurückkommst und mich verrückt hier vorfindest, wäre das für keinen von uns gut.

Deine treue Zipe

Als ihm der Lehrer Zipes Brief vorlas, brach Lemel in Tränen aus. Noch am selben Tag machte er sich auf den Heimweg. Bevor er in Lublin in die Kutsche stieg, ging er auf den Markt, um ein Geschenk für Zipe zu kaufen. Er ging in ein Spiegelgeschäft, in der Absicht, ihr einen Spiegel zu kaufen. Dabei erzählte er dem Händler alles, was ihm widerfahren war. Wie man ihn mit den Plätzchen betrogen hatte und daß es ihm nicht gelungen war, mit Hilfe einer Brille das Lesen zu lernen.
Der Händler aber war ein Schelm und obendrein ein unredlicher Mensch. Er sagte: »Solche Leute wie dich, Lemel, und deine Frau Zipe sollte es viele geben. Ich habe einen Zaubertrank, wenn du den trinkst, dann werden aus dir zwei, drei, vier. Wie würde es dir gefallen, wenn es zehn Lemels und zehn Zipes gäbe, die alle einander lieben? Ein Lemel und eine Zipe könnten den lieben langen Tag zu Hause bleiben, ein anderes Paar könnte zum

Einkaufen auf den Markt gehen, ein drittes könnte spazierengehen, ein viertes Plinsen mit Sauerrahm essen und das fünfte Paar könnte nach Lublin gehen und lesen und schreiben lernen.«
»Aber wie ist das möglich?« fragte Lemel.
»Trink davon, dann wirst du's schon sehen.«
Der Händler gab Lemel ein Glas pures Wasser und wies ihn an, nur einen Tropfen davon zu trinken. Dann führte er Lemel in einen Raum, in dem zwei Spiegel – der eine etwas schief – einander gegenüberhingen. Als Lemel in den Raum trat, sah er im Spiegel nicht nur einen Lemel, sondern eine ganze Reihe Lemels. Er ging zu dem anderen Spiegel hinüber, und auch da waren viele Lemels.
Der Händler stand an der Tür und sagte: »Nun, habe ich dich angelogen?«
»Oh, ich trau meinen eigenen Augen nicht!« rief Lemel aus. »Wieviel kostet dieser Trank?«
»Er ist sehr teuer«, sagte der Geschäftsmann, »aber für dich mache ich ihn billig. Gib mir all dein Geld bis auf das Fahrgeld für die Heimfahrt. Da hast du wirklich ein unglaublich gutes Geschäft gemacht.«
Lemel bezahlte auf der Stelle, und der Kaufmann gab ihm eine große Flasche mit Wasser. Er sagte: »Du und deine Zipe, ihr braucht nur einen Tropfen am Tag zu trinken. Diese Flasche wird euch Jahre reichen. Wenn sie aufgebraucht ist, kannst du jederzeit nach Lublin kommen, und ich fülle sie dir umsonst auf. Warte, ich gebe dir noch eine schriftliche Garantie.«
Der Mann zog ein Blatt Papier hervor und schrieb darauf: »Gott liebt die Narren. Deshalb hat Er auch so viele geschaffen.« Als Lemel nach Hause kam und sein Schwiegervater die Flasche Wasser sah

und den Zettel las, wurde ihm klar, daß man Lemel wieder betrogen hatte.
Doch als Lemel Zipe wiedersah, war seine Freude so übergroß, daß er all seinen Ärger vergaß. Er küßte und umhalste sie und rief: »Ich brauche nicht viele Zipes. Eine Zipe genügt mir, auch wenn ich tausend Jahre alt werden sollte!«
»Und ich brauche nicht viele Lemels. Einer genügt mir, selbst wenn ich eine Million Jahre alt werden sollte!« rief Zipe.
Zugegeben, Lemel und Zipe waren beide Narren, aber sie hatten mehr Liebe als alle Weisen zusammen. Nach einiger Zeit kaufte Lemel ein Pferd und einen Wagen und wurde Kutscher. Dafür mußte er nicht lesen und schreiben können. Er beförderte Fahrgäste nach Chelm und zurück, und jedermann schätzte ihn wegen seiner Zuverlässigkeit, seiner Freundlichkeit und der liebevollen Art, mit seinem Pferd umzugehen. Zipe bekam Kinder und schenkte Lemel sechs Jungen und sechs Mädchen. Die Jungen schlugen Zipe nach, die Mädchen Lemel, und alle wurden gutmütige Narren und fanden Ehegefährten in Chelm. Lemel und Zipe lebten glücklich bis ins hohe Alter und erfreuten sich noch einer ganzen Sippschaft von Enkeln, Urenkeln und Ururenkeln.

Der Tag, an dem ich verlorenging
Ein Kapitel
aus den Lebenserinnerungen
von Professor Schlemihl

Es ist leicht, mich zu erkennen. Wenn ihr auf der Straße einen Mann seht, der einen zu langen Mantel und zu große Schuhe anhat, einen zerknüllten, breitrandigen Hut und eine Brille trägt, deren eines Glas fehlt, und der, obwohl die Sonne scheint, einen Regenschirm mitgenommen hat – das bin ich, Professor Schlemihl. Es gibt noch andere untrügliche Erkennungszeichen. Meine Taschen sind immer vollgestopft mit Zeitungen, Zeitschriften und Papierkram. Ich trage eine zum Bersten gefüllte Aktenmappe. Und ich irre mich ständig. Seit über vierzig Jahren wohne ich in New York, aber wenn ich *uptown* gehen will, ertappe ich mich dabei, daß ich *downtown* gehe, und wenn ich in östlicher Richtung laufen will, laufe ich in westlicher Richtung. Ich verspäte mich immer und kann niemals jemanden wiedererkennen.

Ständig verlege ich irgend etwas. Hundertmal am Tag frage ich mich: Wo ist mein Füller? Wo ist mein Geld? Wo ist mein Taschentuch? Wo ist mein Adreßbuch? Ich bin das, was man einen zerstreuten Professor nennt.

Seit vielen Jahren halte ich an ein und derselben Universität Philosophievorlesungen, aber noch immer fällt es mir schwer, meine Hörsäle ausfindig zu machen. Fahrstühle spielen mir seltsame Streiche.

Ich möchte ins oberste Stockwerk fahren, lande aber im Keller. Es vergeht kaum ein Tag, an dem sich eine Fahrstuhltür nicht direkt vor meiner Nase schließt. Fahrstuhltüren sind meine schlimmsten Feinde.

Nicht nur, daß ich ständig Schnitzer mache und alles mögliche verlege – obendrein bin ich auch vergeßlich. Ich gehe in ein Restaurant, hänge meinen Mantel auf und gehe ohne ihn hinaus. Wenn ich es endlich gemerkt habe und ihn holen will, habe ich vergessen, in welchem Restaurant ich gewesen bin. Ich verliere Hüte, Regenschirme, Überschuhe, vor allem aber Manuskripte. Manchmal vergesse ich sogar meine eigene Adresse. Eines Abends nahm ich ein Taxi, weil ich möglichst schnell nach Hause wollte. Der Taxifahrer fragte: »Wohin?« Und da fiel mir meine Adresse nicht ein.

»Nach Hause«, sagte ich.

»Nach Hause? Wo ist das?« fragte er verwundert.

»Daran kann ich mich nicht mehr entsinnen.«

»Wie heißen Sie?«

»Professor Schlemihl.«

»Professor«, sagte der Taxifahrer, »ich bringe Sie zu einer Telefonzelle. Schauen Sie im Telefonbuch nach, da finden Sie Ihre Adresse.«

Er fuhr mich zum nächsten Drugstore, der eine Telefonzelle hatte, weigerte sich aber, auf mich zu warten. Ich wollte gerade in den Laden gehen, als ich merkte, daß ich meine Aktenmappe im Auto liegengelassen hatte. Ich rannte dem Taxi nach und rief: »Meine Aktenmappe! Meine Aktenmappe!« Aber das Taxi war bereits außer Hörweite.

Im Drugstore entdeckte ich ein Telefonbuch, aber als ich unter S nachsah, stellte ich zu meinem Entsetzen fest, daß zwar mehrere Schlemihls darin standen, ich selbst aber nicht. In diesem Moment fiel mir ein, daß meine Frau vor einigen Monaten beschlossen hatte, unsere Nummer nicht mehr im Telefonbuch eintragen zu lassen. Der Grund dafür war, daß meine Studenten nichts dabei fanden, mitten in der Nacht bei mir anzurufen und mich aufzuwecken. Außerdem passierte es ziemlich oft, daß jemand einen anderen Schlemihl anrufen wollte und versehentlich meine Nummer wählte. Schön und gut – aber wie sollte ich jetzt nach Hause finden?

Meistens habe ich in meiner Brusttasche einige an mich adressierte Briefe, aber ausgerechnet an diesem Tag hatte ich mich dazu aufgerafft, meine Taschen auszumisten. Es war mein Geburtstag, und meine Frau hatte für den Abend Freunde eingeladen. Sie hatte einen großen Kuchen gebacken und ihn mit Geburtstagskerzen dekoriert. Ich malte mir aus, wie meine Freunde jetzt in unserem Wohnzimmer saßen und darauf warteten, mir zum Geburtstag zu gratulieren. Und *ich* stand hier, in irgendeinem Drugstore, und konnte mich beim besten Willen nicht an meine Adresse erinnern.

Dann fiel mir die Telefonnummer meines Freundes Dr. Motherhead ein, und ich beschloß, ihn um Hilfe zu bitten. Ich wählte die Nummer, dann hörte ich die Stimme eines jungen Mädchens.

»Ist Dr. Motherhead zu Hause?« fragte ich.

»Nein.«

»Ist seine Frau zu Hause?«

»Nein. Beide sind ausgegangen.«

»Können Sie mir vielleicht sagen, wo ich sie erreichen kann?«

»Ich bin nur der Babysitter, aber ich glaube, die beiden sind zu einer Einladung bei Professor Schlemihl gegangen. Möchten Sie eine Nachricht hinterlassen? Mit wem spreche ich denn?«
»Hier ist Professor Schlemihl.«
»Die beiden sind vor etwa einer Stunde zu Ihnen gegangen.«
»Können Sie mir sagen, *wohin* sie gegangen sind?«
»Das habe ich Ihnen doch gerade gesagt. Sie sind zu *Ihnen* gegangen.«
»Ja, ja, aber wo wohne ich?«
»Soll das ein Witz sein?« sagte das Mädchen und legte auf.
Ich versuchte, andere Freunde zu erreichen (deren Telefonnummern mir zufällig einfielen), aber wo ich auch anrief, überall bekam ich die gleiche Antwort: »Sie sind zu einer Einladung bei Professor Schlemihl gegangen.«
Als ich wieder auf der Straße stand und mir überlegte, was ich jetzt tun sollte, fing es zu regnen an. »Wo ist mein Schirm?« fragte ich mich. Und sofort wußte ich die Antwort: Ich hatte ihn liegengelassen – irgendwo. Ich stellte mich unter die nächste Markise. Jetzt goß es in Strömen. Es blitzte und donnerte. Den ganzen Tag war es sonnig und warm gewesen, aber jetzt, nachdem ich mich hoffnungslos verlaufen und meinen Regenschirm verloren hatte, mußte natürlich ein Gewitter kommen. Und es sah ganz so aus, als würde es die ganze Nacht dauern.
Um mich abzulenken, begann ich, über jenes uralte philosophische Problem nachzudenken: Eine Henne legt ein Ei und wenn sie es ausgebrütet hat, schlüpft ein Kücken aus. So ist es immer gewesen. Jedes Kücken kommt aus einem Ei, und jedes Ei

kommt von einer Henne. Aber was war zuerst da? Ein Huhn oder ein Ei? Noch kein Philosoph hat diese ewige Frage beantworten können. Trotzdem: es mußte eine Antwort geben. Vielleicht war ich, Schlemihl, dazu bestimmt, zufällig auf sie zu stoßen.

Es goß immer noch in Strömen. Meine Füße wurden naß, und ich fröstelte. Ich mußte niesen und wollte mir die Nase putzen, aber mein Taschentuch war ebenfalls weg.

In diesem Moment sah ich einen großen schwarzen Hund. Er stand im Regen, war tropfnaß und blickte mich traurig an. Ich wußte sofort, was mit ihm los war. Er hatte sich verlaufen. Auch er hatte seine Adresse vergessen. Ich empfand eine tiefe Zuneigung zu diesem unschuldigen Tier. Ich rief ihm etwas zu, und er kam sofort zu mir. Ich redete mit ihm wie mit einem Menschen. »Kamerad, wir sitzen im gleichen Boot. Ich bin ein menschlicher Schlemihl, und du bist ein hündischer Schlemihl. Vielleicht ist heute auch *dein* Geburtstag, vielleicht soll er ebenfalls gefeiert werden. Aber du stehst fröstelnd und verlassen im Regen, während dein Herrchen dich überall sucht. Du bist sicher genau so hungrig wie ich.«

Ich tätschelte den nassen Kopf des Hundes, der sofort mit dem Schwanz wedelte. »Mein Los wird auch dein Los sein«, sagte ich. »Ich behalte dich bei mir, bis wir beide unser Zuhause wiedergefunden haben. Wenn du dein Herrchen nicht wiederfindest, bleibst du bei mir. Gib mir deine Pfote!« Der Hund hob seine rechte Pfote. Zweifellos hatte er mich verstanden.

Ein Taxi fuhr vorbei und bespritzte uns beide mit

Schmutz. Plötzlich hielt es, und ich hörte jemanden rufen: »Schlemihl! Schlemihl!« Ich blickte auf und sah, wie die Autotür geöffnet wurde und der Kopf eines Freundes auftauchte.

»Schlemihl! Was tust *du* denn hier? Auf wen wartest du denn?«

»Wohin fährst du?« fragte ich.

»Zu deiner Wohnung natürlich. Tut mir leid, daß ich mich verspätet habe, aber ich wurde aufgehalten. Aber besser spät als überhaupt nicht. Weshalb bist du denn nicht zu Hause? Und wem gehört dieser Hund?«

»Dich kann nur Gott geschickt haben!« rief ich. »Was für eine Nacht! Ich habe meine Adresse vergessen, ich habe meine Aktenmappe in einem Taxi liegenlassen, ich habe meinen Regenschirm verloren und ich weiß nicht, wo meine Überschuhe abgeblieben sind.«

»Schlemihl«, sagte mein Freund, »wenn es jemals einen zerstreuten Professor gegeben hat, dann bist du es.«

Als ich an meiner Wohnung klingelte, machte meine Frau die Tür auf. »Schlemihl!« rief sie empört. »Alle warten auf dich! Wo bist du gewesen? Wo ist deine Aktenmappe? Wo ist dein Schirm? Wo sind deine Überschuhe? Und was für ein Hund ist das?«

Unsere Freunde drängten sich um mich. »Wo bist du gewesen? Wir haben uns solche Sorgen gemacht! Wir dachten schon, dir wäre etwas zugestoßen!«

»Was für ein Hund ist das?« fragte meine Frau immer wieder.

»Ich weiß es nicht«, sagte ich schließlich. »Ich habe

ihn auf der Straße aufgelesen. Nennen wir ihn vorläufig Wauwau.«
»Wauwau? Was du nicht sagst!« schimpfte meine Frau. »Du weißt doch, daß unsere Katze keine Hunde leiden kann. Und unsere Wellensittiche? Er wird sie zu Tode erschrecken.«
»Er ist ein ruhiger Hund«, sagte ich. »Er wird sich mit der Katze anfreunden. Und sicher hat er Wellensittiche sehr gern. Ich konnte ihn doch nicht im Regen frieren lassen. Er ist eine gute Seele.«
In diesem Moment brach der Hund in schauerliches Gejaul aus. Die Katze kam angewetzt. Beim Anblick des Hundes machte sie einen Buckel und fauchte ihn an, als wollte sie ihm die Augen auskratzen. Die Wellensittiche begannen in ihrem Käfig zu kreischen und mit den Flügeln zu schlagen. Alle Anwesenden fingen gleichzeitig zu reden an. Es war ein Höllenlärm.
Wollt ihr wissen, wie die Sache ausging?
Wauwau ist immer noch bei uns. Er und die Katze sind gute Freunde geworden. Die Wellensittiche haben gelernt, auf seinem Rücken zu reiten, als ob er ein Pferd wäre. Und meine Frau? Sie liebt unseren Wauwau noch mehr als ich. Immer wenn ich den Hund ausführe, sagt sie: »Also ihr zwei, vergeßt eure Adresse nicht!«
Meine Aktenmappe, meinen Regenschirm und meine Überschuhe habe ich nie wiedergefunden. Wie so viele Philosophen vor mir, habe ich es aufgegeben, das Rätsel, wer zuerst da war, das Huhn oder das Ei, lösen zu wollen. Statt dessen habe ich begonnen, ein Buch zu schreiben: *Schlemihls Lebenserinnerungen.* Falls ich das Manuskript nicht in einem Taxi oder in einem Restaurant oder auf

einer Parkbank liegenlasse, könnt ihr das Buch vielleicht eines Tages lesen. Derweil also dieses Kapitel als Kostprobe!

Menasche und Rachel

Das Lubliner Armenhaus hatte ein Extrazimmer für Kinder – für verwaiste, kranke und verkrüppelte. Menasche und Rachel wurden dort aufgezogen. Beide waren verwaist und blind. Rachel war von Geburt an blind, Menasche seit er als Dreijähriger die Pocken gehabt hatte. Jeden Tag kam ein Lehrer, um den Kindern Gebete beizubringen und mit ihnen ein Kapitel aus den Fünf Büchern Mose durchzunehmen. Die älteren Kinder lernten auch Abschnitte aus dem Talmud. Menasche war jetzt knapp neun Jahre alt, galt aber bereits als Wunderkind. Er konnte zwanzig Kapitel der Heiligen Schrift auswendig. Rachel, die acht war, konnte das Morgengebet »Ich danke Dir«, das Abendgebet »Höre, Israel« und die Segenssprüche bei den Mahlzeiten aufsagen. Außerdem konnte sie einige jiddische Bittgebete.

An Chanukka segnete der Lehrer die Chanukkalichter für die Kinder, und vom Leiter des Armenhauses bekam jedes Kind Chanukkageld und einen kleinen Kreisel, »Dredl« genannt. Reiche Damen brachten den Kindern Kartoffelpuffer, bestreut mit Zucker und Zimt.

Einige dieser mildtätigen Frauen waren der Meinung, daß die beiden blinden Kinder nicht zuviel Zeit miteinander verbringen sollten. Erstens sei Menasche schon ein Halbwüchsiger und ein junger Gelehrter, für den es unnütz sei, mit einem kleinen Mädchen zu spielen. Zweitens sei es für blinde Kinder besser, mit nichtblinden zusammenzusein, die ihnen helfen könnten, ihren Weg zu finden in der ewigen Dunkelheit, in der sie leben müßten. Aber Menasche und Rachel hingen so aneinander, daß niemand sie trennen konnte.

Menasche war nicht nur für das Torastudium begabt, sondern auch für handwerkliche Dinge. Alle anderen Kinder bekamen zu Chanukka Blechkreisel geschenkt, Menasche aber schnitzte Holzkreisel für Rachel und sich selber. Wenn Menasche Geschichten erzählte, kamen sogar die Erwachsenen zum Zuhören. Nicht nur Rachel sondern auch jedes andere Kind im Armenhaus war ganz erpicht auf Menasches Geschichten. Einige hatte ihm seine verstorbene Mutter erzählt, andere dachte er sich aus. Er war erstaunlich geschickt. Im Sommer ging er mit den anderen Kindern zum Fluß und machte im Wasser Handstand und Purzelbäume. Im Winter, wenn eine Menge Schnee fiel, baute Menasche zusammen mit anderen Kindern einen Schneemann mit zwei Kohlen als Augen.

Menasche hatte schwarze Haare. Seine einstmals schwarzen Augen waren jetzt weißlich getrübt. Rachel galt als eine Schönheit. Sie hatte goldblonde Haare und kornblumenblaue Augen. Wer Rachel kannte, konnte einfach nicht glauben, daß so leuchtende Augen blind sein sollten.

Von der Liebe zwischen Menasche und Rachel wurde nicht nur im Armenhaus sondern auch in der ganzen Nachbarschaft gesprochen. Die beiden sagten ganz offen, daß sie, sobald sie erwachsen wären, einander heiraten wollten. Manche Insassen des Armenhauses nannten die beiden Braut und Bräutigam. Manche »Wohltäter« meinten, die beiden Kinder sollten zwangsweise getrennt wer-

den, aber Rachel sagte, sie würde sich ertränken, wenn man sie von Menasche wegholen würde. Und Menasche drohte, er werde jeden in die Hand beißen, der versuchen würde, ihn von Rachel zu trennen. Der Heimleiter bat den Rabbi um Rat, und der Rabbi sagte, man solle die beiden Kinder in Ruhe lassen.
An einem Chanukka-Abend bekamen die Kinder ihr Chanukkageld, aßen die leckeren Kartoffelpuffer und setzten sich dann zum Dredlspielen an den Tisch. Es war der sechste Abend des Chanukkafestes. In der Messinglampe auf dem Fensterbrett brannten sechs Lichter. An den vorausgegangenen Abenden hatten Menasche und Rachel mit den anderen Kindern gespielt, jetzt aber sagte Menasche:
»Rachel, ich hab' keine Lust zum Spielen.«
»Ich auch nicht«, sagte Rachel. »Aber was sollen wir denn sonst tun?«
»Uns vor die Chanukkalampe setzen und einfach beieinander sein.«
Menasche führte Rachel zur Chanukkalampe. Sie ließen sich von dem köstlichen Geruch des Öls leiten, in dem die Dochte brannten. Dann setzten sie sich auf eine Bank. Eine Weile genossen sie schweigend das Beisammensein und die Wärme, die von den kleinen Flammen ausging. Dann sagte Rachel:
»Menasche, erzähl mir eine Geschichte.«
»Schon wieder? Ich hab' dir doch schon alle meine Geschichten erzählt.«
»Denk dir eine neue aus«, sagte Rachel.
»Wenn ich dir schon jetzt alle meine Geschichten erzähle, was tue ich dann, wenn wir heiraten und Mann und Frau werden? Ich muß ein paar Geschichten für unsere Zukunft aufsparen.«

»Keine Sorge! Bis dahin weißt du bestimmt viele neue Geschichten.«
»Weißt du was?« sagte Menasche. »Diesmal erzählst du mir eine Geschichte.«
»Ich habe aber keine zu erzählen.«
»Woher willst du wissen, daß du keine zu erzählen hast? Sag einfach, was dir gerade einfällt. Ich mache das auch so. Wenn man mich bittet, eine Geschichte zu erzählen, dann fange ich zu reden an, ohne zu wissen, was dabei herauskommen wird. Aber irgendwie wird dann ganz von selbst eine Geschichte daraus.«
»Bei mir bestimmt nicht.«
»Versuch's doch!«
»Dann lachst du mich aus.«
»Nein, Rachel, bestimmt nicht!«
Es wurde ganz still. Man konnte das Holz im Schamotte-Ofen brennen hören. Rachel zögerte. Sie befeuchtete ihre Lippen mit der Zungenspitze. Dann begann sie: »Es waren einmal ein Junge und ein Mädchen.«
»Aha!«
»Er hieß Menasche und sie hieß Rachel.«
»Ja.«
»Jedermann hielt Menasche und Rachel für blind, aber sie konnten sehen. Ich weiß bestimmt, daß Rachel sehen konnte.«
»Was hat sie denn gesehen?« fragte Menasche verwundert.
»Andere Kinder sehen von außen, aber Rachel sah von innen. Deshalb nannten die Leute sie blind. Aber das stimmte nicht. Wenn die Menschen schlafen, sind ihre Augen geschlossen, aber in ihren Träumen können sie Jungen, Mädchen, Pferde,

Bäume, Ziegen und Vögel sehen. So war es mit Rachel. Tief in ihrem Kopf konnte sie alles sehen – viele schöne Dinge.«

»Konnte sie Farben sehen?« fragte Menasche.

»Ja. Grün, Blau, Gelb – und andere Farben, ich weiß nicht, wie ich die nennen soll. Manchmal hüpften die Farben umher und bildeten kleine Figuren, Puppen, Blumen. Einmal sah Rachel einen Engel mit sechs Flügeln. Er flog ganz hoch hinauf, und der Himmel öffnete seine goldenen Tore für ihn.«

»Konnte sie die Chanukkalichter sehen?« fragte Menasche.

»Nicht die dort außen, aber die in ihrem Kopf. Siehst *du* denn überhaupt nichts, Menasche?«

»Doch«, sagte Menasche nach einer ganzen Weile. »Auch ich kann in mir manches sehen. Ich sehe meinen Vater und meine Mutter. Und auch meine Großeltern. Ich hab's dir nie erzählt, aber ich erinnere mich an Dinge von früher, als ich noch sehen konnte.«

»An was erinnerst du dich?«

»Ach, ich war krank, und das Zimmer war voller Sonnenschein. Ein Doktor kam, ein großer Mann mit einem hohen Hut. Er sagte zu meiner Mutter, sie solle die Vorhänge zuziehen, weil er dachte, ich hätte die Masern, und wenn man die Masern hat, ist es nicht gut, wenn's im Zimmer zu hell ist.«

»Warum hast du mir das noch nie erzählt?« fragte Rachel.

»Ich dachte, du würdest es nicht verstehen.«

»Menasche, ich verstehe alles. Manchmal, wenn ich nachts im Bett liege und nicht einschlafen kann, sehe ich Gesichter und Tiere und Kinder, die im

Kreis tanzen. Ich sehe Berge, Felder, Flüsse, Gärten – und darüber sehe ich den Mond scheinen.«
»Wie sieht der Mond aus?«
»Wie ein Gesicht mit Augen, Nase und Mund.«
»Ja, das stimmt. Ich erinnere mich an den Mond«, sagte Menasche. »Manchmal, wenn ich nachts wach liege, sehe ich viele, viele Dinge, und dann weiß ich nicht, ob sie wirklich sind oder ob ich mir das alles bloß einbilde. Einmal habe ich einen Riesen gesehen, der war so groß, daß sein Kopf bis zu den Wolken reichte. Er hatte riesige Hörner und eine Nase so groß wie ein Elefantenrüssel. Er ging im Meer, aber das Wasser reichte ihm nur bis zu den Knien. Ich wollte dem Heimleiter erzählen, was ich gesehen habe, aber er hat gesagt, ich lüge. Ich hatte aber die Wahrheit gesagt.«
Die beiden Kinder schwiegen eine Weile. Dann sagte Menasche: »Rachel, solange wir noch klein sind, sollten wir diese Geheimnisse keinem Menschen erzählen. Niemand würde uns glauben. Alle würden meinen, wir hätten uns das alles bloß ausgedacht. Aber wenn wir groß sind, erzählen wir alles. In der Bibel steht geschrieben: ›Denn Gott schaut nicht auf das, worauf der Mensch schaut; der Mensch schaut auf das, was in die Augen fällt, Jahwe aber schaut auf das Herz.‹«
»Wer hat das gesagt?«
»Der Prophet Samuel.«
»Ach, Menasche, wenn wir doch ganz schnell erwachsen und Mann und Frau werden könnten!« sagte Rachel. »Wir werden Kinder haben, die von außen *und* von innen sehen können. Du wirst die Chanukkalichter anzünden, und ich werde Kartoffelpuffer braten. Du wirst Dredl für unsere Kinder

schnitzen, und wenn sie zu Bett gehen, werden wir ihnen Geschichten erzählen. Und wenn sie eingeschlafen sind, werden sie von diesen Geschichten träumen.«

»Wir beide werden auch träumen«, sagte Menasche. »Ich von dir und du von mir.«

»Ach, ich träume die ganze Zeit von dir. Ich kann dich im Traum ganz deutlich sehen – deine weiße Haut, deine scharf geschnittene Nase, deine schwarzen Haare, deine schönen Augen.«

»Ich kann dich auch sehen – ein goldblondes Mädchen.«

Wieder schwiegen sie eine ganze Weile. Dann sagte Rachel: »Ich möchte dich um etwas bitten, aber ich schäme mich, es zu sagen.«

»Was denn?«

»Gib mir einen Kuß!«

»Bist du meschugge? Das ist nicht erlaubt. Außerdem wird ein Junge, der ein Mädchen küßt, von den anderen ›Weichling‹ genannt.«

»Niemand wird es sehen.«

»Gott sieht es«, sagte Menasche.

»Vorhin hast du gesagt, Gott schaut auf das Herz. In meinem Herzen sind wir beide schon erwachsen und miteinander verheiratet.«

»Die anderen Kinder werden uns auslachen.«

»Die sind doch mit Dredlspielen beschäftigt. Gib mir einen Kuß! Bloß einen einzigen!«

Menasche nahm Rachel bei der Hand und gab ihr rasch einen Kuß. Sein Herz klopfte wie ein kleiner Hammer. Rachel erwiderte den Kuß, und sie beide hatten ganz heiße Gesichter. Nach einer Weile sagte Menasche: »Es kann doch keine so furchtbare Sünde sein, denn im Buch Genesis steht geschrieben, daß Jakob Rachel lieb hatte und ihr, als sie sich begegneten, einen Kuß gab. Du heißt auch Rachel.«

Der Leiter des Armenhauses ging zu den beiden hinüber. »Kinder, warum sitzt ihr denn so allein herum?«

»Menasche hat mir gerade eine Geschichte erzählt«, sagte Rachel.

»Nein, sie hat *mir* eine Geschichte erzählt«, sagte Menasche.

»War es eine schöne Geschichte?« fragte der Leiter des Armenhauses.

»Die schönste Geschichte der Welt«, antwortete Rachel.

»Wovon handelt sie denn?«

»Von einer Insel weit draußen im Meer«, sagte Menasche, »mit vielen Löwen, Leoparden, Affen und auch Adlern und Fasanen mit goldenem Gefieder und silbernen Schnäbeln. Auf dieser Insel gab es viele Bäume – Feigenbäume, Dattelpalmen und Granatapfelbäume – und einen Fluß mit klarem Wasser. Und da waren ein Junge und ein Mädchen, die hatten sich nach einem Schiffbruch an einen Baumstamm geklammert und auf die Insel gerettet. Sie waren wie Adam und Eva im Paradies, aber es gab keine Schlange und . . .«

»Die Kinder streiten sich beim Dredlspielen – ich muß nachsehen, was da los ist«, sagte der Leiter des Armenhauses. »Du kannst mir den Rest der Geschichte morgen erzählen.« Er eilte zum Tisch hinüber.

»Aha, du hast dir eine neue Geschichte ausgedacht«, sagte Rachel zu Menasche. »Wie geht sie denn weiter?«

»Die beiden hatten sich lieb und wurden ein Ehepaar.«
»Für immer allein auf der Insel?« fragte Rachel.
»Wieso denn allein? Sie bekamen viele Kinder, sechs Jungen und sechs Mädchen. Und eines Tages legte dort ein Segelschiff an, und die ganze Familie wurde gerettet und ins Land Israel gebracht.«

Wie Schlemihl Geschäfte machte

SCHLEMIHL, der in Chelm lebte, war nicht immer ein Stubenhocker gewesen. Und es gab eine Zeit, da hatte seine Frau kein Gemüse auf dem Markt verkauft. Frau Schlemihls Vater war ein vermögender Mann, und als seine Tochter den Schlemihl heiratete, da gab er ihr einen guten Batzen Heiratsgeld.

Kurz nach der Hochzeit beschloß Schlemihl, die Mitgift zu benützen, um ins Geschäft zu kommen. Er hatte gehört, daß man in Lublin billig Ziegen kaufen konnte. So ging er dorthin, um eine zu kaufen. Es sollte eine Milchziege sein. Aus der Milch wollte er Käse machen und den Käse dann verkaufen.

Ein Viehhändler bot ihm eine Ziege an, deren Euter prall mit Milch gefüllt war. Schlemihl zahlte ihm die fünf Gulden, die er dafür verlangte, band der Ziege einen Strick um den Hals und führte sie heim nach Chelm.

Auf dem Heimweg kehrte er in Piask ein. Das Dorf war bekannt für seine Diebe und Betrüger, aber Schlemihl wußte das nicht. Er ging in ein Wirtshaus, um zu essen. Die Ziege ließ er draußen auf dem Hof an einen Baum gebunden zurück.

Er bestellte süßen Branntwein, als Vorspeise gehackte Leber mit Zwiebeln, einen Teller Hühnersuppe mit Nudeln und Tee mit Honigkuchen als Nachspeise – das war er sich als erfolgreicher Ge-

schäftsmann schuldig. Es dauerte nicht lange, da tat der Branntwein seine Wirkung. Vor dem Gastwirt prahlte Schlemihl mit dem prächtigen Tier, das er in Lublin erstanden hatte.
»Hab ich vielleicht ein Geschäft gemacht!« verkündete er. »Eine junge, gesunde Ziege. Das wird eine Milchziege, sag ich euch.«
Wie's der Teufel will, war der Gastwirt ein ausgemachter Piasker Betrüger. Er besaß einen alten Geißbock, der war auf einem Auge blind, hatte einen langen, weißen Bart und ein abgebrochenes Horn. Nur die Tatsache, daß er so abgemagert und ausgemergelt war, bewahrte ihn vor dem Schlachter. Der Wirt hörte sich Schlemihls Loblied auf seine neue Ziege an, dann ging er auf den Hof hinaus und vertauschte Schlemihls junges Tier mit seinem alten Geißbock. Schlemihl war so vertieft in seine geschäftlichen Pläne, daß er gar nichts merkte, als er das Tier losband.
Weil das nun Schlemihls erste geschäftliche Unternehmung war, wartete die ganze Familie ungeduldig darauf, das Tier zu sehen, das er aus der großen Stadt heimbringen sollte. Alle waren sie in Schlemihls Haus versammelt: seine Schwiegereltern, seine Schwager und Schwägerinnen, auch Freunde und Nachbarn. Als Schlemihl schließlich ankam, rannten sie alle zur Begrüßung auf den Hof hinaus. Er hatte noch nicht einmal das Tor geöffnet, da pries Schlemihl schon die Vorzüge seines unübertrefflichen Handels – die Stärke der Ziege, ihr volles Euter.
Als der alte Geißbock hinter ihm durch das Tor gehumpelt kam, herrschte große Bestürzung. Sprachlos raufte sich der Schwiegervater den Bart. Und

die Schwiegermutter war wie vom Donner gerührt. Die jungen Männer lachten lauthals, und die jungen Frauen kicherten. Der Schwiegervater war der erste, der etwas sagte: »Das nennst du eine junge Ziege? Ein halbverreckter alter Geißbock ist das!«
Zuerst wehrte sich Schlemihl noch heftig, aber dann schaute er sich zum ersten Mal das Tier so richtig an, das er da mit nach Hause gebracht hatte. Als er den alten, klapprigen Geißbock sah, schlug er sich den Kopf mit Fäusten. Er war überzeugt, daß ihn der Viehhändler hinters Licht geführt hatte, obgleich er sich nicht denken konnte, wann er das getan haben mochte. Schlemihl war so wütend, daß er sich nach einer schlaflosen Nacht auf den Weg nach Lublin machte. Er wollte den Bock zurückgeben und dem Händler ganz gehörig die Meinung sagen.
In Piask kehrte er wieder im Gasthaus ein. Er erzählte dem Wirt, daß er in Lublin übers Ohr gehauen worden sei und daß er die richtige Ziege oder sein Geld zurückhaben wolle. Wenn ihn der Händler nicht zufriedenstelle, werde er die Polizei rufen. Der Gastwirt hatte schon mehr als einmal Scherereien mit der Polizei gehabt. Es war ihm klar, daß eine mögliche Untersuchung auf seine Spur führen mußte, und das war das letzte, was er sich wünschte.
Als Schlemihl sich so heftig über den Lubliner Viehhändler beklagte, da sagte der Gastwirt mitfühlend: »O ja, man weiß ja, was für Betrüger die Lubliner Händler sind. Sei nur wachsam, sonst beschwindelt man dich auch noch ein zweites Mal.«
Bald darauf – Schlemihl war mit Essen beschäftigt – ging der Wirt auf den Hof und vertauschte seinen

alten Geißbock wieder mit der jungen Ziege. Als Schlemihl aufbrach, war er so sehr damit beschäftigt, sich vorzustellen, was er dem Viehhändler sagen wollte, daß er das Tier wieder kaum beachtete, das er da führte.
Schlemihl kam bei dem Händler an und bedrohte und beschimpfte ihn wüst. Der erstaunte Mann machte ihm klar, daß die Ziege, die Schlemihl zurückbrachte, wirklich jung war und pralle Euter hatte. Schlemihl schaute sich die Ziege an und war sprachlos. Als er sich schließlich wieder gefaßt hatte, meinte er: »Ich kann nur sagen, ich muß Gespenster sehen.« Er entschuldigte sich ein ums andere Mal, nahm die Ziege und machte sich auf den Weg nach Chelm. Wie üblich kehrte er wieder im Piasker Wirtshaus ein. Er bestellte Brathuhn und Knödel. Und weil er den schließlich doch noch guten Handel feiern wollte, ließ er auch noch süßen Branntwein bringen. Der Wirt – unverbesserlicher Betrüger, der er war – ließ ein so leichtgläubiges Opfer doch nicht ungeschoren davonkommen. Er ließ Schlemihl noch ein zweites Glas auf seine Kosten bringen, dann ging er auf den Hof und vertauschte die Ziegen wieder.
Es dämmerte schon, als Schlemihl das Gasthaus verließ. Diesmal war er ein bißchen betrunken, und weil er beschickert war, sah er sich das Tier, das er losband und heimführte, überhaupt nicht an.
Als Schlemihl nun das zweite Mal einen alten Geißbock statt einer jungen Ziege nach Chelm brachte, da war die Hölle los. Wie ein Lauffeuer verbreitete sich die Sache. Das ganze Dorf war erschreckt und verwirrt. Man brachte die Angelegenheit sogleich vor den Ältestenrat, und dieser steckte bedachtsam

sieben Tage und sieben Nächte die Köpfe zusammen. Endlich kamen die Ältesten zu dem Ergebnis: Wenn man eine Ziege von Lublin nach Chelm bringen will, verwandelt sie sich unterwegs in einen alten Geißbock. Sie erließen daher ein Gesetz, das es den Einwohnern von Chelm bei Strafe verbot, Ziegen aus Lublin einzuführen. Der alte Geißbock starb bald, und Schlemihl hatte ein Drittel der Mitgift seiner Frau verloren.

Nachdem Schlemihls Lubliner Geschäfte so arg danebengegangen waren, versuchte er sein Glück in Lemberg. Kaum war er in der Stadt angekommen und hatte es sich in der Kammer eines Gasthauses bequem gemacht, da hörte er ein fürchterliches Geschrei und den durchdringenden schrillen Ton einer Trompete. Er rief nach dem Hausknecht, um die Ursache des Tumultes zu erfahren. Man sagte ihm, daß ein Haus gegenüber brenne und daß die Feuerwehr schon eingetroffen sei. Schlemihl hätte sich die Feuersbrunst vielleicht angeschaut, aber von der langen Reise taten ihm die Knochen weh. Nachdem man ihm versichert hatte, daß dem Gasthaus keine Gefahr drohe und das Feuer schon fast gelöscht sei, schlummerte er ein.

Kaum war er aufgewacht, ging er in den Gastraum hinunter und fragte einen der Gäste, wie denn das Feuer ausgebrochen sei und wie lange man zum Löschen gebraucht habe.

»War's denn schon damit getan, daß einer nur die Trompete geblasen hat?« wollte er wissen.

Wie's der Teufel will, war der Mann, den Schlemihl gefragt hatte, einer der verschlagensten Lemberger Diebe. Und Schlemihls Frage kam dem gerissenen Burschen gerade recht. »Ja«, antwortete er.

»Hier in Lemberg haben wir eine Trompete, die löscht dir jedes Feuer. Man muß sie nur blasen, und das Feuer geht aus.«

Schlemihl blieb der Mund offen stehen vor Staunen. Von vielen Lemberger Wundern hatte er schon reden hören, aber von einer feuerlöschenden Trompete noch nie. Sogleich fiel ihm ein, was für eine Quelle des Reichtums so eine Trompete in einer Stadt wie Chelm sein mußte, wo die Häuser aus Holz gebaut waren und Strohdächer hatten.

»Wieviel soll so eine Trompete kosten?« fragte Schlemihl.

»Zweihundert Gulden«, antwortete der Mann.

Zweihundert Gulden war viel Geld und fast soviel wie das, was von Frau Schlemihls Heiratsgeld noch übrig geblieben war. Aber als Schlemihl so hin und her überlegte, fand er, daß eine solche Trompete ihr Geld mehr als wert war. In Chelm brannte es oft, besonders im Sommer. Häuser und ganze Straßenzüge lagen dann in Schutt und Asche. Sie hatten zwar ein paar Feuerwehrmänner in Chelm, aber ihre ganze Ausrüstung bestand nur aus einer einzigen Feuerspritze, die von einem müden, alten Gaul gezogen wurde. Wenn der Wagen mit dem Wasserfaß ankam, war gewöhnlich schon alles abgebrannt. Schlemihl hatte nicht den leisesten Zweifel, daß man mit einer feuerlöschenden Trompete sein Glück machen konnte. Er sagte dem Mann, daß er gern eine solche Trompete kaufen wollte, und der andere war nur zu gern dazu bereit, eine zu beschaffen. Es dauerte nicht lange, da brachte er die Trompete mit einer schriftlichen Bestätigung, daß sie jedes Feuer lösche, wenn man sie nur blase.

Schlemihl war überglücklich. Diesmal war er fel-

senfest davon überzeugt, auf dem rechten Weg zum großen Glück zu sein.
Daheim in Chelm prahlte Schlemihl vor seiner Familie und den Nachbarn mit dem staunenswerten Instrument, das er aus Lemberg mitgebracht hatte. Die Sache wurde schnell bekannt, und bald war Chelm in zwei Lager geteilt. Die einen glaubten an die Kraft der Trompete, und die anderen behaupteten, Schlemihl sei wieder einmal übers Ohr gehauen worden. Sicherlich wäre die Angelegenheit vor den Ältestenrat gekommen, aber es war Sommer, und die Ältesten tagten nicht.
Schlemihls Schwiegervater war einer von denen, die von der Sache mit der Trompete nichts hielten. »Bloß eine andere Art von Geißbock, sonst nichts«, knurrte er. Schlemihl war so sehr darauf erpicht, die Fähigkeit seiner Trompete vorzuführen, daß er beschloß, das Haus seines Schwiegervaters in Brand zu stecken. Ehe wirklicher Schaden entstehen konnte, wollte er das Feuer natürlich mit seiner Trompete ausblasen.
Seines Schwiegervaters Haus war alt und trocken. Schnell wie Zunder brannte das Feuer. Schlemihl blies seine Trompete, bis er nicht mehr blasen konnte, aber siehe da, das Haus brannte lichterloh weiter.
Die Familie konnte sich retten, aber ihr Hab und Gut ging verloren.
Obwohl es Sommer war, wurde sogleich eine Notsitzung der Dorfältesten einberufen. Die Ältesten wälzten das Problem sieben Tage und sieben Nächte, dann kamen sie zu dem Schluß: eine Trompete, die in Lemberg Feuer löschen kann, versagt aus unbekannten Gründen in Chelm. Gronam Ochs

legte ein Gesetz vor, das die Einfuhr feuerlöschender Trompeten von Lemberg nach Chelm verbieten sollte. Das Gesetz wurde einstimmig angenommen, und Feiwel Blödel brachte es ordnungsgemäß zu Papier.

Schlemihl hatte die Mitgift seiner Frau verschleudert und das Haus seines Schwiegervaters niedergebrannt. Dennoch weigerte er sich hartnäckig, seine Vorstellung aufzugeben, er müsse unbedingt Geschäfte machen. In Lublin und in Lemberg war er auf keinen grünen Zweig gekommen, also wollte Schlemihl es in Chelm selbst versuchen.

In Chelm braute man süßen Branntwein, Schlemihls liebstes Getränk. Er beschloß, ein Faß zu kaufen. Zu drei Groschen das Glas wollte er den Branntwein auf dem Markt anbieten. Er hatte sich drei Gulden Gewinn täglich ausgerechnet, wenn er jeden Tag ein Faß verkaufte. Diesmal war Frau Schlemihl fest entschlossen, ihrem Mann zu helfen. Es war zwar nicht einmal genug Geld übrig, um den Weinhändler zu bezahlen, aber sie trug ein Schmuckstück ins Pfandhaus, und so konnten sie den Branntwein kaufen.

Am nächsten Tag bauten sie sich auf dem Marktplatz einen kleinen Stand auf und stellten das Faß und ein paar Gläser darauf. Dann versuchten sie, den Vorübergehenden ihr Getränk zu verhökern. »Süßer Branntwein! Das erfrischende und stärkende Getränk für jedermann! Drei Groschen das Glas! Einkaufen, nicht vorbeilaufen!«

Süßen Branntwein trank man gern in Chelm, aber drei Groschen für ein Glas, das war weiß Gott zuviel. Nur ein Kunde kaufte ein Glas. Er zahlte mit einer Dreigroschenmünze, und das war am frühen Morgen. Als sich nach einer Stunde immer noch kein weiterer Käufer fand, ließ Schlemihl allen Mut sinken. Er hatte sich so sehr aufgeregt, daß ihm ein Schluck Branntwein gut tun mochte. Schlemihl hielt seiner Frau die Dreigroschenmünze hin und sagte: »Mein Geld ist soviel wert wie anderer Leute Geld, oder etwa nicht? Hier hast du drei Groschen, verkauf mir ein Glas.«

Frau Schlemihl überlegte sich die Sache, dann sagte sie: »Du hast recht, Schlemihl. Geld ist Geld.« Und sie gab ihm ein Glas Branntwein. Schlemihl trank es aus und leckte sich die Lippen. Köstlich! Nach einer Weile wurde auch Frau Schlemihl durstig, und sie sagte zu ihrem Mann: »Mein Dreigroschenstück ist auch drei Groschen wert, oder? Hier hast du mein Geld, verkauf mir ein Glas.«

Um die Geschichte kurz zu machen: Schlemihl und seine Frau becherten munter weiter. Den ganzen Tag wanderte die Münze zwischen den beiden hin und her. Als es dämmerte, war das Fäßchen beinahe geleert. Und als sie Kasse machten, den Verdienst des Tages zählen wollten, da fand sich nur ein einziges Dreigroschenstück.

Schlemihl und seine Frau zerbrachen sich den Kopf darüber, wo sie diesmal den Fehler gemacht hatten. Aber wie sie die Sache auch drehten und wendeten, sie kamen nicht dahinter. Fast ein ganzes Faß süßen Branntwein hatten sie gegen Barzahlung verkauft, aber Geld war keines zu sehen. Schlemihl war sicher, daß sich nicht einmal die Ältesten von Chelm erklären konnten, was mit dem Geld geschehen war, das er und seine Frau einander gegeben hatten.

So endeten Schlemihls Versuche, ins Geschäft zu kommen. Von da an saß Frau Schlemihl auf dem Marktplatz und verkaufte Gemüse. Was Schlemihl anging, der blieb zu Hause und versorgte die Kinder, die ihnen bald geboren wurden. Er fütterte auch die Hühner, die Frau Schlemihl unter der Ofenbank hielt.

Schlemihls Schwiegervater hatte sich so sehr über seinen Schwiegersohn geärgert, daß er nach Lublin gezogen war. Das war das erste Mal in der Geschichte Chelms, daß jemand das Dorf ein für allemal verlassen hatte.

Obwohl Frau Schlemihl mit ihrem Mann schimpfte und zankte, bewunderte sie ihn immer noch. Schlemihl sagte später oft zu ihr: »Wenn die Lubliner Ziege sich nicht in einen Geißbock verwandelt hätte, und wenn die Trompete auch in Chelm Feuer gelöscht hätte, dann wäre ich jetzt der reichste Mann im Städtchen.«

Frau Schlemihl antwortete ihm dann: »Du magst ein armer Schlucker sein, Schlemihl, aber du bist sicherlich klug und weise. So gescheite Leute wie du sind rar, sogar in Chelm.«

Josef und Koza

Es geschah vor langer, langer Zeit in dem Land, das jetzt Polen ist. Damals war das Land mit dichten Wäldern und mit Sümpfen bedeckt, und die Bevölkerung bestand aus vielen verschiedenen Stämmen, die blutige Kriege gegeneinander führten. Sie kämpften mit Pfeil und Bogen, mit Schwert und Speer, denn damals gab es noch keine Gewehre und Kanonen. Die Landstraßen waren gefährlich. Wegelagerer lauerten Kaufleuten auf, beraubten und ermordeten sie. Oft wurden Reisende von Wölfen, Bären, Wildschweinen und anderen wilden Tieren angegriffen. Und es gab viele Hexenmeister und Hexen, die mit Baba Jaga der Schrecklichen und anderen bösen Mächten im Bunde standen. Im ganzen Polenland konnte damals niemand lesen und schreiben. Die Bewohner beteten Götzenbilder aus Stein, Ton und Holz an, denen sie nicht nur Tiere sondern auch Menschen opferten.

Der mächtigste Stamm im Polenland war in Mazowia angesiedelt, einem ausgedehnten Landstrich am Weichselstrom. In Mazowia herrschte ein Häuptling namens Wilk, dessen Ehefrau Wilkowa hieß. Wilk war groß, rotbackig und flachsblond. Er hatte einen Schnurrbart, dessen Enden ihm bis zu den Schultern hinabhingen. Andere Häuptlinge im Land hatten Kronen aus Gold, Silber und Edelsteinen, Wilks Krone aber war ein hohler Kürbis, dessen Rand eingekerbt war, damit man Bienenwachskerzen daraufstecken konnte. Wenn Wilk die Krone trug, wurden die Kerzen angezündet.

In Wilks Diensten stand eine Hexe und Sterndeuterin namens Zla. Der Häuptling unternahm nichts, ohne sich vorher von ihr beraten zu lassen. Es hieß, Zla könne Wunder vollbringen. Sie fuhr in einem von Wölfen gezogenen Wagen und benützte als Peitsche eine lebendige Schlange.
Bei den Mazowianern war es Brauch, einmal im Jahr dem Weichselstrom die schönste Jungfrau zu opfern. Dann versammelte sich das Volk am Ufer des Flusses. Man trank Wein, Bier und Met, schlachtete Schweine und briet sie am Spieß, sang und tanzte den ganzen Tag. Am Abend, kurz vor Sonnenuntergang, wurde die Jungfrau zum Ufer gebracht, auf eine hohe Klippe getragen und in den Fluß geworfen. Die Mazowianer glaubten, durch dieses Menschenopfer die bösen Geister des Weichselstroms beschwichtigen zu können.
Jahr für Jahr wählte die Hexe Zla die schönste Jungfrau des Landes aus. Zuerst deutete sie die Sternzeichen, dann beriet sie sich mit dem Teufel. Niemals erhob jemand Einspruch gegen die Wahl, die Zla getroffen hatte.
Wilk hatte sieben Söhne, aber nur eine einzige Tochter. Sie hieß Koza und hatte goldblonde Haare und blaue Augen. Der Häuptling und seine Frau liebten sie über alles. Als Koza siebzehn war und verheiratet werden sollte, kamen viele Königssöhne nach Mazowia und warben um sie. Im Wettstreit um ihre Hand vollbrachten sie allerlei Heldentaten. Ein junger Freier riß mit bloßen Händen einen Wolf in zwei Stücke. Ein anderer erwürgte einen Ochsen. Ein dritter riß einen Baum mitsamt den Wurzeln aus. Und am Ende kämpften die jungen Männer mit dem Schwert gegeneinander. Sie gin-

gen genau so grausam miteinander um wie vorher mit den Tieren.
Koza mußte bei diesen wilden Turnieren zuschauen, aber keiner der jungen Prinzen gefiel ihr. Sie war ein herzensguter Mensch und verabscheute Blutvergießen.
Alljährlich in der ersten Nacht des Monats Kwiecien (das ist ungefähr unser Monat April), las die Hexe Zla in den Sternen, um zu erfahren, wer das schönste Mädchen in Mazowia sei. Als sie in diesem Jahr in der dafür bestimmten Frühlingsnacht den Sternenhimmel erforschte, seufzte sie plötzlich laut auf. Koza! Das hatten ihr die Sterne enthüllt.
Als Wilk erfuhr, daß er seine eigene Tochter opfern sollte, war er tief bekümmert. Seine Frau fiel in Ohnmacht.
Koza jedoch versuchte, ihre Eltern zu trösten. Sie sagte zu ihrem Vater: »Wenn ich die bösen Geister dadurch besänftigen kann, daß ich dem Weichselstrom mein Leben opfere, dann bin ich gern dazu bereit.«
Die Opferfeier fand immer zu Sommeranfang statt – am ersten Tag des Monats Lipiec (der unserem Monat Juli entspricht). Die neunzigtägige Wartezeit verbrachte die ausgewählte Jungfrau in einem großen Zelt, das in einem Obstgarten nahe beim Flußufer errichtet wurde. Die hochgeborenen jungen Mädchen von Mazowia durften Koza dort besuchen, um ihr Gesellschaft zu leisten. Sie sangen und tanzten für sie, flochten Blumenkränze und brachten Geschenke, um Koza die lange Wartezeit zu versüßen.
Eines Tages erschien ein Wanderer am Tor von Wilks Palast. Er war hochgewachsen, hatte einen

schwarzen Bart, lange schwarze Haare und schwarze Augen. Auf dem Rücken trug er einen Sack und unter dem Arm eine große Schriftrolle. Die Mazowianer, die noch nie eine Schriftrolle gesehen hatten, betrachteten sie verwundert. Der Fremde sagte zu den Torhütern, er wolle mit Häuptling Wilk sprechen.

»Wer bist du? Woher kommst du?« fragten sie.

»Aus Jerusalem.«

Die Torhüter berichteten es Wilk, der ihnen befahl, den Fremden zu ihm zu führen.

»Wie heißt du?« fragte er ihn.

»Josef.«

»Josef? So einen Namen habe ich noch nie gehört. Wer bist du? Und was willst du?«

»Ich bin ein Jude«, sagte Josef, »und ich komme aus der Stadt Jerusalem. Ich bin Goldschmied von Beruf. Ich fertige Armreife, Broschen und Ringe an. Hierher hat mich der Weg aus Krakau geführt, wo ich für den König eine Krone mit goldenen Hörnern gemacht habe. Ich habe über ein Jahr in seinem Schloß zugebracht und dort eure Sprache erlernt.«

»Was trägst du unterm Arm?« fragte Wilk.

»Eine Schriftrolle.«

»Was ist das, eine Schriftrolle?«

»Auf dieser hier stehen die Gebote Gottes.«

»Die Gebote *welchen* Gottes? Ist er aus Bein gemacht? Oder aus Holz? Aus Stein? Aus Kupfer?«

»Mein Gott kann nicht von menschlicher Hand gemacht werden«, erwiderte Josef. »Er hat schon immer gelebt. Er ist der Schöpfer der Erde, des Himmels, des Meeres und aller Lebewesen – der Menschen und der Tiere. Vor langer, langer Zeit

hat Er sich Moses auf dem Berg Sinai offenbart und ihm Seine Gebote gegeben.«
Wilk wußte nicht, was er von alledem halten sollte. Schließlich sagte er zu Josef: »Ich würde ja gern eine Krone bestellen, wie du sie für den König von Krakau gemacht hast, aber dieses Jahr ist für mich ein Jahr der Trauer. Komm nächstes Jahr wieder, dann lasse ich mir von dir eine Krone machen.«
»Weshalb trauerst du?«
»In sechzig Tagen soll meine Tochter Koza der Weichsel geopfert werden.«
»Der Gott Israels hat Menschenopfer verboten«, entgegnete Josef.
»Wie kann das möglich sein? Wenn wir es versäumen, dem Fluß unsere schönste Jungfrau zu opfern, werden die bösen Mächte dafür sorgen, daß wir weder Sonnenschein noch Regen haben und unsere Felder keine Frucht tragen. Wenn wir der Weichsel dieses Opfer nicht bringen, wird sie unser Land überschwemmen. Im Sommer wird es kalt sein, und wir werden nichts ernten können.«
»Unsinn!« rief Josef. »*Gott* läßt die Feldfrüchte wachsen. Gott verlangt nicht, daß eine Jungfrau ertränkt wird. Das ist eine Sünde!«
Wilk dachte über Josefs Worte nach, dann sagte er: »Ich bin zwar der Herrscher über mein Volk, aber ich weiß wenig über solche Dinge. Der klügste Mensch in meinem Land ist die Hexe Zla. Ich werde meiner Dienerschaft befehlen, dir Essen zu geben und ein Zelt, in dem du schlafen kannst. Morgen wirst du mit Zla sprechen. Aber denk daran, daß sie die Sternzeichen deuten kann und daß sie der Baba Jaga und anderen bösen Mächten dient. Wenn du ihr Ärger machst, kann sie dich ver-

nichten oder in einen Igel, eine Ratte oder einen Frosch verwandeln. Wir alle fürchten uns vor ihr, weil ihre Macht vom Teufel und aus der Unterwelt stammt.«

»Ich fürchte mich nicht vor ihr«, erwiderte Josef. »Das Wort Gottes ist mächtiger als alle Hexen und Teufel.«

Als Wilks Hauptleute und Berater erfuhren, was Josef gesagt hatte, waren sie erschreckt und verwirrt. Einige behaupteten, der Fremde sei ein Unglücksbote und müsse sofort hingerichtet werden. Andere meinten, man sollte ihn auf die Probe stellen. Nach langem Hin und Her wurde beschlossen, daß ein Streitgespräch zwischen Josef und Zla stattfinden sollte, und zwar in Anwesenheit des ganzen Hofstaates und unter Vorsitz des Stammeshäuptlings Wilk. Daraufhin erklärte Zla, es sei unter ihrer Würde, mit einem fremden Eindringling zu debattieren. Doch Wilk befahl ihr, zu erscheinen.

Es war eine heftige Debatte, die vom Morgen bis zum Abend dauerte. Zla bestritt, daß es nur einen einzigen Gott gebe, und wies darauf hin, wie gefährlich die Geister des Weichselstroms seien, insbesondere Topiel, dessen Schloß sich auf dem Grund des Flusses befinde. Sie behauptete, daß die Jungfrauen, die der Weichsel geopfert wurden, nicht sterben müßten, sondern als Topiels Ehefrauen und Konkubinen weiterlebten. Und daß sie zu seiner Unterhaltung tanzten, sängen und musizierten. Als Beweis für Topiels Macht führte sie an, daß die Baba Jaga höchstpersönlich zur Sommer- und Wintersonnenwende dem König des Flusses einen Besuch abstatte. Sie komme in einem riesigen Mörser zur Weichsel geflogen und halte in der einen Hand einen Stößel so groß wie eine Föhre und in der anderen Hand einen riesigen Besen, mit dem sie das Licht der Welt hinwegfege. Wer könnte es wagen, sich gegen eine solche Macht aufzulehnen?

Falls Koza, so drohte Zla, nicht am ersten Tag des Monats Lipiec dem Fluß geopfert werde, gäbe es Unwetter und Überschwemmungen, Donner und Blitze, wie man sie noch nie erlebt habe. Hagelkörner so groß wie Felsbrocken würden die Feldfrüchte vernichten. Und sollte irgendwelches Getreide das Unwetter überstehen, dann würde es von Heuschrecken, Würmern und Feldmäusen aufgefressen werden.

Josef hatte die Schriftrolle mitgebracht. Er wickelte sie auf und erklärte in der Landessprache, was darauf geschrieben stand. »Gott erschuf die Welt in sechs Tagen. Gott verlangt keine Menschenopfer. Er ermahnt den Menschen, nicht zu töten, nicht zu stehlen und kein falsches Zeugnis abzulegen, sondern Vater und Mutter zu ehren, gerecht zu sein und den Bedürftigen zu helfen.« Dann sagte Josef zu Zla: »Ganz gleich, wie mächtig die Teufel sind – Gott ist es, der die Welt regiert, nicht sie. Und die Jungfrauen, die ihr in die Weichsel werft, sie ertrinken und verwesen. Kein Teufel kann sie unter Wasser am Leben erhalten. Die Weichsel ist nicht tief. Schaut genau hin, dann könnt ihr die Gebeine der Geopferten sehen.«

Die Sonne stand schon fast im Westen, aber das Streitgespräch ging weiter. Wilks Gefolgsleute waren in zwei Lager gespalten. Die älteren standen auf Seiten Zlas, die jüngeren auf Seiten Josefs. Als Josef merkte, daß seine Argumente nicht alle An-

wesenden überzeugen konnten, sagte er: »Ihr hohen Herren, ich kann Euch beweisen, daß die Wahrheit auf meiner Seite ist.«
»Und *wie* willst du das beweisen?« fragte Häuptling Wilk.
»Das Getreide wird im Monat Sierpien geerntet. Wartet bis Ende des Monats Sierpien, bevor ihr die Jungfrau opfert. Wenn die Plagen, die Zla prophezeit hat, eintreffen, dann werft ihr Koza in die Weichsel. Und dann bin ich bereit, den Tod zu erleiden, weil ich euch getäuscht habe. Wenn diese Naturkatastrophen aber nicht eintreten, dann habt ihr den Beweis dafür, daß ich im Recht bin und daß die Worte, die ich euch vorgelesen habe, die Worte des wahren Gottes sind.«
Daraufhin geriet Zla in Wut und begann, Mazowia mit noch größerem Unheil zu drohen. Doch Wilk hob sein Zepter, das aus Bernstein gemacht war, und verkündete: »Es soll so sein, wie Josef gesagt hat. Die Opferung Kozas wird bis Ende des Monats Sierpien aufgeschoben. Bis dahin wird Josef im Verlies gefangengehalten.«
Es war Gesetz, daß nichts mehr gesagt werden durfte, wenn der Häuptling sein Zepter gehoben und gesprochen hatte. Alle schwiegen. Nur Zla konnte ihren Zorn nicht bezähmen und schrie: »Ende des Monats Sierpien wird Mazowia eine Wüste sein!«
Prinzessin Koza und ihre Hofdamen waren bei dem Streitgespräch nicht zugegen gewesen, doch sie erfuhren bald, was sich ereignet hatte. Koza war zwar bereit, ihr Leben zu opfern, im innersten Herzen aber hatte sie Angst davor. Sie wollte weder sterben noch eine von Topiels vielen Ehefrauen

werden und in seinem Unterwasserschloß leben. Als man ihr wortwörtlich berichtete, was Josef gesagt hatte, war sie von Dankbarkeit und Liebe zu ihm erfüllt. Sie betete zu den Göttern Mazowias, Josef möge die Wahrheit gesprochen haben. Ihre Hofdamen beteten mit ihr.

Die folgenden Tage waren mild und sonnig. Der Himmel war blau. Manchmal regnete es, aber es gab keine Überschwemmung. Immer wenn sich Wolken zusammenbrauten, behauptete Zla, jetzt bräche das Unwetter los, doch jedesmal hörte der Regen wieder auf und der Himmel wurde wieder blau und klar.

Der Monat Sierpien (unser Monat August) brach an, und das Getreide auf den Feldern Mazowias war dicht, golden und reif geworden. Die Bauern hatten bereits mit der Ernte begonnen. Sie hielten sich an die alten Bräuche, die ihnen eine gute Ernte bescheren sollten. Jedes Dorf hatte einen hölzernen Gockelhahn, geschmückt mit grünen Weizen- und Roggenhalmen und mit kleinen Obstbaumzweigen. Die Bauernmädchen tanzten um den Gockelhahn herum, den sie durch ein Sieb mit Wasser besprühten. Die Mazowianer glaubten, es gebe neben der Baba Jaga noch viele andere, nicht ganz so mächtige »Babas« – und außerdem kleine Kobolde, Dziads genannt, die in den Ackerfurchen hausten und schrecklichen Schaden anrichten konnten, falls sie nicht durch Zaubersprüche und besondere Zeremonien ausgetrieben wurden.

Obwohl die Frist, die Josef festgesetzt hatte, schon fast verstrichen war, gab sich Zla noch nicht geschlagen. Immer noch prophezeite sie, die Weichsel werde, noch ehe der Monat Sierpien vorüber sei, über die Ufer treten. Sie drohte, daß es dann am Tag so dunkel wie in der Nacht sein werde. Aus dem Wald würden Babuks auf Giftschlangen angeritten kommen und die Garben vernichten, die Bauernkaten, die Heuschober und die Kornspeicher. Topiel höchstpersönlich werde aus der Weichsel auftauchen – rotgesichtig, weißbärtig, mit Adlerschwingen und Bärentatzen. Er werde Kinder erdrosseln und das Vieh töten. Und der Fluß werde das ganze Land überschwemmen.

Am zwanzigsten Tag des Monats Sierpien verlangte Koza, zu ihrem Vater geführt zu werden. Sie bat ihn um Erlaubnis, Josef in seinem Verlies besuchen zu dürfen. Wilk war einverstanden und ließ sie von zwei Hofdamen begleiten. Als Koza zu Josef in den Kerker geführt wurde, schrieb er gerade mit einem Federkiel auf Pergament. Einen Federkiel zum Schreiben, Tinte und Pergament hatte Koza noch nie gesehen. Sie warf sich vor Josef auf die Knie. Die beiden Hofdamen knieten sich neben sie.

»Josef«, sagte Koza, »du bist der größte Gott von allen.« Sie begann zu schluchzen und seine Sandalen zu küssen.

Josef gebot ihr, aufzustehen. »Ich bin kein Gott. Es gibt keine Götter. Ein einziger Gott hat uns alle erschaffen.«

»Hast du eine Frau?« fragte Koza.

»Nein, Koza, ich bin nicht verheiratet.«

»Dann will ich deine Frau werden.«

»Wie es vorausbestimmt ist, so wird es sein«, sagte Josef.

Er zog drei goldene Armreife aus seinem Sack. Einer war mit einem Davidstern aus Edelsteinen verziert. Josef schob ihn auf Kozas Handgelenk, dann

schenkte er den beiden Hofdamen die anderen Armreife.
Weil Josef überzeugt war, daß man Koza nicht ertränken und Wilk daher keinen Grund zur Trauer haben würde, hatte er in der Gefangenschaft eine goldene Krone für den Herrscher von Mazowia angefertigt. Die Mazowianer hatten ihr eigenes Alphabet, deshalb hatte Josef in diese Krone nicht nur Wilks Namen in hebräischen Buchstaben eingraviert, sondern auch das Abbild eines Wolfes, denn »Wilk« bedeutet »Wolf«.
Als das Ende des Monats Sierpien heranrückte, wurde die Spannung in Mazowia immer größer. Diejenigen, die Zla nicht mehr glaubten – zumeist junge Leute –, sangen, tanzten und vertrauten darauf, daß Josef den Sieg davontragen würde. Die Ernte – in diesem Jahr eine besonders reiche Ernte – war bereits eingebracht. Die Frauen begannen, die Getreidekörner zu Mehl zu schroten. Wie immer nach der Erntezeit wurde abends gespielt und gefeiert. Rätselfragen wurden gestellt, Geschichten wurden erzählt. Es war Brauch, daß das Mädchen, das die letzte Ackerfurche abgeerntet hatte, als »Baba« auftrat. Sie schwärzte sich das Gesicht mit Ruß, flocht sich Disteln ins Haar und hielt einen großen Hexenreifen in der Hand. Ein junger Bursche trat als Gockelhahn auf. Er befestigte Flügel an seinen Schultern, steckte sich einen Kamm auf den Kopf und band sich Sporen an die Fersen. Er krähte, schlug mit den Flügeln und tat so, als ginge er auf die junge »Baba« los, die wie eine Henne gackerte und ihm Federn aus den falschen Flügeln rupfte. Später machten die Schnitter und Drescher ein großes Feuer, über dem sie Speckseiten und Ka-

stanien brieten. Sie tranken Met und Bier. So hell die Tage waren, so dunkel waren die Nächte, in denen man immer wieder Sternschnuppen sehen konnte. Das Quaken der Frösche klang wie menschliche Stimmen. Trotz Zlas Prophezeiung, daß die bösen Geister der Weichsel jetzt bald auftauchen würden, badeten die jungen Leute nachts im Fluß.

Die älteren Leute, die Zla immer noch glaubten, wiesen warnend darauf hin, daß der Monat Sierpien noch nicht ganz vorüber sei. Sie waren überzeugt, daß die Naturkatastrophe eintreten würde. Viele von ihnen verließen ihre Behausungen im Tal und kampierten auf den Hügeln, um sich vor der Überschwemmung zu retten. Andere erklärten, es sei noch nicht zu spät dafür, eine andere schöne Jungfrau auszuwählen und in die Weichsel zu werfen.

Zla konnte sich nicht genug tun, Josef zu verfluchen. Sie sagte voraus, daß am letzten Tag des Monats Sierpien die Sonne erlöschen und der Mond vom Himmel fallen werde; und daß die Bäume verdorren und alle Lebewesen zugrunde gehen würden. Das Wasser der Weichsel würde gelb und heiß wie kochender Schwefel werden und die ganze Erde bedecken.

Der letzte Tag des Monats Sierpien war der allerschönste. Der blaue Himmel war wolkenlos. Die Vögel sangen unermüdlich. Die Luft war so süß wie Honig. Trotzdem war Zla überzeugt, daß es noch vor Anbruch der Nacht zu einer Überschwemmung kommen werde. Als die goldene Sonne hinter der Weichsel unterging, raufte sich Zla die Haare, jammerte, schrie und wirbelte wie besessen herum, doch das Ende der Welt kam nicht. Die Nachricht von Josefs Sieg und seiner bevorstehenden Hochzeit mit Koza verbreitete sich wie ein Lauffeuer in Mazowia. Zla fühlte sich so gedemütigt, daß sie sich in einer tiefen Höhle versteckte.

Da jetzt bewiesen war, daß Josef recht gehabt hatte, wurde er freigelassen. Wilk war bereit, ihm seine Tochter zur Frau zu geben. Aber es waren noch viele Hindernisse zu überwinden. Einige ältere Höflinge und ihre Frauen standen nach wie vor auf Seiten der Hexe Zla. Diese verbreitete aus ihrer Höhle das Gerücht, Josef sei ein Hexenmeister, der einen Fluch über das Land bringen werde. Dazu kam, daß Josef seltsame Gepflogenheiten hatte, die dem Volk von Mazowia unverständlich waren. Er weigerte sich, Schweinefleisch zu essen. Wenn er betete, hüllte er sich in einen schwarz-weiß gestreiften, mit Fransen versehenen Schal und wandte das Gesicht nach Osten. An der Tür seiner Hütte hatte er einen Pergamentstreifen befestigt, den er »Mesusa« nannte. Am »Sabbat« machte er kein Feuer, und sein Goldschmiedehandwerk übte er an diesem Tag nicht aus. Er weigerte sich auch, sich vor den Götterbildern Mazowias zu verneigen. Und er mochte nicht auf die Jagd gehen. Dem Häuptling Wilk wurde bald klar, daß es, falls Josef in Mazowia bliebe, zu einem Volksaufstand kommen würde.

Und nun versuchte Wilk, seiner Tochter einzureden, daß der Fremde nicht der richtige Mann für sie sei. Doch Koza, die ihrem Vater bisher immer gehorcht hatte, wurde plötzlich eigensinnig. Sie warf sich ihm zu Füßen und sagte: »Ich werde nie einen anderen als Josef lieben. Wenn ich nicht seine

Frau werden darf, stürze ich mich in die Weichsel – dann bekommt der Fluß sein Opfer.«
»Josef darf aber nicht in Mazowia bleiben«, erwiderte Wilk. »Seinetwegen ist das Volk entzweit. Wenn er bleibt, werden alle leiden müssen.«
»Dann gehe ich mit ihm nach Jerusalem«, sagte Koza.
Daraufhin ließ Wilk seine Ratgeber kommen und besprach sich mit ihnen. Die meisten waren der Meinung, die Liebe einer jungen Frau müßte respektiert werden. Manche allerdings wandten ein, es würde dem Ansehen des Häuptlings schaden, wenn er seine Tochter mit einem Fremden vermählte, der sich weigere, die Götter Mazowias anzubeten. Zla, die sich nicht so leicht geschlagen gab, ließ der Ratsversammlung die Botschaft überbringen, daß die Sternzeichen gegen diese Heirat sprächen. Aber der Glaube an die Sternzeichen und an Zlas Prophezeiungen war ins Schwanken gekommen. Die Männer, deren Töchter der Weichsel geopfert worden waren, warfen Zla jetzt vor, sie sei eine Mörderin, die die schönsten Mädchen Mazowias in den Tod geschickt habe.
Als Zla erfuhr, daß Wilk trotz ihrer Drohungen und Warnungen der Heirat von Koza und Josef zugestimmt hatte, beschloß sie, einen letzten Versuch zu machen, diese Hochzeit zu verhindern. Es gab Zauberkräfte, die nur ein einziges Mal angewandt werden konnten. Wenn sie jetzt scheiterte, würde es mit ihrer Macht für immer vorbei sein. Zunächst fastete sie drei Tage und drei Nächte, dann zündete sie sieben aus menschlichem Fett hergestellte Kerzen an. Dann schnitt sie sich ihre verfilzten Haare und die langen, krallenartigen Fingernägel ab und

knetete daraus einen Klumpen Teig, den sie vor einem Götzenbild der Baba Jaga verbrannte, wobei sie unentwegt die bösen Mächte anrief. In der vierten Nacht ging sie in einen dichten Wald, wo sie mittels der stärksten Zaubersprüche die Baba Jaga und deren teuflisches Gefolge herbeirief.

Die Nacht war schwül und dunkel. Plötzlich kam Wind auf, und ein scharlachrotes Licht erschien. In ihrem Mörser kam die Baba Jaga angeflogen – in der einen Hand ihren Stößel, in der anderen ihren Reisigbesen. Ihr Gesicht war pechschwarz, aber ihre Nase mit den breiten Nasenlöchern war rot. Ihre Augen glühten wie glimmende Kohlen. Auf ihrem Kopf wuchsen keine Haare sondern Disteln, und obwohl sie eine Frau war, hatte sie einen Bart wie ein Mann. Ihr Gefolge ritt auf Besen, Rohrstökken und Schaufeln. Und sogar Topiel, der König der Weichsel, erschien – schäumend vor Wut. Die Tiere des Waldes begannen aus Angst vor diesen Erscheinungen zu heulen und zu kreischen und versteckten sich in Gräben und hohlen Baumstämmen.

Zla verneigte sich siebenmal vor der Baba Jaga. »Großmächtige Baba! Wie du bereits weißt, ist ein Mann aus der fernen Stadt Jerusalem gekommen, ein Mann namens Josef. Mit listigen Worten hat er Häuptling Wilks Herz erobert und Kozas Liebe gewonnen. Er ist schuld daran, daß der Weichsel dieses Jahr kein Opfer gebracht wurde. Und jetzt will er Koza heiraten. Wenn diese Heirat zustande kommt, werden wir, die wir dich anbeten, kein Recht mehr haben, über das Schicksal der Menschen zu herrschen. Darum flehe ich dich an, diese Hochzeit zu verhindern.«

»Es wird keine Hochzeit geben!« rief die Baba Jaga. Ihre Stimme war so rauh wie ein Reibeisen. »Ich werde sie mit meinem Besen hinwegfegen und mit meinem Stößel zerstampfen.«
»Es wird keine Hochzeit geben!« brüllte Topiel. »Ich werde sie mit meinen Wasserfluten ertränken.«
»Es wird keine Hochzeit geben!« riefen alle bösen Kobolde, Gnome und Nachtalben im Chor, jeder mit der ihm eigenen schrillen Stimme.
In dieser Nacht legte sich Zla in der festen Überzeugung schlafen, daß die bösen Geister doch noch den Sieg davontragen würden. Wenn es ihnen auch nicht möglich gewesen war, die Ernte zu vernichten und eine Überschwemmung heraufzubeschwören, so waren sie doch sicher imstande, eine Heirat zu verhindern! Zla ahnte nicht, daß Josef hellseherische Fähigkeiten besaß. Er wußte, daß Zla die bösen Mächte herbeigerufen hatte. Und er wußte auch, wie man diese Mächte bezwingen konnte. Er betete zu Gott, und sein Gebet wurde erhört. Am Tag der Hochzeit verfielen die Baba Jaga, Topiel und das andere Satansgelichter in tiefen Schlaf. Zla versuchte verzweifelt, sie herbeizurufen, aber sie wachten nicht auf.
Da die Trauung nicht im Götzentempel vollzogen werden konnte, fand sie im Palastgarten statt. Kozas Eltern und ihre Hofdamen waren die einzigen Hochzeitsgäste. Josef steckte Koza einen goldenen Ring an den Zeigefinger und sprach das Ehegelöbnis. Tags darauf stiegen er und Koza auf zwei prächtige Hengste, die Wilk ihnen geschenkt hatte, und machten sich auf den langen Weg ins Heilige Land. Die Pferde waren ein sehr großzügiges Ge-

schenk, aber mit der Krone, die Josef für Wilk angefertigt hatte, konnte sich dieses Geschenk nicht messen.

Wilk und seiner Frau fiel es sehr schwer, von ihrer einzigen Tochter Abschied nehmen zu müssen. Auch Koza litt darunter, daß sie ihre Eltern verlassen mußte. Aber so ist es schon immer gewesen – die Ehefrau muß mit ihrem Mann gehen, schon gar, wenn dieser Mann ihr das Leben gerettet hat. Eine große Menschenmenge begleitete das Paar bis zur Landesgrenze. Trompeten wurden geblasen, Trommeln wurden geschlagen, Glockenspiele erklangen. Nachts wurden Fackeln angezündet.

Wer in jenen Zeiten sein Land verließ, der konnte keine Nachricht nach Hause schicken. Niemand hörte dort mehr von ihm. Aber irgendwie erfuhren die Mazowianer, daß Josef und Koza in Jerusalem glücklich miteinander lebten. Josefs Ruhm als Goldschmied verbreitete sich immer weiter. Koza schenkte ihrem Mann Söhne und Töchter, die im Glauben an den einen, einzigen Gott erzogen wurden.

Von da an war es in Mazowia verboten, Menschenopfer darzubringen. Und später, als Mazowia und die benachbarten Stammesgebiete sich zu einem Königsreich namens Polen vereinigten, wurden die Polen Christen. Und nun durften im ganzen Land keine Menschenopfer mehr dargebracht werden.

Zla war schon längst gestorben. Und von der Baba Jaga, von Topiel und den bösen Spießgesellen der beiden war fast nur noch in den Geschichten die Rede, die Großmütter beim Buttern oder beim Flachsspinnen ihren Enkelkindern erzählten. Aber noch jahrhundertelang war es Brauch, daß die

Mädchen von Mazowia sich am ersten Tag des Sommers am Ufer der Weichsel versammelten. Dann warfen sie eine Strohpuppe in den Fluß – zum Gedenken an die Jungfrauen, die man Topiel geopfert hatte. Und während die Strohpuppe auf den Wellen schaukelte und dem offenen Meer zutrieb, feierten die Mädchen mit Gesang und Tanz, daß die schöne Koza einst von Josef errettet wurde.

Ein Chanukka-Abend in meinem Elternhaus

Das ganze Jahr über erlaubte mein Vater, ein Rabbiner in Warschau, seinen Kindern nicht, irgendwelche Spiele zu spielen. Selbst wenn ich mit Mosche, meinem jüngeren Bruder, Fadenabheben spielen wollte, sagte mein Vater: »Warum mit solchem Unsinn Zeit verschwenden? Sagt lieber Psalmen auf!«

Wenn ich von meinem Vater zwei Pfennige bekam und ihm sagte, daß ich mir Schokolade oder ein Tütchen Eis oder Farbstifte kaufen wollte, sagte er oft: »Du tätest besser daran, deine Pfennige einem Armen zu geben, denn es ist eine gute Tat, Nächstenliebe zu üben.«

An Chanukka jedoch, wenn Vater die Kerzen angezündet hatte, erlaubte er uns, eine halbe Stunde lang Dredl zu spielen. An einen dieser Abende kann ich mich besonders gut erinnern. Es war der achte Abend des Chanukkafestes, und in unserer Chanukkalampe brannten acht Dochte. Draußen schneite es heftig. Obwohl unser Ofen heiß war, bildeten sich auf den Fensterscheiben Eisblumen. Mein Bruder Joschua, elf Jahre älter als ich und bereits erwachsen, sagte zu unserer Schwester Hindele: »Siehst du den Schnee? Jede Flocke ist ein Sechseck. Sie hat sechs Seiten mit kunstvollen Mustern und Verzierungen. Jede einzelne ist ein vollkommenes Juwel und ein bißchen verschieden von allen anderen.«

Mein Bruder Joschua las wissenschaftliche Bücher. Und er malte Landschaftsbilder: Bauernkaten, Felder, Wälder, Tiere, manchmal auch einen Sonnenuntergang. Er war groß und blond. Auf Vaters Wunsch sollte er Rabbiner werden, aber Joschua hatte sich in den Kopf gesetzt, Künstler zu werden. Meine Schwester Hindele war älter als Joschua und bereits verlobt. Sie hatte dunkle Haare und blaue Augen. Die Vorstellung, daß Hindele die Frau eines fremden jungen Mannes werden und sogar einen anderen Nachnamen bekommen sollte, fand ich derart sonderbar, daß ich gar nicht daran denken wollte.

Als Vater hörte, was Joschua über den Schnee sagte, entgegnete er sofort: »Das alles ist das Werk des allmächtigen Gottes, der allem, was er erschafft, Schönheit verleiht.«

»Warum muß jede Schneeflocke so schön sein, wenn sie ja doch nur von den Leuten zertreten wird und schmilzt?« fragte Hindele.

»Der Natur fällt alles leicht«, erwiderte Joschua. »Die Kristalle bilden ganz von selbst bestimmte Muster. Nimm zum Beispiel die Eisblumen – jeden Winter sind sie gleich. Eigentlich sehen sie wie Feigenbäume oder Dattelpalmen aus.«

»Solche Bäume wachsen nicht hier in Polen, sondern im Heiligen Land«, sagte Vater. »Wenn der Messias kommt, werden alle Gottesfürchtigen ins Land Israel zurückkehren. Dann werden die Toten auferstehen. Der heilige Tempel wird wiederaufgebaut werden. Die Welt wird voller Weisheit sein, so, wie das Meer voller Wasser.«

Die Tür ging auf, und meine Mutter, die damit beschäftigt war, Chanukka-Kartoffelpuffer zu bra-

ten, kam aus der Küche herein. Ihr hageres Gesicht glühte. Sie stand eine Weile da und hörte zu. Obwohl sie die Tochter eines Rabbiners war, bat sie unseren Vater immer wieder, nachsichtig zu sein und uns nicht ständig Predigten zu halten. Dann hörte ich sie sagen: »Laß doch die Kinder ein bißchen Spaß haben! Wer gewinnt denn?«
»Heute hat Mosche seinen Glückstag«, sagte Hindele. »Dieses Schatzele hat uns alle ausgenommen.«
»Vergiß nicht, den Armen ein paar Pfennige zu geben«, sagte Vater zu Mosche. »In den alten Zeiten mußte man den Priestern den Zehnten geben, heutzutage sollte man ihn den Bedürftigen zukommen lassen.«
Mutter nickte, lächelte und ging wieder in die Küche. Wir spielten weiter. Auf die Seiten des Blechkreisels, den ich vor dem Chanukkafest gekauft hatte, waren vier hebräische Buchstaben gestanzt: *Nun, Gimel, He* und *Schin*. Es waren, wie mir Vater erklärt hatte, die Anfangsbuchstaben von Wörtern, die so viel bedeuteten wie »ein großes Wunder ist geschehen« – eine Anspielung auf den Sieg der Makkabäer über die Griechen im Jahre 164 v. Chr. Zur Erinnerung an diesen Sieg und die Wiedereinweihung des durch Götzenbilder entweihten Tempels in Jerusalem wird das Chanukkafest gefeiert. Für uns Kinder aber bedeutete der Buchstabe Gimel so viel wie »gewinnen«, der Buchstabe Nun so viel wie »verlieren«, der Buchstabe He so viel wie »halbwegs gewinnen« und der Buchstabe Schin so viel wie »noch eine Chance für den Spieler«. Mosche und ich nahmen das Spiel ernst, Joschua und Hindele machten bloß mit, um uns Gesellschaft zu

leisten. Sie ließen uns, die Jüngeren, jedesmal gewinnen.
Mich interessierte sowohl das Spiel als auch das Gespräch der Erwachsenen. Als hätte er meine Gedanken lesen können, fragte Joschua: »Warum hat Gott in den alten Zeiten Wunder vollbracht und warum vollbringt er in unserer Zeit keine?«
Vater zupfte an seinem roten Bart. Sein Blick verriet Ärger.
»Was redest du da, mein Sohn? Gott hat in jeder Generation Wunder vollbracht, auch wenn wir das nicht immer bemerkt haben. Besonders Chanukka ist ein Fest der Wunder. Meine Großmutter Hindele – nach der du genannt bist, meine Tochter – hat mir folgende Geschichte erzählt: In dem Dorf Tischewitz lebte ein kleiner Junge namens Zaddock. Er war ein Wunderkind. Schon mit drei Jahren konnte er die Bibel lesen. Als Fünfjähriger studierte er den Talmud. Er war sehr lieb zu den Menschen und auch zu den Tieren. In seinem Elternhaus war eine Maus, und Tag für Tag legte der kleine Zaddock ein Stück Käse vor das Mauseloch in der Wand. Abends stellte er ein Schüsselchen Milch davor. Eines Tages – zufällig war es der dritte Tag des Chanukkafestes – hörte Zaddock, wie ein Nachbar von einem kranken Schneider im Dorf erzählte, der so arm war, daß er kein Brennholz kaufen konnte, um seine Hütte zu heizen. Der kleine Zaddock hatte gehört, daß im nahen Wald eine Menge Reisig lag, das jeder aufsammeln durfte und das nichts kostete. Er beschloß, so viel Reisig zu sammeln, wie er tragen konnte, und es dem Kranken zu bringen. Der kleine Junge war so beseelt von dem Wunsch, zu helfen, daß er sich sofort auf den

Weg in den Wald machte, ohne seiner Mutter Bescheid zu sagen.
Es war schon spät am Tag, als er das Haus verließ, und als er im Wald ankam, war es bereits dunkel. Der kleine Zaddock verlief sich und wäre bestimmt erfroren, wenn er nicht plötzlich in der Finsternis drei Chanukkalichter gesehen hätte. Sie schwebten eine Weile vor ihm, dann begannen sie sich langsam zu bewegen. Der kleine Zaddock lief ihnen nach, und sie brachten ihn zurück ins Dorf, zu der Hütte, in der der Kranke und seine Angehörigen wohnten. Als die Lichter an der Tür dieser Hütte angekommen waren, fielen sie zu Boden und verwandelten sich in drei Goldstücke. Nun konnte der Kranke Brot für sich und die Seinen kaufen, Heizmaterial für den Ofen und Öl für die Chanukkalichter. Es dauerte nicht lange, bis er wieder gesund war und sein Brot verdienen konnte.«
»Papa, was ist später aus Zaddock geworden?« fragte ich.
»Er wurde ein berühmter Rabbi. Er war allgemein bekannt als der heilige Rabbi Zaddock.«
Es wurde so still im Zimmer, daß ich das Zischen der Chanukkakerzen und das Zirpen unseres Heimchens hören konnte. Mutter kam mit zwei Tellern herein, auf die sie Kartoffelpuffer gehäuft hatte. Sie dufteten köstlich.
»Warum ist es hier so still? Ist das Spiel zu Ende?« fragte sie.
Mein Bruder Mosche, der anscheinend schon fast eingeschlafen war, als Vater die Geschichte erzählte, riß plötzlich seine großen blauen Augen auf und sagte: »Papa, ich möchte das Geld, das ich gewonnen habe, einem kranken Schneider geben.«

»Du hast ihnen wohl eine Predigt gehalten?« fragte Mutter halb vorwurfsvoll.

»Ich habe nicht gepredigt, ich habe ihnen eine Geschichte erzählt«, sagte Vater. »Ich wollte ihnen klarmachen, daß Gott all das, was er vor zweitausend Jahren vollbringen konnte, auch in unserer Zeit vollbringen kann.«

Tsirtsur und Peziza

In dem dunklen Eck zwischen Ofen und Wand, wo die Hausfrau ihren Besen, den Staubwedel und die Backschaufel verstaut, da lebte ein verwaistes Teufelchen namens Peziza. Sie hatte nur einen Freund auf der Welt, und das war Tsirtsur, eine Grille. Tsirtsur wohnte auch hinter dem Ofen, in einer Mauerritze. So ein kleiner Kobold braucht ja nichts zu essen, aber wie Tsirtsur es schaffte, das war ein Rätsel. Vielleicht genügte ihm schon der Geruch von frisch gebackenem Brot, ein Mehlstäubchen und ein Regentropfen. Jedenfalls klagte Tsirtsur niemals über Hunger. Den ganzen Tag schlummerte er, aber wenn es Abend wurde, dann war er hellwach und begann Geschichten zu zirpen, die oft eine ganze Nacht lang dauerten.

Peziza hatte ihren Vater, Lantuch den Teufel, nicht gekannt. Ihre Mutter Paschtida, die aus einer wohlhabenden Familie stammte, hatte sich in Lantuch verliebt. Oft hatte sie Peziza von der Welt erzählt, die auf der anderen Seite des Ofens liegt. Von ihren Verwandten hatte sie erzählt, von den Teufeln, Kobolden und Popanzen, die alle ihre besonderen Gaunereien und Schurkereien hatten. So ist das, wenn man sein ganzes Leben hinter einem Ofen verbringt, dann weiß man wenig von dem, was in der Welt vor sich geht. Und Peziza war fürchterlich neugierig, das hatte sie von ihren Eltern geerbt. Während Tsirtsur seine endlosen Geschichten zirpte, träumte Peziza von tolldreisten Abenteuern. Manchmal wollte Peziza von Tsirtsur wissen, wie es draußen sei, und er antwortete: »Meine Mutter hat immer gesagt, da gibt es nur Unheil. Kalte Winde wehen, und die Grausamen da draußen fressen einander auf.«

»Trotzdem«, sagte Peziza nachdenklich, »ich möchte gar zu gern selber sehen, was die Teufel da draußen machen.«

Und gerade das hatte das Schicksal mit ihr im Sinn. Eines Tages gab es ein mächtiges Gedonner und Getöse. Der Ofen wackelte, Steine fielen. Aufgeregt und ängstlich flog Peziza hin und her. Die Hausbewohner hatten beschlossen, den Ofen neu setzen zu lassen. Der Lärm dauerte den ganzen Tag, und die beiden kuschelten sich bis zum Abend aneinander. Sobald wieder ein Stück von der Mauer fiel, rief Tsirtsur: »Wenn wir nicht weggehen, kommen wir noch um!« Durch ein Loch in der Mauer krochen sie ins Freie. Im Garten des Hauses standen sie zwischen Büschen und Bäumen auf einer Wiese. Das war das erste Mal, daß Tsirtsur und Peziza frische Luft atmeten.

»Ich will mir eine Höhle graben«, sagte Tsirtsur, »denn wenn die Sonne aufgeht, dann darf ich nicht mehr draußen sein.«

»Meine Mutter hat mich auch vor der Sonne gewarnt«, nickte Peziza, »aber eine Erdhöhle ist kein passendes Versteck für mich. Dort in dem Baum ist ein Loch, da will ich den Tag verbringen.«

»Das wichtigste ist, daß wir uns nicht verlieren«, meinte Tsirtsur. »Ich will meine Höhle unter den Wurzeln von deinem Baum graben.«

Tsirtsur fing sofort zu graben an. Während er arbeitete, sagte er zu Peziza: »Solange es Sommer ist, ist es draußen nicht so gefährlich. Aber der Winter

ist eine harte Zeit für Grillen. Es wird kalt, und irgend etwas, das Schnee heißt, bedeckt den Boden. Nur wenige Grillen überleben solche Zeiten.«
»Macht es dir etwas aus, wenn ich mich ein bißchen umschaue, während du arbeitest?« fragte Peziza.
»Du könntest dich verirren.«
»Ich will nicht weit fliegen. Ich möchte mir nur den Baum anschauen. Er ist größer als die anderen.«
Tsirtsur bat Peziza, nicht zu weit zu fliegen. Aber die neugierige Peziza wollte noch nicht in ihr Baumloch. Sie wollte all die neuen Dinge um sich herum kennenlernen. Sie flog auf ein nahegelegenes Dach. Ich wußte gar nicht, daß ich so gut fliegen kann, dachte sie. Plötzlich hörte sie jemanden rufen. Sie schaute dorthin, wo die Stimme herkam, und sah ein Teufelchen auf einer Wetterfahne hokken. Obwohl ihre Mutter der einzige Teufel war, den Peziza jemals gesehen hatte, wußte sie doch sofort, daß dieser Kobold ein junger Mann war. Er hatte zwei Paar Flügel, und seine Hörner waren durchsichtig.
»Wie heißt du?« fragte er.
Einen Augenblick war Peziza sprachlos vor Überraschung, dann sagte sie: »Peziza.«
»Peziza? Ich heiße Paziz.«
»Ist das wahr oder machst du Spaß?«
»Warum sollte ich Spaß machen? Ich heiße so. Vielleicht sind wir verwandt. Komm, fliegen wir!«
Er hüpfte von der Wetterfahne, purzelte über das Dach zu Peziza und flog davon. Peziza flog hinter ihm her und wunderte sich, daß sie sich nicht fürchtete. Die Nacht war voll schattenhafter Wesen: Teufelchen, Kobolde und Geisterchen. Einer tanzte auf einem Schornstein, ein anderer rutschte

an einer Dachrinne hinunter, ein dritter fuhr auf einer Wetterfahne wie auf einem Karussell im Kreis herum, und ein vierter kletterte an einem Laternenpfahl hoch. Paziz flog so schnell, daß Peziza ganz schwindlig davon wurde, aber sie konnte ihm noch folgen. Sie flogen über Felder, Wälder, Flüsse, Seen, Dörfer und Städte. Während sie so dahinflogen, unterhielt Paziz sie mit Geschichten von verfallenen Burgen, alten Windmühlen und verlassenen Häusern. Wie groß die Welt war! Wie seltsam die Nacht! Wie endlos die Straßen! Peziza hätte immerzu fliegen können, aber sie wußte, wenn der Hahn krähte und die Sonne aufging, dann mußte sich ein Teufelchen verstecken. Außerdem sehnte sie sich nach Tsirtsur.

»Wo sind wir?« fragte sie. »Hoffentlich finde ich meinen Baum wieder.«

»Bäume gibt's eine ganze Menge«, sagte Paziz.

»Ja, aber mein Freund Tsirtsur die Grille wartet auf mich.«

»Eine komische Freundschaft. Ein Teufelchen und eine Grille.«

»Wir waren schon immer zusammen. Ich könnte ohne Tsirtsur nicht leben«, antwortete Peziza.

»Na gut, ich bring dich zurück.«

Sie waren schnell geflogen, aber heimwärts ging's noch geschwinder. Peziza hätte es sich nicht träumen lassen, daß ein Teufelchen so klug und mutig sein konnte wie Paziz. Er hatte nicht so gelebt wie sie, in einem dunklen Eck zwischen Ofen und Wand. Jeden Tag fand er ein anderes Versteck, und nachts trieb er sich herum, wie es ihm gefiel. Er hatte viele Freunde.

Schließlich kam das Dach in Sicht, auf dem sich Paziz und Peziza kennengelernt hatten. Und Peziza erkannte ihren Baum wieder. Erstaunt sah sie, daß Tsirtsur nicht alleine war. Eine andere Grille war bei ihm. Tsirtsur hatte eine Freundin gefunden, und die Grille half ihm beim Bau der neuen Wohnung.

»Wo warst du?« fragte Tsirtsur, als er Peziza sah. »Ich fürchtete schon, du hättest dich verflogen.«

»Ohne Paziz hätte ich den Heimweg nie mehr gefunden«, antwortete Peziza und stellte Tsirtsur dem Teufelchen vor.

Tsirtsur zirpte höflich: »Wie ihr seht, habe ich auch eine Freundin gefunden. Sie heißt Tsirtsa.«

Das Schicksal hat stets Überraschungen bereit. Als Tsirtsur und Peziza ihren Platz hinter dem Ofen verlassen mußten, glaubten sie ihr Ende nahe. Aber die höheren Mächte gehen ihre eigenen Wege. Statt Unheil fand Peziza den Paziz und Tsirtsur die Tsirtsa. Bald wurden sie unzertrennlich und heirateten, wie das bei Teufelchen und Grillen üblich ist.

Solange es Sommer war, vergnügten sie sich draußen. Paziz und Peziza flogen nächtelang herum. Sie reisten sogar bis zu der großen Stadt Lublin. Tsirtsur und Tsirtsa erzählten einander lange Geschichten. Wenn es Tag wurde, ruhten die Grillen in ihrem Erdloch, und die Teufelchen schliefen in ihrem hohlen Baum.

Nach und nach wurden die Nächte kühler. Nebel stieg vom Fluß auf. Die Frösche quakten nicht mehr so oft. Nur noch selten hörte man das Zirpen der Grillen. Tsirtsur und Tsirtsa kuschelten sich eng aneinander, damit sie es wärmer hatten. Manchmal regnete es nachts, es blitzte und donnerte. Paziz und Peziza machte die Kälte nichts aus, aber auch sie hatten ihre Sorgen. Einmal hatten sie Mitleid mit ihren Freunden, den Grillen, und zum anderen wurden sie jeden Tag durch den Schofar gestört, denn ihr Baum stand nicht weit von einer Synagoge. Jedesmal, wenn Peziza den Schall des Widderhorns hörte, zitterte und weinte sie.

Eines Abends bemerkte Peziza, daß Rauch aus dem Kamin des Hauses stieg, in dem Tsirtsur und sie gewohnt hatten. Der Ofen war wieder heil. Die vier Freunde beschlossen also, den Winter wieder hinter dem Ofen zu verbringen. Paziz und Peziza würden keine Schwierigkeiten haben, in das Haus hineinzukommen. Sie konnten einfach durch ein offenes Fenster fliegen oder durch den Schornstein, wenn der Ofen gerade kalt war. Aber für Tsirtsur und Tsirtsa würde das eine lange und gefährliche Reise bedeuten. Mit Hilfe der Teufelchen gelangten sie schließlich zu dem alten Platz zwischen Ofen und Wand.

Die Tage wurden kürzer und die Nächte länger. Draußen regnete und schneite es. Frost kam. Aber hinter dem Ofen war es dunkel und warm, und es roch nach Brot, Kuchen und Sabbatspeise. Die Hausbewohner machten oft Ofennudeln und Bratäpfel. In der Küche rupften die Hausfrau und ihre Tochter Hühner und erzählten sich dabei Geschichten von Geistern, Kobolden und Teufelchen. Tsirtsur und Peziza hatten den Leuten im Haus schon lange zugehört. Inzwischen verstanden sie die Sprache der Menschen. Sie wußten, daß die Menschen geradeso wie Grillen und Teufelchen von Liebe und Glück träumen.

Tsirtsur und Tsirtsa verließen ihr Nest nie wieder, aber Paziz und Peziza flogen oft zum Schornstein hinaus, um ihre Flügel zu lüften und um sich an den Abenteuern der Unterwelt zu ergötzen. Jedesmal brachten sie neue Geschichten für die Daheimgebliebenen mit. Einige waren lustig und schelmisch, andere teuflisch und schrecklich. Die Grillen aber mochten sie alle. Tsirtsur und Tsirtsa hatten viel zu zirpen in den langen Winternächten.

Naftali, der Geschichtenerzähler und sein Pferd Sus

I

Selig, der Vater, und Breine, die Mutter, jammerten oft darüber, daß ihr Sohn Naftali so versessen auf Geschichten war. Er konnte einfach nicht einschlafen, ohne daß ihm seine Mutter eine Geschichte erzählte. Manchmal mußte sie ihm sogar zwei oder drei Geschichten erzählen, bevor er endlich die Augen schloß.

Zum Glück kannte Breine viele Geschichten von ihrer Mutter und ihrer Großmutter. Und auch Selig, der Kutscher war, wußte viel zu erzählen – von Geistern, die sich als Fahrgäste ausgaben, und Kobolden, die sich nachts in Ställe schlichen und den Pferden Schnüre in die Schwänze und verfilztes Hexenhaar in die Mähnen flochten. Die aufregendste Geschichte aber hatte Selig erlebt, als er noch ein junger Kutscher war.

Eines Nachts im Sommer fuhr Selig mit einem leeren Wagen von Lublin in seine Heimatstadt Janow zurück. Er fuhr eine Straße entlang, die durch einen Wald führte. Über ihm stand ein voller Mond, der silbrige Fäden über die Zweige der Tannen warf und Girlanden auf die Rinde der Baumstämme zeichnete. Nachtvögel schrien. Von Zeit zu Zeit hörte man einen Wolf heulen. Damals waren die polnischen Wälder noch von Bären, Wölfen,

Füchsen, Mardern und vielen anderen wilden Tieren bevölkert. In dieser Nacht war Selig sehr verzagt. Denn wenn sein Wagen leer war, war auch seine Börse leer, und es würde nicht mehr dafür reichen, daß Breine Vorbereitungen für den Sabbat treffen konnte.
Plötzlich sah Selig auf der Straße einen Sack liegen, der voller Mehl oder Zucker zu sein schien. Selig brachte sein Pferd zum Stehen und stieg ab, um ihn in Augenschein zu nehmen. Einen Sack Mehl oder Zucker könnten sie gut gebrauchen.
Selig schnürte den Sack auf, steckte einen Finger hinein, leckte daran und kam zu dem Ergebnis, daß es Zucker war. Er hob den Sack hoch, doch er war ungewöhnlich schwer. Selig war daran gewöhnt, das Gepäck seiner Fahrgäste zu schleppen, und darum wunderte er sich, daß ihm ein Sack Zucker so schwer vorkam.
»Ich habe wohl nicht genug gegessen«, dachte Selig. »Und wenn man nicht genug ißt, lassen die Kräfte nach.« Er lud den Sack auf seinen Wagen. Er war so schwer, daß er es nur mit größter Mühe schaffte.
Er setzte sich auf den Kutschbock und straffte die Zügel, aber das Pferd rührte sich nicht von der Stelle.
Selig zog kräftiger und schrie »Wyszta!«, was auf polnisch so viel bedeutet wie »vorwärts!«.
Doch obwohl das Pferd mit aller Kraft zog, wollte sich der Wagen einfach nicht bewegen.
»Was mag da nur los sein?« überlegte Selig. »Kann denn der Sack so schwer sein, daß das Pferd ihn nicht ziehen kann?«
Aber das war unsinnig, denn das Pferd hatte oft

eine ganze Wagenladung voller Fahrgäste samt ihrem Gepäck gezogen. »Irgend etwas stimmt hier nicht«, sagte sich Selig. Wieder stieg er ab, schnürte den Sack auf und probierte noch einmal. Gott im Himmel, der Sack war ja voller Salz, nicht Zucker! Selig stand da wie vor den Kopf geschlagen. Wie konnte er sich nur so geirrt haben? Er probierte wieder und dann noch einmal, und es war Salz.
»Na, das ist vielleicht eine Nacht!« murmelte Selig vor sich hin.
Er beschloß, den Sack vom Wagen zu zerren, da er überzeugt war, daß boshafte Geister ihren Schabernack mit ihm trieben. Aber inzwischen war der Sack so schwer geworden, als sei er mit Blei gefüllt. Das Pferd wandte seinen Kopf nach hinten, als sei es neugierig, was sich da abspielte.
Plötzlich schallte höhnisches Gelächter aus dem Sack. Und gleich darauf fiel der Sack in sich zusammen, und heraus sprang ein Wesen mit den Augen eines Kalbes, den Hörnern eines Geißbocks und den Flügeln einer Fledermaus. Es sagte mit einer menschlichen Stimme: »Was du geschmeckt hast, war nicht Zucker oder Salz, sondern ein Koboldschwanz.« Und mit diesen Worten brach der Kobold in wildes Gelächter aus und flog davon.
Schon dutzende Male hatte Selig, der Kutscher, Naftali diese Geschichte erzählt, aber Naftali wollte sie immer wieder hören. Er konnte sich alles genau vorstellen – den Wald, die Nacht, den silbrigen Mond, die neugierigen Pferdeaugen, den Kobold. Naftali stellte alle möglichen Fragen: Hatte der Kobold einen Bart? Hatte er Beine? Wie sah sein Schwanz aus? Wohin ist er geflogen?
Selig konnte nicht alle diese Fragen beantworten.

Damals war er zu erschrocken gewesen, um auf Einzelheiten zu achten. Aber auf die letzte Frage antwortete Selig: »Wahrscheinlich ist er in das Land jenseits der Dunkelheit geflogen, wohin kein Mensch gelangt und wohin sich kein Tier verirrt, wo der Himmel kupfern ist und die Erde aus Eisen, und wo die bösen Mächte unter den Schirmen versteinerter Blätterpilze und in verlassenen Maulwurfsgängen hausen.«

II

Wie alle Kinder in der Stadt stand Naftali früh auf und ging in den Cheder. Er lernte eifriger als die anderen. Warum? Weil Naftali begierig war, lesen zu lernen. Er hatte gesehen, wie ältere Jungen Geschichtenbücher lasen, und hatte sie darum beneidet. Wie glücklich war doch einer, der eine Geschichte aus einem Buch lesen konnte!

Mit sechs Jahren konnte Naftali bereits Jiddisch lesen, und von da an las er jedes Geschichtenbuch, das er in die Finger bekam.

Zweimal im Jahr kam ein Bücherhändler namens Reb Zebulun nach Janow, und unter den Büchern, die er in seinem Sack über der Schulter trug, waren immer einige Geschichtenbücher. Sie kosteten zwei Groschen das Stück, und obwohl Naftali von seinem Vater nur wenig Taschengeld bekam, hatte er genug gespart, um sich jedesmal ein paar Geschichtenbücher zu kaufen. Außerdem las er die Geschichten im jiddischen Pentateuch seiner Mutter und in ihren Erbauungsbüchern. Als Naftali älter wurde, begann sein Vater, ihm den Umgang mit

Pferden beizubringen. Zu dieser Zeit war es Brauch, daß ein Sohn in die Fußstapfen seines Vaters trat. Naftali mochte Pferde sehr gern, aber er war durchaus nicht versessen darauf, ein Kutscher zu werden, der Leute von Janow nach Lublin und von Lublin nach Janow fuhr. Er wollte ein Bücherhändler werden, mit einem Sack voller Geschichtenbücher.

Seine Mutter sagte zu ihm: »Was ist schon Gutes daran, ein Bücherhändler zu sein? Du mußt tagaus tagein deinen schweren Sack schleppen und bekommst einen krummen Rücken, und vom vielen Gehen schwellen dir die Beine an.«

Naftali wußte, daß seine Mutter recht hatte, und er dachte oft darüber nach, was er anfangen sollte, wenn er groß war. Und plötzlich hatte er eine Idee, die ihm vernünftig und einfach zugleich erschien. Er würde sich ein Pferd und einen Wagen anschaffen, und anstatt die Bücher auf seinem Rücken zu tragen, würde er sie im Wagen transportieren.

Sein Vater sagte: »Ein Bücherhändler verdient nicht genug, um sich und seine Familie und dann auch noch ein Pferd zu ernähren.«

»Für mich wird es schon reichen.«

Als Reb Zebulun, der Bücherhändler, wieder einmal in die Stadt kam, unterhielt sich Naftali mit ihm. Er fragte ihn, woher er die Geschichtenbücher bekam und wer sie schrieb. So erfuhr er, daß es in Lublin einen Drucker gab, der diese Bücher druckte, und in Warschau und Wilna Schriftsteller, die sie schrieben. Reb Zebulun meinte, daß er weit mehr Geschichtenbücher verkaufen könnte, aber er hätte nicht die Kraft, noch mehr Städte und Dörfer aufzusuchen, und es würde sich auch nicht auszahlen.

Reb Zebulun sagte: »Es kann mir passieren, daß ich in eine Stadt komme, in der es nur zwei oder drei Kinder gibt, die Geschichtenbücher lesen wollen. Und es lohnt sich weder, wegen der paar Groschen, die ich vielleicht verdiene, dorthin zu laufen, noch mir ein Pferd zu halten oder einen Wagen zu mieten.«
»Aber was fangen diese Kinder ohne Geschichtenbücher an?« fragte Naftali. Und Reb Zebulun gab zur Antwort: »Sie müssen sich damit abfinden. Geschichtenbücher sind nicht wie Brot. Man kann ohne sie leben.«
»Ich könnte nicht ohne sie leben«, meinte Naftali. Während dieses Gesprächs fragte Naftali auch, woher die Schriftsteller alle ihre Geschichten hätten, und Reb Zebulun sagte: »Zunächst einmal geschieht viel Ungewöhnliches auf der Welt. Kein Tag vergeht, ohne daß nicht etwas Außerordentliches passiert. Und außerdem gibt es Schriftsteller, die solche Geschichten erfinden.«
»Sie erfinden sie?« fragte Naftali verwundert. »Wenn das so ist, dann sind sie ja Lügner.«
»Sie sind keine Lügner«, erwiderte Reb Zebulun. »Das menschliche Gehirn kann nicht wirklich etwas erfinden. Manchmal lese ich eine Geschichte, die mir völlig unglaubhaft vorkommt, aber dann komme ich irgendwo hin und höre, daß sich so etwas tatsächlich zugetragen hat. Das Gehirn ist von Gott geschaffen, und menschliche Gedanken und Vorstellungen sind auch Gottes Werk. Sogar die Träume kommen von Gott. Was heute nicht geschieht, kann leicht morgen geschehen. Wenn nicht in diesem Land, so doch in einem anderen. Es gibt unendlich viele Welten, und was nicht auf der Erde

geschieht, kann in einer anderen Welt passieren. Und wer Augen hat, die sehen, und Ohren, die hören, der nimmt genug Geschichten für ein ganzes Leben in sich auf, die er seinen Kindern und Enkelkindern erzählen kann.«
So sprach der alte Reb Zebulun, und Naftali lauschte seinen Worten mit offenem Mund.
Schließlich sagte Naftali: »Wenn ich groß bin, werde ich in alle Städte und Dörfer fahren und überall Geschichtenbücher verkaufen, ob es sich für mich auszahlt oder nicht.«
Naftali hatte noch einen anderen Entschluß gefaßt – selbst Geschichtenbücher zu schreiben. Er wußte sehr gut, daß er dafür viel lernen mußte, und er beschloß, sich mit ganzer Kraft in die Arbeit zu stürzen. Also fing er an, aufmerksamer auf das zu hören, was die Leute redeten, auf die Geschichten, die sie erzählten, und darauf, wie sie sie erzählten. Jeder Mensch hatte seine eigene Art zu sprechen. Reb Zebulun hatte zu Naftali gesagt: »Wenn ein Tag vergeht, ist er vorbei. Und was bleibt von ihm übrig? Nur eine Geschichte. Würden keine Geschichten erzählt und keine Bücher geschrieben, würden die Menschen wie Tiere leben, nur für den Augenblick.«
Und er hatte hinzugefügt: »Wir leben heute, aber morgen wird das Heute eine Geschichte sein. Die ganze Welt, alles menschliche Leben ist eine einzige lange Geschichte.«

III

Zehn Jahre vergingen. Inzwischen war Naftali ein junger Mann. Er war hochgewachsen und schlank, hatte eine helle Haut, schwarze Haare und blaue Augen. Er hatte viel im Lernhaus und in der Jeschiwa gelernt, und er kannte sich ausgezeichnet mit Pferden aus. Seligs Stute hatte ein Füllen bekommen, und Naftali führte es auf die Weide und zog es auf. Er nannte es Sus. Sus war ein verspieltes Fohlen. Übermütig wälzte es sich im Gras. Und sein Wiehern klang wie helles Glockengeläut. Manchmal, wenn Naftali ihn wusch und striegelte und seinen Hals kraulte, gab Sus Laute von sich, die einem Lachen ähnelten. Naftali ritt ihn ohne Sattel wie ein Kosak. Wenn Naftali auf Sus' Rücken über den Marktplatz ritt, kamen die jungen Mädchen ans Fenster und sahen ihm nach.

Später zimmerte sich Naftali einen Karren. Bei Leib, dem Schmied, gab er die Räder in Auftrag. Naftali belud den Wagen mit allen Geschichtenbüchern, die er im Lauf der Jahre gesammelt hatte, und zog mit seinem Pferd und seiner Ware in die umliegenden Ortschaften. Er kaufte eine Peitsche, aber er gab sich das feierliche Versprechen, sie nie zu benützen. Es war nicht nötig, Sus die Peitsche zu geben oder auch nur zu zeigen. Er zog den leichten Bücherkarren willig und mühelos. Nur selten saß Naftali auf dem Kutschbock, meist ging er neben seinem Pferd einher und erzählte ihm Geschichten. Sus stellte die Ohren auf, wenn Naftali mit ihm sprach, und Naftali war überzeugt, daß Sus ihn verstand. Manchmal, wenn Naftali Sus fragte, ob ihm eine Geschichte gefallen habe, wieherte Sus, stampfte mit dem Vorderhuf auf oder schleckte Naftalis Ohr ab, als wollte er sagen: »Ja, gut hat sie mir gefallen . . .«

Reb Zebulun hatte behauptet, daß Tiere nur für

den Augenblick leben, aber Naftali war überzeugt, daß auch Tiere ein Gedächtnis haben. Oft erinnerte sich Sus besser an den Weg als er selbst. Naftali hatte von einem Hund erzählen hören, den sein Herr auf einer weiten Reise verloren hatte, und der, Monate nachdem der Herr ohne seinen treuen Begleiter nach Hause zurückgekommen war, wieder auftauchte. Der Hund war durch halb Polen gelaufen, um zu seinem Herrn zurückzukehren. Eine ähnliche Geschichte hatte Naftali von einer Katze gehört. Und die Tatsache, daß Tauben aus großer Entfernung in ihren Schlag zurückfliegen, war allgemein bekannt. Zu jener Zeit setzte man sie oft ein, um Briefe zu befördern. Manche Leute bezeichneten das als Gedächtnis, andere nannten es Instinkt. Aber was für eine Rolle spielte es, wie man es nannte? Jedenfalls lebten Tiere nicht nur für den Augenblick.

Naftali zog von Ort zu Ort; er machte in vielen Dörfern halt und verkaufte seine Geschichtenbücher. Alle Kinder liebten Naftali und sein Pferd Sus. Sie brachten für Sus alle möglichen Leckerbissen mit – Kartoffelschalen, Rüben und Zuckerstückchen –, und jedesmal, wenn Sus etwas zu fressen bekam, wedelte er mit dem Schwanz und schüttelte den Kopf, was soviel bedeutete wie »danke schön«.

Nicht alle Kinder besuchten eine Schule und lernten lesen, und so versammelte Naftali immer einige um sich, hob sie auf seinen Wagen und erzählte ihnen eine Geschichte; manchmal eine wahre und manchmal eine erfundene.

Wo immer er hinkam, hörte Naftali alle möglichen Geschichten – von bösen Geistern, Kobolden und

Windmühlen, von Riesen und Zwergen, Königen, Prinzen und Prinzessinnen. Er selbst schmückte seine Geschichten mit allen Einzelheiten aus, und die Kinder wurden nie müde, ihm zuzuhören. Selbst Erwachsene kamen und lauschten. Oft luden sie Naftali in ihr Haus zum Essen ein oder boten ihm einen Platz zum Schlafen an. Und auch Sus gaben sie gern zu fressen.
Wenn ein Mensch seine Arbeit nicht nur des Geldes wegen tut, sondern weil er sie liebt, bringt er auch bei anderen Liebe und Güte hervor. Wenn ein Kind kein Geld für ein Buch hatte, schenkte Naftali ihm eines. Und bald war Naftali überall bekannt. Schließlich kam er nach Lublin.
In Lublin hörte Naftali viele erstaunliche Geschichten. Er traf einen über zwei Meter großen Riesen, der mit einem Zirkus und einer Zwergentruppe durch die Lande reiste. Im Zirkus sah Naftali Pferde, die zur Musik tanzten, und tanzende Bären. Ein Artist verschluckte ein Messer und spuckte es wieder aus, ein anderer machte einen Salto auf dem Hochseil, ein dritter flog durch die Luft von einem Trapez zum anderen. Ein Mädchen stand auf dem Rücken eines Pferdes, das rund um die Manege galoppierte. Naftali schloß schnell Freundschaft mit den Zirkusleuten und lauschte ihren vielen interessanten Geschichten. Sie erzählten von Fakiren in Indien, die barfuß über glühende Kohlen liefen. Andere ließen sich bei lebendigem Leib begraben und waren gesund und wohlauf, wenn man sie ein paar Tage später wieder ausschaufelte. Naftali hörte wundersame Geschichten von Zauberern und Wundermännern, die Gedanken lesen und die Zukunft vorhersagen konnten. Er traf

einen alten Mann, der von Lublin ins Land Israel und wieder zurück gewandert war. Der alte Mann erzählte Naftali von den Kabbalisten, die außerhalb Jerusalems in Höhlen lebten, von einem Sabbat bis zum nächsten fasteten und die Geheimnisse Gottes, der Engel, der Cherubim und Seraphim und der heiligen Tiere ergründeten. Die Welt war voller Wunder, und es drängte Naftali, sie niederzuschreiben und in allen Städten und Dörfern, nah und fern, zu verbreiten.
In Lublin ging Naftali in die Buchläden und kaufte Geschichtenbücher, aber bald mußte er feststellen, daß es nicht genug davon gab. Die Geschäftsinhaber meinten, es zahle sich nicht aus, sie zu drucken, da sie so wenig Geld einbrachten. Aber konnte man denn alles mit Geld messen? Überall gab es Kinder und sogar Erwachsene, die sich danach sehnten, Geschichten zu hören, und Naftali beschloß, alle zu erzählen, die er je gehört hatte. Er selbst konnte nie genug davon bekommen.

IV

Die Jahre vergingen. Naftalis Eltern lebten nicht mehr. Viele Mädchen hatten sich in Naftali verliebt und wollten ihn heiraten, aber er wußte, daß er mit dem Erzählen von Geschichten und dem Verkaufen von Geschichtenbüchern keine Familie ernähren konnte. Außerdem hatte er sich an das Umherziehen gewöhnt. Wie viele Geschichten konnte einer schon hören oder erzählen, wenn er immer in derselben Stadt lebte? Also hatte er beschlossen, durchs Land zu fahren.

Normalerweise leben Pferde etwa zwanzig Jahre, aber Sus war eines jener Pferde, die sehr viel älter werden. Doch niemand lebt ewig. Und mit vierzig machten sich bei Sus Alterserscheinungen bemerkbar. Jetzt galoppierte er nur noch selten, und auch seine Augen waren nicht mehr so gut wie früher. Auch Naftali war inzwischen grauhaarig und die Kinder nannten ihn Großpapa.

Eines Tages kam Naftali zu Ohren, daß an der Straße zwischen Lublin und Warschau ein Gut lag, das von allen Buchhändlern besucht wurde, weil der Besitzer sehr gerne las und Geschichten hörte. Naftali fragte nach dem Weg, und man erklärte ihm, wie er hingelangen würde. An einem Frühlingstag kam er dort an. Alles, was er gehört hatte, bewahrheitete sich. Der Besitzer des Gutes, Reb Falik, hieß ihn herzlich willkommen und kaufte ihm viele Bücher ab. Die Kinder aus der nahen Ortschaft hatten bereits von Naftali, dem Geschichtenerzähler, gehört, und im Nu waren alle Geschichtenbücher, die er mitgebracht hatte, in ihren Besitz übergegangen. Reb Falik hatte viele Pferde, die auf der Koppel grasten und Sus bereitwillig in ihre Gemeinschaft aufnahmen. Sofort begann Sus auf der Wiese zu grasen, die voller gelber Blumen war, während Naftali Reb Falik eine Geschichte nach der anderen erzählte. Es war warm, und die Vögel sangen und zwitscherten.

Zu dem Gut gehörte ein Waldstück, auf dem alte Eichen standen. Einige dieser Eichen waren so dick, daß sie mehrere hundert Jahre alt sein mußten. Besonders beeindruckt war Naftali von einer Eiche, die mitten auf der Wiese stand. Es war die mächtigste Eiche, die Naftali je in seinem Leben gesehen hatte. Ihre Wurzeln breiteten sich weit nach allen Seiten aus und sie mußten bis tief in die Erde hineinreichen. Die hohe und nach allen Seiten hin weit ausladende Baumkrone warf einen riesigen Schatten. Als Naftali diese gewaltige Eiche sah, die älter als alle anderen Eichen in der Umgebung sein mußte, kam ihm der Gedanke: »Wie schade, daß eine Eiche nicht sprechen kann!«

Diese Eiche hatte viele Generationen miterlebt. Vielleicht gab es sie schon zu jener Zeit, als in Polen noch Heiden lebten. Und ganz sicher hatte sie die Zeit miterlebt, als die Juden aus Deutschland, wo man sie verfolgte, nach Polen kamen und der polnische König, Kasimir I., ihnen die Tore seines Landes geöffnet hatte. Plötzlich wurde Naftali klar, daß er des Umherziehens müde war. Er beneidete die Eiche, weil sie so lange an einem Platz stehen durfte und so tief in Gottes Erde verwurzelt war. Zum ersten Mal in seinem Leben sehnte sich Naftali danach, sich an einem Ort niederzulassen. Dabei dachte er auch an sein Pferd. Sus war zweifellos lange genug durchs Land gezogen. Es würde ihm guttun, sich in den paar Jahren, die ihm noch blieben, etwas auszuruhen.

Gerade als Naftali so dastand und seinen Gedanken nachhing, kam der Besitzer des Gutes, Reb Falik, in einem zweirädrigen Wagen des Weges. Er brachte ihn vor Naftali zum Stehen und sagte: »Ich sehe wohl, daß du mit deinen Gedanken ganz woanders bist. Sag mir, woran du denkst.«

Zuerst wollte Naftali Reb Falik antworten, daß wohl eine Menge dummer Gedanken in den Köpfen der Menschen kreisten und daß man sie nicht alle beschreiben konnte. Doch dann dachte er: »Warum

soll ich ihm eigentlich nicht die Wahrheit sagen?«
Reb Falik war ein gutherziger Mann. Er hatte einen silberweißen Bart und Augen, aus denen jene Weisheit und Güte sprachen, die das Alter manchmal mit sich bringt. Naftali sagte: »Wenn Ihr Geduld habt, werde ich es Euch sagen.«
»Ja, ich habe Geduld. Setz dich neben mich in den Wagen und fahr mit mir spazieren. Ich möchte wissen, worüber ein Mann, den das Geschichtenerzählen berühmt gemacht hat, nachdenkt.«
Naftali nahm im Wagen Platz. Die Pferde, die vor den Wagen gespannt waren, gingen langsam, und Naftali erzählte Reb Falik die Geschichte seines Lebens bis hin zu den Gedanken, die ihn beim Anblick der gewaltigen Eiche bewegten. Er erzählte ihm alles, ohne etwas auszulassen.
Als Naftali geendet hatte, sagte Reb Falik: »Mein lieber Naftali, ich kann dir alle deine Wünsche und Träume leicht erfüllen. Wie du weißt, bin ich ein alter Mann. Meine Frau ist vor einiger Zeit gestorben. Meine Kinder leben in großen Städten. Ich liebe es, Geschichten zu hören, und ich habe außerdem eine Menge zu erzählen. Wenn du magst, kannst du dir im Schatten der Eiche ein Haus bauen und dort bleiben, solange ich lebe und solange du lebst. In der Nähe des Hauses lasse ich einen Stall für dein Pferd bauen, und so könnt ihr beide euer Leben in Frieden beenden. Ja, du hast recht. Man kann nicht ewig umherwandern. Für jeden Menschen kommt die Zeit, wo er sich an einem Ort niederlassen und alle Schönheit, die dieser Platz zu bieten hat, genießen will.«
Als Naftali diese Worte hörte, erfüllte ihn große Freude. Wieder und wieder dankte er Reb Falik,

aber Reb Falik sagte nur: »Du brauchst mir nicht so zu danken. Ich habe viele Bauern und Dienstboten um mich, aber ich habe keinen einzigen Menschen, mit dem ich reden kann. Wir wollen Freunde sein und uns gegenseitig viele Geschichten erzählen. Was ist denn schon das Leben? Die Zukunft ist noch nicht da, und man kann nicht voraussehen, was sie bringen wird. Die Gegenwart ist nur ein Augenblick und die Vergangenheit eine lange Geschichte. Wer keine Geschichten erzählt und keine Geschichten hört, lebt nur für diesen Augenblick, und das ist nicht genug.«

V

Reb Faliks Versprechen waren keine leeren Worte. Schon am nächsten Tag trug er seinen Leuten auf, ein Haus für Naftali, den Geschichtenerzähler, zu bauen. An Bauholz und geschickten Händen herrschte kein Mangel auf dem Gut. Doch als Naftali die Pläne für das Haus sah, wurde ihm unbehaglich zumute. Er brauchte nur ein kleines Häuschen für sich selbst und einen Stall für Sus. Aber der Plan sah ein großes Haus mit vielen Zimmern vor. Naftali fragte Reb Falik, warum er so ein großes Haus für ihn bauen ließ, und Reb Falik antwortete: »Du wirst es brauchen.«

»Aber wofür?« fragte Naftali.

Nach und nach lüftete sich das Geheimnis. Im Laufe seines Lebens hatte Reb Falik so viele Bücher erworben, daß sich kein Platz mehr für sie in seinem eigenen großen Haus fand und viele Bücher im Keller und auf dem Dachboden gelagert werden mußten. Außerdem hatte Naftali bei seinem Gespräch mit Reb Falik erwähnt, daß er viele seiner eigenen Geschichten und solche, die andere ihm erzählt hatten, niedergeschrieben hatte; so hatte sich eine ganze Kiste voller Manuskripte angesammelt, doch Naftali hatte diese Geschichten nicht drucken lassen können, weil die Drucker in Lublin und in anderen großen Städten eine Menge Geld dafür verlangten und weil in Polen nicht genug Geschichtenbücher verkauft wurden, um diese Ausgaben zu decken.

Neben Naftalis Haus ließ Reb Falik eine Druckerei errichten. Er bestellte kistenweise Drucktypen aus Lublin (zu dieser Zeit gab es noch längst keine Setzmaschinen) und eine Handpresse. Von jetzt an würde Naftali seine eigenen Geschichtenbücher setzen und drucken können. Als er erfuhr, was Reb Falik für ihn tun wollte, traute Naftali seinen Ohren nicht. Er sagte: »Von allen Geschichten, die ich je gehört oder erzählt habe, ist diese für mich die schönste.«

Noch im selben Sommer war alles fertig – das Haus, die Bibliothek, die Druckerei. Schon früh brach der Winter herein. Gleich nach dem Laubhüttenfest setzte der Regen ein, und bald kam der Schnee. Im Winter gibt es auf einem Gut wenig zu tun. Die Bauern saßen in ihren Hütten und wärmten sich am Herd, oder sie gingen ins Wirtshaus. Reb Falik und Naftali verbrachten eine Menge Zeit zusammen. Reb Falik war eine schier unerschöpfliche Fundgrube für Geschichten. Er kannte viele berühmte Leute. Früher hatte er die Messen in Danzig, Leipzig und Amsterdam besucht. Er hatte sogar eine Reise ins Heilige Land unternommen,

und die Klagemauer, die Höhle von Machpela und Rachels Grab gesehen. Reb Falik erzählte viele Geschichten und Naftali schrieb sie nieder.
Sus' Stall war zu groß für ein einziges Pferd. Aber Reb Falik hatte eine Anzahl alter Pferde auf seinem Gut, die nicht mehr arbeiten konnten, so daß Sus nicht allein war. Und manchmal, wenn Naftali in den Stall kam, um seinen geliebten Sus zu besuchen, sah er ihn den Kopf zum Pferd zu seiner Linken oder Rechten neigen, und es kam ihm so vor, als lauschte Sus den Geschichten, die ihm die anderen Pferde erzählten, oder als erzähle er schweigend seine eigene Geschichte. Es stimmt, daß Pferde nicht sprechen können, aber Gottes Geschöpfe können sich auch ohne Worte verständigen.
In diesem Winter schrieb Naftali viele Geschichten nieder – eigene und solche, die er von Reb Falik gehört hatte. Er setzte sie und druckte sie auf seiner Handpresse. Manchmal, wenn die Sonne silbrig auf dem Schnee glitzerte, spannte Naftali Sus und ein anderes Pferd vor einen Schlitten und machte eine Runde durch die nahen Ortschaften, wo er seine Geschichtenbücher verkaufte oder an Leute verschenkte, die sie sich nicht leisten konnten. Reb Falik begleitete ihn manchmal. Sie schliefen in Gasthöfen und verbrachten ihre Zeit mit Kaufleuten, Grundbesitzern und Chassidim, die auf dem Weg zu ihren Rabbis waren. Jeder wußte eine Geschichte zu erzählen, und Naftali schrieb sie nieder oder hielt sie in seinem Gedächtnis fest.
Der Winter ging vorüber, ohne daß Naftali es merkte. Zum Pessachfest kamen Reb Faliks Söhne, Töchter und Enkelkinder, um die Feiertage auf dem Gut zu begehen, und wieder hörte Naftali

wundersame Geschichten von Warschau, Krakau und sogar von Berlin, Paris und London. Könige führten Kriege, Wissenschaftler machten alle möglichen Entdeckungen und Erfindungen. Astronomen entdeckten Sterne, Planeten und Kometen. Archäologen gruben die Ruinen antiker Städte aus. Chemiker entdeckten neue Elemente. In allen Ländern verlegte man Eisenbahnschienen. Man baute Museen, Bibliotheken und Theater. Historiker entschlüsselten Schriftstücke aus vergangenen Zeiten. Schriftsteller in aller Welt beschrieben das Leben und die Menschen, unter denen sie weilten. Die Menschheit konnte und würde ihre Vergangenheit nicht vergessen. Die Geschichte der Welt wurde immer reicher an Einzelheiten.

In diesem Frühling geschah etwas, was Naftali erwartet und wovor er sich gefürchtet hatte. Sus wurde krank und hörte zu grasen auf. Draußen schien die Sonne, und Naftali führte Sus auf die Weide, wo frisches, grünes Gras stand und viele Blumen blühten. Sus ließ sich in der Sonne nieder, betrachtete das Gras und die Blumen, aber er fraß nicht mehr. In seinen Augen lag Ruhe, der Frieden eines Geschöpfes, das sein Leben gelebt hat und bereit ist, seine Geschichte auf Erden zu beenden.

Eines Nachmittags, als Naftali ging, um nach seinem geliebten Pferd zu sehen, sah er, daß Sus tot war. Naftali konnte die Tränen nicht zurückhalten. Sus war ein Teil seines Lebens gewesen.

Naftali schaufelte ein Grab für Sus in der Nähe der alten Eiche, wo Sus gestorben war, und dort begrub er ihn. Um das Grab zu kennzeichnen, steckte er die Peitsche, die er nie benützt hatte, in die Erde. Ihr Griff war aus Eichenholz geschnitzt.

Einige Wochen später machte Naftali eine seltsame Entdeckung: aus der Peitsche war ein Schößling geworden. Der Griff hatte im Erdreich, wo Sus lag, Wurzeln geschlagen und begann Blätter zu treiben. Ein Baum wuchs über Sus, eine neue Eiche, die ihre Nahrung aus Sus' Körper zog. Mit der Zeit bekam der junge Baum Zweige, in denen die Vögel sangen und ihre Nester bauten. Naftali konnte schwerlich glauben, daß dieser alte, ausgetrocknete Stock noch genug Leben besessen haben sollte, um zu wachsen und Blüten zu treiben. Naftali hielt es für ein Wunder. Als der Baum größer wurde, schnitt Naftali in seine Rinde Sus' Namen und die Daten seiner Geburt und seines Todes.
Die einzelnen Geschöpfe sterben, aber damit ist die Geschichte der Welt nicht zu Ende. Die Erde, die Sterne, Planeten und Kometen – sie alle sind Teil jener endlosen und wunderbaren Geschichte, die nur Gott in ihrer Ganzheit kennt.
Ein paar Jahre später starb Reb Falik, und wiederum Jahre später starb Naftali, der Geschichtenerzähler. Inzwischen war er nicht nur in ganz Polen, sondern auch in anderen Ländern berühmt für seine Geschichtenbücher. Vor seinem Tod bat Naftali darum, unter der jungen Eiche begraben zu werden, die über Sus' Grab gewachsen war, und deren Zweige die alte Eiche berührten. Auf Naftalis Grabstein meißelte man die folgenden Worte aus der Heiligen Schrift:

DIE LIEBEN UND GUTEN,
IM LEBEN UND IM TODE
SIND SIE NICHT GETRENNT

Herschele und Chanukka

In der Menora des alten Reb Berisch brannten drei Kerzen. Es war so still im Lernhaus, daß man hören konnte, wie die Deckenlampe das Kerosin aufsaugte. Reb Berisch sagte:
»Kinder, wer so alt wird wie ich, der erlebt viel und hat viele Geschichten zu erzählen. Was ich euch jetzt erzählen will, hat sich in dem Dorf Gorschkow ereignet.
Gorschkow ist auch heute noch klein. Aber als ich ein Junge war, bestand das ganze Dorf nur aus dem Marktplatz. Damals sagten die Leute scherzhaft: »Wenn ein Bauer mit seinem Fuhrwerk nach Gorschkow kommt, dann ist der Kopf seines Pferdes am einen Ende des Dorfes, und die Hinterräder des Fuhrwerks sind am anderen Ende.« Gorschkow war ganz von Feldern und Wäldern umgeben. Ein Gorschkower namens Isaak Seldes verwaltete ein riesiges Landgut, das einem polnischen Grundbesitzer gehörte. Der Gutsherr, ein Graf, hielt sich ständig im Ausland auf und kam nur dann nach Polen, wenn sein Geld aufgebraucht war. Er nahm bei Reb Isaak Seldes eine Hypothek nach der anderen auf, und nach und nach ging sein ganzes Landgut in Isaaks Besitz über. Offiziell gehörte es allerdings noch dem Grafen, weil es einem Juden nicht erlaubt war, in dem Teil Polens, der zu Rußland gehörte, Grund und Boden zu besitzen.
Reb Isaak war ein tüchtiger Gutsverwalter. Der polnische Gutsherr peitschte die Bauern jedesmal aus, wenn sie etwas falsch gemacht hatten oder wenn er

schlechter Laune war. Reb Isaak hingegen redete mit den Bauern wie mit seinesgleichen, und sie hielten zu ihm. Wenn bei den Bauern eine Hochzeit gefeiert oder ein Kind geboren wurde, nahm er an der Feier teil. Wenn ein Bauer krank wurde, krempelte Kreindl, Reb Isaaks Frau, die Ärmel hoch, setzte dem Patienten Schröpfköpfe oder Blutegel an oder rieb ihn mit Terpentinöl ein. Reb Isaak Seldes hatte eine zweispännige Britschka, in der er die Felder entlangfuhr, um den Bauern zu raten, wann sie pflügen, was sie säen und welches Gemüse sie anbauen sollten. Er hatte auf dem Gut eine Molkerei eingerichtet, in der Butter und Käse produziert wurden. Er hatte einen großen Kuhstall, Hunderte von Legehennen, zahlreiche Bienenkörbe und eine Mühle.

Er hatte alles, nur keine Kinder. Das machte ihm und seiner Frau großen Kummer. Die Arzneien, die Kreindl von den Lubliner Ärzten verschrieben bekam, nützten nichts.

Obwohl sie bloß zu zweit waren, wohnten Reb Isaak und Kreindl in einem großen Haus, das einst dem Großvater des Gutsherrn gehört hatte. Wozu brauchte ein kinderloses Ehepaar denn ein so großes Haus? Aber beide hatten arme Verwandte, deren Kinder auf das Landgut kamen und dort blieben. Reb Isaak stellte einen Lehrer ein, der den Jungen Bibel- und Talmudunterricht erteilte. Den Mädchen brachte Kreindl das Nähen, Stricken und Sticken bei. Mit farbigem Garn stickten sie biblische Szenen auf Stramin, zum Beispiel die Geschichte von Abraham, der bereit ist, seinen einzigen Sohn zu opfern, und von dem Engel, der ihn daran hindert. Oder die Geschichte von Jakob, der Rachel

am Brunnen begegnet und den Stein wegrollt, damit sie die Schafe tränken kann.
An Chanukka ging es in Reb Isaaks Haus immer sehr fröhlich zu. Wenn der Hausherr die Kerzen gesegnet hatte, gab er allen Kindern ihr Chanukkageld, und dann spielten sie Dredl. Kreindl und ihre Mägde brieten Kartoffelpuffer, zu denen es Marmelade und Tee gab. Oft kamen arme Leute zum Gutshaus, und jeder, der hungrig, zerlumpt und barfuß war, ging mit vollem Magen, warmen Kleidern und festen Schuhen nach Hause.
An einem Chanukka-Abend, als die Kinder mit Dredlspielen beschäftigt waren und Reb Isaak mit dem Lehrer (der nicht nur ein Talmudgelehrter, sondern auch in Mathematik und Sprachen sehr bewandert war) eine Partie Schach spielte, hörte Reb Isaak ein Scharren an der Haustür. Draußen lag tiefer Schnee. Wenn im Winter Besucher ins Gutshaus kamen, dann immer nur bei Tage, nicht am Abend. Reb Isaak öffnete die Tür und sah zu seiner Überraschung ein Hirschkalb – noch ohne Geweihsprossen – an der Schwelle stehen. Normalerweise sind Tiere menschenscheu, aber dieses Hirschkalb schien hungrig zu sein und zu frieren. Es sah abgemagert aus. Vielleicht hatte es seine Mutter verloren. Eine Weile guckte Reb Isaak das Jungtier verwundert an, dann faßte er es am Hals und führte es ins Haus. Beim Anblick des Hirschkalbes vergaßen die Kinder das Dredlspielen und die Chanukkageschenke. Sie waren begeistert von dem niedlichen Tier. Kreindl ließ fast die Platte mit den Kartoffelpuffern fallen, als sie das Hirschkalb sah. Reb Isaak wollte ihm einen Kartoffelpuffer zu fressen geben, aber Kreindl rief: ›Nicht! Es ist noch zu jung! Es

muß Milch bekommen, keine Kartoffelpuffer!‹ Die Mägde kamen herein, und eine von ihnen holte eine Schüssel Milch. Das Hirschkalb trank sie bis zum letzten Tropfen aus, dann hob es den Kopf, als ob es sagen wollte: ›Ich will mehr!‹ Jeder im Haus hatte seine Freude an diesem kleinen Geschöpf. Alle waren sich einig darüber, daß man es nicht wieder hinaus in den Wald lassen sollte, wo es von Wölfen, Füchsen und Mardern wimmelte und wo es sogar Bären gab. Ein Knecht holte Heu und richtete in einem Raum des Gutshauses ein Nachtlager für das Hirschkalb. Bald war es eingeschlafen.
Reb Isaak nahm an, daß die Kinder jetzt weiterspielen würden, aber sie redeten nur noch von dem Hirschkalb und ließen nicht locker, bis Reb Isaak und Kreindl ihnen versprachen, es bis nach dem Pessachfest im Haus zu behalten.
Dann begann sofort eine neue Debatte: Wie sollte das Hirschkalb genannt werden? Fast alle wollten es Herschele nennen (das ist das jiddische Wort für Hirschlein), aber erstaunlicherweise sagte Kreindl: ›Nein, so wird das Tier nicht genannt.‹
›Warum nicht?‹ fragten alle verwundert.
›Ich hab' schon einen Grund dafür.‹
Wenn Kreindl nein sagte, dann blieb es dabei. Die Kinder mußten sich einen anderen Namen einfallen lassen. Plötzlich sagte Kreindl: ›Kinder, ich hab's!‹
›Wie soll es denn heißen?‹ fragten die Kinder einstimmig. Und Kreindl sagte: ›Chanukka.‹
Noch nie hatte jemand gehört, daß ein Tier Chanukka genannt wurde, aber der Name gefiel den Kindern. Erst jetzt machten sie sich über die Kartoffelpuffer her, zu denen sie Tee mit Zitrone tran-

ken und Marmelade schleckten. Dann begannen sie wieder, Dredl zu spielen und hörten erst um Mitternacht damit auf.
Als Reb Isaak und Kreindl zu später Stunde schlafen gingen, fragte er sie: ›Warum wolltest du nicht, daß wir das Hirschkalb Herschele nennen?‹ Worauf Kreindl sagte: ›Das ist ein Geheimnis.‹
›Ein Geheimnis? Seit wir verheiratet sind, hast du noch nie ein Geheimnis vor mir gehabt.‹
›Aber diesmal kann ich es dir nicht verraten‹, erwiderte Kreindl.
›Wann wirst du's mir denn sagen?‹
›Das Geheimnis wird sich von selbst verraten.‹
Reb Isaak hatte seine Frau noch nie in Rätseln sprechen gehört, aber es war nicht seine Art, hartnäckige Fragen zu stellen.«

»Und jetzt, liebe Kinder«, sagte der alte Reb Berisch, »verrate ich euch das Geheimnis, das Kreindls Mann erst später erfuhr:
Einige Wochen vorher war ein alter Mann mit einem Sack auf dem Rücken und einem Stecken in der Hand zum Gutshaus gekommen. Als Kreindl ihm etwas zu essen gab, zog er ein dickes Buch aus dem Sack und las während des Essens darin. Noch nie hatte Kreindl einen Bettler gesehen, der sich wie ein Rabbi und Gelehrter benahm. Sie fragte ihn: ›Warum schleppt Ihr Bücher auf dem Rücken herum? Sind die nicht sehr schwer?‹ Der Alte erwiderte: ›Die Tora ist nie schwer.‹ Beeindruckt von seinen Worten, begann Kreindl ein Gespräch mit dem Alten und erzählte ihm, wie bekümmert sie darüber sei, keine Kinder zu haben. Und plötzlich hörte sie sich sagen: ›Ich sehe, daß Ihr ein heiliger

Mann seid. Bitte betet für mich und gebt mir Euren Segen. Ich verspreche Euch, daß Ihr, wenn der Himmel Euer Gebet erhört, einen Sackvoll Silbergulden von mir bekommt, sobald Ihr wieder hier anklopft. Dann werdet Ihr nie wieder um Almosen betteln müssen.‹

›Und ich verspreche Euch, daß Ihr in ungefähr einem Jahr ein Kind bekommen werdet.‹

›Ich bitte Euch, heiliger Mann, gebt mir ein Pfand oder ein Zeichen dafür, daß Euer Versprechen sich erfüllen wird.‹ Darauf sagte der Alte: ›Bevor Ihr ein Kind empfangen werdet, wird ein Tier in Euer Haus kommen. Wenn Ihr das Kind zur Welt gebracht habt, dann gebt ihm den Namen dieses Tieres. Bitte denkt an meine Worte!‹

Bevor der Alte weiterzog, wollte Kreindl ihm Kleidungsstücke und Nahrungsmittel schenken, doch er sagte: ›Gott wird mich mit alledem versorgen – ich brauche es mir nicht vorher zu verschaffen. Außerdem ist mein Sack mit heiligen Büchern gefüllt. Für etwas anderes ist darin kein Platz.‹ Dann hielt er die Hände über Kreindls Kopf und gab ihr seinen Segen. Und dann verschwand er so schnell wie er gekommen war. Kreindl dachte wochenlang über die Worte dieses seltsamen alten Mannes nach. Reb Isaak war nicht zu Hause gewesen, als der Alte gekommen war, und Kreindl erzählte ihrem Mann nichts von diesem Besuch. Sie hatte von Zigeunern, Wahrsagerinnen und Wandersleuten schon viele Segenswünsche empfangen und wollte in Isaak keine Hoffnungen wecken, die sich vielleicht nie erfüllten.

Als das Hirschkalb in jener Nacht zu ihnen ins Haus kam, wußte Kreindl sofort, daß dies das Tier

war, von dem der Alte gesprochen hatte. Und daß sie, weil das jiddische Wort für einen jungen Hirsch ›Herschele‹ ist, einen Knaben zur Welt bringen und ihn Herschele nennen würde.
Ihre Worte, das Geheimnis werde sich von selbst verraten, wurden bald wahr. Kreindl wurde schwanger, und Reb Isaak begriff jetzt, daß das Erscheinen des Hirschkalbes ein Vorzeichen für das erhoffte glückliche Ereignis war. ›Wenn wir einen Sohn bekommen‹, sagte er, ›dann nennen wir ihn Herschele.‹ Und Kreindl antwortete: ›Wenn du es so willst, Liebster, dann soll es so sein.‹
Der Winter war vorüber, der Frühling war gekommen. In den kalten Wintermonaten war Chanukka größer geworden, und nun wuchs ihm schon ein Geweih. Alle merkten, daß sich das Tier im Haus nicht mehr wohl fühlte. Der Blick seiner schönen Augen verriet, daß es sich nach dem Wald zurücksehnte. Eines Morgens fütterte Kreindl Chanukka mit einem leckeren Gemisch aus Heu, gehackten Kartoffeln und Mohrrüben, dann öffnete sie das Tor, das zu den Feldern und Wäldern führte. Chanukka sah seine Pflegemutter mit einem Blick an, der ›Danke!‹ sagte, dann stürmte er hinaus zu den grünen Weiden und Wäldern.
Kreindl prophezeite, daß Chanukka im Winter zurückkommen werde, aber Reb Isaak meinte, so etwas könne man nicht voraussagen. ›Chanukka ist groß geworden, und ein ausgewachsener Hirsch kann sich auch im Winter selber ernähren.‹
Nicht lange danach brachte Kreindl einen gesunden Knaben mit dunklen Haaren und braunen Augen zur Welt. Im Haus herrschte große Freude. Anläßlich der Beschneidungsfeier richteten die glück-

lichen Eltern ein Festessen für die Armen aus. Sie hofften, daß der alte Bettler davon erfahren und sich einfinden würde. Doch er erschien nicht. Aber viele andere arme Leute hatten davon gehört und kamen zum Gutshaus. Auf dem Rasen war ein großer Tisch aufgestellt worden, an dem die Armen mit Sabbat-Weißbrot, gefülltem Fisch, Brathuhn, Obst und Honigkuchen bewirtet wurden. Einige jüngere Gäste tanzten einen Scherentanz, einen Guten-Morgen-Tanz, einen Poltertanz und einen Kasatschok. Bevor sie gingen, bekamen alle Armen Geld, Lebensmittel und Kleidungsstücke geschenkt.

Der Sommer verging, und es wurde wieder kühl. Nach dem Laubhüttenfest begann es zu regnen, dann setzten Schneefall und Frost ein. Das Chanukkafest stand vor der Tür. Obwohl alle im Haus sich Gedanken darüber machten, ob dem jungen Hirsch bei dieser Kälte vielleicht etwas zugestoßen war, sprach keiner davon, um Kreindl nicht aufzuregen. Dieser Winter war noch strenger als der vergangene. Das ganze Landgut war eingeschneit. Am ersten Chanukka-Abend waren Kreindl und die Mägde eifrig damit beschäftigt, Kartoffelpuffer zu braten. Als Reb Isaak das erste Chanukkalicht gesegnet und den Kindern Geldstücke geschenkt hatte, wurde Dredl gespielt. Der kleine Herschele schlief in seiner Wiege. Die Kinder hatten sich ein Geschenk für ihn ausgedacht: ein Hirschkalb aus Zucker, auf dessen Bauch der Name Chanukka stand. Als er es bekam, saugte er sofort daran. Aber der junge Hirsch kam an diesem Abend nicht zu ihnen. Reb Isaak tröstete Kreindl mit einem Spruch aus der Gemara: ›Wunder geschehen nicht jeden Tag.‹

Kreindl schüttelte den Kopf. ›Ich hoffe zu Gott, daß Chanukka nicht hungern und frieren muß.‹
Am zweiten Chanukka-Abend, als die Kinder Dredl spielten, Reb Isaak den Lehrer gerade schachmatt setzen wollte und Kreindl zusammen mit den Mägden den Tisch abzuräumen begann, hörten sie ein Scharren an der Haustür. Kreindl rannte hin, öffnete und stieß einen Freudenschrei aus. Vor der Tür stand Chanukka, der jetzt schon ein halbwegs ausgewachsener Hirsch war und dessen Körper vom Rauhreif silbrig schimmerte. Er hatte seine Wohltäter nicht vergessen. Er war gekommen, um den Winter über bei ihnen zu bleiben. Von all dem Lärm wachte Herschele auf, und als man ihm das Tier zeigte, streckte er sein Händchen danach aus. Und Chanukka leckte die kleine Hand, als ob er genau gewußt hätte, daß Herschele sein Namensvetter war.
Von da an kam der Hirsch jedes Jahr zum Gutshaus, und zwar immer ungefähr zu dem Zeitpunkt, an dem Chanukka gefeiert wird. Mittlerweile war er ein stattlicher Hirsch mit einem großen Geweih geworden. Auch Herschele wuchs heran, wenn auch nicht so schnell. Im dritten Winter brachte der Hirsch eine Hirschkuh mit. Offenbar hatte er mit einem anderen Hirsch um sie gekämpft, denn ein paar Enden seines Geweihs waren abgebrochen. Chanukka und seine Hirschkuh wurden ins Haus aufgenommen. Bei den Kindern gab es eine große Diskussion darüber, welchen Namen Chanukkas Weibchen bekommen sollte. Diesmal machte der Lehrer einen Vorschlag, und nun wurde die Hirschkuh »Zot Chanukka« genannt. So beginnt der Bibelabschnitt, der am Chanukka-Samstag ver-

lesen wird. Das hebräische Wort *zot* bedeutet »diese« und bezieht sich auf Wörter weiblichen Geschlechts. Allen im Haus gefiel dieser Name.«

Reb Berisch schwieg eine ganze Weile. Die Lichter in der Messinglampe brannten noch. Die Kinder hatten das Gefühl, daß auch die Flämmchen der Geschichte zuhörten. Dann fragte ein Junge: »Ist der alte Bettler jemals wiedergekommen?«

»Nein, ich habe nie etwas davon gehört. Aber ihr könnt euch darauf verlassen, daß dieser Mann kein gewöhnlicher Bettler war.«

»Wer war er denn?« fragte ein anderer Junge.

»Der Prophet Elias«, sagte Reb Berisch. »Elias ist bekanntlich der Engel der frohen Botschaft. Aber er erscheint nie in Gestalt eines Engels. Die Menschen würden erblinden, wenn sie in das gleißende Licht sähen, das von einem Engel ausgeht. Elias kommt immer als Armer verkleidet. Im Talmud steht, daß auch der Messias als armer Mann verkleidet und auf einem Esel reitend zu uns kommen wird.«

Der alte Reb Berisch schloß die Augen. Es war schwer zu sagen, ob er eingenickt war oder an das Kommen des Messias dachte. Dann machte er die Augen wieder auf und sagte: »Ihr könnt jetzt heimgehen und Dredl spielen.«

»Erzählt Ihr uns morgen wieder eine Geschichte?« fragte ein Junge.

»So Gott will«, sagte der alte Reb Berisch. »Ich lebe schon sehr lange und habe mehr Geschichten zu erzählen als ihr Haare in euren Schläfenlocken habt.«

Als Schlemihl nach Warschau ging

OBWOHL Schlemihl ein Faulpelz war, eine Schlafmütze, und sich nicht gern bewegte, tagträumte er doch immer von einer Reise. Er hatte viele Geschichten von fernen Ländern gehört, von weiten Wüsten, tiefen Ozeanen und hohen Bergen. Und oft besprach er mit Frau Schlemihl seinen größten Wunsch, eine lange Reise zu unternehmen. Frau Schlemihl sagte ihm dann: »Lange Reisen sind nichts für einen Schlemihl. Du bleibst besser daheim und paßt auf die Kinder auf, wenn ich auf dem Markt mein Gemüse verkaufe.« Und doch konnte Schlemihl seinen Traum nicht lassen, die Welt zu sehen und ihre Wunder.

Neulich hatte ihm einer wunderbare Dinge von der Stadt Warschau erzählt. Wie schön die Straßen seien, wie hoch die Häuser und wie prächtig die Geschäfte.

Ein für allemal beschloß Schlemihl, daß er die große Stadt selber sehen mußte. Er wußte, daß man für eine Reise Vorbereitungen zu treffen hatte. Aber was konnte er schon mitnehmen? Er hatte nichts als die alten Kleider, die er trug. Eines Morgens, nachdem Frau Schlemihl auf den Markt gegangen war, sagte er den älteren Buben, sie sollten heute nicht in die Schule gehen, sondern auf die kleinen Geschwister aufpassen. Dann nahm er ein paar Scheiben Brot, eine Zwiebel und eine Knoblauchzehe, legte alles

in ein Taschentuch, verschnürte es zu einem Bündel und machte sich auf den Weg nach Warschau.
In Chelm gab es eine Warschauer Straße, und Schlemihl glaubte, daß sie geradewegs nach Warschau führte. Noch im Städtchen hielten ihn ein paar Nachbarn an und wollten wissen, wohin er ginge. Schlemihl sagte ihnen, daß er auf dem Weg nach Warschau sei.
»Was willst du in Warschau?« fragten sie ihn.
»Na, was will ich in Chelm? Nichts!« antwortete ihnen Schlemihl.
Bald lag das Städtchen hinter ihm, und er lief zwischen Wiesen und Feldern. Er ging langsam, weil seine Schuhsohlen durchgelaufen waren. An einem Bauern kam er vorbei, der mit einem Ochsen pflügte. Nachdem er ein paar Stunden gelaufen war, wurde Schlemihl müde. Er war so müde und matt, daß er nicht einmal den Hunger spürte. Im Gras neben der Straße legte er sich zu einem Nikkerchen hin. Aber bevor er einschlief, überlegte er: Wenn ich aufwache, könnte es vielleicht sein, daß ich nicht mehr weiß, in welcher Richtung es nach Warschau geht und in welcher zurück nach Chelm. Nachdem er eine Weile gegrübelt hatte, stellte er seine Stiefel so, daß sie mit den Spitzen nach Warschau zeigten und mit den Absätzen nach Chelm. Sobald er eingeschlafen war, träumte er, er sei ein Bäcker, der Zwiebelwecken mit Mohnsamen bestreute. Und wenn Kundschaft kam, sagte Schlemihl: »Die Zwiebelwecken kann man nicht kaufen.«
»Warum bäckst du sie dann?«
»Die sind für meine Frau, für meine Kinder und für mich.«

Später träumte er, er sei der König von Chelm. Einmal im Jahr brachten ihm die Leute statt Steuern einen Topf Erdbeermarmelade. Schlemihl saß auf einem goldenen Thron, neben ihm saßen Frau Schlemihl, die Königin, und seine Kinder, die Prinzen und Prinzessinnen. Sie alle mampften Zwiebelwecken und löffelten dazu Erdbeermarmelade. Eine Kutsche kam und brachte sie nach Warschau, Amerika und zum Sambation, einem Fluß, der die Woche über Steine ausspuckt wie ein Vulkan und nur am Sabbat ruht.
Nahe bei der Straße stand eine Schmiede. Der Schmied kam gerade aus dem Haus, als Schlemihl seine Stiefel sorgfältig in Richtung Warschau stellte. Der Schmied war ein Witzbold. Sobald Schlemihl eingeschlafen war, schlich er auf Zehenspitzen zu ihm hin und drehte die Stiefel herum.
Als Schlemihl aufwachte, fühlte er sich ausgeruht, aber hungrig. Er nahm ein Stück Brot aus seinem Bündel, rieb es mit Knoblauch ein und biß von der Zwiebel ab. Dann zog er seine Stiefel an und machte sich wieder auf den Weg.
Alles kam ihm so merkwürdig bekannt vor. Er sah Häuser, die er schon früher gesehen hatte. Und es kam ihm auch so vor, als ob er die Leute kannte, die er unterwegs traf. Ist es denn möglich, daß ich schon in einer anderen Stadt angekommen bin? wunderte sich Schlemihl. Und warum schaut sie aus wie Chelm? Er hielt jemanden an und fragte nach dem Namen der Stadt. »Chelm«, antwortete der Mann.
Schlemihl wunderte sich. Wie war das nur möglich? Er war doch von Chelm weggegangen. Er rieb sich die Stirn, und bald hatte er des Rätsels Lösung. Es

mußte zwei Chelm geben, und er war hier im zweiten.
Noch immer kam es ihm seltsam vor, daß die Straßen, Häuser und Leute dem Chelm so ähnlich waren, das er hinter sich gelassen hatte. Schlemihl rätselte lange herum, bis ihm etwas einfiel, das er in der Schule gelernt hatte: Die Erde ist überall die gleiche. Warum also sollte das zweite Chelm dem ersten nicht aufs Haar gleichen? Diese Entdeckung befriedigte ihn vollkommen.
Er war neugierig darauf, ob es hier auch eine Straße gab, die wie seine aussah, und ein Haus wie das, in dem er wohnte.
Und tatsächlich kam er bald in eine solche Straße und zu solch einem Haus. Er machte die Tür auf und staunte nicht schlecht: da stand eine zweite Frau Schlemihl mit Kindern wie seine eigenen. Alles war genauso wie bei ihm zu Hause. Sogar die Katze schien die gleiche zu sein. Und Frau Schlemihl fing auch schon zu schimpfen an.
»Schlemihl, wo warst du? Du bist allein weggegangen. Und was hast du in dem Bündel da?«
Die Kinder umringten ihn und riefen: »Väterchen, wo warst du?«
Schlemihl sagte: »Frau Schlemihl, ich bin nicht Euer Mann. Kinder, ich bin nicht euer Väterchen.«
»Hast du den Verstand verloren?« kreischte Frau Schlemihl.
»Ich bin der Schlemihl vom ersten Chelm, und das hier ist das zweite Chelm.«
Frau Schlemihl schlug die Hände über dem Kopf zusammen, daß die Hühner, die unter dem Ofen hockten, aufstoben und wie wild durchs Zimmer flatterten.

»Kinderchen, euer Vater ist verrückt geworden«, jammerte sie und schickte einen der Buben nach Gimpel, dem Wunderdoktor.

Alle Nachbarn drängten herein. Schlemihl stand in der Mitte des Zimmers und verkündete: »Es ist wahr, ihr schaut aus wie die Leute in meiner Stadt, aber ihr seid es nicht. Ich komme vom ersten Chelm, und ihr wohnt im zweiten Chelm.«

»Schlemihl, was ist los mit dir?« rief jemand. »Du bist in deinem eigenen Haus, bei deiner Frau und deinen Kindern. Wir sind deine Freunde und Nachbarn.«

»Nein, ihr versteht das nicht. Ich komme aus dem ersten Chelm. Ich war auf dem Weg nach Warschau, und zwischen dem ersten Chelm und Warschau, da liegt das zweite Chelm. Und da bin ich jetzt.«

»Was quasselst du? Wir alle kennen dich, und du kennst uns. Erkennst du denn deine Hühner nicht mehr?«

»Nein, ich bin nicht in meinem Städtchen«, beharrte Schlemihl. »Aber«, fuhr er fort, »im zweiten Chelm leben die gleichen Menschen und stehen die gleichen Häuser wie im ersten Chelm, und darum irrt ihr euch. Morgen gehe ich weiter nach Warschau.«

»Wenn das so ist, wo ist dann mein Mann?« schrie Frau Schlemihl wütend und beschimpfte Schlemihl mit allen Flüchen, die ihr einfielen.

»Woher soll ich wissen, wo Euer Mann ist?« antwortete Schlemihl.

Ein paar Nachbarn konnten sich das Lachen nicht mehr verkneifen, anderen tat die Familie leid. Gimpel der Wunderdoktor sagte, daß er gegen eine solche Krankheit kein Heilmittel wüßte. Nach einiger Zeit gingen alle nach Hause.

Frau Schlemihl hatte an diesem Abend Nudeln mit Bohnen gekocht, ein Gericht, das Schlemihl besonders gern mochte.

Sie sagte zu ihm: »Du magst verrückt sein, aber auch ein Verrückter muß essen.«

»Warum gebt Ihr einem Fremden zu essen?« fragte Schlemihl.

»Recht hast du, ein Ochse wie du sollte Stroh fressen, aber nicht Nudeln mit Bohnen. Setz dich hin und sei still. Vielleicht kommst du wieder zu Verstand, wenn du etwas gegessen und ein bißchen geschlafen hast.«

»Frau Schlemihl, Ihr seid eine gute Frau. Meine Frau würde einem Fremden nichts zu essen geben. Es schaut doch so aus, als gäbe es kleine Unterschiede zwischen dem ersten und dem zweiten Chelm.«

Die Nudeln und die Bohnen dufteten so gut, daß man Schlemihl nicht länger gut zureden mußte. Er setzte sich hin, und während er aß, sagte er zu den Kindern: »Kinderchen, ich wohne in einem Haus, das schaut geradeso aus wie euer Haus, und ich habe eine Frau, die gleicht eurer Mutter wie zwei Erbsen einander gleichen. Meine Kinder ähneln euch wie ein Wassertropfen dem anderen.«

Die kleinen Kinder lachten, die älteren weinten. Frau Schlemihl sagte: »Als ob es nicht genug wäre, ein Schlemihl zu sein, er muß auch noch verrückt werden! Was mach ich nur? Ich kann ihn doch nicht mit den Kindern allein lassen, wenn ich auf den Markt gehe. Wer weiß, was ein Verrückter alles anstellt?« Sie stützte den Kopf in die Hände und jam-

merte: »Gott der Gerechte, womit habe ich das nur verdient?«
Trotzdem machte sie Schlemihl ein frisches Bett. Und obwohl er ja in der Nähe der Schmiede geschlafen hatte, schlummerte er sofort ein, und bald schnarchte er wie ein Bierkutscher. Wieder träumte er, er sei der König von Chelm. Seine Frau, die Königin, hatte ihm eine große Pfanne Plinsen gebakken. Ein paar waren mit Käse gefüllt, andere mit Heidelbeeren oder Kirschen, und alle waren mit Zimt und Zucker bestreut und mit saurem Rahm übergossen. Schlemihl aß zwanzig Plinsen auf einmal und versteckte den Rest unter der Krone für später.
Am Morgen, als Schlemihl aufwachte, war das Haus voller Leute. Frau Schlemihl stand mit rotgeweinten Augen unter ihnen. Schlemihl wollte seine Frau schon ausschimpfen, weil sie so viele fremde Leute ins Haus gelassen hatte, da fiel ihm ein, daß er hier ja selber ein Fremder war. Zu Hause wäre er aufgestanden, hätte sich gewaschen und angezogen, aber vor all den Leuten hier wußte er nicht recht, was er tun sollte. Wie immer, wenn er verwirrt war, kratzte er sich am Kopf und zupfte an seinem Bart. Schließlich überwand er seine Verschämtheit und beschloß aufzustehen. Er stieß die Decke weg und streckte die nackten Füße aus dem Bett. »Laßt ihn nicht weglaufen!« kreischte Frau Schlemihl. »Er würde verschwinden, und ich steh ohne einen Schlemihl da.«
»Bringen wir ihn zu den Ältesten«, sagte Baruch der Bäcker. »Sie werden wissen, was man tun soll.«
»Das ist gut. Bringen wir ihn zu den Ältesten«, stimmten die anderen zu.

Obwohl Schlemihl behauptete, daß die Ältesten im ersten Chelm noch niemals Einfluß auf ihn gehabt hätten, halfen ihm ein paar junge Burschen in die Hose, die Stiefel, den Mantel und die Mütze und begleiteten ihn zum Haus von Gronam Ochs. Die Ältesten, die von der ganzen Sache gehört hatten, waren schon seit dem frühen Morgen versammelt, um die Angelegenheit zu bedenken.

Als die Menge hereinkam, sagte Lekisch Dämlich gerade: »Vielleicht gibt es ja wirklich zwei Chelm.«

»Wenn es zwei gibt, warum nicht auch drei, vier, fünf oder sogar hundert Chelm?« unterbrach ihn Sender Simpel.

»Und wenn es hundert Chelm wären, müßte es dann in jedem Chelm unbedingt einen Schlemihl geben?« meinte Schmendrick Knallkopf.

Gronam Ochs, der Allerälteste, hörte sich die Rederei an, aber er war noch nicht soweit, seine Meinung zu sagen. Jedenfalls zeigte seine zerfurchte Stirn, daß er in tiefen Gedanken war. Er war es auch, der Schlemihl dann ausfragte. Schlemihl berichtete alles, was geschehen war. Und als er ausgeredet hatte, fragte ihn Gronam: »Erkennst du mich?«

»Ja, freilich. Ihr seid der gescheite Gronam.«

»Und in deinem Chelm, gibt's da auch einen Gronam?«

»Ja, da gibt's auch einen Gronam, und der schaut geradeso aus wie Ihr.«

»Wär's denn nicht möglich, daß du dich umgedreht hast und zurück nach Chelm gelaufen bist?« wollte Gronam wissen.

»Warum sollte ich mich umdrehen? Bin ich vielleicht eine Windmühle?« antwortete Schlemihl.

»In diesem Falle bist du nicht der Mann dieser Frau Schlemihl.«
»Nein, das bin ich nicht.«
»Dann muß Frau Schlemihls Mann, der wirkliche Schlemihl, an dem Tag weggegangen sein, an dem du gekommen bist.«
»Schaut so aus, ja.«
»Dann wird er wahrscheinlich zurückkommen.«
»Wahrscheinlich.«
»In dem Fall mußt du warten, bis er zurückkommt. Dann werden wir wissen, wer er ist.«
»Verehrte Herren, mein Schlemihl ist zurückgekommen«, kreischte Frau Schlemihl. »Zwei Schlemihle brauche ich nicht. Einer ist mehr als genug.«
»Wer immer er ist, er kann nicht in deinem Haus wohnen, solange nicht alles klar ist«, beharrte Gronam.
»Wo soll ich wohnen?« fragte Schlemihl.
»Im Armenhaus.«
»Was soll ich im Armenhaus machen?«
»Was machst du zu Hause?«
»Gott der Gerechte, wer wird meine Kinder hüten, wenn ich auf den Markt gehe?« jammerte Frau Schlemihl. »Außerdem, ich will einen Mann haben. Sogar ein Schlemihl ist besser als gar kein Mann.«
»Sind wir schuld daran, daß dir der Mann fortgelaufen und nach Warschau gegangen ist?« fragte Gronam. »Warte, bis er wiederkommt.«
Frau Schlemihl weinte bitterlich, und die Kinder heulten auch. Schlemihl sagte: »Äußerst merkwürdig. Meine Frau hat immer mit mir geschimpft, und meine Kinder haben immer das letzte Wort gehabt. Und hier wollen eine wildfremde Frau und wildfremde Kinder sogar freiwillig mit mir leben.

Mir scheint, im zweiten Chelm ist es wirklich besser als im ersten.«

»Halt! Ich glaube, mir kommt ein Gedanke«, unterbrach ihn Gronam.

»Was für ein Gedanke?« fragte Zeinwel Trottel.

»Wir haben beschlossen, den Schlemihl in das Armenhaus zu schicken. Die Stadt muß also jemanden finden, der Frau Schlemihls Kinder hütet, damit sie auf den Markt gehen kann. Warum nehmen wir nicht Schlemihl? Es stimmt schon, er ist nicht ihr Mann und nicht der Vater ihrer Kinder. Aber er ist dem wirklichen Schlemihl so ähnlich, da werden sich die Kinder schon wohl fühlen bei ihm.«

»Ein prächtiger Gedanke!« schrie Feiwel Blödel.

»Nur König Salomo hätte sich so eine weise Lösung ausdenken können«, meinte Treitel Tor.

»So einen klugen Weg aus diesem Schlamassel kann man sich nur in unserem Chelm ausdenken«, rief Schmendrick Knallkopf.

»Wieviel verlangst du dafür, daß du Frau Schlemihls Kinder hütest?« fragte Gronam.

Einen Augenblick stand Schlemihl ganz verwirrt da, dann sagte er: »Drei Groschen am Tag.«

»Idiot, Trottel, Esel!« schrie Frau Schlemihl. »Was sind drei Groschen heutzutage schon wert? Du solltest es nicht unter sechs am Tag tun.« Sie zwickte ihn dabei in den Arm.

Schlemihl zuckte zusammen und rief: »Sie zwickt wie meine Frau!«

Die Ältesten steckten die Köpfe zusammen und hielten Rat.

Schließlich verkündete Gronam: »Drei Groschen am Tag mögen zu wenig sein, aber sechs Groschen sind auf jeden Fall zu viel, vor allem für einen

Fremden. Aber wir sind ja gar nicht so, wir zahlen dir fünf Groschen am Tag. Schlemihl, bist du einverstanden?«

»Ja, aber wie lange muß ich die Kinder hüten?«

»Bis der wirkliche Schlemihl nach Hause kommt.«

Gronams Entscheidung war bald in ganz Chelm bekannt, und man bewunderte seine und des Ältestenrates große Weisheit.

Zuerst versuchte Schlemihl, das Geld, das ihm die Gemeinde zahlte, für sich zu behalten. »Wenn ich nicht Euer Mann bin, muß ich Euch auch nicht unterstützen«, sagte er zu Frau Schlemihl.

»Ja, wenn das so ist, dann bin ich auch nicht deine Frau, und ich muß nicht für dich kochen, deine Strümpfe stopfen und deine Kleider flicken.«

So gab ihr Schlemihl natürlich das Geld. Das war das erstemal, daß Frau Schlemihl Geld für den Haushalt von Schlemihl bekam.

Wenn sie guter Stimmung war, sagte sie manchmal zu ihm: »Was für ein Jammer, daß du nicht schon vor zehn Jahren nach Warschau gehen wolltest.«

»Sehnt Ihr Euch denn nie nach Eurem Mann?« fragte Schlemihl.

»Und du, hast du nie Sehnsucht nach deiner Frau?« fragte Frau Schlemihl dann zurück.

Und beide gaben zu, daß sie mit der ganzen Angelegenheit, so wie sie nun einmal war, recht zufrieden waren.

Jahre vergingen, aber es kam kein zweiter Schlemihl nach Chelm. Die Ältesten hatten viele Erklärungen dafür. Zeinwel Trottel glaubte, daß Schlemihl über die Schwarzen Berge gegangen und dort von den Menschenfressern aufgefressen worden sei. Lekisch Dämlich meinte, Schlemihl sei höchstwahrscheinlich zu Asmodis Schloß gekommen, und man habe ihn dort gezwungen, eine Dämonenprinzessin zu heiraten. Schmendrick Knallkopf kam darauf, daß Schlemihl bis zum Rand der Welt gegangen und dann hinuntergefallen sei. Es gab noch viele andere Meinungen. Zum Beispiel vermuteten einige, Schlemihl habe das Gedächtnis verloren und habe schlicht vergessen, daß er Schlemihl sei. So etwas kann schon vorkommen.

Gronam wollte den anderen seine Meinung nicht aufdrängen. Er war jedenfalls davon überzeugt, daß Schlemihl in das andere Chelm gegangen und daß dort mit ihm genau das gleiche geschehen sei wie mit dem Schlemihl hier in diesem Chelm. Die Gemeinde habe ihn für fünf Groschen am Tag angestellt, die Kinder der anderen Frau Schlemihl zu hüten.

Schlemihl selbst wußte überhaupt nicht mehr, was er denken sollte. Die Kinder wurden größer und konnten bald für sich selber sorgen. Manchmal saß Schlemihl da und grübelte.

Wo ist der andere Schlemihl? Wann wird er nach Hause kommen? Was macht meine wirkliche Frau? Wartet sie auf mich oder hat sie sich einen anderen Schlemihl genommen? Das alles waren Fragen, die er nicht beantworten konnte.

Ab und zu verspürte Schlemihl wieder die alte Reiselust, aber er brachte es nicht fertig, sich auf den Weg zu machen. Was nützt einem schon eine Reise, wenn sie nirgendwohin führt? Wenn er dann so dasaß und über diese seltsame Welt nachdachte, wurde er immer verwirrter und brummte vor sich hin:

»Gehst du weg von Chelm,
Kommst du zurück nach Chelm.
Bleibst du in Chelm,
Bist du sicherlich in Chelm.
Alle Wege führen nach Chelm.
Die ganze Welt ist ein riesiges Chelm.«

Elias der Sklave

Vor langer, langer Zeit gab es in einem fernen Land eine große Stadt, in der viele reiche Leute wohnten. Sie hatte prächtige Paläste, breite Straßen, große Grünanlagen und Gärten.
Mitten in der Stadt war ein Gäßchen mit halbverfallenen Häusern. Sie hatten schmale Fenster und Türen, und ihre Dächer waren undicht. Im ärmlichsten Haus wohnte ein frommer Mann namens Tobias. Seine Frau hieß Penina. Sie hatten fünf Kinder, drei Söhne und zwei Töchter.
Tobias war Schreiber und machte Abschriften von heiligen Schriftrollen. Damit verdiente er seinen kärglichen Lebensunterhalt.
Aber ganz plötzlich wurde er krank und konnte seine rechte Hand nicht mehr benützen. Bald war kein Brot mehr im Haus. Die Speisekammer war so leer, daß sogar die Mäuse davonliefen. Für die Katze gab es jetzt nichts mehr zu fangen. Die drei Jungen konnten nicht mehr zu Schule gehen, weil sie keine Schuhe hatten. Tobias' Kleidung war schon ganz zerlumpt.
Als die Nachbarn dieses Elend sahen, wollten sie der Familie helfen, doch Tobias nahm nichts von ihnen an. Er sagte: »Es gibt einen Gott, und Er wird uns helfen.«
Eines Tages sagte seine Frau zu ihm: »Wenn Gott uns wirklich helfen will, dann sollte Er es bald tun. Aber was Er auch mit uns vorhaben mag – wenn du immer nur zu Hause herumhockst, hilft uns das bestimmt nicht weiter. Du solltest in die Stadt gehen.

Auch wer auf ein Wunder wartet, sollte nicht untätig sein. Hilf dir selbst, so hilft dir Gott.«
»Wie kann ich mich unter Menschen blicken lassen, wenn ich nichts anzuziehen habe?«
»Warte, lieber Mann – ich sorge schon dafür!«
Penina ging zu einem Nachbarn und borgte bei ihm einen Mantel, einen Hut und ein Paar Schuhe. Sie half Tobias beim Anziehen, und nun sah er wirklich wie ein neuer Mensch aus. »Geh jetzt«, sagte sie, »und viel Glück!«
Kurz vor der Stadtmitte wurde Tobias von einem Fremden angesprochen. Er war hochgewachsen und hatte einen weißen Bart. Er trug einen langen Mantel und hatte einen Wanderstab. »Friede sei mit dir, Tobias«, sagte er und streckte die Hand aus. Ohne daran zu denken, daß er seine rechte Hand nicht bewegen konnte, griff Tobias damit nach der Hand des Fremden und drückte sie. Er war ganz verdutzt über seine wundersame Heilung.
»Mit wem habe ich die Ehre?« fragte er.
»Ich heiße Elias und bin dein Sklave.«
»Mein Sklave?« fragte Tobias verwundert.
»Ja, dein Sklave, vom Himmel zu dir gesandt. Führe mich auf den Marktplatz und verkaufe mich an den Meistbietenden.«
»Wenn du vom Himmel kommst, bin ich *dein* Sklave«, erwiderte Tobias. »Wie könnte ein Sklave seinen Herrn verkaufen?«
»Tu, was ich dir sage«, entgegnete Elias.
Da Elias ein Bote Gottes war, blieb Tobias nichts anderes übrig, als ihm zu gehorchen.
Auf dem Marktplatz waren Tobias und Elias bald von reichen Kaufleuten umringt. Nie zuvor war ein

Sklave, der so vornehm und weise wirkte, zum Verkauf angeboten worden.
Der reichste und unverfrorenste Kaufmann sprach ihn an. »Was kannst du denn, Sklave?«
»Alles, was Ihr wollt«, sagte Elias.
»Kannst du einen Palast bauen?«
»Den herrlichsten, den Ihr je gesehen habt.«
»Prächtiger als der Palast des Königs?«
»Prächtiger – und größer.«
»Weshalb sollten wir dir das glauben?« fragte ein anderer Kaufmann.
Elias zog ein Säckchen mit kleinen Holzklötzen aus der Tasche und baute aus ihnen einen Miniaturpalast. Die Schnelligkeit, mit der er das schaffte, und die ungewöhnliche Schönheit des kleinen Palastes setzten die Kaufleute in Staunen.
»Kannst du einen richtigen Palast bauen, der genauso schön ist?« wollte der reichste Kaufmann wissen.
»Einen noch schöneren«, sagte Elias.
Die Kaufleute ahnten, daß dieser Sklave übernatürliche Kräfte besaß, und begannen sofort, Geld für ihn zu bieten.
»Zehntausend Gulden!« rief einer.
»Fünfzigtausend!« rief ein anderer.
»Hunderttausend!« überbot ihn der nächste.
Den höchsten Betrag – achthunderttausend Gulden – bot schließlich der reichste Kaufmann. Er zahlte Tobias das Geld aus, dann sagte er zu Elias: »Wenn der wirkliche Palast so schön wird, wie du versprochen hast, dann schenke ich dir die Freiheit.«
»Gut«, sagte Elias. »Tobias, geh nach Hause und frohlocke mit deiner Frau und den Kindern. Für euch ist die Zeit der Armut vorbei.«

Tobias lobte Gott, dankte Elias für seine Güte und machte sich auf den Heimweg.
Die Freude seiner Frau und seiner Kinder war groß.
Wie stets gab Tobias ein Zehntel seines Geldes den Armen. Und obwohl er jetzt ein reicher Mann war, beschloß er, wieder in seinem geliebten Beruf als Schreiber zu arbeiten.
Die Nacht kam, und Elias sprach zu Gott: »Ich habe mich als Sklave verkauft, um Deinen Diener Tobias zu retten. Jetzt bitte ich Dich, hilf mir, den Palast zu bauen.«
Und sogleich schwebte eine Engelsschar vom Himmel herab. Sie arbeiteten die ganze Nacht. Als die Sonne aufging, war der Palast fertig.
Der reiche Kaufmann kam und staunte. Noch nie hatten Menschenaugen solch ein herrliches Bauwerk erblickt.
»Hier ist Euer Palast«, sagte Elias. »Haltet Wort und schenkt mir die Freiheit.«
»Ihr seid frei, Euer Gnaden«, sagte der Kaufmann und verneigte sich tief vor dem Boten Gottes.
Die Engel lachten.
Gott blickte vom Siebenten Himmel herab und lächelte.
Die Engel breiteten ihre Flügel aus und flogen mit Elias himmelwärts.

Die Macht des Lichts

Im Zweiten Weltkrieg, als die Nazis das Warschauer Getto in Schutt und Asche gelegt hatten, hielten sich ein Junge und ein Mädchen in den Ruinen versteckt: der vierzehnjährige David und die dreizehnjährige Rebekka.

Es war Winter, und draußen war es bitterkalt. Rebekka hatte den dunklen, teilweise eingestürzten Keller, der ihr Versteck war, schon seit Wochen nicht mehr verlassen; David jedoch ging alle paar Tage hinaus, um nach etwas Eßbarem zu suchen. Alle Läden waren ausgebombt, aber manchmal fand David steinhartes Brot, Konservendosen oder andere, von Schutt bedeckte Nahrungsmittel. In den Ruinen herumzulaufen, war gefährlich. Manchmal fielen Ziegelsteine und Mörtel herunter, und außerdem konnte man sich leicht verirren. Aber dieses Risiko mußte David eingehen, wenn er und Rebekka nicht verhungern wollten.

Eines Tages war es besonders kalt. Eingemummt in alles, was sie noch zum Anziehen hatte, saß Rebekka auf dem Boden, aber warm wurde ihr trotzdem nicht. David war schon stundenlang unterwegs, und Rebekka wartete im Dunkeln darauf, ihn endlich zurückkommen zu hören. Sie wußte, daß ihr, wenn er nicht zurückkam, nichts anderes übrig blieb, als zu sterben.

Plötzlich hörte sie, wie jemand schwer atmete und ein Bündel fallenließ. David war zurückgekommen! Jetzt konnte sich Rebekka einfach nicht mehr beherrschen. »David!«

»Rebekka!«
In der Finsternis umarmten und küßten sie sich. Dann sagte David: »Rebekka, ich habe einen Schatz entdeckt.«
»Was denn für einen Schatz?«
»Käse, Kartoffeln, gedörrte Pilze und ein Päckchen Bonbons. Und ich habe noch eine Überraschung für dich.«
»Was für eine Überraschung?«
»Später.«
Sie waren zu hungrig, um viel zu reden. Heißhungrig aßen sie die Kartoffeln, die Pilze und ein Stück von dem Käse. Von den Bonbons nahm sich jeder nur einen. Dann fragte Rebekka: »Ist jetzt Tag oder Nacht?«
»Ich glaube, es ist schon dunkel geworden«, sagte David. Er hatte eine Armbanduhr und wußte immer, ob Tag oder Nacht war – und welcher Wochentag und welcher Monat. Nach einer Weile fragte Rebekka noch einmal: »Was für eine Überraschung?«
»Rebekka, heute ist der erste Chanukka-Abend. Ich habe eine Kerze und Streichhölzer gefunden.«
»Chanukka? Heute abend?«
»Ja.«
»O mein Gott!«
»Ich werde die Chanukkakerze segnen«, sagte David.
Er strich ein Zündholz an, und Licht leuchtete auf. Rebekka und David betrachteten ihr Versteck: Backsteine, Rohre, holpriger Boden. David zündete die Kerze an. Rebekka blinzelte. Zum ersten Mal seit vielen Wochen konnte sie David richtig sehen. Sein Haar war verfilzt, sein Gesicht schmutzverschmiert, aber seine Augen strahlten vor Freude.

Trotz Aushungerung und Verfolgung war er ein ganzes Stück gewachsen. Er wirkte älter als vierzehn – fast schon wie ein erwachsener Mann. So jung die beiden auch noch waren, sie hatten beschlossen, zu heiraten, falls ihnen die Flucht aus dem besetzten Warschau gelingen würde. David hatte Rebekka zum Zeichen ihrer Verlobung einen blitzblanken Groschen geschenkt, den er in der Tasche gehabt hatte, als das Haus, in dem sie beide gewohnt hatten, zerbombt worden war.

Nun sprach David den Segensspruch über die Kerze, und Rebekka sagte: »Amen.« Beide hatten ihre Angehörigen verloren und hatten Grund genug, wegen all der Qualen, die sie erdulden mußten, mit Gott zu hadern – aber das Licht der Kerze brachte Frieden in ihr Herz. Dieser Lichtschimmer inmitten von so viel Dunkelheit schien zu sagen: Das Böse hat die Macht noch nicht ganz übernommen. Es gibt noch einen Hoffnungsschimmer.

Schon seit einiger Zeit dachten David und Rebekka daran, aus Warschau zu fliehen. Aber wie? Das Getto wurde Tag und Nacht von den Nazis bewacht. Jeder Schritt war gefährlich. Immer wieder verschob Rebekka die Flucht auf später. Im Sommer, so sagte sie oft, würde es leichter sein, zu entkommen. Aber David wußte, daß sie in diesem elenden Zustand wohl kaum bis zum Sommer überleben würden. Irgendwo draußen im Wald waren junge Männer und Frauen – Partisanen genannt –, die gegen die Nazibesatzung kämpften. David wollte sich mit Rebekka zu ihnen durchschlagen. Und jetzt, im Lichtschein der Chanukkakerze, faßte Rebekka wieder Mut. »David, laß uns fliehen!«

»Wann?«
»Wann du es für richtig hältst.«
»Der richtige Zeitpunkt ist *jetzt*. Ich habe einen Plan.«
Ausführlich erklärte er Rebekka die Einzelheiten. Der Plan war mehr als riskant. Die Nazis hatten das Getto mit Stacheldraht eingezäunt und ringsum auf den Dächern Wachtposten mit Maschinengewehren postiert. Nachts waren Scheinwerfer auf die Ausgänge des zerstörten Gettos gerichtet. Aber David hatte auf seinen Streifzügen durch die Ruinen den Einstieg in einen Abwasserkanal entdeckt, durch den man seiner Vermutung nach auf die andere Seite gelangen konnte. Er sagte Rebekka, es bestände nur eine geringe Chance, mit dem Leben davonzukommen. Vielleicht würden sie im Abwasser ertrinken oder dort unten erfrieren. Außerdem wimmle es in den Kanälen von hungrigen Ratten. Aber Rebekka war trotzdem bereit, die Flucht zu wagen. Den Winter über im Keller zu bleiben, hätte den sicheren Tod bedeutet.
Als die Chanukkakerze fast niedergebrannt war und zu blaken und flackern begann, packten David und Rebekka ihre Habseligkeiten zusammen. Rebekka wickelte die Lebensmittelreste in ein Kopftuch, David steckte die Streichhölzer ein und nahm ein Stück von einem Leitungsrohr als Waffe mit.
In Augenblicken großer Gefahr können Menschen ungewöhnlichen Mut aufbringen. David und Rebekka machten sich auf den Weg durch die Ruinen. Manchmal mußten sie auf allen Vieren kriechen, um durchzukommen. Doch das Gefühl, etwas im Magen zu haben, und die Freude, die die Chanukkakerze in ihnen erweckt hatte, schenkten ihnen

den Mut, weiterzugehen. Endlich fand David den Einstieg in den Abwasserkanal. Glücklicherweise war der Kanal zugefroren. Und offenbar hatte die eisige Kälte die Ratten vertrieben. Hin und wieder legten David und Rebakka eine Pause ein, um sich zu verschnaufen und um zu lauschen. Dann schlichen sie vorsichtig weiter. Plötzlich blieben sie wie angewurzelt stehen. Von oben war das Rattern einer Straßenbahn zu hören. Sie waren auf der anderen Seite angelangt! Jetzt mußten sie nur noch einen Ausstieg aus dem Kanal finden und dann möglichst schnell die Stadt verlassen.
An diesem Chanukka-Abend schienen viele Wunder zu geschehen. Weil die Nazis Angst vor feindlichen Flugzeugen hatten, war für Warschau völlige Verdunklung angeordnet worden. Und weil es bitterkalt war, hielten weniger Gestapoleute Wache. David und Rebekka schafften es, aus dem Abwasserkanal ins Freie zu gelangen und sich unentdeckt aus der Stadt zu stehlen. Im Morgengrauen erreichten sie einen Wald, wo sie sich ausruhen und einen Bissen essen konnten.
Obwohl die Partisanen nicht weit von Warschau entfernt waren, brauchten David und Rebekka eine ganze Woche, bis sie sich zu ihnen durchgeschlagen hatten. Nachts waren sie unterwegs, tagsüber hielten sie sich versteckt – manchmal in Kornspeichern, manchmal in Scheunen. Manche Bauern halfen heimlich den Partisanen und denen, die auf der Flucht vor den Nazis waren. Hin und wieder bekamen David und Rebekka ein Stück Brot, ein paar Kartoffeln, einen Rettich oder etwas anderes Eßbares, das die Bauern sich abknapsen konnten. In einem Dorf begegneten die beiden einem jüdischen

Partisanen, der dort Proviant für seine Gruppe beschaffen wollte. Er war Mitglied der »Haganah«, einer Organisation, die Männer aus dem Land Israel ins besetzte Polen schickte, um jüdische Flüchtlinge vor den Nazis zu retten. Der junge Mann brachte David und Rebekka zu den anderen Partisanen, die sich im Wald versteckt hielten. Es war der letzte Tag des Chanukkafestes, und am Abend zündeten die Partisanen acht Kerzen an. Einige spielten auf einem Baumstumpf Dredl, während die anderen Wache hielten.

Von diesem Tag an glich das Leben von David und Rebekka einer Geschichte aus einem Buch. Immer mehr Flüchtlinge, die nur den einen Wunsch hatten, im Land Israel eine Heimstatt zu finden, schlossen sich ihnen an. Sie reisten nicht immer per Bahn oder Bus. Sie gingen zu Fuß. Sie schliefen in Ställen, in ausgebrannten Häusern oder irgendwo anders, wo sie sich vor dem Feind verstecken konnten. Um ans Ziel ihrer Wanderschaft zu gelangen, mußten sie sich über die tschechische, die ungarische und die jugoslawische Grenze schmuggeln. An der jugoslawischen Küste wartete mitten in der Nacht ein Boot auf sie, dessen Mannschaft aus Haganah-Leuten bestand und in das alle Flüchtlinge mitsamt ihren Habseligkeiten verfrachtet wurden. Das geschah in aller Heimlichkeit, denn Jugoslawien war von den Nazis besetzt.

Aber die Gefahr war noch längst nicht vorüber. Sie hatten, obwohl Frühling war, stürmische See, und das Boot war für eine so lange Fahrt zu klein. Naziflugzeuge sichteten das Boot und versuchten, wenn auch vergeblich, es mit Bomben zu versenken. Dazu kam die Angst vor den in der Tiefe lauern-

den U-Booten der Nazis. Die Flüchtlinge konnten nichts anderes tun als beten, und diesmal schien Gott ihre Gebete zu erhören: Es gelang ihnen, wohlbehalten zu landen.
Von den Juden des Landes Israel wurden sie so liebevoll begrüßt, daß sie ihre Leiden vergaßen. Sie waren die ersten Flüchtlinge, die das Heilige Land erreicht hatten, und man unterstützte und tröstete sie, so gut man konnte. Rebekka und David machten im Land Israel Verwandte ausfindig, von denen sie mit offenen Armen aufgenommen wurden. Sie waren zwar abgemagert, aber noch gesund genug, um sich rasch zu erholen. Als sie wieder bei Kräften waren, wurden sie in eine speziell für Ausländer eingerichtete Schule geschickt, in der sie modernes Hebräisch lernten. Beide waren fleißige Schüler. Als David die Oberschule absolviert hatte, begann er mit dem Studium an der Technischen Hochschule in Haifa. Rebekka, die eine besondere Begabung für Sprachen und Literatur hatte, studierte in Tel Aviv. Aber die beiden trafen sich jedes Wochenende. Als Rebekka achtzehn geworden war, heiratete sie ihren David. Sie zogen in ein kleines Haus mit Garten in Ramat Gan, einem Vorort von Tel Aviv.
Das alles weiß ich, weil David und Rebekka mir ihre Geschichte ungefähr acht Jahre später an einem Chanukka-Abend in ihrem Haus in Ramat Gan erzählten. Die Chanukkakerzen brannten, und Rebekka briet Kartoffelpuffer, die sie uns mit Apfelmus auftischte. David und ich spielten Dredl mit ihrem kleinen Sohn, den sie nach seinen beiden Großvätern Menachem Eliezer genannt hatten. Wie David mir erzählte, war der große hölzerne

Kreisel derselbe, mit dem die Partisanen an jenem Chanukka-Abend in dem Wald in Polen Dredl gespielt hatten. Und Rebekka sagte zu mir: »Wenn die kleine Kerze nicht gewesen wäre, die David damals in unser Versteck mitbrachte, dann säßen wir heute nicht hier. Dieser Lichtschimmer hat in uns eine Hoffnung und Kraft geweckt, von der wir gar nicht wußten, daß sie in uns war. Dieses Dredl werden wir Menachem Eliezer schenken, wenn er alt genug ist, um zu begreifen, was wir durchgemacht haben und auf welch wunderbare Weise wir gerettet wurden.«

Wenn man erwachsen wird

I

Die ganze Nacht über hatte ich geträumt. Später konnte ich mich nicht mehr erinnern, was ich geträumt hatte, aber es müssen phantastische Träume voll jugendlicher Kühnheit gewesen sein, denn als ich erwachte, fühlte ich mich stark und fröhlich. Alles bereitete mir Freude – mich mit kaltem Wasser am Waschbecken zu waschen; den Gebetsschal und den Kaftan anzulegen; sogar das Beten aus dem neuen Gebetbuch. Im Alter von elf Jahren verstand ich bereits die Bedeutung der hebräischen Worte – »Wie schön sind deine Zelte, Jakob, deine Wohnstätten, Israel! Durch die Fülle deiner Gnade darf ich in dein Haus kommen, mich vor deiner heiligen Stätte bücken in Furcht vor dir!«

In meinen Tagträumen stellte ich mir die Stadt Jerusalem und den heiligen Tempel vor. Der Messias war gekommen, und die Toten waren auferstanden. Ich legte die Gewänder eines Priesters an, der zum Opfer schreitet. Ich sah den Altar, den Tisch mit dem Schaubrot, den Toraschrein, die Cherubim – alles in Gold. Und dahinter erstreckte sich der Berg Zion und die mächtige Stadt Jerusalem mit ihren Mauern, Toren und flachdachigen Häusern. König David hatte wieder seinen königlichen Thron eingenommen, und sein Sohn Salomo lernte die Sprache der Löwen, der Tiger, der Adler und der Waldschnepfen. Das Licht der Sonne war siebenmal heller denn je. Ein Tag dauerte so lange wie ein Jahr. Alles, was je gewesen war, entstand aufs Neue. Alle meine Vorfahren bis zurück zu Adam und Eva waren aus ihren Gräbern auferstanden. Es gab keinen Tod mehr, keine Ungerechtigkeit, nur noch Glück und göttliche Offenbarung.

Gleichzeitig wußte ich sehr wohl, daß sich dies alles nur in meinem Kopf abspielte. Tatsächlich lebte ich in Warschau, mein Vater war Rabbiner in einem Armenviertel, das Land Israel gehörte den Türken und der Tempel war zerstört. David, Salomo, Bathseba und die Königin von Saba waren tot. Mein Freund war nicht ein Prinz des Königreichs Israel, sondern Black Feiwel, dessen Vater Träger in Janaschs Basar war und dessen Mutter auf dem Markt Geschirr feilbot. Bis vor ein paar Wochen hatte ich den Cheder in der Twarda besucht, aber jetzt ging ich nicht mehr hin, weil mein Vater die zwei Rubel im Monat für den Unterricht nicht aufbringen konnte. Ich beeilte mich mit meinen Gebeten und dem Frühstück. Seit Wochen arbeiteten Feiwel und ich an einem geheimen, aufregenden Plan.

Dies war der Tag, an dem ich ein Schriftsteller und Feiwel ein Drucker werden sollte. Bald würde ich mein erstes Buch veröffentlichen – ganze sechzehn Seiten lang. Sein Preis würde zwei Kopeken betragen. Feiwel und ich hatten alles genau berechnet. Es gab mindestens fünfzigtausend Jungen und Mädchen in Warschau, die gerne Geschichtenbücher lasen. Wenn jeder Junge und jedes Mädchen mein Buch kaufte, würden wir hunderttausend Kopeken oder tausend Rubel einnehmen. Mit dieser Geldsumme könnten wir dann unsere eigene Druckerei

kaufen und weitere Bücher veröffentlichen. Wir würden so viel Geld verdienen, daß wir mit dem Schiff ins Land Israel fahren könnten.
Eine solche Reise war nicht nur für uns sondern für alle Juden von großer Bedeutung. Jemand hatte mir erzählt, daß es in Jerusalem eine Höhle gab, in der die Kabbalisten saßen und nach dem verborgenen Namen Gottes forschten, der den Messias bringen würde. Dieser Name war mir, Isaak, dem Sohn des Pinchas Menachem, in einem Traum begegnet. Ein Engel mit sechs Flügeln war mir erschienen und hatte den Namen ausgesprochen, der aus vierundzwanzig Buchstaben bestand. Der Engel hatte mich davor gewarnt, diesen Namen in irgendeiner anderen Stadt als Jerusalem auszusprechen. Käme er in Warschau über meine Lippen, würde sich der Himmel rot färben, und die ganze Welt würde von Feuer verschlungen werden.
Eine Zeitlang hatte ich dieses Geheimnis für mich behalten, aber eines Tages verriet ich es Feiwel. Es geschah, während wir die Senatorska entlanggingen, um uns den Hof der Warschauer Feuerwehr, die riesige Feuerglocke und den Turm mit dem umlaufenden Balkon anzusehen, auf dem die Brandwache ihre Runden drehte und nach Feuer ausspähte. Dieser Turm war so hoch, daß der Feuerwehrmann, ein ausgewachsener Mann, von unten wie ein Spielzeug aussah. So oft die Sonne auf seinen Messinghelm schien, erglühte er, als stünde er in Flammen.
Die Situation war folgende: Vor einiger Zeit hatte Black Feiwel ein silbernes Vierzigkopekenstück gefunden. Feiwel war ein Jahr älter als ich, aber er hörte auf mich, als sei ich der Ältere. Zu gern hörte

er meine Geschichten. Es verging kein Tag, an dem ich nicht eine Geschichte über Könige, Teufel und Wilde, Riesen und Zwerge, verborgene Schätze und Bösewichte erfand. Ich hatte vor ihm damit geprahlt, daß ich mich gut in der Kabbala auskannte. Feiwels Vertrauen in mich war grenzenlos. Ich hatte ihm erzählt, ich sei vom Geist des Josef della Reina erfüllt, eines Heiligen, der vor Jahrhunderten den Satan gefangen und in Ketten gelegt hatte. Wäre der Satan weiterhin gefesselt geblieben, hätte Rabbi Josef damals den Messias bringen können, aber er bekam Mitleid mit dem Satan, der heulte und sein Schicksal beklagte und Rabbi Josef um Essen und Trinken oder wenigstens eine Prise Schnupftabak anflehte. Als Rabbi Josef ihm den Schnupftabak gab, brach der Satan in höllisches Gelächter aus und zwei Funken stoben aus seinen Nasenlöchern. Gleich darauf fielen die Ketten von seinem Körper und er flog mit zehntausend Teufeln fort zum Berg Sair in der Nähe von Sodom, wo die dunklen Mächte herrschen.
Ich erzählte Feiwel, daß Rabbi Josefs Seele in meinen Körper eingegangen und daß ich dazu ausersehen sei, zu vollenden, was er begonnen hatte.

II

Der genaue Plan sah so aus: Black Feiwel hatte einen unglaublichen Gelegenheitskauf für einen Gulden gemacht – eine Kiste mit Gummitypen, ein Farbkissen und eine Art Schiene, in der man die Gummitypen zu Wörtern zusammensetzen konnte. Sogar eine Bürste war dabei, mit der man Abzüge machen konnte. Feiwel würde als Schriftsetzer und Drucker fungieren, und ich würde der Autor sein. Bis wir die Sache in größerem Stil betrieben, wollte ich das Papier aus den Notizbüchern meines Vaters beschaffen, in die er seine Interpretationen des Talmud schrieb. Was uns noch fehlte, war ein Ort, an dem wir arbeiten konnten. Doch nach eingehender Suche fand Feiwel, was wir brauchten – ein chassidisches Lernhaus, das die meiste Zeit leerstand. Es wurde nur morgens und abends für Gottesdienste benutzt. Ich wußte recht gut, daß, was wir taten, eine gefährliche Angelegenheit war. Der Synagogendiener oder jemand anders konnte hereinkommen und uns ertappen. Auch würde es nicht leicht sein, durch die Straßen zu gehen und diese Bücher zu verkaufen, aber Feiwel und ich waren so begeistert von der Vorstellung, zu schreiben, zu drucken und viel Geld zu verdienen, daß uns kein Hindernis unüberwindlich schien. Feiwel hatte bereits meinen Namen und die Titelseite meines ersten Buches gesetzt – *In der Wildnis des Waldes.*

Es sollte die Geschichte eines Jungen namens Chaiml werden, dessen Mutter gestorben war und dessen Vater eine böse Frau geheiratet hatte. Die Stiefmutter bereitete dem Jungen solchen Kummer, daß er von daheim weglief und fortan im Wald leben wollte. Er fand eine Höhle in einem großen Baum, einer tausend Jahre alten Eiche, und richtete sich dort ein. Er lebte von Beeren, Pilzen und allem Eßbaren, was er im Wald finden konnte. Und alles wäre gut gewesen, wenn Chaiml nicht eines Nachts das leise Seufzen eines Mädchens gehört hätte. Bald stellte sich heraus, daß dieses Baumloch der Eingang zu einer unterirdischen Höhle war, in der ein Ungeheuer mit Namen Mordusch lebte. Dieses Ungeheuer hatte ein kleines Mädchen entführt, das Rebekka hieß und die Tochter eines wohlhabenden Mannes war, und wollte sie zwingen, seine Frau zu werden. Aber Rebekka war bereits mit einem jungen Mann verlobt, der Ben Zion hieß und der Sohn eines Rabbi war, und sie wollte ihn nicht gegen einen alten Bösewicht eintauschen, der nur ein Auge mitten auf der Stirn hatte und Menschenfleisch aß. Mordusch versuchte sogar, aus ihr eine Kannibalin zu machen, aber Rebekka schwor, daß sie eher verhungern würde als das Fleisch eines menschlichen Wesens zu essen, das gerade noch gelebt, gehofft und geliebt hatte ...

Ich hatte mir vorgenommen, die Geschichte in dieser Nacht zu Ende zu führen. Ben Zion mußte Rebekka retten und sie an Mordusch rächen, und Chaiml mußte in irgendeiner Form für die Aufdekkung des Verbrechens belohnt werden. Aber irgendwie versagte an dieser Stelle meine Phantasie, und ich konnte den Faden der Geschichte nicht fortspinnen. Im Verlauf des Schreibens war mir Rebekka so ans Herz gewachsen, daß ich sie selbst begehrte. Tatsächlich war in dieser Geschichte Chaiml (in Wirklichkeit ich selbst) erst elf Jahre alt und Rebekka sechzehn, und das hätte wohl kaum ein passendes Paar ergeben. Aber was hielt mich davon ab, Chaiml ein paar Jahre älter zu machen? Ich mußte nur einen Weg finden, Ben Zion loszuwerden. Sollte er vor Sehnsucht sterben? Sollte er ein Einsiedler werden? Sollte er Rebekka vergessen und die Tochter irgendeines Adligen heiraten? Gerade erst hatte ich meine schriftstellerische Karriere begonnen und schon steckte ich mitten in einem literarischen Dilemma. Als ich mich später mit Feiwel traf, beneidete ich die Jungen, die Fangen und Verstecken, Räuber und Gendarm und Teekesselraten spielten und sich keine Gedanken um Geschichten und literarische Verwicklungen machen mußten. Ich hatte übereilt die Pflichten eines Schriftstellers und Verlegers auf mich genommen, schon wartete ein Drucker auf meine Ergüsse, und irgendwie wußte ich, daß ich diese Last ein Leben lang zu tragen haben würde . . .

III

Der Plan, ein Buch zu veröffentlichen, war gescheitert. Zunächst einmal hatte Feiwel ein paar Gummitypen verloren. Dann konnte ich kein geeignetes Papier in der Schreibtischschublade meines Vaters finden. Drittens trafen wir jedesmal, wenn wir in das Lernhaus gingen, einige junge Männer an, die sich über aufgeschlagene Bücher beugten. Und viertens hatte ich keine Möglichkeit gefunden, Ben Zion loszuwerden, und würde die ganze Geschichte von Anfang an neu schreiben müssen. Feiwel meinte, der Satan müsse Wind von unseren Plänen bekommen und dafür gesorgt haben, daß ich nicht nach Jerusalem fahren und den Messias bringen konnte.

Wir zogen durch die Straßen von Warschau mit der Unruhe derer, gegen die sich alle bösen Geister zusammengerottet und verschworen haben. Mein Samtkäppchen war nach hinten gerutscht, meine roten Schläfenlocken waren schweißgetränkt, und unter dem nicht zugeknöpften Kaftan schaute der

Gebetsschal hervor. Trotz meiner Jugend zogen mich meine Eltern nach alter Tradition an. Sie wünschten, daß ich Rabbiner wurde. Jedesmal, wenn ich an einem Spiegel vorbeikam, wurde mir bei meinem eigenen Anblick angst und bange. Meine Haare waren rot wie Feuer, Gesicht und Hals ungewöhnlich weiß. In meinen blauen Augen leuchteten Eifer und Begeisterung. Ich war mir durchaus im klaren darüber, daß ich zu jung war, in die Geheimnisse der Kabbala einzudringen. Ich hatte meinen Vater oft sagen hören, daß Männer, die vor ihrem dreißigsten Lebensjahr versuchten, die Kabbala zu studieren, verrückt oder zu Ketzern wurden. Zu Zeiten kam es mir vor, als sei ich tatsächlich verrückt. Wilde Phantasien wirbelten durch meinen Kopf. Einmal war ich ein Kaiser, dann wieder ein Zauberer; einmal setzte ich eine Kappe auf, die mich unsichtbar machte, dann wieder flog ich zum Mond und brachte einen Gold- und Diamantenschatz mit und einen Wundertrank, der mich weiser als König Salomo und stärker als Samson machte. Anstatt den Messias zu bringen, wurde ich in meiner Einbildung selbst der Messias. Ich blies das Widderhorn, daß es auf der ganzen Erde erschallte. Ich stieg auf eine Wolke und flog nach Jerusalem, gefolgt von Engelsscharen, die auf meine Befehle warteten.

Feiwel war größer als ich. Seine Schläfenlocken waren so tiefschwarz, daß sie fast bläulich aussahen. Seine Augen waren ebenso schwarz und seine Haut war dunkel wie die eines Zigeuners. Feiwels Kaftan hatte wohl an die hundert Risse, durch die man das Futter sah. Seine Zehen bohrten sich durch die Stiefel. Feiwel war nicht nur größer als ich, sondern auch viel kräftiger. Er trug immer einen schweren Stock bei sich, den er von einem Busch abgebrochen hatte, um mich jederzeit beschützen zu können. Wenn ein Junge mir Schimpfwörter nachrief – Schlemihl, Schmegege und dergleichen –, rannte Feiwel ihm nach und verdrosch ihn. Feiwel war gleichzeitig mein Schüler und mein Leibwächter. Er wurde es nie müde, meinem absonderlichen Gerede und meinen verrückten Geschichten zuzuhören. Manchmal, wenn ich in Zorn geriet, beschimpfte ich ihn und gab ihm sogar einen Stoß oder Klaps, aber er schlug nie zurück. Dann führte er im stillen einen Krieg mit mir – in seinem Inneren brodelte die Aufsässigkeit eines Sklaven gegen seinen Herrn ... Ich konnte reden, während wir so dahinschlenderten, aber wenn Feiwel etwas sagen wollte, mußte er anhalten. Bevor er ein Wort herausbrachte, blinkte er erst ein paar Mal mit den Augen. Selbst wenn er mich lobte, ließ er durchblicken, daß ich mir Dinge ausdachte, die keinen Sinn ergaben. Er sagte zum Beispiel: »Wenn du es sagst, wird es wohl so sein ...« Und seine zigeunerhaften Augen glitzerten vor Spott.

Unser Plan, ein Buch zu veröffentlichen, war fehlgeschlagen, aber noch am selben Tag hatte ich ein Dutzend anderer Pläne: Wir würden eine Jeschiwa einrichten und heimlich die Kabbala studieren. Ich würde der Rabbi sein und er, Feiwel, mein Gehilfe. Ich würde ein Ketzer werden, und während ich am Sabbat umherritt, würde er, Feiwel, mir folgen und meiner Weisheit lauschen. Ich würde ein Bündnis mit dem Satan besiegeln, während er die Tochter des Großwesirs zu mir in meinen Palast bringen würde.

»Und was wirst du mit ihr anfangen?« fragte Feiwel.
»Ich würde mit ihr zu den Bergen der Dunkelheit fliegen.«
»Oh, was du nicht sagst!«
»Ich fürchte mich vor niemandem . . .«
Wir überquerten die Praga-Brücke und unsere Schritte führten uns wie von selbst zum Tiraspoler Bahnhof. Züge übten auf mich große Anziehungskraft aus. Wir gingen hinaus auf den Bahnsteig. Da stand ein Zug, der gleich auslaufen und irgendwohin ins ferne Rußland fahren würde. Die schwarze Lokomotive stieß Rauch- und Dampfwolken aus und spie Wasser wie ein Ungeheuer aus einer anderen Welt. Von ihren mächtigen Rädern tropfte Öl. Ein gewaltiger Polizist – groß und breit, mit rotem, pockennarbigem Gesicht und breiter, ordengespickter Brust – marschierte auf und ab und gab Anweisungen auf Russisch.
Ich sagte: »Dieser Zug fährt nach Sibirien.«
»Wo liegt Sibirien?« fragte Feiwel.
»In einer kalten Region. Die Menschen dort essen Bärenfleisch. Sechs Monate lang – den ganzen Winter hindurch – ist es Nacht.«
»Und wann ist dort Sabbat?« fragte Feiwel.
»Dort gibt es keine Juden. Es ist nie Sabbat . . .«
»Und was ist jenseits von Sibirien?« fragte Feiwel.
»Da ist das Ende der Welt. Da leben Riesen, die drei Augen mitten auf dem Bauch haben.«
»Und was essen sie?«
»Sie fressen sich gegenseitig . . .«

IV

Abends kam ich müde und verschwitzt nach Hause. Ich hatte nichts zu Mittag gegessen. Meine Stiefel waren voller Staub. Ärgerlich hielt mir meine Mutter einen Spiegel hin, um mir zu zeigen, wie schmutzig mein Gesicht war. Wieder und wieder fragte sie mich, wo ich den ganzen Tag gesteckt habe, aber ich konnte es ihr nicht sagen. Die Lampe im Wohnzimmer brannte. Wir hatten einen Gast aus Bilgoraj, einen Mann, der umherreiste, um Vorbestellungen für ein heiliges Buch zu sammeln. Er hieß Wolf Bär, aber mit seinem gestutzten, weißen Bart und den rotgeränderten Augen sah er eher aus wie eine Geiß. Er sprach mit meckernder Stimme und bewegte dabei seine Kiefer wie eine wiederkäuende Ziege. Er trug einen geflickten Kaftan und ein verdrecktes Hemd mit zerknittertem Kragen. Er hatte bei uns zu Abend gegessen. Mein älterer Bruder Joschua und meine Schwester Hindele saßen ebenfalls am Tisch. Mutter gab mir, was von den beiden Mahlzeiten, die ich versäumt hatte, übriggeblieben war – Kartoffeln mit Reis, Knödel mit Suppe, eine gebratene Hühnerleber und eine Scheibe Brot.

Ich hatte solchen Hunger, daß ich das Essen in großen Bissen hinunterschlang, während ich gleichzeitig die Ohren spitzte, um mir Wolf Bärs Worte nicht entgehen zu lassen. Ich hörte ihn sagen: »Das Herumreisen ist auf die Dauer deprimierend, aber man bekommt die Welt zu sehen. Jede Stadt hat ein anderes Gesicht. Die Leute von Zelechow sind genauso verderbt wie damals, als sie Rabbi Levi Jitzchok in einem Ochsenkarren davonjagten. Woan-

ders gab man mir die paar Gulden, ohne viel zu fragen, aber in Zelechow wollten sie wissen, wer der Autor sei, und verlangten das Manuskript zu sehen. Sie hießen mich Platz nehmen und begannen mit mir zu diskutieren, als sei ich der Autor. Dann fanden sie auch noch Fehler im Text. Die Frauen dort würzen alle mit zu viel Salz und Pfeffer. Sie setzen dir ein winziges Stückchen Fleisch vor und dazu viel Senf. Sie essen Reispudding mit Meerrettich. Alles dort geschieht mit einer gewissen Schärfe. Ich gehe zum Beispiel zum Flickschuster und frage, ob er eine Halbsohle auf meine Stiefel machen kann, und was sagt er? ›Warum Halbsohlen? Warum nicht ganze Sohlen? Und warum erwähnst du deine Stiefel? Wo soll ich denn sonst die Sohlen draufmachen? Vielleicht auf dein Käppchen?‹ Seine Augen waren stechend wie die eines Igels. Und so sind sie dort alle, sogar der Rabbi. Ihr werdet lachen, aber in keiner anderen Stadt wachsen so viele Dornensträucher wie in Zelechow.
Wie weit ist Zichlin von Zelechow entfernt? Gar nicht weit. Aber die Menschen dort sind so sanft wie Seide. Ich komme zum Rabbi und zeige ihm das Manuskript, und er sagt: ›Gott sei Dank, daß in dieser Welt noch heilige Bücher geschrieben werden. Die Juden vergessen die Tora nicht.‹ In Zichlin machte die Frau des Rabbi mit eigenen Händen ein Bett für mich zurecht. Und sie stellte jeden Tag Honig auf den Tisch. In Zelechow ist es schwer, eine Heirat zu arrangieren. Alle Mädchen werden alte Jungfern. Die jungen Männer gehen fort nach Amerika und lassen nie wieder von sich hören. In Zichlin habe ich acht Tage verbracht, und an jedem Tag gab es eine Hochzeit. Wo liegt da nur der Sinn?

Andererseits, warum wurde Sodom Sodom? Ein aussätziges Schaf steckt die ganze Herde an. Es fängt mit einem verdorbenen Menschen an und breitet sich auf alle aus. Wie wurde Warschau zu Warschau? Erst wurde ein Haus gebaut, dann ein zweites, und nach und nach entstand eine Stadt. Alles wächst. Selbst Steine wachsen.«

»Steine wachsen nicht, Reb Wolf Bär«, warf mein Bruder Joschua dazwischen.

»Nein? Also gut, von mir aus. Es gibt eine Stadt in Wolhynien, die Maciejow heißt und wo der Sand so tief ist, daß man, wenn man hineinfällt, nicht mehr herauskommt und langsam nach unten sinkt. Wenn man sein Ohr auf den Sand legt – so wird behauptet –, kann man die Schreie derer hören, die da unten eingeschlossen sind. Wie ist das möglich? Wie lange kann ein Mensch unter der Erde leben, wenn da nicht das Tor zur Gehenna ist? Unterwegs habe ich einen Mann aus dem Land Israel getroffen. Er sprach hebräisch. Und aramäisch. Er hat die ganze Welt gesehen. Zuerst sagte er, er könnte kein Jiddisch, aber als wir uns dann unterhielten, stellte sich heraus, daß er es doch konnte. Er hatte Susa, die alte Hauptstadt Persiens, besucht. Er war am Berg Ararat gewesen und hatte Noahs Arche gesehen. Sie liegt auf der Spitze des Berges, und über ihr kreisen Adler. Man versucht, sie zu erreichen, weil sie so nah erscheint, aber wenn man zum Gipfel kommt, ist dort keine Arche. Und genauso ist es mit allen Dingen. Alles Illusion, oder was weiß ich. In welchem Zusammenhang komme ich darauf? Ach ja, jetzt erinnere ich mich. Der Mann ritt durch die Wüste und kam an einen Ort, der das Tor zur Gehenna war. Man konnte das Wehklagen der

Sünder hören. Die Erde dort ist hohl. Im Inneren sind Höhlen und Städte und wer weiß was noch.«
»Die Erde ist nicht hohl«, sagte mein Bruder Joschua.
»Warum nicht? Alles ist möglich. Wenn du an einem Fleck hockst, glaubst du, es sei überall gleich, aber wenn du herumreist, bekommst du alle möglichen Wunder zu sehen. Ich war zum Beispiel in Wieliczka. Dort graben sie nach Salz. Es gibt genug Salz dort für die ganze Welt. Sie machen Häuser aus Salz, Betten, sogar Schränke. In Tschenstochau wiederum steht auf einem Berg eine Statue der Jungfrau Maria. Sie besteht ganz aus Gold und ihre Augen sind Diamanten. Einmal hat ein Mann eines der Augen gestohlen und es durch ein gläsernes ersetzt. Er wurde auf frischer Tat ertappt und zu Zwangsarbeit verurteilt.«
»Ja, ich weiß, Macuch«, mischte ich mich ein.
»Wie? Woher weißt denn *du* das?« fragte mich Reb Wolf Bär.
»Es stand in der Zeitung«, antwortete ich.
»Ach ja? In alten Zeiten wußten Kinder gar nichts. Heute wissen sie alles. In Lublin gab es einmal ein Wunderkind, einen Jungen namens Jenuka, dem im Alter von drei Jahren ein Bart sproßte. Mit fünf hielt er eine Predigt in der Synagoge, und die Gelehrten kamen, um mit ihm zu debattieren. Mit sieben hat er geheiratet, und als er neun wurde, war sein Bart weiß wie Schnee. Mit zehn Jahren starb er als alter Mann.«
»Habt Ihr diesen Jenuka mit eigenen Augen gesehen?« fragte Joschua.
»Ihn gesehen? Nein. Aber alle Welt weiß es.«
Mein Vater hob die Brauen über seinen blauen Au-

gen, und sein roter Bart glühte wie Gold. »Joschua, widersprich nicht!«
»Das ist nicht wahr«, sagte Joschua. Er wurde ganz blaß, und in seinen blauen Augen stand Verachtung.
»Bist du denn überall gewesen, daß du die Wahrheit weißt?« fragte Vater. »Die Welt ist voller Wunder. Wir wissen nur, was sich hier auf Erden ereignet. Und nur Gott, der Allmächtige, weiß, was woanders geschieht.«
Ich wußte selbst nicht warum, aber mich überkam das Bedürfnis zu weinen. Nur mit Mühe konnte ich meine Tränen zurückhalten. Ich ging ins Schlafzimmer meiner Eltern und legte mich im Dunkeln auf das Bett. Plötzlich wurde mir klar – ohne daß ich gewußt hätte, warum –, daß ich zu jung war, um ein Buch zu schreiben. Mein Bruder Joschua gebrauchte oft das Wort »Literatur«. Er sagte zu meiner Mutter, daß jedes Volk seine eigene Literatur hervorbringt. »Das, was Reb Wolf Bär da gerade erzählt hat, muß man wohl Literatur nennen«, dachte ich. »Aber wie kann ein armer Kerl aus einem kleinen Dorf Literatur schaffen?«
Das alles war für mich ein großes Rätsel. Ich war noch nicht eingeschlafen, aber meine Gedanken begannen bereits, einen Traum zu spinnen. Jedesmal, wenn ich ihn zu fassen suchte, lösten sich seine Fäden in Nichts auf. Ich lag im Bett, und gleichzeitig fuhr ich im Zug nach Sibirien. Ich hörte das Rattern der Räder und das Pfeifen der Lokomotive. Dann hörte ich, wie meine Mutter die Tür öffnete und murmelte: »Er ist eingedöst, der arme Kerl.«
Ein paar Minuten später schlief ich wirklich ein. Sofort begannen die phantastischen Träume und wil-

den Abenteuer. Alle Tagträumereien verwandelten sich in nächtliche Traumbilder. In dieser Nacht träumte ich, ich sei Rabbi Josef della Reina. Ich sprach den Namen Gottes aus, und die Tochter des Großwesirs kam auf mich zugeflogen. Sie sah aus wie die Nachbarstochter Estherel, die in unserem Haus im dritten Stock wohnte. Im Traum fragte ich Estherel: »Was sollen wir tun?« Und sie antwortete: »Ich werde deine Braut.«

Voller Angst und in Schweiß gebadet wachte ich auf. Oft hatte ich meinen Bruder und meine Schwester von Liebe reden hören. Plötzlich wurde mir klar, daß ich Estherel liebte. Ich hatte gehört, daß es Romane über Liebe gibt, und da fiel mir ein, ich könnte das Mädchen in meinem Buch Estherel nennen und selbst Ben Zion werden, der sie vor dem menschenfressenden Ungeheuer rettet und heiratet. Ich faßte den Entschluß, sobald ich erwachsen war, nicht nur ein Buch mit Geschichten zu schreiben, sondern einen ganzen Roman über Estherel und mich selbst.

Der Lantuch
Eine Gespenstergeschichte meiner Tante Jentl

Im Sommer erzählte meine Tante Jentl am Sabbat nach dem Sabbatmahl, wenn sich mein Onkel Josef zu einem Nickerchen hingelegt hatte, gern Geschichten. Dazu setzte sie sich auf die Bank vor dem Haus, und Dwoscha, die Katze, gesellte sich zu ihr. Am Sabbat bekam die Katze immer die Überbleibsel des Sabbatmahls – Fleisch- und Fischreste. Dwoscha ließ sich zu Füßen meiner Tante nieder; sie hörte ihr gern beim Geschichtenerzählen zu. Die Art, wie sie ihre Ohren aufstellte und ihre Augen, die grün waren wie Stachelbeeren, zu Schlitzen verengte, verriet deutlich, daß sie verstand, was meine Tante sagte.

Am Sabbat trug meine Tante ein mit Ornamenten besticktes Kleid und eine Haube mit Glasperlen, um die sich grüne, rote und blaue Bänder wanden. Sodann kam meine Mutter heraus, und mit ihr zwei unserer Nachbarinnen, Riva und Scheindel. Ich erschien immer als letzter und nahm auf einem Schemel Platz. Abgesehen davon, daß ich gerne den Geschichten meiner Tante Jentl lauschte, würde ich von ihr früher oder später auch die Sabbat-Frucht bekommen – einen Apfel, eine Birne oder Pflaumen. Manchmal gab sie mir auch ein Sabbat-Plätzchen mit Zimt und Rosinen. Sie gab es mir immer mit denselben Worten: »Das gibt dir Kraft zum Lernen.«

Diesmal kreiste das Gespräch um einen Hausgeist oder Kobold, den man Lantuch nannte. Tante Jentl erzählte gern von Geistern, Kobolden und Elfen, und ich hörte sie sagen: »Ein Lantuch? Ja, so einen Geist gibt es wohl. Heutzutage glauben die Menschen ja nicht mehr an sowas, aber zu meiner Zeit wußten sie, daß man nicht alles mit Vernunft wegerklären kann. Die Welt ist voller Geheimnisse. Ein Lantuch ist ein Kobold, aber kein boshafter. Er tut niemandem etwas zuleide. Im Gegenteil, er bemüht sich, den Hausbewohnern nach Kräften zu helfen. Er gehört fast zur Familie. Normalerweise ist er unsichtbar, aber manchmal kann es geschehen, daß man ihn zu Gesicht bekommt. Wo er sich aufhält? Manchmal im Keller, manchmal im Holzschuppen, manchmal zusammen mit dem Heimchen hinterm Herd. Lantuche lieben Grillen. Sie bringen ihnen zu fressen und verstehen ihre Sprache.«

»Tante Jentl, wenn ich groß bin, werde ich die Sprache der Grillen lernen«, piepste ich.

Die Fältchen in Tante Jentls Gesicht verzogen sich zu einem Lächeln. »Mein Kind, das ist keine Sprache, die man lernen kann. Nur König Salomo verstand die Sprache der Tiere. Er konnte mit den Löwen reden, den Bären, den Wölfen und mit allen Vögeln. Aber kehren wir zum Lantuch zurück. Im Haus meiner Eltern gab es auch so einen Lantuch. Im Sommer hielt er sich im Holzschuppen auf und im Winter hinter dem Herd. Wir konnten ihn nicht sehen, aber manchmal hörten wir ihn. Als meine Schwester Keile einmal niesen mußte, sagte er ›Gesundheit!‹. Wir haben das alle gehört. Der Lantuch mochte uns alle, aber am liebsten mochte er meine

Schwester Keile. Als Keile heiratete und zur Familie ihres Mannes nach Lublin zog – ich war damals erst acht Jahre alt– kam der Lantuch in der letzten Nacht, die sie zu Hause verbrachte, zu ihr, um auf Wiedersehen zu sagen. Mitten in der Nacht hörte Keile ein Rascheln. Die Tür öffnete sich von selbst, und der Lantuch trat an ihr Bett.
Keile erschrak so sehr„ daß es ihr die Sprache verschlug. Der Lantuch küßte sie auf die Stirn, und kurz darauf verschwand er. Lange Zeit lag Keile völlig benommen da, dann zündete sie eine Kerze an.
Keile war ganz wild auf Mandelkuchen. Wenn meine Mutter, sie möge in Frieden ruhen, zu Simchat Tora oder zum Purimfest Mandelkuchen buk, naschte Keile immer die Hälfte davon. Wie dem auch sei, sie zündete die Kerze an, und auf ihrer Decke lag ein noch warmer Mandelkuchen. Sie begann zu schreien, und wir alle rannten in ihr Zimmer. Ich habe den Mandelkuchen mit eigenen Augen gesehen. Allerdings habe ich nicht die geringste Ahnung, woher der Lantuch ihn hatte. Vielleicht hat irgendeine Hausfrau zufällig Mandelkuchen gebacken, und er hat sich einen geschnappt, oder vielleicht können Lantuche selbst backen. Keile hat den Kuchen nicht gegessen, sondern ihn sorgfältig aufbewahrt, und er wurde hart wie Stein.
In unserer Stadt Janow gab es einen Lehrer, der eine kranke Frau hatte und eine Tochter, die von Geburt an blind war. Der Lehrer starb ganz plötzlich und ließ die beiden Frauen allein und hilflos zurück. In der Stadt redete man darüber, die beiden Frauen ins Armenhaus zu stecken, aber wer will schon ins Armenhaus? Die Armen lagen dort auf Strohsäcken auf dem blanken Boden, und das

Essen war auch nicht gut. Als der Gemeindediener kam, um Mutter und Tochter ins Armenhaus zu bringen, huben sie beide zu jammern an: ›Lieber sterben wir gleich, als im Armenhaus langsam dahinzusiechen!‹

›Man kann niemanden zwingen, ins Armenhaus zu gehen‹, dachte der Gemeindediener. ›Der Mann hat ihnen wahrscheinlich ein paar Gulden hinterlassen, und solange sie noch ein paar Krümel Brot haben, zieren sie sich. Aber wenn sie erst richtig Hunger haben, werden sie Gott danken, daß es noch das Armenhaus gibt.‹

Tage und Wochen vergingen, und Mutter und Tochter gaben noch immer nicht nach. Die Leute in der Stadt wurden neugierig. Was ging bei den beiden vor? Die Mutter war bettlägerig und die Tochter blind. Wohl gibt es blinde Menschen, die überall hingehen, aber die Tochter des Lehrers – sie hieß Zirel – bewegte sich nie über ihren eigenen Hof hinaus. Ich kann sie deutlich vor mir sehen: rötliches Haar, ein strahlendes Gesicht, ebenmäßige Glieder. Ihre Augen waren blau und scheinbar gesund, aber sie konnte nichts sehen. Die Leute begannen sich zu fragen, ob Mutter und Tochter vielleicht doch mehr Geld hatten, als man allgemein annahm, aber das war ausgeschlossen. Erstens war der Lehrer arm gewesen, und zweitens verließen weder Mutter noch Tochter jemals das Haus. Keine von beiden hatte man je in einem Laden gesehen. Woher also bekamen sie Lebensmittel, selbst wenn sie das Geld dafür hatten?

Meine lieben Leute, es gab einen Lantuch in ihrem Haus, und als dieser sah, daß der Ernährer gestorben war und die Frauen ohne einen Pfennig und völlig mittellos zurückgelassen hatte, übernahm er selbst diese Aufgabe. Ihr lacht? Da gibt es nichts zu lachen. Er versorgte sie mit allem, was sie brauchten – Brot, Zucker, Heringe. Was er tat, geschah des Nachts. Einmal ging ein junger Mann mitten in der Nacht an ihrem Haus vorbei und hörte, wie im Hof Holz gehackt wurde. Er wurde mißtrauisch. Wer hackt schon mitten in der Nacht Holz? Er öffnete das Tor zum Hof und sah eine Axt sausen und Späne fliegen, aber es war niemand zu sehen. Es war der Lantuch, der Holz für den Winter hackte. Als der junge Mann am nächsten Morgen berichtete, was er gesehen hatte, lachten ihn die Leute aus. ›Das hast du wahrscheinlich nur geträumt‹, sagten sie. Aber es stimmte.

Ein paar Wochen später kehrte ein Schiffsmakler aus Lublin zurück, ebenfalls mitten in der Nacht. Er kam an einem Brunnen vorbei und sah, wie das Seil ins Wasser hinunterglitt und ein Kübel voller Wasser hochkam. Aber es war kein Mensch weit und breit. Sofort war ihm klar, daß dies das Werk *jener* Wesen war – der Geschöpfe der Nacht. Aber der Schiffsmakler – er hieß Meir David – war ein robuster Mensch und nicht leicht zu erschrecken. Er berührte seinen Gebetsschal, sprach im stillen das Gebet ›Höre, Israel‹ und wartete ab, was als nächstes geschehen würde. Nachdem der Unsichtbare einen Kübel Wasser hochgewunden hatte, zog er einen zweiten herauf, und dann wurden die beiden Eimer davongetragen, als hingen sie am Joch eines unsichtbaren Wasserträgers. Meir David folgte den Wassereimern bis zu dem Haus, wo die Witwe und ihre blinde Tochter wohnten.

Am nächsten Tag ging der Schiffsmakler zum

Rabbi und erzählte ihm, was er mit eigenen Augen gesehen hatte. Dieser Meir David war ein ehrlicher Mann und gehörte nicht zu jenen Leuten, die Gerüchte ausstreuen.
Die Stadt geriet in Aufregung. Der Rabbi ließ die Witwe und ihre Tochter zu sich rufen, aber die Witwe war zu krank, um zu gehen. Auch sprechen konnte sie nicht. Und wenig später starb sie.
Die blinde Tochter sagte zum Rabbi: ›Irgend jemand sorgt für uns, aber ich weiß nicht, wer es ist. Es muß ein Engel des Himmels sein.‹
Aber nein, es war kein Engel, sondern ein Lantuch. Nach dem Tod der Mutter verkaufte die Tochter das Haus und zog zu Verwandten nach Galizien.«
»Und ging der Lantuch mit?« fragte unsere Nachbarin Riva.
»Wer weiß? In der Regel entfernen sie sich nie vom Haus«, sagte Tante Jentl.
»Leben sie ewig?« wollte Scheindel wissen.
»Niemand lebt ewig«, antwortete Tante Jentl.
Es wurde still. Ich sah auf die Katze; sie war eingeschlafen. Tante Jentl sah mich an. »Ich hole dir jetzt deine Sabbat-Frucht. Wenn ein junger Mann die Tora studieren will, muß er seine Kräfte zusammenhalten.«
Und sie brachte mir ein Sabbat-Plätzchen und drei Pflaumen.

Uzel und seine Tochter Armut

Es lebte einmal ein Mann, der hieß Uzel. Er war sehr arm, aber auch stinkfaul. Wenn ihm jemand Arbeit verschaffen wollte, dann sagte er immer nur: »Heute nicht.«
Wenn man ihn fragte: »Warum nicht heute?«, dann antwortete er: »Warum nicht morgen?«
Uzel hauste in einer verfallenen Hütte, die schon sein Urgroßvater gebaut hatte. Obwohl es durch Löcher im Dach hereinregnete, konnte der Rauch vom Ofen nicht abziehen. Pilze wucherten an den schiefen Wänden, und der Fußboden war vermodert. Eine Zeitlang gab es Mäuse in der Hütte, aber jetzt nicht mehr, denn sie fanden nichts zu fressen. Frau Uzel war verhungert, aber bevor sie gestorben war, hatte sie noch ein Kind geboren. Der Name, den Uzel seiner Tochter gab, paßte recht gut zu ihr. Er nannte sie Armut.
Uzel schlief gern. Abends ging er mit den Hühnern zu Bett. Morgens jammerte er immer, er sei so müde vom vielen Schlafen, und schnarchte dann weiter. Wenn er nicht schlief, lag er gähnend und klagend auf seinem klapprigen Schragen. Dann sagte er zu seiner Tochter: »Andere Leute haben es gut. Sie haben Geld und müssen nicht arbeiten. Ich bin verflucht.«
Uzel war ein kleiner Mann, aber seine Tochter Armut war groß, breit und schwer. Mit fünfzehn mußte sie sich schon bücken, um durch die Türe zu

kommen. Ihre fetten Füße waren so groß wie die eines ausgewachsenen Mannes. Die Dorfleute behaupteten, je fauler Uzel werde, desto größer werde Armut.

Uzel konnte niemanden leiden und war neidisch auf jeden. Er beneidete sogar Hunde, Katzen, Kaninchen und alle anderen Tiere, die nicht arbeiten mußten, um leben zu können. Uzel haßte alles und jeden, aber seine Tochter liebte er heiß und innig. Am hellichten Tag träumte er von einem reichen jungen Mann, der sich in seine Tochter verlieben, sie heiraten und für sie und ihn sorgen würde. Aber nicht ein einziger junger Mann im Dorf drehte sich auch nur nach Armut um. Wenn ihr Vater ihr Vorwürfe machte, daß sie keine Freunde hätte und nicht mit den jungen Männern spazierenginge, dann sagte Armut: »Soll ich vielleicht in Lumpen und barfuß spazierengehen?«

Eines Tages erfuhr Uzel, daß ein Wohltätigkeitsverein im Dorf den armen Leuten Geld lieh, das sie nach und nach in kleinen Beträgen zurückzahlen konnten. Faul wie er war, kostete es ihn die größte Anstrengung, aufzustehen, sich anzuziehen und dorthin zu gehen.

»Ich möchte fünf Gulden leihen«, sagte er zu dem Beamten.

»Was willst du mit dem Geld anfangen?« wurde er gefragt. »Wir verleihen nur für nützliche Dinge Geld.«

»Ich will meiner Tochter ein Paar Schuhe machen lassen«, erklärte Uzel. »Wenn Armut Schuhe hat, wird sie mit den jungen Leuten im Dorf spazierengehen. Und ganz sicher wird sich ein wohlhabender junger Mann in sie verlieben. Wenn sie verhei-

ratet sind, werde ich die fünf Gulden zurückzahlen können.«
Der Beamte dachte darüber nach. Daß sich jemand in Armut verliebte, war recht unwahrscheinlich. Aber Uzel sah so erbarmenswert aus, daß sich der Beamte endlich doch dazu entschloß. Uzel mußte einen Schuldschein unterschreiben und bekam die fünf Gulden.
Schon vor ein paar Monaten hatte Uzel für seine Tochter Schuhe zu bestellen versucht. Sandler, der Schuhmacher, hatte sogar schon Maß genommen, aber er wollte im voraus bezahlt werden.
Vom Wohltätigkeitsverein ging Uzel geradewegs zum Schuhmacher und fragte ihn, ob er Armuts Maße noch habe.
»Und wenn es so wäre«, antwortete Sandler, »fünf Gulden ist mein Preis, und das Geld will ich immer noch im voraus haben.«
Uzel zog die fünf Gulden aus der Tasche und gab sie Sandler. Der Schuhmacher öffnete eine Schublade, und nachdem er eine Weile darin herumgewühlt hatte, fand er die Bestellung für Armuts Schuhe. Er versprach, die neuen Schuhe in einer Woche am Freitag abzuliefern.
Uzel wollte seine Tochter überraschen, also erzählte er ihr nichts von den neuen Schuhen. Am nächsten Freitag – Uzel lag gähnend und jammernd auf seinem Bett – klopfte es, und Sandler kam mit den neuen Schuhen unterm Arm zur Tür herein. Als Armut die glänzenden neuen Schuhe sah, jubelte sie vor Freude.
Der Schuhmacher gab ihr die Schuhe und sagte, sie solle sie anziehen. Aber, welch ein Jammer, ihre fetten Füße waren zu groß. Seit ihr Sandler die Maße

genommen hatte, waren Armuts Füße mächtig gewachsen. Jetzt weinte das Mädchen vor Kummer und Enttäuschung.
Uzel staunte. »Wie ist das nur möglich?« fragte er. »Ich dachte, ihre Füße hätten längst zu wachsen aufgehört.«
Auch Sandler war einen Augenblick ganz verwirrt. Dann wollte er von Uzel wissen: »Sag mir, woher hast du die fünf Gulden?«
Uzel erklärte ihm, daß er sich das Geld vom Wohltätigkeitsverein geliehen und einen Schuldschein unterschrieben habe.
»Gott der Gerechte, jetzt hast du ja Schulden!« rief Sandler. »Jetzt bist du noch ärmer als vor ein paar Monaten. Damals hast du nichts gehabt, aber heute hast du noch fünf Gulden weniger als nichts. Seit du ärmer geworden bist, ist Armut größer geworden. Und ihre Füße sind natürlich auch mitgewachsen, darum passen ihr die Schuhe nicht mehr. Jetzt ist mir alles klar.«
»Was sollen wir nur tun?« fragte Uzel verzweifelt.
»Aus dem Schlamassel gibt's nur einen Ausweg für euch«, sagte Sandler. »Sucht euch Arbeit. Geld leihen macht einen nur ärmer, aber vom Arbeiten wird man reicher. Wenn ihr arbeitet, wird deine Tochter bald Schuhe haben, die ihr passen.«
Die Aussicht auf Arbeit gefiel den beiden nicht gerade, aber es war schon eine dumme Sache, neue Schuhe zu haben und doch barfuß herumlaufen zu müssen. Uzel und Armut beschlossen, gleich nach dem Sabbat auf Arbeitssuche zu gehen.
Uzel bekam eine Stelle als Wasserträger, und Armut wurde Dienstmagd. Zum erstenmal in ihrem

Leben arbeiteten die beiden fleißig. Sie schufteten und rackerten sich so ab, daß sie die neuen Schuhe ganz vergessen hatten, bis es Armut an einem Sabbatmorgen einfiel, die Schuhe wieder einmal zu probieren.
Und siehe da, sie paßten.
Endlich verstanden Uzel und Armut, daß der Mensch alles, was er besitzt, durch Arbeit erreicht und nichts durch Faulheit und Nichtsnutzigkeit. Sogar die Tiere sind geschäftig. Bienen tragen Honig ein, Spinnen knüpfen Netze, Vögel bauen Nester, Maulwürfe graben Höhlen, und Eichhörnchen schaffen Vorrat für den Winter.
Es dauerte nicht lange, da bekam Uzel eine bessere Arbeit. Er baute dann das Haus neu auf und kaufte Möbel. Armut wurde immer dünner. Sie trug neue Kleider und sah so hübsch aus wie die anderen Mädchen im Dorf. Und bald gefiel sie einem jungen Mann. Er hieß Mahir und war der Sohn eines wohlhabenden Kaufmanns. Uzels Traum von einem reichen Schwiegersohn wurde wahr, aber jetzt mußte man ja nicht mehr für ihn sorgen.
Die Liebe zu seiner Tochter Armut hatte Uzel gerettet. Später war er ein so geachteter Mann, daß man ihn sogar in den Vorstand des Wohltätigkeitsvereins wählte, von dem er einst die fünf Gulden geliehen hatte.
An der Wand seines Amtszimmers hing das Maßband, mit dem Sandler damals Armuts Füße gemessen hatte. Und darüber konnte man diesen gerahmten Spruch lesen: Was du heute kannst besorgen, das verschiebe nicht auf morgen.

Der Gutsherr

In der Chanukkalampe im Lernhaus der Trisker Chassidim brannten fünf Chanukkalichter, und auch die große Kerze, die »Schammeskerze« genannt wird, war angezündet worden. Im Ofen brutzelten Kartoffeln, und der Geruch kitzelte alle in der Nase. Der alte Reb Berisch nieste, und die Jungen um ihn herum riefen: »Gesundheit!«
Er schneuzte sich mit einem großen Taschentuch, dann sagte er: »Manche Leute glauben, in den alten Zeiten wären mehr Wunder geschehen als heutzutage. Aber das stimmt nicht. Wahr ist, daß Wunder zu allen Zeiten etwas Seltenes gewesen sind. Wenn zu viele Wunder geschähen, dann würden sich die Menschen zu sehr darauf verlassen. Dann gäbe es keine freie Entscheidung mehr. Die himmlischen Mächte wollen, daß der Mensch handelt, daß er sich bemüht und nicht faul ist. Manchmal aber kann ein Mensch nur durch ein Wunder gerettet werden.
So etwas hat sich hier in Bilgoraj zugetragen, als ich ein kleiner Junge war, vor ungefähr achtzig Jahren – es kann auch ein bißchen länger her sein. Damals war unser Dorf viel kleiner als heute. Wo jetzt die Zamoscer Straße ist, war damals noch Wald. Die Lubliner Straße war bloß ein Gäßchen. Und wo *wir* jetzt sitzen, war eine Kuhweide. Damals wohnte in Bilgoraj ein junger Mann namens Falik, ein Talmudgelehrter. Er war der Inhaber des Schnittwarenladens und betrieb auch noch andere Geschäfte. Seine Frau, Sara, kam aus einer vornehmen Lubliner

Familie. Aber plötzlich wurde das Ehepaar vom Pech verfolgt. Ob es die Strafe für irgendein Vergehen oder ganz einfach der Ratschluß Gottes war, weiß ich nicht. Zuerst brannte der Laden nieder. Damals gab es noch keine Feuerversicherung. Dann wurde Sara krank. In Bilgoraj gab es weder einen Arzt noch einen Apotheker. Es gab nur drei Heilmittel, die man anwenden konnte: Blutegel, Schröpfköpfe und Aderlaß. Wenn alle drei nichts halfen, war nichts mehr zu machen. Sara starb und hinterließ drei Halbwaisen: einen Jungen namens Mannes und seine beiden jüngeren Schwestern Pessele und Etele.

Nicht lange nach Saras Tod wurde auch Falik sterbenskrank. Sein Gesicht wurde fahl, er magerte ab, dann wurde er bettlägerig, und es sah ganz so aus, als würde er nie mehr auf die Beine kommen. Lippe der Heiler empfahl ihm Hühnerbrühe, Gerstenschleim und Ziegenmilch. Es half nichts. Erstens hatte Falik den Appetit verloren, zweitens hatte er kein Einkommen mehr. Heutzutage sind die Menschen selbstsüchtig und kümmern sich nicht um andere, früher aber half man einander in der Not. Die Leute wollten Falik Brot, Fleisch, Butter und Käse bringen, aber er lehnte es ab, milde Gaben anzunehmen. Der Gemeindevorstand suchte ihn auf und erbot sich, ihm heimlich zu helfen, damit niemand etwas davon merken würde, doch Falik sagte: ›*Ich* würde es merken.‹

Es geschah am ersten Chanukka-Abend. Wie jedes Jahr hatten wir in Bilgoraj viel Schnee und Frost und Wirbelstürme. In Faliks Familie herrschte jetzt so bittere Not, daß nicht einmal mehr ein Laib Brot im Haus war. In besseren Zeiten hatte Falik etliche

Silbersachen besessen – Leuchter, eine Gewürzdose, einen Pessachteller –, aber Mannes, sein ältestes Kind, hatte sie verkauft. Nur ein einziger wertvoller Gegenstand war noch im Haus: eine altertümliche Chanukkalampe, die vor langer, langer Zeit von einem Silberschmied angefertigt worden war. Im Dorf gab es einen Wucherer, der auch für die kostbarsten Gegenstände bloß ein paar Groschen bezahlte. Ihm wollte Mannes jetzt auch die Chanukkalampe verkaufen, doch Falik sagte zu ihm: ›Warte damit bis nach Chanukka.‹ Statt für die paar Pfennige, die noch im Haus waren, Brot zu kaufen, kaufte Mannes Öl und Dochte für die Chanukkalichter. Als seine Schwestern sich darüber beklagten, daß sie hungern müßten, erwiderte Mannes: ›Bilden wir uns doch ein, daß heute Jom Kippur ist und gefastet wird!‹ Ich weiß das alles, weil Mannes es mir Jahre später erzählt hat.

Da Falik nicht mehr aufstehen konnte, brachte ihm Mannes am ersten Chanukka-Abend die Lampe ans Bett. Der Vater sagte die vorgeschriebenen Segenssprüche und zündete das erste Chanukkalicht an. Er summte das Lied ›Fels der Zeiten‹ und küßte seine Kinder. Dann trug Mannes die Chanukkalampe in die Wohnstube und stellte sie, wie das Gesetz es vorschreibt, auf Fensterbrett. Die Kinder, für die kein Abendbrot da war, saßen hungrig am Tisch. Im Haus war es kalt. Noch vor einem Jahr hatte Falik seinen Kindern Chanukkageld zum Dredlspielen gegeben, und Sarah hatte für die Familie Kartoffelpuffer gebraten. Jetzt herrschte eine düstere Stimmung. Die Kinder sahen einander an, und ihre Blicke schienen zu fragen: ›Von wo wird uns Hilfe kommen?‹

Plötzlich klopfte jemand an die Tür. ›Wer kann das sein?‹ fragte sich Mannes. ›Wahrscheinlich jemand, der uns etwas schenken will.‹ Sein Vater hatte ihm immer wieder verboten, Geschenke anzunehmen. Mannes beschloß, gar nicht erst aufzumachen, weil er den guten Leuten keine Abfuhr erteilen wollte. Aber das Klopfen hörte nicht auf. Schließlich ging Mannes zur Tür – fest entschlossen, zu sagen: ›Vater hat mir verboten, etwas anzunehmen.‹ Er öffnete und sah einen Landedelmann vor sich – hochgewachsen, breitschultrig, in einem fast bodenlangen Pelzmantel und einem mit Schneeflocken übersäten Pelzhut. Mannes verschlug es vor Angst die Sprache. Es kam fast nie vor, daß ein Gutsherr ein jüdisches Haus betrat, schon gar nicht am Abend. Wenn früher ein Edelmann in ein Dorf kam, dann fuhr er in einer achtspännigen Kutsche und ließ seinen Kammerdiener vorausreiten und die Leute aus dem Weg scheuchen. Oft wurde die Ankunft des hohen Herrn mit Trompeten angekündigt. Bilgoraj gehörte damals noch dem Grafen Zamojski, der so reich und mächtig wie ein König war.

Der Landedelmann sagte zu Mannes: ›Ich bin in meinem Pferdeschlitten vorbeigefahren und da sah ich ein kleines Licht brennen, in einer Lampe wie ich noch nie eine gesehen habe – verziert mit Trinkbechern, Blumen, einem Löwen, einem Hirsch, einem Leoparden, einem Adler, alles sehr kunstvoll ausgeführt. Warum zündet ihr nur ein einziges Licht an, obwohl die Lampe acht Kerzenhalter hat? Ist heute ein jüdischer Feiertag? Und wo sind deine Eltern?‹

Mannes konnte Polnisch und wußte, wie man einen

hohen Herrn anzureden hat. ›Tretet ein, Euer Gnaden. Es ist uns eine große Ehre.‹
Der Gutsherr kam in die Wohnstube und betrachtete lange die Chanukkalampe. Dann stellte er Mannes allerlei Fragen, und der Junge erzählte ihm die Geschichte des Chanukkafestes: Wie vor langer, langer Zeit die Juden gegen die Griechen gekämpft hatten. Und daß nach diesem Krieg nicht mehr genug Öl dagewesen war, um die sieben Lichter der Menora im Tempel auch nur einen Tag lang brennen zu lassen. Und daß ein Wunder geschehen war und das Öl plötzlich für acht Tage gereicht hatte.
Dann sah der Gutsherr, daß auf dem Tisch ein Blechkreisel lag. ›Was ist das?‹ fragte er.
Die Kinder hatten zwar kein Geld zum Dredlspielen bekommen, zur Erinnerung an bessere Zeiten aber ein Dredl auf den Tisch gelegt. Mannes erklärte dem Edelmann, daß Chanukka der einzige Feiertag ist, an dem die Kinder Gesellschaftsspiele spielen dürfen. Und er erklärte ihm die Spielregeln. Der Edelmann fragte: ›Darf ich mit euch Dredl spielen? Mein Kutscher kann im Schlitten auf mich warten. Draußen ist es kalt, aber meine Pferde werden von Wolldecken warmgehalten, und mein Kutscher hat eine Pelzjacke an.‹
›Euer Gnaden‹, sagte Mannes, ›mein Vater ist krank. Wir haben keine Mutter mehr und wir besitzen keinen Pfennig.‹ Der Edelmann erwiderte: ›Ich will euch tausend Gulden für eure herrliche Lampe bieten, habe aber nicht so viel Geld bei mir. Deshalb möchte ich euch fünfhundert Gulden als Anzahlung geben. Damit könnt ihr Dredl spielen.‹ Bei diesen Worten zog er einen großen Beutel mit

Goldmünzen aus der Manteltasche und warf ihn auf den Tisch. Die Kinder waren so erstaunt, daß sie ihren Hunger vergaßen. Das Spiel begann, und selbst der ungläubigste Mensch hätte einsehen müssen, daß sich hier ein himmlisches Wunder ereignete. Die Kinder gewannen immerzu, und der Gutsherr verlor ständig. Nach einer Stunde hatte er sein ganzes Geld verloren, und die Kinder hatten sämtliche Münzen gewonnen. ›Verloren ist verloren!‹ rief der Gutsherr. ›Mein Kutscher und meine Pferde frieren sicher schon. Gute Nacht, ein frohes Chanukkafest, und macht euch wegen eures Vaters keine Sorgen! Mit Gottes Hilfe wird er bald wieder gesund werden.‹
Erst als der Gutsherr das Haus verlassen hatte, begriffen die Kinder, was geschehen war. Sie hatten nicht nur fünfhundert Gulden als Anzahlung erhalten, sondern auch das ganze Geld bekommen, das der Gutsherr beim Dredlspielen verloren hatte. Der halbe Tisch war mit Münzen bedeckt. Pessele und Etele brachen vor Freude in Tränen aus. Mannes rannte hinaus, um nachzusehen, ob der Gutsherr, der Schlitten, die Pferde und der Kutscher noch da waren, aber sie waren verschwunden, ohne irgendwelche Spuren im Schnee zu hinterlassen. Für gewöhnlich tragen Schlittenpferde Glöckchen am Hals, deren Gebimmel man noch aus der Ferne hören kann – aber die Nacht war ganz still.
Ich will es kurz machen. Sobald der Gutsherr gegangen war, öffnete Falik die Augen. Als Todkranker war er eingeschlafen, als Gesunder wachte er auf. Nur ein Wunder hätte ihn retten können – und dieses Wunder war geschehen.«

»Wer war dieser Gutsherr? Der Prophet Elias?« fragten die Jungen.
»Wer weiß? Es war bestimmt kein polnischer Gutsbesitzer.«
»Ist er jemals wiedergekommen, um die Lampe abzuholen?«
»Nicht, solange ich in Bilgoraj war«, sagte der Alte.
»Wenn er der Prophet Elias gewesen wäre, dann hätte er Wort gehalten«, warf ein Junge ein.
Der alte Reb Berisch antwortete nicht sofort. Er zupfte sich am Bart und dachte nach. Dann sagte er: »Droben im Himmel hat man viel Zeit. Möglich, daß er später zu ihren Kindern oder Enkeln gekommen ist. Ich hatte geheiratet und war in ein anderes Dorf gezogen. Soviel ich weiß, haben Falik und seine Kinder die Lampe zeitlebens behalten. Irgendein Rabbi hat einmal gesagt: ›Wenn Gott ein Wunder vollbringt, dann tut Er das oft so, daß es ganz natürlich erscheint.‹ In Bilgoraj gab es einige Ungläubige, die sagten, es sei ein richtiger Gutsherr gewesen, ein reicher Verschwender, der wieder einmal Lust darauf hatte, sein Geld zu verplempern. Wer Gott verleugnet, der versucht immer, Wunder als ganz normale Ereignisse oder als Zufall hinzustellen... Ich fürchte, die Kartoffeln sind schon angebrannt.«
Der alte Reb Berisch machte die Ofentür auf und holte mit den bloßen Händen halb verschmorte Kartoffeln aus der Glut.

Ole und Trufa
Eine Geschichte von zwei Blättern

Der Wald war groß und dicht bewachsen mit allerlei Laubbäumen. Es war November. Gewöhnlich ist es zu dieser Jahreszeit kalt, und manchmal fällt sogar schon Schnee, aber in diesem November war es noch ziemlich mild. Die Nächte waren kühl und windig, doch sobald die Sonne aufging, wurde es warm. Man hätte meinen können, es sei noch Sommer, wäre der Waldboden nicht mit abgefallenen Blättern bedeckt gewesen – manche safrangelb, manche weinrot, manche goldfarben und manche kunterbunt. Die Blätter waren vom Regen und Wind abgerissen worden, manche bei Tag, manche nachts, und lagen jetzt wie ein dicker Teppich auf dem Waldboden. Obwohl ihr Saft vertrocknet war, strömten die Blätter noch einen angenehmen Duft aus. Die Sonne schien durchs kahle Geäst auf sie herab, und Würmer und Fliegen, die die Herbststürme überlebt hatten, krochen über das abgefallene Laub. Darunter gab es allerlei Verstecke für Grillen, Feldmäuse und viele andere Lebewesen, die im Erdboden Schutz suchen. Vögel, die in der kalten Jahreszeit nicht in wärmere Länder ziehen, sondern daheimbleiben, saßen auf den kahlen Zweigen. Dazu gehörten auch die Spatzen – kleine gefiederte Gesellen, die aber viel Mut und eine in Tausenden von Generationen angesammelte Erfahrung besitzen. Sie hüpften, zwitscher-

ten und hielten Ausschau nach dem Futter, das ihnen der Wald in dieser Jahreszeit zu bieten hatte. Viele, viele Insekten und Würmer waren in den vergangenen Wochen umgekommen, aber niemand trauerte um sie. Gottes Geschöpfe wissen, daß der Tod nur ein Abschnitt des Lebens ist. Im Frühling werden im Wald wieder Gräser, grünes Laub, Blüten und Blumen sprossen. Die Zugvögel werden aus fernen Ländern zurückkehren und ihre verlassenen Nester wiederfinden. Und ist ein Nest vom Wind oder Regen beschädigt worden, kann es leicht wieder in Ordnung gebracht werden.
Auf dem Wipfel eines Baumes, der sein Laub verloren hatte, waren zwei Blätter übriggeblieben. Das eine hieß Ole, das andere Trufa. Ole und Trufa hingen am selben Zweig. Da sie ganz oben am Baum hingen, bekamen sie viel Sonnenschein. Warum sie die vielen Regengüsse und die kalten windigen Nächte überstanden hatten umd immer noch an der Zweigspitze hingen, das wußte weder Ole noch Trufa. Wer weiß denn schon, weshalb ein Blatt abfällt und ein anderes hängenbleibt? Ole und Trufa erklärten es sich damit, daß sie einander so lieb hatten. Ole war etwas größer und ein paar Tage älter als Trufa, aber Trufa war hübscher und zarter. Ein Blatt kann wenig für ein anderes Blatt tun, wenn der Wind bläst, wenn es in Strömen gießt oder wenn es hagelt. Es kann auch im Sommer passieren, daß ein Blatt vom Zweig gerissen wird; sind aber der Herbst und der Winter gekommen, dann ist rein gar nichts mehr zu machen. Trotzdem sprach Ole Trufa bei jeder Gelegenheit Mut zu. Während der schlimmsten Unwetter, wenn es donnerte und blitzte und der Wind nicht nur Blätter,

sondern auch ganze Zweige abriß, spornte er Trufa an: »Halt dich fest, Trufa! So fest du kannst!«
In kalten, stürmischen Nächten jammerte Trufa so manches Mal: »Mit mir geht's zu Ende, Ole. Aber *du* mußt dich festhalten.«
»Wozu?« fragte Ole. »Ohne dich ist mein Leben sinnlos. Wenn du abfällst, falle ich mit dir ab.«
»Nein, Ole, tu das nicht! Solange ein Blatt sich oben halten kann, darf es nicht loslassen. . .«
»Das hängt ganz davon ab, ob du bei mir bleibst«, erwiderte Ole. »Bei Tage sehe ich dich an und bewundere deine Schönheit. Nachts nehme ich deinen Duft wahr. Das einzige Blatt an einem Baum sein? Nein, niemals!«
»Ole, was du sagst, ist sehr lieb, aber es ist nicht wahr. Du weißt genau, daß ich nicht mehr hübsch bin. Schau doch, wie runzlig ich geworden bin! Mein ganzer Saft ist vertrocknet, und ich schäme mich vor den Vögeln. Sie gucken mich so mitleidig an. Manchmal scheint mir, sie lachen darüber, daß ich so verschrumpelt bin. Ich habe alles verloren, nur eins ist mir geblieben – die Liebe zu dir.«
»Genügt das nicht? Von allen Mächten ist die Liebe die größte und schönste«, sagte Ole. »Solange wir einander lieben, bleiben wir hier, und kein Wind, kein Regen, kein Gewitter kann uns vernichten. Glaub mir, Trufa, ich habe dich noch nie so sehr geliebt wie jetzt.«
»Warum, Ole? Warum? Ich bin doch ganz gelb.«
»Wer sagt denn, daß Grün hübsch ist und Gelb nicht? Alle Farben sind gleich schön.«
Als Ole das sagte, passierte genau das, was Trufa all diese Monate befürchtet hatte: Ein Windstoß riß Ole vom Zweig. Trufa begann zu zittern und zu flat-

tern, bis nicht mehr viel fehlte und auch sie wäre abgerissen worden – doch sie hielt sich fest. Sie sah Ole fallen, sah ihn in der Luft schweben und rief ihm in der Blättersprache zu: »Ole, komm zurück! Ole! Ole!«

Aber noch während sie das rief, war Ole schon nicht mehr zu sehen. Er hatte sich unter das Laub auf dem Waldboden gemischt und Trufa ganz allein am Baum zurückgelassen.

Solange es noch Tag war, konnte Trufa ihren Kummer einigermaßen ertragen. Aber als es dunkel und kalt wurde und heftig zu regnen begann, geriet sie in Verzweiflung. Es kam ihr so vor, als wäre an diesem ganzen Blätterunglück der Baum schuld, der Stamm mit seinen mächtigen Ästen. Das Laub fiel ab, aber der Baumstamm blieb stehen, hoch, dick und fest verwurzelt im Erdboden. Kein Sturm, kein Regen, kein Hagel konnte ihn entwurzeln. Was macht es einem Baum, der wahrscheinlich ewig lebt, denn schon aus, was aus einem Blatt wird? Für Trufa war der Baumstamm eine Art Gott. Er bedeckte seine Zweige ein paar Monate lang mit Blättern, dann schüttelte er sie wieder ab. Er nährte sie mit seinem Saft, solange er wollte, dann ließ er sie verdursten. Trufa flehte den Baum an, ihr Ole zurückzugeben und es wieder Sommer werden zu lassen, doch der Baum beachtete ihre Gebete nicht oder *wollte* sie nicht hören ...

Trufa hätte nie gedacht, daß eine Nacht so lang sein konnte wie diese – so dunkel, so eiskalt. Sie rief Ole etwas zu und hoffte, eine Antwort zu bekommen, doch Ole schwieg und gab kein Lebenszeichen von sich.

Trufa sagte zum Baum: »Du hast mir Ole genommen, jetzt nimm auch mich!«
Aber auch dieses Gebet beachtete der Baum nicht.
Nach einer Weile döste Trufa ein. Es war kein Schlaf, sondern eine seltsame Mattigkeit. Als sie daraus erwachte, stellte sie zu ihrer Überraschung fest, daß sie nicht mehr am Baum hing. Der Wind hatte sie heruntergeblasen, während sie eingenickt war. Was sie jetzt empfand war ganz anders als das, was sie empfunden hatte, wenn sie bei Sonnenaufgang auf dem Baum erwacht war. Jetzt waren alle ihre Ängste und Sorgen verschwunden. Und dieses Erwachen brachte ihr eine Gewißheit, die sie vorher nie empfunden hatte. Sie wußte jetzt, daß sie nicht bloß ein von jeder Laune des Windes abhängiges Blatt war, sondern ein Teil des Universums. Sie war nicht mehr klein und schwach und vergänglich, sondern ein Teil der Ewigkeit. Dank einer geheimnisvollen Kraft konnte Trufa jetzt das Wunder ihrer Moleküle, Atome, Protonen und Elektronen begreifen – die ungeheure Energie, die sie darstellte, und den göttlichen Plan, zu dem sie gehörte. Neben ihr lag Ole, und sie begrüßten einander mit einer Liebe, von der sie vorher nichts geahnt hatten. Es war keine Liebe, die von Zufall oder Laune abhängig ist, sondern eine Liebe so mächtig und ewig wie das Universum selbst. Der Tod, vor dem sie sich all die Tage und Nächte zwischen April und November gefürchtet hatten, erwies sich jetzt nicht als das Ende, sondern als die Erlösung. Ein leichter Wind trug Ole und Trufa empor, und sie schwebten dahin, erfüllt von der Glückseligkeit, die nur jene kennen, die sich befreit haben und eins geworden sind mit der Ewigkeit.

Wo die Reichen ewig leben

DIE Geschichte trug sich zu in Chelm, einer Stadt voller Narren. Wo sonst hätte sie auch passieren können? An einem Wintermorgen saßen im Gemeindehaus Gronam Ochs, der klügste Mann von Chelm, und seine fünf Weisen, Lekisch Dämlich, Zeinwel Trottel, Treitel Tor, Sender Simpel und Schmendrick Knallkopf, zusammen an einem langen Tisch. Alle sechs sahen müde aus und hatte rote Augen, weil ihnen der Schlaf fehlte. Sieben Tage und Nächte hatten sie über ein Problem nachgedacht, das sie nicht lösen konnten. Das Geldsäckel der Stadt Chelm war leer. Seit Wochen hatten Gronam Ochs und seine Weisen keine Gehälter mehr bekommen.

Obwohl nicht Chanukka war, saß Schlemihl, der Gemeindediener, am anderen Ende des Tisches und spielte Dredl mit sich selbst. Plötzlich ging die Tür auf und herein kam Zalman Typpisch, der reichste Mann von Chelm. Als sie Zalman Typpisch erblickten, sahen Gronam und die Weisen verwundert auf. Denn Zalman Typpisch besuchte sonst nie das Gemeindehaus, weil man ihm hohe Steuern auferlegt hatte. »Guten Morgen, Gronam Ochs. Guten Morgen, ihr Weisen«, begrüßte Zalman Typpisch sie feierlich.

»Auch dir einen guten Morgen, Zalman Typpisch«, antworteten sie im Chor. »Wie kommt es, daß du uns so früh am Morgen besuchst?«

»Ich bin gekommen, um euch um Rat zu fragen«, sagte Zalman Typpisch. »Wenn er gut ist, werde ich zweitausend Goldstücke in die Stadtkasse zahlen.«
»Was für einen Rat möchtest du denn?« fragte Gronam Ochs.
»Ihr alle wißt, daß ich gerade achtzig geworden bin. Ihr wißt auch, daß kein Mensch ewig lebt. Aber ich, Zalman Typpisch, möchte ewig leben. Ich möchte ewig Plinsen mit Sauerrahm essen, Tee mit Marmelade und Kaffee mit Zichorie trinken und ewig meine lange Pfeife rauchen. Kurz und gut, ich möchte ewig leben.«
»Ewig leben!« riefen Gronam Ochs und seine fünf Weisen. »Wie ist denn das möglich?«
»Das ist der Grund, warum ich zu euch gekommen bin«, sagte Zalman. »Wenn ihr mir sagen könnt, wie man ewig lebt, sollt ihr bekommen, was ich gerade versprochen habe.« Bei diesen Worten zog Zalman Typpisch einen Beutel mit Goldmünzen aus der Tasche und ließ sie auf den Tisch regnen.
Als Gronam und seine Weisen den Haufen Gold sahen, erhob sich ein Gemurmel. Zalman Typpisch war als Geizhals bekannt. Sofort legte Gronam Ochs seinen Zeigefinger an die Stirn, um scharf nachzudenken. Die anderen Weisen taten das gleiche. Nachdem er lange nachgedacht hatte, sagte Gronam Ochs: »Du weißt recht gut, daß Chelm die weiseste Stadt der Welt ist und daß ich, Gronam Ochs, der weiseste Mann in Chelm bin, was bedeutet, daß ich der weiseste Mann auf Erden bin. Und trotzdem kann ich dir den Rat, den du wünschst, nicht geben. Kein Mensch kann ewig leben. Selbst ich, Gronam Ochs, werde nicht ewig leben.«

»Nicht einmal Methusalem hat ewig gelebt«, mischte sich Lekisch Dämlich ein.
»Selbst König Salomo hat nicht ewig gelebt«, fügte Zeinwel Trottel hinzu.
»Nicht einmal unser Rabbi wird ewig leben«, ließ sich Treitel Tor vernehmen.
»Selbst ein Löwe lebt nicht ewig«, bemerkte Sender Simpel.
»Nicht einmal ein Elefant lebt ewig«, meinte Schmendrick Knallkopf.
»All dies ist wahr, aber ich, Zalman Typpisch, habe beschlossen, daß ich ewig leben muß. Und wenn ihr mir keinen Rat geben könnt, wie ich es anstellen soll, dann bekommt ihr keinen roten Heller.« Gronam Ochs wollte gerade sagen, daß es ihm leid täte, aber in diesem Augenblick streckte Schlemihl, der Gemeindediener, die Zunge heraus und legte seinen Daumen an die Nasenspitze, zum Zeichen, daß er reden wollte.
»Was möchtest du sagen, Schlemihl?« fragte Gronam Ochs.
»Ich habe einen Weg gefunden«, sagte Schlemihl.
»Du hast einen Weg gefunden?« fragte Gronam Ochs verwundert.
»Ja, Herr. Die Sache ist so. Letzte Woche hatte ich den ganzen Tag lang nichts zu tun und machte mich daran, die Berichte über die Vororte von Chelm durchzusehen. Unter anderem warf ich einen Blick auf die Aufzeichnungen über unseren Vorort Dalfunka.«
»Dalfunka, wo die Armen und die Bettler von Chelm wohnen?« fragte Gronam Ochs.
»Ja, Dalfunka«, sagte Schlemihl. »Wie ihr wißt, stehen in unseren Büchern die Namen aller, die in

den letzten dreihundert Jahren geboren wurden und starben. Als ich die Liste all derer durchging, die in Dalfunka gestorben sind, fiel mir auf, daß dort noch nie ein reicher Mann gestorben ist. Das aber heißt, daß die Reichen in Dalfunka ewig leben. Aus diesem Grund würde ich Zalman Typpisch den Rat geben, ein Haus in Dalfunka zu kaufen, sich dort niederzulassen und nie zu sterben. So einfach ist das.«

Gronam Ochs starrte ihn mit offenem Mund an. »Schlemihl, da hast du den richtigen Rat erteilt. Aber wie ist das möglich? Bist du am Ende klüger als ich?«

»Niemand ist klüger als du, Gronam Ochs«, tönten die fünf Weisen im Chor.

»Ich kann es mir nur so erklären, daß, nachdem du so viele Jahre in unserer Nähe gesessen hast, sich ein Teil unserer Weisheit über dich ergossen hat«, sagte Gronam Ochs.

»Wie wahr«, pflichteten die fünf Weisen ihm bei.

Lekisch Dämlich fügte hinzu: »Selbst ein Pferd würde klug werden, wenn es so lang mit uns zusammen wäre.«

»Zalman, du hast einen guten Rat bekommen. Jetzt gib uns die zweitausend Goldstücke«, schlug Gronam Ochs vor.

»Bevor ich euch so viel Geld gebe, muß ich sicher sein, daß der Ratschlag richtig ist«, antwortete Zalman Typpisch. »Ich will euch jetzt eine Vorauszahlung von zehn Goldstücken geben, und wenn ich nach Dalfunka gezogen bin und ewig gelebt habe, werde ich den Rest bezahlen.«

»So lange können wir nicht warten«, protestierte Gronam Ochs. »Wir brauchen die Goldstücke sofort.«

Aber Zalman Typpisch blieb hart. »Entweder ihr nehmt die zehn Goldstücke oder ihr bekommt gar nichts.«
Gronam Ochs und seine Weisen versuchten ziemlich lange mit Zalman Typpisch zu feilschen, aber wie immer trug Zalman Typpisch den Sieg davon. Er gab Gronam Ochs zehn Goldstücke und ging.

Fünf Jahre lang lebte Zalman Typpisch in Dalfunka, aß Plinsen mit Sauerrahm, trank Tee mit Marmelade und Kaffee mit Zichorie, rauchte seine lange Pfeife und starb nicht. Oft verlangte Gronam Ochs die restlichen Goldstücke, aber Zalman Typpisch gab immer dieselbe Antwort: »Laß mich erst ewig leben, und dann will ich zahlen.« Es schien, daß Zalman Typpisch gut daran tat, nicht im voraus zu bezahlen, denn nach sechs Jahren wurde er eines Tages krank und starb. Als Gronam Ochs die schlechte Nachricht erfuhr, rief er sofort nach seinen Weisen, und sie überlegten sieben Tage und sieben Nächte, warum Zalman Typpisch gestorben war. Wieder war es Schlemihl, der eine Erklärung fand. Fünf Jahre lang hatte Zalman keine Geschäfte mehr gemacht, weil er in Dalfunka kein Geld verdienen konnte. Statt dessen hatte er ein Vermögen für Luxusware wie Sauerrahm, Kaffee, Tabak und Zichorie ausgegeben. Höchstwahrscheinlich wurde er arm, und so starb er, wie alle anderen armen Menschen auch. »Um in Dalfunka ewig zu leben, muß man so reich sein wie Rothschild«, meinte Schlemihl.
Wieder bewunderten Gronam Ochs und seine fünf Weisen Schlemihls scharfen Verstand. Umgehend schickte Gronam Ochs Briefe an die Rothschilds

los, in denen er sie einlud, auf dem schnellsten Weg nach Dalfunka zu kommen und ewig zu leben. Aber Monate vergingen, ohne daß die Rothschilds kamen. Dieses Mal entdeckte Gronam Ochs den Grund dafür selbst. Er sagte: »Die Reichen sind so knickrig, daß sie lieber billig in London, Paris oder Wien sterben als zu einem höheren Preis in Dalfunka ewig zu leben.«
»Und was sollen wir jetzt tun?« fragten die Weisen.
»Wir müssen selbst reich werden.«
»Aber wie?« fragten die Weisen.
»Natürlich indem wir den Armen von Chelm Steuern auferlegen«, antwortete Gronam Ochs.
Schlemihl machte das übliche Zeichen. Er wollte sagen, daß nach seinen letzten Berechnungen selbst die Rothschilds nicht reich genug seien, um in Dalfunka ewig zu leben, aber Gronam Ochs meinte: »Schlemihl, die Sache ist sonnenklar. Wir brauchen deinen Rat nicht mehr. Halt den Mund.«
»Schweig!«, befahl im Lekisch Dämlich.
»Du bist nur ein Gemeindediener, kein Weiser«, schrie Zeinwel Trottel ihn an.
»Nicht einmal ein halber Weiser«, empörte sich Treitel Tor.
»Und du wirst niemals ewig leben«, brüllte Sender Simpel.
»Nicht einmal halb ewig«, kreischte Schmendrick Knallkopf.
Nachdem man ihm verboten hatte, zu reden, und er nichts anderes zu tun hatte, nahm Schlemihl sein Dredl und begann zu spielen. Während das Dredl herumwirbelte, murmelte Schlemihl verdrießlich: »Wenn es nach rechts fällt, verliere ich, und wenn es nach links fällt, gewinnen die anderen.«

Topiel und Tekla

I

Das Dorf Wislowka lag direkt an der Weichsel. Es hatte dem Großgrundbesitzer Warlicki gehört, der Selbstmord begangen hatte, als er erfuhr, daß der Zar die Leibeigenen befreien wollte. Eigentlich hatte Wislowka noch nie etwas eingebracht. Es war eine verrückte Idee gewesen, Bauern auf Sandboden anzusiedeln. Selbst in guten Jahren fiel die Ernte mager aus. Alle Bauern des Dorfes wurden Fischer. Weil es in der Gegend keine Bootsbauer gab, die anständige Fischerboote zimmern konnten, benützten die Männer von Wislowska Flöße aus morschen Baumstämmen und Kähne, die eher wie Tröge oder Waschwannen aussahen. Jahr für Jahr bekam Topiel, der Geist des Flusses, seine Opfer. Abgesehen davon, daß bei stürmischem Wetter so mancher Fischer ertrank, passierte es auch oft, daß Männer und Frauen sich im Fluß ertränkten, weil sie nichts zu essen hatten oder krank oder unglücklich verliebt waren. »In die Weichsel gehen«, nannte man das in Wislowka. Die Bauern pflegten zu sagen: »Topiel hat seine Opfer zu sich gerufen.«
Erstaunlicherweise war in den letzten zwei Jahren niemand ertrunken, was alle für ein böses Omen hielten. Es bedeutete, daß Topiel zornig war, weil er die ihm zustehenden Opfer nicht erhalten hatte. Im dritten Jahr brach eine Hungersnot aus, schrecklicher als jede andere, an die sich die Älte-

sten im Dorf erinnern konnten. Die Wintersaat erfror, die Sommersaat verdorrte. Den ganzen Sommer über fiel kein Tropfen Regen. Im Monat Sierpien (unserem August), versammelten sich die Männer im Wirtshaus und einigten sich nach langem Hin und Her darauf, daß man Topiel ein Kind opfern müsse. Vor den Frauen, die weichherzig waren und die Angewohnheit hatten, Geheimnisse auszuplaudern, wurde dieser Beschluß geheimgehalten. Außerdem hatten die Russen, die in Polen herrschten, solche Bräuche verboten.
In Wislowka lebte ein Bauer namens Maciek Kowadlo, dessen sechzehnjährige Tochter Tekla schwanger war. Der Vater des Kindes, ein Landstreicher, hatte sich aus dem Staub gemacht und nichts mehr von sich hören lassen. Maciek und seine Frau Zocha hatten sechs Töchter, und weil kein Brot mehr im Haus war, erklärte er sich bereit, sein erstes Enkelkind Topiel als Opfer darzubringen. Dafür sollte er von der Dorfgemeinschaft ein Ferkel geschenkt bekommen, das er bis Weihnachten mästen wollte. Zu diesem Zweck sollte er von den Dörflern genug Kartoffelschalen, Rüben und Kohlköpfe bekommen. Am Tag vor Weihnachten wollte er das Mastschwein schlachten; dann würde er genug Schinken und Speck für das ganze nächste Jahr haben. Das Kind sollte Topiel gleich nach der Geburt geopfert werden, mit der nach Macieks und Zochas Schätzung im Monat Listopad (unserem November), spätestens aber im Monat Styczen (Januar) zu rechnen war.
Die Bauern hatten sich geirrt, als sie meinten, die Sache geheimhalten zu können. Schon bald wußten alle Dorfbewohner und auch der Gemeindevor-

stand, was da beschlossen worden war. Als Tekla erfuhr, was man von ihr verlangen würde, zuckte ihr Mund, als wäre sie dem Weinen nahe, doch sie vergoß keine Träne. Alle Tränen vertrockneten in ihr. Maciek hatte seine Tochter vor jenem Landstreicher gewarnt. Aber Tekla hatte dieser Stefan leidgetan. Er hatte wie ein Städter geredet und ihr erzählt, daß er studiere, um Priester zu werden. Er hatte ihr versprochen, sie später als Haushälterin zu sich zu holen. Und er hatte ihr eine Schachtel Zündhölzer geschenkt – eine Rarität in diesem Dorf, wo die Bauern zwei Holzscheite aneinander rieben, wenn sie Feuer machen wollten.

Tekla war klein für ihr Alter. Sie hatte wäßrige blaue Augen, die zu weit auseinanderstanden, hohe Backenknochen, eine Stupsnase, eine gewölbte Stirn, flachsblonde Haare und eine Menge Sommersprossen. Sie war schwächlich, weil sie in Zeiten der Hungersnot aufgewachsen war. Im Gegensatz zu ihren fröhlichen und redseligen jüngeren Schwestern war Tekla ein stilles Mädchen. Sie hörte gern zu, wenn alte Frauen beim Flachsspinnen Geschichten erzählten – Geschichten von Dämonen, bösen Geistern, Werwölfen, Zauberern, Hexen und wilden Tieren. Aus einem unerfindlichen Grund ahnte sie, daß sie jung sterben würde. Das beichtete sie sogar dem Priester, Pawel Domb, der darauf erwiderte: »Alles steht in Gottes Hand.« Die anderen Familienmitglieder sprachen nie über das, was sie geträumt hatten. Tekla jedoch konnte sich immer genau an ihre Träume erinnern und versuchte, sie zu deuten. Einen bestimmten Traum hatte sie immer wieder: Sie war krank, man setzte ihr Schröpfköpfe und Blutegel an, der Leichenbestatter kam, um Maß zu nehmen für ihren Sarg.

Vor Jahren hatte Maciek eine Ziege gehabt, und immer wenn Tekla mit ihr auf die Weide gegangen war, hatte sie sich alles mögliche zusammenphantasiert: daß sie von Zigeunern entführt worden und an Menschenfresser verkauft worden sei, die sie in einem Kessel kochten und dann wie eine Gans verspeisten; oder daß sie sich im Wald verlaufen habe und von einer Wölfin aufgezogen worden sei, die ihr die Wolfssprache beibrachte; oder daß sie von einem Räuber, der mitten auf der Stirn ein einziges Auge hatte, in einen Sack gesteckt und gezwungen worden sei, ein Ungeheuer zu gebären. Die Bauersfrauen in Wislowka sagten, Stefan sei vielleicht ein verkleideter Teufel gewesen. Noch ehe Tekla erfuhr, daß ihr Kind gleich nach der Geburt Topiel geopfert werden sollte, hatte ihr eine alte Frau bange gemacht: Sie werde vielleicht ein Kind mit Hörnern und Klauen zur Welt bringen, und es sei gefährlich, einen solchen Wechselbalg zu stillen, weil er ihr die Brustwarze abbeißen könnte.

Das Ferkel war noch klein, als Maciek es mit nach Hause brachte, aber es wurde von Tag zu Tag fetter. Die Frauen aus dem Dorf brachten ihm Küchenabfälle und Essensreste. Es hatte keinen Namen und wurde ganz einfach »Wieprz« genannt (das ist das polnische Wort für »Eber«). Wieprz konnte von morgens bis abends fressen. Er wälzte sich gern im Dreck und grunzte dabei vor Vergnügen. Seine Äuglein verrieten eine kindische Freude.

Er ist glücklich, dachte Tekla. Er weiß nicht, was ihm bevorsteht.

Tekla wurde von Tag zu Tag bedrückter. Sie hatte

sich von einem Vagabunden betrügen lassen, und ihr Vater hatte für ein Schwein sein Enkelkind verkauft. Sie wurde noch schweigsamer. Sie konnte ihren Vater, ihre Mutter und ihre Schwestern nicht mehr liebhaben. Sie verglich sich mit dem Schlachtschwein, das die Dorfgemeinschaft als Opfer ausersehen hatte. Sie ging sonntags nicht mehr zur Kirche, und niemand forderte sie dazu auf. Abends, wenn ihre Schwestern plauderten, lachten und sich gegenseitig die Haare flochten, hockte Tekla in einer Ecke und hörte das Geschnatter überhaupt nicht. Auf einer Bank wurde ein Bett für sie gerichtet, aber Tekla hielt es in derHütte nicht mehr aus und schlief auf dem Heuboden. Ihr Bauch wurde immer dicker. Das Kind in ihrem Leib bewegte sich und strampelte. Nachts kläffte und heulte der Wind wie ein Rudel Wölfe.

II

Wie schnell die Zeit verflog! Erst gestern, so kam es Tekla vor, hatten die zarten Spinnfäden des Altweibersommers in der Luft geschwebt, und nun setzten bereits die Regenfälle und die Kälte ein. Da Maciek keinen Schweinekoben hatte, war das Borstentier in der Hütte untergebracht. Wieprz wurde so fett, daß seine dünnen Beine ihn nicht mehr tragen konnten und er meistens bloß noch hockte oder lag. Manchmal sprach aus seinen haselnußbraunen Augen so etwas wie Schwermut. Weiß das Tier, daß es bald sterben muß? fragte sich Tekla. Sie neigte von Natur aus dazu, über alles mögliche nachzugrübeln. Wie hoch ist der Himmel? Wie tief

ist der Erdboden? Warum lebt und stirbt der Mensch? Was sind Träume? Warum kommen manche Kinder als Knaben und manche als Mädchen zur Welt? Warum ist das Leben in Wislowka so trübselig?
Angeblich hing die ganze Familie an Wieprz. Die Mädchen gaben ihm Küßchen und spielten mit ihm – und dennoch sollte er bald geschlachtet werden. Maciek hatte bereits sein Beil geschliffen, und Zocha hatte schon den Kübel hergerichtet, in dem die Haut des Borstentieres abgebrüht werden sollte. Sie sprach sogar schon von den Schweinekoteletts, die sie an den Feiertagen braten wollte. Die Nachbarn fragte Zocha, ob sie sich für Weihnachten Speck borgen könnten, den sie ihr später ersetzen würden. »Wie ist das nur möglich?« fragte sich Tekla. »Wie kann der barmherzige Gott zulassen, daß solches Unrecht geschieht?« Oft predigte Pawel Domb, der Pfarrer, sonntags auf seiner Kanzel, daß Gott die Liebe sei und daß Er Seinen eingeborenen Sohn in die Welt geschickt habe, um die Menschen zu erlösen. Aber warum mußte dieser Sohn gekreuzigt werden? Tekla hätte gern jemanden danach gefragt, aber wen hätte sie fragen sollen?
Vor den Feiertagen fiel eine Menge Schnee, und deshalb hofften alle, daß es im nächsten Jahr nicht wieder eine Dürre geben würde. Die Weichsel schlug immer heftigere Wellen. Gewöhnlich war der Fluß zu dieser Jahreszeit schon zugefroren und konnte mit Schlitten überquert werden; dieses Jahr aber waren die Fluten so aufgepeitscht, daß sich keine Eisdecke bilden konnte. Nachrichten trafen ein: Ganze Ortschaften waren überschwemmt,

Brücken eingestürzt, Menschen ertrunken. Es kamen Leute, die mit eigenen Augen gesehen hatten, wie Tische, Stühle, Nudelbretter und Kinderbettchen in der reißenden Strömung trieben. Tekla wußte genau, warum Topiel so zornig war. Er schäumte vor Wut, weil er sein Opfer noch nicht bekommen hatte. Tekla hatte einmal die alten Frauen davon sprechen hören, daß Topiel auf dem Grund der Weichsel einen Palast besitze und daß er viele Ehefrauen und Nebenfrauen habe. Kristallene Hörner habe er, einen silbernen Bart und einen Fischschwanz. Im Sommer betöre er seine Opfer mit seinem Gesang, und die Flußnymphen hälfen ihm dabei, junge Burschen und Mädchen anzulokken. Im Winter brülle er wie ein Löwe. »Ob Topiel ein Menschenfresser ist?« überlegte Tekla. Seine Ehefrauen, die im Chor mit ihm sangen, fraß er jedenfalls nicht auf.
Ein verrückter Gedanke schoß ihr durch den Kopf. Ob sie vielleicht eine von Topiels Frauen werden sollte, um dann gemeinsam mit ihm ihr Kind aufzuziehen? Sie malte sich aus, wie sie sich in den Fluß stürzen und wie Topiel sie mit seinen mächtigen Armen an sich reißen und in seinen Palast tragen würde. Dort würde er sie auf den Schoß nehmen, sie küssen und streicheln und sie seine geliebte Rusalka nennen. Sie würde sich vor ihm hinknien und ihm die Füße küssen, und er würde ihr versprechen, ihr Kind nicht zu verschlingen, sondern es als seinen Sohn aufzuziehen.
Je näher Weihnachten rückte, um so mehr verwöhnten Zocha und die Mädchen das Schlachtschwein. Ständig brachten sie ihm Leckerbissen und obendrein taten sie so, als nähmen sie Maciek

übel, daß er Wieprz den Garaus machen wollte.
»Ach, ihr Männer seid so herzlos!« nörgelte Zocha. »Wie kannst du denn unseren allerliebsten Wieprz umbringen wollen? Du Freßsack!«
Auch die Mädchen jammerten. »Warum soll er geschlachtet werden? Laß ihn noch ein Weilchen leben. Er ist noch so jung!«
Aber Maciek sagte: »Ihr werdet sein Fleisch essen und euch die Finger ablecken!«
An dem Morgen, an dem Wieprz geschlachtet werden sollte, stand Tekla nicht auf. Da es jetzt schon zu kalt war, um auf dem Heuboden zu schlafen, lag sie auf einem Strohsack neben dem Ofen. Ihr Bauch war so hart wie eine Trommel, ihr Gesicht war gelb und aufgedunsen. Nur einen Schritt weit von ihr entfernt lag Wieprz und schnarchte. Maciek, der sich sonst immer so gemächlich bewegte und meistens leise redete, wurde plötzlich rabiat. Er band Wieprz einen Strick um und zerrte ihn hinaus in den Hof. Wieprz quiekte wie verrückt. Kurz darauf hörte Tekla einen gräßlichen Schrei. Ihr war, als hätte Wieprz geschrien: »Mörder! Hilfe! Rettet mich!«
Tekla zog sich die Decke übers Gesicht und steckte sich die Finger in die Ohren, um die Schreie nicht zu hören. Sie war wütend auf ihren Vater, ihre Mutter, ihre Schwestern.
»Ich möchte nicht mehr in dieser verlogenen Welt leben!« rief eine Stimme in ihr. »Ich gehe in die Weichsel ...«
Plötzlich wurde ihr klar, daß sie dieses Ende schon lange vorausgesehen hatte, vielleicht schon seit ihrer Kindheit.

III

Die Kirche von Wislowka war klein, aber wenn ihre Glocke läutete, konnten es sogar die tauben Leute hören. Die Glocke rief die Dorfbewohner zur Christmette, doch Tekla sagte ihrer Mutter, sie könne nicht zum Gottesdienst gehen, weil sie Krämpfe habe. Die Familie ließ Tekla allein zurück. Auf dem Herd stand ein großer Topf mit Fleischbatzen von Wieprz. Eine winzige Öllampe brannte. Schatten tanzten über die Wände und die niedrige Decke.

»Ich muß es sofort tun!« sagte sich Tekla. Sie besaß ein Sonntagskleid, aber da es ihr jetzt bestimmt viel zu eng um die Hüften war, zog sie ihren Werktagsrock an, dazu eine Schaffelljacke und Schuhe aus Stofflappen mit Sohlen aus Eichenrinde. Dann ging sie hinaus. Der Mond schien nicht, aber der Himmel war sternenübersät. Tekla blieb einen Augenblick stehen und sah zum Himmel empor. Sterne – was war das eigentlich? Weshalb funkelten sie so?

Von der Kirche her war Gesang zu hören. Der Geruch von Fleischgerichten und Fettgebäck lag in der Luft: Die Leute von Wislowka, so arm sie auch waren, hatten für die Feiertage gekocht und gebacken. Die wenigen jungen Burschen, die noch im Dorf waren, würden sicher wieder Masken mit Bärten aufsetzen, lange Stecken in die Hand nehmen, von Hütte zu Hütte gehen und Weihnachtslieder singen – aber Tekla konnte sich diese Lieder nicht mehr anhören. Es drängte sie plötzlich, jemandem Ade zu sagen, aber wem? Sie schlug den Weg zur Weichsel ein. Der Wind pfiff ihr ins Gesicht, die

Kälte drang durch ihre Schaffelljacke. Bald war sie am Ufer angelangt. Der Fluß war noch nicht zugefroren, aber Eisschollen trieben auf dem Wasser. Der Himmel schaukelte auf den Wellen. Tekla sträubten sich die Haare, als wollten sie sich vom Kopf losreißen. Sie wollte das Vaterunser beten, aber ihr fiel der Text nicht mehr ein. Plötzlich sah sie Wieprz. »Wie kommt Wieprz hierher?« Er stand vor ihr, seine haselnußbraunen Augen blickten zu ihr auf, dann hob er die Schnauze, wie wenn er etwas sagen wollte. »Was ist passiert? Ist er aus der Hütte davongelaufen?« fragte sich Tekla verwundert. »Ach, da wird es im Dorf aber große Aufregung geben!«
Sie beugte sich zu ihm, um ihn zu streicheln, doch im selben Moment fiel ihr ein, daß er tot war. Und sofort löste sich Wieprz in Nichts auf. Tekla stockte vor Kummer der Atem. Nichts außer Knochen und Borsten war von Wieprz' Körper übriggeblieben, aber sein Geist lebte und war zu ihr gekommen, um ihr Ade zu sagen. »Ade, Wieprz«, flüsterte Tekla, erfüllt von tiefer Liebe zu dem gepeinigten Geschöpf, das, anstatt sich zu rächen, Anhänglichkeit gegenüber der Tochter seines Mörders bewies.
Es war zu kalt, um zu warten und nachzugrübeln. Tekla ging in den brausenden Fluß. Sie kam zu einer tiefen Stelle und stürzte sich kopfüber ins Wasser, hinunter zu Topiel, dem König der Weichsel, der aus der Tiefe emporstieg, sie in seine eisigen Arme nahm und mit ihr hinabtauchte in sein schimmerndes Schloß.

IV

Maciek schwor, seine Tochter habe sich ertränkt (er hatte einen ihrer Stofflappenschuhe am Ufer gefunden), doch die Leute von Wislowka behaupteten, er habe Tekla irgendwohin verschwinden lassen, um sein Enkelkind zu retten. Die Bauern stürmten in Macieks Hütte und holten sich das Fleisch und die Innereien, die von Wieprz übriggeblieben waren. Die Frauen trugen sogar den Topf mit der siedenden Suppe weg, der auf dem Herd gestanden hatte.

An diesem Christfest sang niemand in Wislowka Weihnachtslieder. Alle waren überzeugt, daß Maciek und Zocha gelogen hatten, denn Topiel war keineswegs besänftigt, sondern wurde noch zorniger. Er brüllte mit Donnerstimme in den Sturm hinaus und stieß ein wildes Gelächter aus. Er riß die Strohdächer von den Hütten und ließ sie wie Vögel aus einer anderen Welt übers Dorf fliegen. Topiel war bekannt dafür, daß er durch Verwünschungen Unheil über die Menschen bringen konnte: Cholera, Blitzschlag, Höllenfeuer und die Baba Jaga, die auf einem Mörser samt Stößel angeritten kommen und mit ihrem langen Besen alles Licht aus der Welt fegen würde.

Topiels Verwünschungen wurden im Nu Wirklichkeit. Mitten in der Nacht waren Schreie zu hören. Aus dem Schornstein einer Hütte flog ein Funke und setzte das Strohdach in Brand. Kurz darauf ging die ganze Hütte in Flammen auf – wie ein Lampion. Nachbarn, die zuschauten, konnten in den Flammen einen glutroten Kobold und drei Teufelinnen sehen. Vor Tagesanbruch brachte der

Sturm die Kapelle mit der Muttergottesfigur zum Einstürzen – ein Zeichen dafür, daß Satan die Herrschaft über das Dorf angetreten hatte. Die ganze Nacht bellten die Hunde, und einige heulten so heftig, daß sie tot umfielen. Der Morgen kam – trüb und düster. Dichter Nebel, vermischt mit Rauch und Ruß, lag über Wislowka. Die wenigen Hähne, die noch am Leben waren, vergaßen zu krähen.

Von nun an folgte ein Unheil dem andern. Anscheinend hatte jemand den Russen erzählt, die Bauern von Wislowka hätten Topiel eine schwangere Frau und ihr ungeborenes Kind geopfert – denn am Morgen, als Powel Domb, der Pfarrer, gerade seufzend und hustend in der Kirche predigte, daß der Teufel sich das Fest der Geburt Christi ausgesucht habe, um die Gläubigen zu verleiten, kamen die Russen und verhafteten Maciek, seine Frau und einige andere Familienväter. Die Häftlinge wurden in Ketten gelegt. Gewiß, der Zar hatte die polnischen Leibeigenen befreit, aber seine Beamten hegten immer noch einen Groll gegen die ehemaligen Unterjochten und trachteten danach, falsche Beschuldigungen gegen sie zu erheben. Die Häftlinge wurden ohne Gerichtsverhandlung nach Sibirien geschickt.

Im nächsten Sommer brachten die Felder rings um Wislowka weniger Ertrag denn je. Die Roggenähren waren halbleer, und die spärlichen Körner wurden vom Sturm herausgeschüttelt und vom Hagel zerschlagen. Heuschreckenschwärme machten sich über die Felder her. Es mußten böse Kobolde in Heuschreckengestalt gewesen sein, denn jemand hatte sie in menschlicher Sprache miteinander

plaudern hören. Während der folgenden Hungersnot verließen die Bauern ihre Hütten und wanderten, so weit ihre Füße sie trugen. Die Töchter der Bauern verdingten sich in der Stadt. Die alten Leute verhungerten oder wurden von Krankheiten dahingerafft.
Offenbar wollte sich Topiel ganz Wislowka aneignen. Er streute Sand über dem Dorf aus – Dünen, die nach einiger Zeit die Dächer unter sich begruben und aus denen nur noch die Schornsteine herausragten. Die letzten Dorfbewohner schworen, daß ihre Hütten nachts wie Schlangen auf den Fluß zukröchen; die Hüttenwände hätten sich derart verbogen, daß dort, wo vorher die Tür war, jetzt ein Fenster sei. Die Bauern in den benachbarten Weilern sagten, Topiel komme nachts heraus auf die Dünen und drehe sich mit Tekla im Tanz – sie mit einem Perlmuttumhang über dem nackten Körper und einem Kind auf dem Arm, er mit einem Bart aus schaumsprühenden Locken und einer Krone aus Eis.

Chanukka im Armenhaus

DRAUSSEN war es verschneit und eiskalt, im Armenhaus aber war es warm. Wer sterbenskrank oder gelähmt war, lag im Bett. Die anderen saßen um eine große Chanukkalampe herum, in der acht Dochte brannten. Gutherzige Bürger hatten Kartoffelpuffer, bestreut mit Zucker und Zimt, ins Armenhaus geschickt. Die Armenhäusler sprachen von alten Zeiten, von ungewöhnlich starkem Frost, von den Wolfsrudeln, die in eiskalten Nächten die Dörfer heimgesucht hatten, und auch von Begegnungen mit Dämonen, Kobolden und Naturgeistern. Inmitten der Armenhäusler saß ein alter Mann, ein Fremder, der sich erst vor zwei Tagen hier eingefunden hatte. Er war hochgewachsen und hatte einen milchweißen Bart. Er wirkte nicht älter als siebzig, aber als der Leiter des Armenhauses ihn nach seinem Alter fragte, dachte er eine Weile nach und zählte die Jahre an seinen Fingern ab. Dann sagte er: »An Pessach werde ich zweiundneunzig.«

»Unberufen!« riefen die anderen einstimmig.

»Man wird halt älter und nicht jünger«, sagte der alte Mann. An seiner Aussprache merkte man, daß er nicht aus Polen sondern aus Rußland stammte. Ungefähr eine Stunde lang hörte er den Geschichten der anderen zu, wobei er den Blick nicht von den Chanukkalichtern wandte. Als das Gespräch auf die strengen Judenedikte kam, sagte er: »Was wißt ihr

hier in Polen denn schon von strengen Edikten? Verglichen mit Rußland ist Polen ein Paradies.«
»Bist du aus Rußland?« fragte jemand.
»Ja, aus Witebsk.«
»Was tust du denn hier in Polen?« fragte jemand anders.
»Wer auf der Wanderschaft ist, kommt in alle möglichen Gegenden.«
»Mir scheint, du sprichst in Rätseln«, sagte eine alte Frau.
»Mein Leben war ein einziges großes Rätsel.«
Der Heimleiter, der ganz in der Nähe stand, sagte: »Ich glaube, dieser Mann hat eine Geschichte zu erzählen.«
»Falls ihr die Geduld habt, mir zuzuhören«, erwiderte der Alte. »Rückt näher, damit ich nicht so schreien muß.«
Alle rückten ihre Schemel näher an ihn heran, und nun begann er zu erzählen.
»Zuerst möchte ich euch meinen Namen sagen. Ich heiße Jakob, aber meine Eltern nannten mich Jankele. Die Russen haben daraus ›Jascha‹ gemacht. Ich erwähne die Russen, weil ich einer von den sogenannten Eingefangenen gewesen bin. Als ich ein Junge war, verfügte Zar Nikolaus I., ein Judenfeind, daß jüdische Jugendliche eingefangen und zu Soldaten erzogen werden sollten. Dieser Erlaß bezog sich auf russische Juden, nicht auf polnische. Die Aufregung war groß. Die Kinderfänger stürmten in ein Haus oder in einen Cheder, wo die Knaben Unterricht hatten, fingen einen Jugendlichen ein, als ob er ein Tier wäre, und schickten ihn ins russische Hinterland, manchmal sogar bis nach Sibirien. Er mußte nicht sofort zum Militär. Zunächst

wurde er in ein Dorf gebracht und einem Bauern übergeben. Dort wuchs er auf, und sobald er alt genug fürs Militär war, wurde er eingezogen. Er mußte Russisch lernen und seine Jüdischkeit vergessen. Oft wurden diese Jugendlichen gezwungen, den russisch-orthodoxen Glauben anzunehmen. Bei den Bauern mußten sie am Sabbat arbeiten. Viele von ihnen starben, weil sie so schlecht behandelt wurden, viele starben an Heimweh.

Da nach dem Gesetz kein Verheirateter eingezogen werden durfte, wurden bei den russischen Juden oft kleine Jungen mit kleinen Mädchen verheiratet, um zu verhindern, daß die Knaben eingefangen wurden. Verheiratete Knaben gingen weiter zur Schule. Verheiratete kleine Mädchen setzten eine Frauenhaube auf, obwohl sie natürlich Kinder blieben. Oft spielte so eine junge ›Ehefrau‹ draußen auf der Straße mit Kieselsteinen oder mit Sandförmchen. Manchmal nahm sie ihre Haube ab und legte ihr Spielzeug hinein.

Mir passierte etwas anderes. Das kleine Mädchen, mit dem ich verheiratet werden sollte, war die Tochter eines Nachbarn. Sie hieß Reizel. Als sie vier und ich fünf Jahre alt gewesen war, hatten wir ›Mann und Frau‹ gespielt. Ich tat so, als ginge ich in die Synagoge, und sie bereitete mein ›Abendbrot‹ zu: Sand oder Lehm auf einer Glasscherbe. Ich hatte Reizel lieb, und wir versprachen einander, später wirklich Mann und Frau zu werden. Sie hatte eine sehr helle Haut, rote Haare und blaue Augen. Als meine Eltern mir einige Jahre später die frohe Kunde überbrachten, daß Reizel mit mir verheiratet werden sollte, war ich außer mir vor Freude. Wir hätten sofort geheiratet, wenn Reizels Mutter nicht

darauf bestanden hätte, eine Ausstattung für die achtjährige Braut anzufertigen, obwohl ihr die Kleider bald nicht mehr passen würden.
Drei Tage vor der Trauung drangen zwei Kosaken mitten in der Nacht in unser Haus ein, zerrten mich aus dem Bett und zwangen mich, mitzukommen. Meine Mutter fiel in Ohnmacht. Mein Vater wollte mich retten, aber die Kosaken gingen auf ihn los und schlugen ihm zwei Zähne ein. Das passierte in der zweiten Chanukka-Nacht. Am nächsten Tag wurden die eingefangenen Jugendlichen in die Synagoge geführt, wo sie schwören mußten, dem Zaren treu zu dienen. Die halbe Einwohnerschaft versammelte sich vor der Synagoge. Männer und Frauen weinten. In der Menschenmenge entdeckte ich Reizel, und in all dem Elend konnte ich ihr noch zurufen: ›Reizel, ich komm' zu dir zurück!‹ Und sie rief mir zu: ›Jankele, ich warte auf dich!‹
Wenn ich alles erzählen wollte, was ich durchgemacht habe, könnte ich ein Buch mit tausend Seiten schreiben. Ich wurde ins russische Hinterland transportiert. Die Fahrt dauerte viele Wochen. Man brachte mich in ein Dörfchen und gab mich in die Obhut eines Bauern namens Iwan. Er hatte eine Frau und sechs Kinder, und die ganze Familie bemühte sich, einen Russen aus mir zu machen. Sie schliefen zu acht in einem einzigen großen Bett. Im Winter wurden auch die Schweine in Iwans Kate untergebracht. Es wimmelte von Kakerlaken. Ich kannte bloß ein paar russische Wörter. Mein Gebetsschal wurde mir weggenommen, meine Schläfenlocken wurden mir abgeschnitten. Und mir blieb nichts anderes übrig, als nichtkoschere Speisen zu essen. Während der ersten paar Tage

spuckte ich das Schweinfleisch wieder aus – aber wie lange kann ein junger Bursche denn schon fasten? Im Umkreis von vielen hundert Kilometern gab es keinen einzigen Juden. Meinen Leib konnte man dazu zwingen, alles mögliche zu tun, aber meiner Seele konnte man nicht befehlen, den Glauben meiner Väter aufzugeben. Ich konnte etliche Gebete und Segenssprüche auswendig und sagte sie immer wieder auf. Wenn niemand in der Nähe war, redete ich oft mit mir selber, um die jiddische Sprache nicht zu verlernen. Im Sommer schickte mich Iwan zum Ziegenhüten auf die Weide. In den folgenden Jahren hütete ich seine Kühe und sein Pferd. Oft setzte ich mich ins Gras und redete mit meinen Eltern, meiner jüngeren Schwester Lea, meinem ebenfalls jüngeren Bruder Chaim – und mit Reizel. Obwohl ich so weit weg von ihnen war, bildete ich mir ein, daß sie mich hören konnten und mir Antwort gaben. Da ich an Chanukka eingefangen worden war, beschloß ich, das Chanukkafest auch in der Fremde zu begehen, und sei es um den Preis meines Lebens. Ich hatte keinen jüdischen Kalender, aber ich wußte, daß Chanukka ungefähr in die Weihnachtszeit fällt – ein bißchen früher oder ein bißchen später. Mitten in der Nacht stand ich auf und ging ins Freie. In der Nähe des Kornspeichers stand eine alte Eiche. Ein Blitzschlag hatte ein großes Loch in ihren Stamm gerissen. Ich kroch hinein, zündete einen Kienspan an und sagte den Segensspruch. Wenn mich der Bauer dabei ertappt hätte, wäre ich verprügelt worden. Aber er schlief wie ein Bär.

Die Jahre vergingen, und ich wurde Soldat. In der Nähe der Kaserne gab es keine alte Eiche, und

wenn jemand nachts aus dem Bett geklettert und ohne Erlaubnis hinausgegangen wäre, dann hätte man ihn ausgepeitscht. Aber in manchen Winternächten mußte ich das Munitionsdepot bewachen, und dann schaffte ich es immer, eine Kerze anzuzünden und ein Gebet zu sprechen. Eines Tages kam ein jüdischer Soldat in unsere Kaserne, der ein kleines Gebetbuch bei sich hatte. Beim Anblick der altvertrauten hebräischen Buchstaben empfand ich eine unbeschreibliche Freude. Ich versteckte mich irgendwo und rezitierte sämtliche Gebete – die für die Werktage, die für den Sabbat und die für die Feiertage. Dieser jüdische Soldat hatte seine Dienstzeit bereits abgeleistet, und bevor er die Heimfahrt antrat, schenkte er mir das Gebetbuch. Es ist das Kostbarste, was ich jemals besessen habe. Ich trage es auch jetzt noch mit mir herum.
Zweiundzwanzig Jahre waren vergangen, seit ich eingefangen worden war. Die Soldaten hatten angeblich das Recht, einmal im Monat einen Brief an ihre Eltern zu schicken, aber weil meine Briefe in jiddischer Sprache geschrieben waren, wurden sie nicht zugestellt. Und ich erhielt nie einen Brief von zu Hause.
In einer Winternacht, als ich wieder einmal vor dem Munitionsdepot Wache schieben mußte, zündete ich zwei Kerzen an. Weil es nicht windig war, steckte ich sie in den Schnee. Nach meiner Berechnung mußte jetzt Chanukka sein. Ein Soldat, der auf Wachtposten ist, darf sich nicht hinsetzen und auf keinen Fall darf er einschlafen. Aber weil es mitten in der Nacht und niemand in der Nähe war, hockte ich mich auf die Türschwelle des Depots und betrachtete die beiden Flämmchen, die so hell

leuchteten. Nach dem anstrengenden Tagesdienst war ich müde. Ich konnte die Augen nicht mehr offenhalten und schlief ein. Ich verstieß also gleich dreimal gegen die Befehle des Zaren. Plötzlich rüttelte mich jemand an der Schulter. Ich öffnete die Augen und sah meinen Erzfeind vor mir, einen hundsgemeinen Korporal namens Kapustin – groß, breitschultrig, mit einem gezwirbelten Schnurrbart und einer dicken, dunkelrot angelaufenen Trinkernase. Gewöhnlich schlief er die ganze Nacht, aber in dieser Nacht mußte ihn ein Dämon dazu verleitet haben, hinauszugehen. Als ich im Schein der Chanukkakerzen diesen Schurken neben mir stehen sah, wußte ich, daß für mich alles zu Ende war. Man würde mich vor ein Kriegsgericht stellen und nach Sibirien schicken. Ich sprang auf, packte mein Gewehr und schlug ihn damit auf den Kopf. Er brach zusammen, und ich rannte davon. Ich rannte, bis die Sonne aufging. Ich wußte nicht, wohin meine Füße mich trugen. Ich kam in einen dichten Wald, der schier endlos war.

Drei Tage lang aß ich nichts und trank nur geschmolzenen Schnee. Dann kam ich in ein Dörfchen. In all den Jahren hatte ich die wenigen Kopeken, die ich als Sold erhielt, gespart, so daß ich jetzt ungefähr fünfzehn Rubel besaß. Ich trug das Geld in einem kleinen Brustbeutel bei mir. Ich kaufte mir eine mit Kattun gefütterte Jacke, eine Hose und eine Mütze. Meine Uniform und das Gewehr warf ich in einen Fluß. Nach wochenlanger Wanderschaft kam ich an ein Eisenbahngleis. Ein mit Baumstämmen beladener Güterzug rollte langsam südwärts. Er bestand aus nahezu hundert Waggons. Ich sprang auf einen Waggon. Kurz bevor der

Zug an einer Station hielt, sprang ich jedesmal ab, um nicht vom Stationsvorsteher entdeckt zu werden. Den Ortsschildern entlang der Bahnstrecke konnte ich entnehmen, daß der Güterzug nach St. Petersburg fuhr, das damals noch die Hauptstadt Rußlands war. In manchen Bahnhöfen hatte der Zug stundenlang Aufenthalt. Dann ging ich jedesmal in die Ortschaft und erbettelte mir ein Stück Brot. Die Russen hatten mir meine besten Jahre gestohlen, also hatte ich doch wohl das Recht, mir bei ihnen etwas zu essen zu holen. Endlich fuhr der Zug in Petersburg ein.

Dort traf ich reiche Juden, und als ich ihnen meine Notlage schilderte, sorgten sie dafür, daß ich mich ein paar Wochen lang ausruhen konnte, warme Kleidung und das Geld für die Bahnfahrt in meine Heimatstadt Witebsk bekam. Ich hatte mir einen Bart wachsen lassen, und niemand hätte mich wiedererkannt. Trotzdem wäre es gefährlich gewesen, unter meinem richtigen Namen zu meiner Familie zurückzukehren, weil ich dann als Deserteur verhaftet worden wäre.

Der Zug traf im Morgengrauen in Witebsk ein. Der Winter ging zu Ende. Der Frühling lag schon in der Luft. Einige Stationen vor Witebsk stiegen jüdische Fahrgäste zu, deren Gesprächen ich entnehmen konnte, daß gerade das Purimfest gefeiert wurde. Mir fiel ein, daß es bei armen jungen Burschen Brauch ist, an diesem Feiertag Masken aufzusetzen und sich zu verkleiden: als der törichte König Ahasverus oder der rechtschaffene Mordechai oder der grausame Haman oder als dessen niederträchtige Ehefrau Seresch. Gegen Abend zogen sie von Haus zu Haus, sangen Lieder, führten Szenen aus dem

Buch Esther auf und bekamen von den Leuten ein paar Groschen geschenkt. Ich blieb bis zum Vormittag auf dem Bahnhof, dann ging ich in die Stadt und kaufte mir eine Haman-Maske mit einem Dreispitz aus rotem Papier sowie ein Schwert aus Pappe. Trotz allem befürchtete ich, daß mich irgend jemand in der Stadt wiedererkennen würde. Und ich wollte meinen alten Eltern durch mein plötzliches Auftauchen keinen Schrecken einjagen. Da ich sehr müde war, ging ich in ein Armenhaus. Auf die Frage des Heimleiters, woher ich denn käme, nannte ich eine weit entfernte Stadt. Den Armen und Kranken hatten wohlhabende Bürger Hühnersuppe und Weißbrotstriezel gespendet. Ich bekam eine köstliche Mahlzeit – sogar ein Stück Kuchen – und trank dazu ein Glas Tee.
Nach Sonnenuntergang setzte ich die Maske des bösen Haman auf, hängte mir das Papierschwert an die Hüfte und ging zu unserem alten Haus. Ich öffnete die Tür und sah meine Eltern vor mir. Der Bart meines Vaters war im Lauf der Jahre weiß geworden. Das Gesicht meiner Mutter war runzlig. Mein Bruder Chaim und meine Schwester Lea waren nicht da. Sicher hatten sie inzwischen geheiratet und wohnten jetzt woanders.
Aus meiner Kindheit war mir ein Lied in Erinnerung geblieben, das der als Haman Verkleidete immer gesungen hatte. Ich begann, dieses Lied zu singen:

›Ich bin der böse Haman, der große Held.
Mit der zänkischen Seresch bin ich vermählt.
Auf das Roß des Königs will ich mich schwingen
Und alle Juden ums Leben bringen.‹

Ich wollte weitersingen, aber ich hatte einen Kloß im Hals und brachte keinen Ton heraus. Ich hörte meine Mutter sagen: ›Du bist also Haman. Warum hast du die zänkische Seresch nicht mitgebracht?‹
Ich versuchte, mit rauher Stimme weiterzusingen. Mein Vater sagte: ›Mit seiner Stimme ist's nicht weit her, aber seine zwei Groschen soll er trotzdem bekommen.‹
›Weißt du was, Haman?‹ sagte meine Mutter. ›Nimm deine Maske ab, setz dich an den Tisch und iß mit uns das Purim-Mahl!‹
Ich betrachtete den Eßtisch. Zwei dicke Kerzen in silbernen Kerzenhaltern brannten – genau wie in meiner Kindheit. Alles kam mir vertraut vor – das gestickte Tischtuch, die Weinkaraffe. Im kalten Rußland hatte ich völlig vergessen, daß es so etwas wie Apfelsinen gibt. Jetzt sah ich auf diesem Tisch Apfelsinen liegen. Und Mandelbrot war da und eine Platte mit süßsaurem Fisch und ein Weißbrotstriezel und Mohnkuchen. Nach einigem Zögern nahm ich meine Maske ab und setzte mich an den Tisch. Meine Mutter guckte mich an und sagte: ›Ihr müßt aus einer anderen Stadt sein. Wo kommt Ihr her?‹
Ich nannte eine weit entfernte Stadt.
›Was tut Ihr hier in Witebsk?‹ fragte mein Vater.
›Ach, ich wandere überall in der Welt umher.‹
›Ihr seht eigentlich noch wie ein junger Mann aus. Was bringt einen Menschen in Eurem Alter dazu, ein Wanderer zu werden?‹
›Stell ihm nicht so viele Fragen! Laß ihn in aller Ruhe essen‹, sagte meine Mutter. ›Wascht Euch jetzt die Hände.‹
Ich wusch mir die Hände mit Wasser aus dem alt-

vertrauten Kupferkrug. Meine Mutter reichte mir ein Handtuch und dann ein Brotmesser zum Anschneiden des Striezels. Auf den Perlmuttgriff des Messers waren die Worte ›Heiliger Sabbat‹ geprägt. Dann brachte sie mir einen Teller mit kleinen, hackfleischgefüllten Krapfen. Ich fragte meine Eltern, ob sie Kinder hätten, worauf meine Mutter von meinem Bruder Chaim und meiner Schwester Lea erzählte, die beide mit ihren Familien in einer anderen Stadt wohnten. Mein Name wurde nicht erwähnt, aber ich sah, wie Mutters Oberlippe bebte. Dann brach meine Mutter in Tränen aus. ›*Mußt* du schon wieder weinen?‹ fragte mein Vater vorwurfsvoll. ›Heute ist Feiertag!‹ ›Ich werde nicht mehr weinen‹, sagte meine Mutter schuldbewußt. Mein Vater gab ihr sein Taschentuch, dann sagte er zu mir: ›Wir hatten noch einen Sohn, aber er ist verschollen.‹

Als kleiner Junge hatte ich im Cheder das Erste Buch Mose und die Geschichte von Josef und seinen Brüdern gelesen. Jetzt war ich nahe daran, meinen Eltern zuzurufen: ›Ich bin euer Sohn!‹, aber ich fürchtete, meine gebrechliche Mutter würde vor Überraschung in Ohnmacht fallen. Auch mein Vater wirkte erschöpft. Nach und nach erzählte er mir von jener Chanukkanacht, in der die Kosaken seinen Sohn Jankele eingefangen hatten. Ich fragte: ›Was ist aus seiner Braut geworden?‹

›Sie hat sich jahrelang geweigert, zu heiraten, weil sie hoffte, Jankele würde zurückkommen. Schließlich konnten ihre Eltern sie dazu bewegen, sich wieder zu verloben. Kurz vor der Hochzeit bekam sie Typhus und starb.‹

›Sie ist aus Sehnsucht nach unserem Jankele gestorben‹, warf meine Mutter ein. ›Seit dem Tag, an dem unser Jankele von diesen mörderischen Kosaken eingefangen wurde, hat sie sich abgehärmt. Sie ist mit Jankeles Namen auf den Lippen gestorben.‹
Wieder brach meine Mutter in Tränen aus. ›Schluß damit!‹ sagte mein Vater. ›Nach dem Gesetz sollen wir Gott für unser Unglück ebenso preisen wie für unser Glück.‹
Im Laufe dieses Abends gab ich mich meinen Eltern zu erkennen. Zuerst sagte ich es meinem Vater, dann bereitete er meine Mutter auf die gute Nachricht vor. Nach vielen Tränen und Küssen und Umarmungen begannen wir, über meine Zukunft zu sprechen. Unter meinem richtigen Namen konnte ich nicht bei meinen Eltern bleiben. Die Polizei hätte herausgefunden, was ich getan hatte, und mich verhaftet. Uns war klar, daß ich nur dableiben konnte, wenn ich mich als einen Verwandten aus irgendeinem weit entfernten Ort ausgab. Meine Eltern wollten mich als einen Neffen ausgeben, einen kinderlosen Witwer, der nach dem Tod seiner Frau zu ihnen gezogen sei. In gewisser Hinsicht stimmte das ja auch. In Gedanken hatte ich Reizel immer als meine Frau betrachtet. Und ich wußte schon damals, daß ich nie eine andere heiraten würde. Von nun an sollte ich nicht mehr Jankele, sondern Leibele heißen.
Und so geschah es. Als die Heiratsvermittler erfuhren, daß ich keine Frau hatte, schlugen sie mir eine Partie nach der anderen vor. Aber ich erklärte jedesmal, ich hätte meine verstorbene Frau so sehr geliebt, daß ich niemals eine andere nehmen würde. Meine Eltern waren alt und gebrechlich

und brauchten mich. Ich blieb fast sechs Jahre daheim. Vier Jahre nach meiner Rückkehr starb mein Vater. Meine Mutter starb zwei Jahre später und wurde neben ihm begraben. Ein paarmal kamen meine Geschwister zu Besuch. Sie wußten natürlich, wer ich wirklich war, hielten es aber geheim. Diese Jahre waren die glücklichsten, die ich als erwachsener Mensch erlebt habe. Jeden Abend, wenn ich mich – statt in der Kaserne ins Bett zu klettern – in meinem Bett zu Hause schlafen legte, und jeden Tag, wenn ich zum Beten in die Synagoge ging, dankte ich Gott dafür, daß er mich aus den Händen der Tyrannen errettet hatte.

Nach dem Tod meiner Eltern gab es für mich keinen Grund mehr, in Witebsk zu bleiben. Ich dachte daran, ein Handwerk zu erlernen und mich irgendwo niederzulassen, aber welchen Sinn hätte es gehabt, ganz allein immer am selben Ort zu bleiben? Ich begann, von einer Stadt zur andern zu wandern. Überall bin ich ins Armenhaus gegangen und habe den Armen und Kranken geholfen. Meine Habseligkeiten sind in diesem Beutel. Ich trage, wie gesagt, immer noch das Gebetbuch bei mir, das mir jener Soldat vor über sechzig Jahren geschenkt hat. Und auch die Chanukkalampe meiner Eltern. Manchmal, wenn ich auf Wanderschaft und besonders niedergedrückt bin, verstecke ich mich in einem Wald und zünde Chanukkakerzen an, auch wenn nicht Chanukka ist.

Sobald ich nachts die Augen zumache, ist Reizel bei mir. Sie ist jung und trägt das Brautkleid aus weißer Seide, das ihre Eltern für sie nähen ließen. Sie gießt Öl in eine prächtige Chanukkalampe, und ich zünde mit einem langen Kienspan die Dochte an.

Manchmal verwandelt sich der ganze Himmel in eine überirdische Chanukkalampe, deren Lichter die Sterne sind. Ich habe einem Rabbi meine Träume erzählt, und er hat gesagt: ›Die Liebe kommt aus der Seele, und Seelen strahlen Licht aus.‹ Ich weiß: Wenn meine Zeit gekommen ist, wird Reizels Seele im Himmel auf mich warten.
Jetzt ist es aber höchste Zeit, schlafen zu gehen. Gute Nacht! Ein frohes Chanukkafest!«

Todie der Gerissene und Leiser der Knicker

In einem Dorf irgendwo in der Ukraine, da lebte ein armer Mann namens Todie. Todie hatte eine Frau, Scheindel, und sieben Kinder. Aber er verdiente nie genug, um sie anständig zu ernähren. Er versuchte sich in manchem Handel, doch nichts wollte ihm gelingen. Im Dorf sagten sie sogar über Todie: Sollte es ihm jemals einfallen, mit Kerzen zu handeln, dann geht die Sonne bestimmt nie mehr unter. Man nannte ihn Todie den Gerissenen, denn wenn er schon einmal zu Geld kam, dann nur durch eine Gaunerei.

Dieser Winter war besonders streng. Immer mehr Schnee fiel, und Todie hatte nicht genug Geld, um Brennholz zu kaufen. Den ganzen Tag über blieben seine sieben Kinder im Bett; da hatten sie es wenigstens warm. Wenn draußen der Frost klirrt, spürt man den Hunger um so heftiger.

Aber Scheindels Speisekammer war leer. Jammernd machte sie Todie bittere Vorwürfe: »Wenn du deine Frau und deine Kinder nicht ernähren kannst, dann geh ich zum Rabbi und laß mich scheiden.«

»Na, und was machst du dann mit der Scheidung? Sie vielleicht aufessen?« erwiderte Todie.

Im selben Dorf lebte ein reicher Mann namens Leiser. Weil er so geizig war, hieß er Leiser der Knikker. Seiner Frau erlaubte er nur alle vier Wochen einmal Brot zu backen, weil er herausgefunden

hatte, daß frisches Brot schneller aufgegessen wird als altbackenes.
Mehr als einmal war Todie zu Leiser gegangen, um sich ein paar Gulden zu leihen, aber jedesmal hatte Leiser geantwortet: »Wenn das Geld in meinem Geldschrank liegt, kann ich besser schlafen, als wenn du es in der Tasche hast.«
Leiser besaß eine Geiß, aber er fütterte sie nie. So hatte die Geiß gelernt, zu den Nachbarn zu gehen. Denen tat die Geiß leid, und sie gaben ihr Kartoffelschalen. Manchmal, wenn es nicht genug Schalen gab, knabberte sie an den Strohdächern. Baumrinde mochte sie auch ganz gern. Und trotz alledem warf die Geiß jedes Jahr ein Zicklein.
Leiser molk zwar die Geiß, aber habgierig wie er war, trank er die Milch nicht selber, sondern verkaufte sie.
Todie wollte sich an Leiser rächen. Und bei der Gelegenheit sollte auch noch ein bißchen Geld für ihn herausspringen.
Eines Tages, Leiser saß auf einer Kiste und schlürfte Gemüsesuppe und aß trockenes Brot dazu – seine Stühle benützte er nur an Feiertagen, um die Polster zu schonen –, da ging die Tür auf, und Todie kam herein.
»Reb Leiser«, sagte er, »ich möchte Euch um eine Gefälligkeit bitten. Meine älteste Tochter Basche ist schon fünfzehn und sie will sich verloben. Es wird ein junger Mann aus Janow kommen und sie sich anschauen. Mein Besteck ist aus Blech, und meine Frau schämt sich, den jungen Mann die Suppe mit einem Blechlöffel essen zu lassen. Könntet ihr mir nicht einen Eurer Silberlöffel leihen? Heiliges Ehrenwort, ich bring ihn morgen wieder.«

Leiser wußte, daß Todie es niemals wagen würde, einen heiligen Eid zu brechen, also lieh er ihm den Löffel.
Kein junger Mann kam an diesem Abend, um sich Basche anzuschauen. Wie gewöhnlich lief das Mädchen barfuß und in Lumpen herum.
Und der Silberlöffel steckte unter Todies Hemd. Kurz nach der Hochzeit hatte Todie noch selber ein Silberbesteck gehabt. Das war jedoch längst verkauft, außer drei silbernen Teelöffeln, die nur am Pessachfest benützt wurden.
Am nächsten Tag kam Todie wieder. Leiser saß barfuß – um seine Schuhe zu schonen – auf einer Kiste und aß Gemüsesuppe mit Trockenbrot.
»Hier ist der Löffel, den ich mir gestern geliehen habe«, sagte Todie und legte einen seiner eigenen Löffel dazu.
»Und was ist mit dem Teelöffel?« fragte Leiser.
Todie sagte: »Euer Eßlöffel hat einen Teelöffel geboren. Er ist sein Kind. Na, bitte schön, weil ich ein ehrlicher Mann bin, bring ich Euch die Mutter und das Kind zurück.«
Voller Erstaunen glotzte Leiser Todie an. Er hatte nie davon gehört, daß einem Silberlöffel ein Kind geboren wurde. Jedenfalls siegte die Habgier über seine Zweifel, und glücklich nahm er die beiden Löffel. Welch unerwartetes Glück! Daß er Todie den Löffel geliehen hatte, freute ihn gewaltig.
Ein paar Tage später, Leiser saß ohne Mantel – um ihn zu schonen – auf einer Kiste und aß Gemüsesuppe mit Trockenbrot, da ging die Tür auf und Todie kam herein.
»Der junge Mann aus Janow hat Basche nicht gefallen, weil er Schlappohren hat. Doch heute abend

kommt ein anderer junger Mann. Scheindel kocht Suppe für ihn, aber sie schämt sich wegen der Blechlöffel. Könntet Ihr mir nicht . . .?«
Ehe Todie den Satz beenden konnte, unterbrach ihn Leiser: »Du willst dir einen Silberlöffel leihen? Bitte sehr, mit Vergnügen.«
Am andern Tag kam Todie mit dem Löffel wieder und mit einem seiner eigenen silbernen Teelöffel. Wieder erklärte Todie, der große Löffel habe über Nacht einen kleinen geboren, und gewissenhaft wie er sei, bringe er die Mutter mit dem neugeborenen Kind zurück. Den jungen Mann habe Basche auch nicht gemocht, weil seine Nase so lang gewesen sei, daß sie ihm bis zum Kinn reichte.
Leiser war natürlich überglücklich.
Das gleiche geschah noch ein drittes Mal. Todie erzählte, dieses Mal habe seine Tochter den Freier abgelehnt, weil er stottere. Er berichtete auch, daß Leisers Löffel wieder einen kleinen Löffel geboren habe.
»Kommt es vor, daß ein Löffel Zwillinge bekommt?« wollte Leiser wissen.
Todie überlegte kurz. »Na, warum nicht? Ich habe von einem Fall gehört, da waren es Drillinge.«
Fast eine Woche war vergangen, und Todie hatte Leiser nicht besucht. Aber eines Freitagmorgens, Leiser saß in Unterhosen da – um seine lange Hose zu schonen – und aß Kohlsuppe und trockenes Brot, da kam Todie herein und sagte: »Ich wünsche Euch einen guten Tag, Reb Leiser.«
»Einen guten Tag, sollst noch viele gute Tage haben«, antwortete Leiser so freundlich er nur konnte. »Welches gütige Geschick führt dich zu mir? Kommst du vielleicht, um dir einen Silberlöf-

fel zu leihen? Wenn dem so ist, dann bediene dich nur.«

»Eine ganz besondere Gunst bitte ich mir aus. Heute abend kommt ein junger Mann aus der großen Stadt Lublin und will Basche sehen. Er ist reicher Leute Sohn. Man hat mir gesagt, daß er gescheit ist und auch hübsch. Ich brauch nicht nur einen Silberlöffel. Er bleibt den Sabbat über bei uns, und da möchte ich zwei silberne Kerzenleuchter haben. Meine sind aus Messing, und meine Frau schämt sich, sie auf den Sabbat-Tisch zu stellen. Würdet Ihr mir Eure Kerzenleuchter leihen? Gleich nach dem Sabbat will ich sie Euch zurückbringen.«

Silberne Kerzenleuchter sind wertvoll, und Leiser zögerte – aber nur einen Augenblick.

Er dachte an das gute Geschäft mit den Löffeln und sagte: »Ich habe acht silberne Kerzenleuchter im Haus. Nimm sie nur. Ich weiß, du wirst sie mir zurückbringen. Und wenn es geschehen sollte, daß jeder ein Kind bekommt, so wirst du sicherlich so ehrlich sein wie früher.«

»Ja, natürlich«, sagte Todie. »Hoffen wir das beste.«

Den Silberlöffel steckte Todie wie gewöhnlich unters Hemd. Die Kerzenleuchter aber verkaufte er einem Händler für eine beträchtliche Summe. Das Geld brachte er Scheindel. Als Scheindel soviel Geld sah, wollte sie wissen, woher er den Schatz habe.

»Als ich aus dem Haus ging, flog eine Kuh über unser Dach und ließ ein Dutzend silberne Eier fallen«, antwortete Todie. »Die Eier hab ich verkauft, und hier ist das Geld.«

»Eine Kuh soll übers Dach fliegen und silberne Eier legen? Das hör ich zum ersten Mal«, zweifelte Scheindel.
»Es gibt immer ein erstes Mal«, antwortete Todie. »Wenn du das Geld nicht willst, so gib's nur wieder her.«
»Von Hergeben kann gar keine Rede sein«, sagte Scheindel.
Sie wußte nur zu gut, wie verschlagen und gerissen ihr Mann war – aber wenn die Kinder Hunger haben und die Speisekammer leer ist, dann fragt man am besten nicht soviel. Scheindel ging auf den Markt und kaufte Fleisch, Fisch und Mehl und sogar Nüsse und Rosinen für einen Pudding. Und weil noch viel Geld übrigblieb, kaufte sie auch noch Schuhe und Kleider für die Kinder.
Das war ein fröhlicher Sabbat in Todies Haus. Die Jungen sangen, und die Mädchen tanzten. Als die Kinder ihren Vater fragten, woher er das Geld habe, antwortete er: »Am Sabbat spricht man nicht von Geld.«
Am Sonntag, Leiser saß barfuß und halbnackt – um seine Kleider zu schonen – auf seiner Kiste und spülte einen Rest trockenes Brot mit Kohlsuppe hinunter, da kam Todie, gab ihm seinen Silberlöffel zurück und sagte: »Wirklich schade! Diesmal hat der Löffel kein Kind geboren.«
»Und was ist mit den Kerzenleuchtern?« fragte Leiser besorgt.
Todie seufzte tief. »Die Kerzenleuchter sind gestorben.«
Leiser sprang so heftig von der Kiste auf, daß der Suppenteller umkippte. »Du Narr! Wie können Kerzenleuchter sterben?« schrie er.

»Wenn Löffel Kinder kriegen können, dann können Kerzenleuchter auch sterben.«
Leiser erhob ein großes Geschrei und Gezeter und ließ Todie zum Rabbi rufen. Nachdem der Rabbi sich beide Seiten der Geschichte angehört hatte, brach er in schallendes Gelächter aus. »Das geschieht dir recht«, sagte er zu Leiser. »Wenn es dir nicht gepaßt hätte, daran zu glauben, daß Löffel Kinder kriegen können, dann wärst du jetzt nicht gezwungen, zu glauben, daß deine Kerzenleuchter gestorben sind.«
»Aber das ist doch alles Unsinn!« schrie Leiser.
»Hast du etwa nicht erwartet, daß sich die Kerzenleuchter vermehren würden?« belehrte ihn der Rabbi. »Ist dir Unsinn recht, wenn er dir nützt, so muß dir Unsinn auch recht sein, wenn er dir schadet.« Damit war der Fall erledigt.
Am nächsten Tag sagte Leiser der Knicker, als ihm seine Frau Gemüsesuppe und Trockenbrot brachte: »Ich will nur trockenes Brot essen. Gemüsesuppe ist zu teuer, auch ohne Sauerrahm.«

Die Geschichte von den Silberlöffeln, die Kinder bekamen, und von den Kerzenleuchtern, die gestorben waren, machte schnell die Runde im Städtchen. Jedermann freute sich über Todies Sieg und über Leiser des Knickers Niederlage. Die Schuster- und Schneiderjungen hatten schnell ein Liedchen darauf gemacht. Das war so üblich, wenn sich etwas Wichtiges zugetragen hatte.

Leiser, du Knicker, gräm dich nicht mehr!
Deine Leuchter sind tot – nimm's nicht so schwer.
Du bist der reichste Mann der Welt,

der von Silberlöffeln Nachwuchs erhält
und silberne Eier zum Beweis dafür kriegt,
daß bei ihm eine Kuh übers Hausdach fliegt.
Hör auf, dich von trockenem Brot zu ernähren,
bald wird man dir silberne Enkel bescheren.

Aber die Zeit verging, und Leisers Silberlöffel bekamen keinen Nachwuchs mehr.

Das schaurige Wirtshaus

Es war, als hätten sich die Schneeflocken-Schatzkammern des Himmels geöffnet. Tag und Nacht fiel Schnee, manchmal senkrecht, manchmal schräg. Minunter wirbelten die Flocken in der Luft herum – wie ein Hund, der seinem eigenen Schwanz nachläuft. Alle Landstraßen waren eingeschneit. Die Äste der Bäume waren mit Rauhreif überzogen und glichen den Armen eines Kristallkronleuchters. Mitten in einem Feld stand eine ramponierte Vogelscheuche. Sie wurde vom Wind geschüttelt, ließ ihre Fetzen flattern und lachte wie verrückt.

Auf einem von Disteln überwucherten Hügel, dicht neben einer Windmühle mit abgebrochenen Flügeln und bei einer Schmiede, deren Herd schon längst erkaltet war, stand das Wirtshaus, das der Hexe Doboschowa gehörte. Sie war die Witwe von Dobosch, dem berühmten Straßenräuber. Vierzig Jahre lang hatte Dobosch die Landstraßen Polens unsicher gemacht, Kaufleute ausgeraubt, die auf dem Weg nach Warschau, Krakau, Danzig oder Leipzig waren, und sich auf diese Weise ein riesiges Vermögen zusammengescheffelt. Als er schließlich erwischt und gehängt worden war, hatte die Doboschowa ihren jetzigen Mann, Lapitut, geheiratet, der halb Mensch, halb Teufel war. Die beiden nisteten sich in dem Wirtshaus ein und verhexten Wandersleute, die der Zufall zu ihnen führte.

Die Doboschowa hielt drei Mädchen gefangen, die für sie arbeiten mußten. Das eine hieß Reize, das

andere Leize, das dritte Neize. Reize hatte schwarze Haare und schwarze Augen, Leize hatte blonde Haare und blaue Augen, Neize hatte rote Haare und grüne Augen. Die Mädchen mußten sich den ganzen Tag abrackern. Nachts schliefen sie auf dem Heuboden bei Ratten und Feldmäusen. Schon oft hatten die Mädchen versucht, davonzulaufen, doch die Doboschowa und Lapitut hatten den Weg verhext, so daß er nirgendwohin führte. Wenn eines der Mädchen einen Fluchtversuch unternahm, lief es immer bloß im Kreis herum und kehrte schließlich völlig erschöpft ins Wirtshaus zurück. Die Doboschowa weichte dann jedesmal eine rote Peitsche im Spülwasser ein, um sie geschmeidig zu machen. Dann versetzte Lapitut dem Mädchen neununddreißig Peitschenhiebe.
Im Sommer passierte es nur selten, daß ein Wandersmann in dieses Wirtshaus kam. Im Winter aber, wenn die Landstraßen schneeverweht waren und viele Wandersleute sich verirrten, fanden sich immer genug unglückliche Opfer ein. Eines Morgens führte der Zufall drei junge Burschen in das Wirtshaus. Der eine hieß Herschel. Er war unterwegs zur Lubliner Jeschiwa, der Talmud-Tora-Schule, und hatte sich im Schneesturm verlaufen. Der zweite junge Bursche, Welwel, hatte sich mit dem Pferdeschlitten nach Lemberg aufgemacht, um Ware für den Laden seines Vaters einzukaufen. Unterwegs war er eingeschlafen und aus dem Schlitten gefallen. Der Kutscher hatte ihn nicht rufen hören, weil der Wind so laut heulte. Auf der Suche nach einem Unterschlupf war Welwel schließlich ins Wirtshaus der Doboschowa geraten. Der dritte junge Mann, Leibel, war auf der Wan-

derschaft nach Hause. Er hatte in einer weit entfernten Stadt die Kabbala studiert, uralte hebräische Bücher, in denen die Geheimnisse des Himmels und der Erde enthüllt werden. Sein Lehrer hatte ihm als Abschiedsgeschenk ein Stück Kreide gegeben und gesagt: »Wenn du mit dieser Kreide einen Kreis um Mensch oder Tier ziehst, dann sind sie in diesem Kreis gefangen. Sie können nicht entfliehen, aber es wird auch niemandem möglich sein, in diesen magischen Kreis einzudringen.« Dieses Stück Kreide hatte Leibel im Schneesturm allerdings nichts genützt, und so war auch er in das Wirtshaus geraten.
Beim Anblick der drei jungen Gäste waren die Doboschowa und Lapitut hocherfreut. Die Doboschowa sah nicht viel anders aus als andere Wirtinnen. Aber wie jede Hexe hatte sie verfilztes Haar – »Weichselzopf« genannt –, das sie geschickt unter einer Kappe verbarg. Lapitut hatte auf der Stirn ein stumpfartiges Horn, aber er kämmte sich die krausen Haare so tief in die Stirn, daß man das Horn nicht sehen konnte. Die drei jungen Burschen waren völlig durchnäßt und froren erbärmlich. Die Doboschowa führte sie zum Ofen, wo sie ihre Kleidung trocknen lassen konnten, und befahl den Mädchen, den Backofen anzuschüren.
»Ihr seid sicher hungrig«, sagte sie zu den jungen Burschen. »Bitte geduldet euch noch ein wenig. Ich tische meinen Gästen immer frischgebackene Semmeln auf.« Dann sagte sie zu Lapitut: »Geh zum Brunnen und hol Wasser für unser Faß, damit sich unsere Gäste die Hände waschen können und vor dem Essen die Segenssprüche sagen können.«
Die drei Mädchen – Reize, Leize und Neize – wuß-

ten, was den jungen Burschen bevorstand, wagten aber nicht, sie auch nur mit einem einzigen Wort zu warnen. Erstens wären sie, wenn Lapitut etwas bemerkt hätte, zu Tode gepeitscht worden. Zweitens wußten sie nur zu gut, daß alle Wege zurück zum Wirtshaus führten.

Sofort machten sich alle an die Arbeit. Reize schob Brennholz in den Herd. Leize schüttete Mehl in eine Schüssel und rührte einen Teig zusammen. Neize knetete den Teig und formte Semmeln daraus. Dann streute die Doboschowa etwas darauf, das wie Kümmel aussah. In Wirklichkeit aber war es ein Würzkraut, das, wenn es gebacken wurde, allein schon durch seinen Geruch Alpträume bei jenen Menschen hervorrief, die die Doboschowa umgarnen wollte. Bevor die fertigen Semmeln aus dem Backofen geholt wurden, sagte die Doboschowa zu den jungen Männern: »Neben dem Faß liegen drei Schöpflöffel und drei Handtücher. Wascht euch jetzt die Hände. Sobald ihr damit fertig seid, werden die Semmeln aus dem Backofen geholt – heiß und knusprig. Ihr könnt sie bereits riechen.«

»Ihr seid eine gute Wirtschafterin«, sagte Herschel.

»Ich wollte, ich könnte eine Frau wie Euch finden«, sagte Welwel.

»Es bringt Glück, wenn man Wandersleute gut behandelt«, erklärte Leibel, der Kabbala-Schüler.

Jeder der drei Burschen nahm einen Schöpflöffel und beugte sich über das Faß. In diesem Moment tat der Geruch der gewürzten Semmeln seine Wirkung. Die Burschen waren plötzlich ganz benommen und fingen zu träumen an.

Herschel träumte, er sei ein Sklave in einem fremden Land. Er dressierte wilde Tiere. Sein Herr und Gebieter, ein Fürst, hatte ihm befohlen, einem riesigen Löwen namens Arich das gefährlichste aller Kunststücke beizubringen. Der Löwe sollte das Maul offenhalten, während er, Herschel, den Kopf in den Rachen des Raubtieres steckte. Dann sollte der Löwe das Maul zumachen, aber nur so weit, daß Herschel nicht verletzt wurde. Und dann sollte Arich auf Kommando seinen Rachen wieder aufreißen, damit Herschel den Kopf herausziehen konnte. Als Herschel ihm dieses Kunststück endlich beigebracht hatte, kam der Tag, an dem er es dem Fürsten und seinem Hofstaat vorführen sollte. Kurz vorher probierte er es im Löwenkäfig noch einmal aus. Er steckte seinen Kopf in den Rachen des Löwen, tätschelte dessen Hals und rief nach einer Minute: »Arich, fertig!« Aber Arich machte sein Maul nicht auf. Herschel tätschelte ihn noch einmal und redete ihm gut zu: »Arich, fertig! Komm, mach dein Maul auf!« Aber der Löwe gehorchte nicht. Statt dessen begann er so fürchterlich zu brüllen, daß Herschel das Blut in den Adern gefror. Das Brüllen wurde lauter und lauter, bis Herschel schließlich kaum mehr atmen konnte. »Gott, errette mich!« betete er.

Das war Herschels Alptraum.

Auch Welwel träumte, er sei in einem fremden Land. Er ging auf Arbeitssuche, fand aber keine Beschäftigung. Schließlich mußte er betteln gehen. Eines Nachmittags kam er in eine Straße mit vielen Gebäuden. Er ging durch ein Tor in einen Hof. Dann kehrte er um, aber es war dunkel geworden, und er konnte den Ausgang nicht finden. Er rief um Hilfe, doch niemand hörte ihn. Er tastete sich an einer Mauer entlang und fand eine Öffnung. Er schlüpfte hindurch und hoffte, jetzt wieder auf die Straße zu gelangen. Statt dessen kam er zu einer Treppe, die nach unten führte. Es wurde immer dunkler. Plötzlich befand er sich in einem großen Raum. Im Schein einer Öllampe sah er Goldbarren und Fässer, die mit Münzen gefüllt waren. Er hatte sich in das Kellergewölbe des königlichen Münzamtes verirrt.

Falls man ihn hier entdeckte, würde man ihn bestimmt als Dieb verdächtigen. Er suchte nach der Maueröffnung, durch die er hereingekommen war. Bald hatte er sie gefunden, doch in diesem Moment tauchten zwei Arbeiter auf und begannen, die Öffnung zuzumauern. Welwel kauerte sich in einen Winkel, um nicht entdeckt zu werden, aber ihm war klar, daß er hier herauskommen mußte, bevor die beiden mit ihrer Arbeit fertig waren. Sonst wäre er hier unten eingesperrt, ohne Wasser und Brot, vielleicht sogar ohne Luft zum Atmen.

Konnte er riskieren, die Arbeiter zu bitten, ihn herauszulassen? Sie würden bestimmt glauben, er habe hier unten Gold stehlen wollen. Sie würden die Wachtposten holen, und dann würde man ihn in Ketten legen und in den Kerker werfen. Vielleicht würde man ihn foltern.

Aber dann sagte er sich: »Lieber an das Mitleid der Arbeiter appellieren als im Schatzhaus des Königs lebendig begraben sein!« Er verließ seinen Schlupfwinkel, doch im selben Moment wurde der letzte Backstein eingemauert. Die Öllampe flackerte und erlosch. »Wartet!« schrie er so laut er konnte, aber es war zu spät.

Das war Welwels Alptraum.
Leibel träumte, er sei in einer Wüste. Er hatte Hunger und Durst. Nach langem Suchen kam er zu einem ausgetrockneten Flußbett. Mitten darin lagen Schlangen, Krokodile und Eidechsen. Offenbar waren sie genauso hungrig und ausgedörrt wie er. Sie hatten die Mäuler weit aufgerissen und bleckten ihre spitzen Zähne. Quer im Flußbett lag ein Baumstamm. Am anderen Ufer sah Leibel inmitten eines Dattelpalmenhaines etwas schimmern, das wie ein Teich aussah. Ihm war klar, daß er den Ungeheuern zum Opfer fallen würde, wenn er nur einen einzigen falschen Schritt machte, aber er hatte so schrecklichen Durst, daß er das Risiko eingehen wollte. Er stellte sich auf den Baumstamm, breitete die Arme aus, um das Gleichgewicht nicht zu verlieren, und begann hinüberzugehen.
Als er in der Mitte des Flußbettes angelangt war, sah er eine Frau auf sich zukommen. Er merkte sofort, daß es eine Hexe war. Ihr Kopf war mit verfilztem Haar bedeckt, und ihre Füße hatten Schwimmhäute wie die Füße einer Gans. Irgendwie erinnerte sie ihn an die Doboschowa, obwohl sie ihr nicht ähnlich sah.
Er blieb wie angewurzelt stehen. Einer solchen Kreatur in die Hände zu fallen, war schlimmer, als von Krokodilen verschlungen zu werden. Er machte vorsichtig kehrt und wollte zurückgehen, doch da sah er einen Teufel auf sich zukommen. Auf seiner Stirn war ein kurzes Horn, das sich wie ein Kreisel drehte. Irgendwie erinnerte er Leibel an Lapitut, obwohl er ihm nicht ähnlich sah.
»Ihr Heiligen Mächte!« rief Leibel entsetzt. »Was soll ich jetzt tun?«

Das war Leibels Alptraum.
Alle drei – Herschel, Welwel und Leibel – wachten im selben Moment auf. Ihre Alpträume, die ihnen so lang vorgekommen waren, hatten bloß ein paar Sekunden gedauert. Die drei standen noch über das Faß gebeugt da, als sie die Doboschowa sagen hörten: »Na, meine lieben jungen Gäste, warum wascht ihr euch nicht die Hände? Die Mädchen holen gerade die Semmeln aus dem Backofen.«
Noch ganz benommen wuschen sich die Burschen die Hände und trockneten sie ab. Dann setzten sie sich an den Tisch. Herschel und Welwel waren drauf und dran, den Segensspruch über das Brot zu sagen und mit dem Essen anzufangen. Hätten sie das getan, dann wären sie verloren gewesen, denn die Doboschowa hatte dem Teig nicht nur das Teufelskraut sondern auch ein Gebräu beigemischt, das Menschen völlig willenlos machte. Doch plötzlich rief Leibel: »Wartet!«
»Was ist los?« fragte Herschel.
»Warum denn?« wollte Welwel wissen.
»Eßt doch, liebe Burschen!« sagte die Doboschowa schmeichlerisch.
»Was ist denn?« brummelte Lapitut.
»Mir ist beim Wasserschöpfen mein Fingerring in das Faß gefallen«, erklärte Leibel hastig. »Der Ring ist ein Familienerbstück. Er stammt aus der Zeit des Königs Salomo, der ihn von der Königin von Saba geschenkt bekam. Dieser Ring kann den Weg zu vergrabenen Schätzen weisen und zu untergegangenen Schiffen und im Wüstensand versunkenen Karawanen. Außerdem kann er Kranke heilen und Alte wieder jung machen. Bitte helft mir, meinen Ring wiederzufinden!«

Obwohl die Doboschowa und Lapitut schon viele Schätze besaßen, war ihre Habgier grenzenlos. Und was noch schwerer ins Gewicht fiel: Sie wünschten sich glühend, wieder jung zu sein. Als sie vernommen hatten, was Leibels Ring alles bewerkstelligen konnte, rannten sie zu dem Faß, steckten die Arme ins Wasser und suchten nach dem Ring.

Leibel sprang auf, rannte zu den beiden hinüber und zog mit seinem Stück Kreide geschwind einen Kreis um sie.

Als die Doboschowa und Lapitut den Ring nicht finden konnten, richteten sie sich wieder auf und wollten zum Tisch gehen, doch sie konnten den magischen Kreis nicht überschreiten.

»Was ist denn hier los?« knurrte Lapitut.

»Was ist das für ein Kreis?« zeterte die Doboschowa.

Reize, Leize und Neize staunten mit offenem Mund. Herschel und Wewel saßen wortlos am Tisch – offenbar hatte es ihnen die Sprache verschlagen.

Folgendes war geschehen:

Als Leibel den Segensspruch über das Brot sagen wollte, hatte er einen Blick auf die Doboschowa geworfen, und plötzlich war ihm aufgegangen, daß sie der Hexe aus seinem Alptraum glich. Und als er dann einen Blick auf Lapitut warf, erkannte er in ihm den Teufel aus seinem Traum wieder. Da er die Kabbala studiert hatte und einiges über die Schliche und Kniffe der Heerscharen des Bösen wußte, wurde ihm klar, daß hier etwas nicht stimmte und daß er sofort handeln mußte. Er erfand die Geschichte von dem Fingerring, um zu verhindern, daß Herschel und Welwel etwas aßen.

Eingeschlossen in den magischen Kreis, waren die Doboschowa und Lapitut zum ersten Mal im Leben Gefangene. Sobald Reize, Leize und Neize überzeugt waren, daß die beiden ihre Macht verloren hatten, erzählten sie den jungen Männern alles, was sie unter dem Zauberbann des teuflischen Paares erdulden mußten.
Alle drei hatten Eltern und Geschwister, die bestimmt nach ihnen suchten, sie aber nicht finden konnten, weil der Weg zum Wirtshaus verhext war.
Während die Mädchen berichteten, wie sie von daheim fortgelockt worden waren, zeterte die Doboschowa und fuchtelte mit der Faust. Sie drohte, daß sie alle in Igel, Ratten und Stinktiere verwandeln werde. Lapitut schrie, er werde sie zu Tode peitschen. Aber Leibel versicherte den Mädchen, daß sie jetzt nichts mehr zu befürchten hätten. Um zu verhindern, daß andere Teufel ihrer Sippschaft zu Hilfe kommen würden, zog Leibel einen Kreidekreis um jeden Raum des Wirtshauses, um jede Tür und jedes Fenster. Und auch um den Herd und den Ofen, damit kein böser Geist durch den Schornstein hereinkommen konnte.
Wie wichtig diese Vorsichtsmaßnahmen waren, stellte sich bald heraus. Kaum hatten die Doboschowa und Lapitut begriffen, daß sie in der Falle saßen, da begannen sie auch schon, die dunklen Mächte des Waldes zu Hilfe zu rufen. Im Nu fanden sich Dämonen, Teufel, böse Kobolde, Nachtalben und andere üble Waldgeister vor dem Wirtshaus ein. Einige erschienen als geflügelte Schlangen, einige als riesige Fledermäuse, andere als Schafböcke, Wiesel und Kröten. Wäre das Haus nicht

durch Leibels magische Kreidekreise geschützt gewesen, dann wären sie alle eingedrungen. Jetzt aber trieben sie sich bloß vor den Fenstern herum, kreischten und drohten den Menschen da drinnen.

»Wir brauchen uns nicht vor ihnen zu fürchten«, versicherte Leibel den jungen Leuten. »Sie können uns nichts tun. Jetzt müssen wir aber endlich etwas zu essen bekommen!«

Reize, Leize und Neize machten sich unverzüglich daran, einen frischen Teig ohne Zaubertränke und Hexenkümmel zusammenzurühren. Sie buken Semmeln, Brezeln und Plätzchen und bereiteten eine leckere Mahlzeit zu. Reize konnte am besten backen, Leize verstand sich besonders gut aufs Schmoren, Neize briet die knusprigsten Gerichte. Der köstliche Geruch breitete sich im ganzen Haus aus. Die Doboschowa und Lapitut bekamen einen Mordshunger und bettelten um Essen. Doch Leibel sagte: »Wir geben euch keinen Bissen, wenn ihr nicht mit eurem Blut unterschreibt, daß ihr das Wirtshaus verlassen und nie mehr ins Unterland zurückkehren werdet.«

Die Doboschowa und Lapitut weigerten sich, ein solches Versprechen zu unterschreiben. Teufeln und Hexen fällt es leicht, ein Versprechen zu brechen, aber wenn sie mit Blut unterschrieben haben, müssen sie Wort halten, sonst verlieren sie für immer ihre Macht.

Als das verruchte Paar merkte, daß mit Drohungen nichts zu erreichen war, versuchten sie es mit Schmeicheleien. Sie nannten Leibel einen Meister der Kabbala. Sie machten Herschel und Welwel Komplimente und rangen sich sogar ein paar nette

Bemerkungen über die drei Mädchen ab. Sie versprachen den jungen Leuten allerlei Geschenke. Reize, Leize und Neize sollten schöne Kleider, kostbaren Schmuck und goldbestickte seidene Unterwäsche bekommten. Lapitut schwor, er werde den jungen Burschen unerhörte Zauberkunststücke beibringen.
»Von euch wollen wir weder etwas geschenkt bekommen noch etwas lernen«, erwiderte Leibel.
Stundenlang bekamen die jungen Leute von der Doboschowa und von Lapitut abwechselnd Verwünschungen und Schmeicheleien zu hören. Die Teufel vor dem Haus randalierten weiter und belagerten die Fenster. Aber die jungen Leute wußten, daß sie innerhalb des Hauses durch die magischen Kreidekreise geschützt waren.
Der Wintertag ging schnell vorüber. Die Nacht brachte neue Schrecken und Versuchungen. Die Bösen lachten und schrien, ahmten den Klang von Trompeten und Hörnern nach, blökten, hopsten umher, lästerten Gott und prahlten mit ihrer teuflischen Macht. Einige dieser Kreaturen der Finsternis verkleideten sich als schöne Mädchen und hübsche Edelleute und versuchten, die jungen Leute zu verführen. Die Nacht wurde plötzlich zum Tag. Der Schnee verwandelte sich in eine sonnenbeschienene, blumenübersäte Wiese, durch die ein blauer Bach floß. Ein Teufel namens Topiel, der sich darauf spezialisiert hatte, Menschen ins Wasser zu locken, damit sie ertranken, sang seine bezaubernden Lieder, um die jungen Leute aus dem Haus zu locken. Aber Leibel ließ nicht zu, daß jemand der Versuchung nachgab. Er erklärte, das alles sei Blendwerk.

Als die teuflische Horde merkte, daß niemand herauskam, ließ sie es wieder dunkel werden. Drei schwarze Katzen mit Augen wie grünes Feuer tauchten an einem Fenster auf. Ihr Miauen klang wie Glockengeläut. Nach einer Weile verschwanden auch diese Katzen. Dafür kam jetzt aber ein Wirbelwind, rüttelte am Dach und pfiff im Schornstein. Wölfe heulten, Bären brummten. Draußen wurde es feuerrot, so rot wie der Widerschein einer Feuersbrunst. Es donnerte und blitzte, und das Wirtshaus schwankte wie bei einem Erdbeben. Die jungen Leute beschlich jetzt doch die Angst, aber sie vertrauten Leibel und aßen zu Abend, während draußen die Dämonen tobten.

»Egal, wie mächtig der Teufel ist«, sagte Leibel, »Gott ist mächtiger.«

Gleich nach dem Abendbrot zogen sich die Mädchen aus und legten sich gemeinsam in ein Bett, weil sie zu dritt weniger Angst hatten. Sie verbanden sich die Augen und stopften sich Watte in die Ohren, um die gräßlichen Erscheinungen nicht zu sehen und die höhnischen Stimmen der Unholde nicht zu hören. Herschel und Welwel richteten sich auf dem großen Backsteinherd eine Liegestatt. Sie waren so erschöpft, daß sie bald einschliefen. Leibel blieb auf, um Wache zu halten. Er wußte, daß die Doboschowa und Lapitut es nicht mehr lange aushalten würden. Er hielt eine Pergamentrolle und einen spitzen Federkiel bereit. Draußen wurde ein Unhold nach dem anderen der Sache überdrüssig und verschwand, ein jeder in sein Schlupfloch. Die Doboschowa und Lapitut wurden von ihnen allein gelassen.

Leibel hörte, wie die Doboschowa Lapitut zuflü-

sterte: »Wir können nicht entkommen. Wir müssen unterschreiben.«
»Ich wollte, ich wäre dir nie begegnet!« fauchte Lapitut sie an.
»Wenn ihr jetzt nicht unterschreibt«, rief Leibel, »lege ich mich schlafen, dann müßt ihr bis zum Morgen dort stehen bleiben!«
»Ach«, ächzte die Doboschowa, »ich kann keine Minute mehr stehen.«
»Ich sterbe vor Hunger«, winselte Lapitut. »Ich muß eine Alraunwurzel zum Rauchen haben, sonst halt' ich's nicht mehr aus. Gib mir doch wenigstens meine Pfeife!«
»Unterschreibt den Schwur, dann bekommt ihr alles, was ihr braucht.«
Den beiden blieb nichts anderes übrig. Sie stachen sich mit der Spitze des Federkiels ins Handgelenk und unterschrieben mit ihrem Blut.

Ich, die Hexe Doboschowa, und ich, der Teufel Lapitut, schwöre bei Satan, Lilith und allen unreinen Mächten, dieses Wirtshaus zu verlassen und nie zurückzukehren, weder wir beide noch unsere Kinder und Kindeskinder bis in die zehnte Generation. Unser gesamtes Hab und Gut überlassen wir unseren Gästen Herschel, Welwel und Leibel und unseren ehemaligen Dienstmägden Reize, Leize und Neize. Ferner soll der im hohlen Stamm des Eichbaums draußen im Hof versteckte Schatz des verstorbenen Straßenräubers Dobosch von nun an den oben genannten Personen gehören. Des weiteren befreien wir das Wirtshaus von jeglichem Zauberbann, jedem Hexenspuk, allen teuflischen Symbolen und allen Verwünschungen. Wir befehlen,

daß alles wieder so sein soll, wie es war, bevor wir hierher kamen.
Gezeichnet: Lapitut, Sohn des Briri, dem Sohn von Schabriri, dem Sohn von Karteigus, und so fort bis zurück zu meinem Urvater Satan.
Gezeichnet: Doboschowa, Tochter von Naamah, der Tochter von Igrath, der Tochter von Machlath, und so fort bis zurück zu meiner Urmutter Lilith der Ersten.

Das Feilschen um den Vertrag hatte so lange gedauert, daß die Morgendämmerung den Himmel bereits grau färbte. Die jungen Leute waren aufgewacht. Sie sahen zu, wie Leibel einen kleinen Teil des Kreises um die Doboschowa und Lapitut wegwischte und dann auch ein wenig von dem Kreidekreis unter einem Fenster. Dann öffnete er das Fenster und rief: »Pik!« – das aramäische Wort für »hinaus!«
Die Doboschowa und Lapitut verwandelten sich in Schatten und verschwanden. Verschwanden in die schrecklichste aller Wüsten, ins Ödland der Unterwelt hinter den Bergen der Finsternis, wo es weder Tag noch Nacht gibt und wo ewiges Halbdunkel herrscht.
Die Mädchen begannen vor Freude zu weinen.
»Warum weint ihr?« fragte Leibel. »Eure Leiden sind zu Ende. Der Weg ist frei, und jetzt können wir alle heimkehren.«
Aber weder die jungen Burschen noch die Mädchen machten sich auf den Weg. Es war nämlich in dem Wirtshaus, das noch vor wenigen Minuten so düster gewirkt hatte, auf einmal sehr gemütlich. Der Schnee glitzerte in der Sonne, Eiszapfen hingen vom Dach herunter und funkelten in allen Far-

ben des Regenbogens. Aus dem nahen Wald war das Gezirp und Getriller der Wintervögel zu hören. Die Luft war erfüllt von Kieferduft.
Nach dem Frühstück führte Leibel die jungen Leute hinaus zu dem riesigen Eichbaum, der schon viele hundert Jahre alt war. In seinem Stamm war eine große Höhle. Darin entdeckten sie Kisten voller Gold und Edelsteine. Die Juwelen schimmerten in der Dunkelheit. Beim Anblick des Schatzes schrien die Mädchen vor Freude. Aber obwohl sie jetzt alle Reichtümer mit nach Hause nehmen konnten, dachte keines von ihnen ans Heimgehen. Das kam daher, daß bei ihnen der größte Zauber, den es überhaupt gibt, zu wirken begonnen hatte.
Alle drei Mädchen empfanden natürlich für Leibel große Bewunderung und Zuneigung. *Er* hatte ja die Doboschowa und Lapitut und das andere Teufelsgelichter vertrieben! Er konnte natürlich bloß eine von ihnen heiraten – aber Herschel und Welwel waren ja auch sehr nette Burschen. Doch *wer* sollte *wen* heiraten?
Wieder verließen sie sich auf Leibels Weisheit. Und Leibel sagte: »Jeder von uns schreibt auf einen Zettel den Namen der Person, die er am liebsten hat, und den Namen der Person, die er am zweitliebsten hat. Wenn wir dann das Wahlergebnis prüfen, werden wir wissen, was zu tun ist.«
Wie sich herausstellte, stand bei allen drei Mädchen nach wie vor Leibel an erster Stelle, aber an zweiter Stelle hatte sich Reize für Herschel entschieden und Leize für Welwel. Bei Neize hingegen waren die erste *und* die zweite Wahl auf Leibel gefallen. Es ergab sich, daß Herschels erste Wahl auf Reize und Welwels erste Wahl auf Leize gefallen war und daß

Leibel sich zweimal für dieselbe entschieden hatte: Neize. Als die Zettel vorgelesen worden waren, gab es keinen Zweifel mehr, wer wen heiraten würde. Zunächst waren die Mädchen dafür, die Hochzeit aufzuschieben, damit sie ihre Eltern und Freundinnen dazu einladen konnten. Aber die drei jungen Männer wollten möglichst schnell heiraten. Leibel sagte: »Wir können die Trauung gleich jetzt vornehmen und später ein großes Fest feiern und alle einladen.«

Da sie Doboschs Schatz hatten, mangelte es ihnen nicht an Eheringen. Die Mädchen entdeckten einen großen gestickten Umhang, aus dem man mit Hilfe von vier Stecken einen regelrechten Traubaldachin machen konnte. Da sie drei Paare waren, konnten zwei den Baldachin hochhalten. während sich das dritte Paar darunter stellte. Zuerst wurden Herschel und Reize getraut. Sie waren älter als die anderen. Herschel, der Bräutigam, steckte Reize den Ehering an den Finger und sprach die Trauformel: »Mit diesem Ring bist du mir vermählt nach dem Gesetz Mose und Israels.« Dann tranken Braut und Bräutigam einen Schluck Wein aus demselben Becher, und die vier anderen wünschten ihnen viel Glück: *»Masel tow!«* Nun stellte sich das zweite Paar und dann das dritte unter den Traubaldachin. Und nun waren sie streng nach dem Gesetz des Talmud verheiratet.

Die Bräute hatten in den Schränken der Doboschowa schöne Gewänder entdeckt, in denen sie, obwohl die Kleider altmodisch waren, wunderhübsch aussahen. Reize und Leize waren ein bißchen neidisch auf Neize, weil sie von Leibel erwählt worden war, aber sie wünschten ihr trotzdem von

Herzen Glück. Leibel hatte zwar die Kabbala studiert und war gebildeter als Herschel und Welwel, aber die beiden waren größer und hübscher als er. Außerdem war Herschel, der Jeschiwaschüler, ja auch so etwas wie ein Gelehrter. Und Welwel war ein ausgezeichneter Geschäftsmann und in praktischen Dingen sehr tüchtig. Keines der drei Mädchen hatte eine schlechte Partie gemacht.

Zunächst blieben die drei jungen Paare in dem Wirtshaus. Sie ließen ihren Verwandten und Freunden die Nachricht überbringen, daß sie gesund und munter seien und alle zu einem großen Hochzeitsfest einladen wollten. Weil einige Gäste von weit her kommen würden, fände das Fest erst im Frühling statt.

Jetzt war das Wirtshaus nicht mehr verhext, und auch die ganze Gegend hatte sich verändert. Sie war in weitem Umkreis von der Doboschowa und von Lapitut mit einem Fluch belegt worden, jetzt aber waren dort, wo vorher nur flaches Ödland gewesen war, plötzlich wieder Bäche, Hügel und Täler. Wo es kein Lebewesen mehr gegeben hatte, wimmelte es jetzt wieder von Hasen, Rehen, Wildenten, Gänsen, Fasanen und anderen Tieren. Der Winter ging zu Ende, der Frühling kam. Der Himmel war blau und klar. Der Erdboden war wieder dicht mit Gras, Blumen und Gebüsch bedeckt. Bäume, die anscheinend abgestorben waren, bekamen wieder Blätter und Blüten.

Überall erzählte man sich, das Wirtshaus sei, wie eine Fata Morgana, seit Jahren immer nur vor Leuten aufgetaucht, die das Pech hatten, sich zu verlaufen.

Am dreiunddreißigsten Tag nach Beginn des Pessachfestes wurde das Hochzeitsfest gefeiert. Außer den geladenen Gästen erschienen auch Leute aus allen Teilen des Landes, um das völlig veränderte Wirtshaus und die drei glücklichen jungen Paare zu bewundern. Hochzeitsspaßmacher und Musikanten aus den benachbarten Ortschaften kamen zum Fest. Taschenspieler wetteiferten miteinander, um der Menschenmenge allerlei Kunststücke vorzuführen. Nach langem Zögern ließ sich Leibel von den Gästen dazu bewegen, ihnen zu zeigen, wie die Zauberkreide funktionierte, durch die die jungen Leute gerettet worden waren. Er holte den übermütigsten Gockelhahn aus der Scheune, stellte ihn auf einen Tisch und zog einen Kreidekreis um ihn. So heftig der Hahn auch mit den Flügeln schlug, er konnte erst vom Tisch herunterflattern, als Leibel den Kreidekreis wegwischte. Die Zuschauer staunten.

Sieben Tage und Nächte wurde gesungen, getanzt und gefeiert. Der Vollmond goß silbernes Licht über die Landschaft. Obwohl im Wirtshaus nicht genug Platz für so viele Leute war und zahlreiche Gäste im Freien übernachten mußten, wagte kein böser Störenfried, jemandem Angst einzujagen.

Als der letzte Gast gegangen war, schlug für Herschel und Welwel, die mit ihren Frauen heimkehren wollten, die Stunde des Abschieds. Leibel und Neize hatten beschlossen, in dem Wirtshaus zu bleiben. »Weil sich oft jemand verläuft, besonders im Winter«, sagte Leibel. »Da muß jemand hier sein, um diesen Leuten Essen und Obdach zu geben.« Weil Doboschs Schatz sie reich gemacht hatte, waren Leibel und Neize fest entschlossen, niemals Geld von einem Gast anzunehmen.

Die jungen Paare sagten einander Ade. Leibel widmete sich wieder dem Studium der Heiligen Kabbala, deren Weisheit man nie ganz erlernen kann.
Im Lauf der Jahre vervollständigte Herschel seine Schulbildung und wurde Leiter einer Jeschiwa. Er benützte sein Geld dazu, armen Schülern zu helfen.
Welwel wurde ein hochangesehener Kaufmann und war bekannt für seine Wohltätigkeit.
Alle drei Ehepaare lebten glücklich und hatten viele Kinder und Enkel. Es war bei ihnen Brauch geworden, alljährlich gemeinsam mit ihren Nachkommen in dem Wirtshaus den Tag zu feiern, an dem sie errettet worden waren.
Da es nie einen Fingerring gab, der die Alten wieder jung machen kann, lebten die Doboschowa und Lapitut nur so lange, wie es ihnen beschieden war. Aber nach ihrem Tod haben andere Teufel ihren Platz eingenommen. Sie leben irgendwo weit draußen in der Wüste, in der unterirdischen Stadt ihres Königs Asmodeus. Es heißt, Asmodeus habe einen Bart, der bis zum Boden reicht, und zwei große Hörner. Er sitzt auf einem Thron, der keine Füße hat, sondern von vier Schlangen gehalten wird. Er hat viele Frauen, aber seine Lieblingsfrau ist nach wie vor Lilith, die jede Nacht nach der Katzenmusik eines Teufelsorchesters für ihn tanzt.
Im Lauf der Jahre wurde aus dem einst so grauenhaften Wirtshaus die berühmteste Schule für das Studium der Kabbala. Die Kabbalisten vergangener Zeiten sollen dank der Kraft heiliger Wörter imstande gewesen sein, Tauben zu erschaffen, Wein aus einer Mauer rinnen zu lassen und sich mit Siebenmeilenschritten fortzubewegen.

Als alter Mann wurde Leibel nicht mehr bloß Leibel genannt, sondern »der fromme Reb Leib«. Sein Bart war silberweiß geworden. Reb Leib konnte Kranke durch bloße Berührung heilen, wußte, was sich in fernen Städten ereignete, und konnte die Zukunft voraussehen. Obzwar Neize von ihren Enkelkindern (die fast alle rote Haare und grüne Augen hatten) in Atem gehalten wurde, half sie ihrem Mann und machte mit einem Federkiel Abschriften seiner Werke.

Das Wirtshaus war ein sicherer Zufluchtsort für Reisende, die sich verirrt hatten. Dem Vernehmen nach brauchte man dort nachts keine Kerzen oder Öllampen anzuzünden, weil Engel, Seraphim und Cherubim des Nachts herabschwebten und das Wirtshaus mit himmlischem Licht erhellten.

Die Katze, die sich für einen Hund hielt, und der Hund, der glaubte, er sei eine Katze

Es war einmal ein armer Bauer, Jan Skiba mit Namen. Er hauste mit seiner Frau und drei Töchtern in einer strohgedeckten Hütte weit abseits vom Dorf. Darin gab es ein Bett, eine Pritsche, einen Herd, aber keinen Spiegel. Ein Spiegel war ein Luxusgegenstand für einen armen Bauern. Und wozu sollte ein Bauer auch einen Spiegel brauchen? Bauern sind nicht neugierig darauf, wie sie aussehen.

Dieser Bauer hatte einen Hund und eine Katze in seiner Hütte. Der Hund hieß Burek und die Katze Kor. Sie waren in derselben Woche geboren. Obwohl der Bauer für sich und seine Familie nur wenig zu essen hatte, mußten doch der Hund und die Katze nicht hungern.

Da der Hund nie einen anderen Hund gesehen hatte und die Katze nie eine andere Katze, sondern beide immer nur sich gegenseitig, dachte der Hund, er sei eine Katze, und die Katze glaubte, sie sei ein Hund. Es stimmt zwar, daß sie von Natur aus alles andere als ähnlich waren. Der Hund bellte und die Katze miaute. Der Hund jagte Hasen und die Katze lauerte Mäusen auf. Aber müssen denn alle Lebewesen genau wie ihre Artgenossen sein? Die Kinder des Bauern waren einander ja auch nicht ganz gleich. Burek und Kor kamen gut miteinander aus, fraßen oft aus demselben Napf und versuchten, einander nachzuahmen. Wenn Burek bellte, versuchte Kor, mit ihm zu bellen, und wenn Kor miaute, versuchte auch Burek zu miauen. Und manchmal jagte Kor einen Hasen und Burek gab sich Mühe, eine Maus zu fangen.

Die fahrenden Händler, die Grütze, Hühner, Eier, Honig und Kälber kauften und was sie sonst von den Bauern im Dorf bekommen konnten, kamen nie zu Jan Skibas armseliger Hütte. Sie wußten, daß Jan so arm war, daß er nichts zu verkaufen hatte. Doch eines Tages kam ein Händler ganz zufällig vorbei. Als er eintrat und seine Waren auszubreiten begann, waren Jan Skibas Frau und seine Töchter ganz geblendet von all dem hübschen Kram, den der Händler aus seinem Sack zog – gelbe Glasperlen, falsche Perlen, Blechohrringe, Fingerringe, Broschen, bunte Kopftücher, Strumpfbänder und dergleichen Tand mehr. Doch was die Frauen in größtes Entzücken versetzte, war ein Spiegel mit einem hölzernen Rahmen. Sie fragten den Händler nach dem Preis, und er verlangte einen halben Gulden, was für einen armen Bauern eine Menge Geld war.

Nach einer Weile machte Jan Skibas Frau, Marianna, dem Händler einen Vorschlag. Sie wollte ihm jeden Monat fünf Groschen für den Spiegel bezahlen. Der Händler zögerte einen Augenblick. Der Spiegel nahm zuviel Platz in seinem Sack ein, und außerdem bestand immer die Gefahr, daß er zerbrechen würde. Also entschloß er sich, auf den Vorschlag einzugehen, nahm die erste Rate von fünf Groschen von Marianna entgegen und ließ den Spiegel bei der Familie. Er kam oft in diese

Gegend und wußte, daß die Skibas ehrliche Leute waren. Mit der Zeit würde er sein Geld bekommen und auch noch einen Gewinn machen.
Der Spiegel verursachte allerhand Aufregung in der Hütte. Bis dahin hatten Marianna und die Kinder sich selbst selten betrachtet. Bevor sie den Spiegel besaßen, hatten sie ihre Spiegelbilder nur in der Wassertonne neben der Tür gesehen. Jetzt konnten sie sich genau betrachten und nun entdeckten sie Mängel in ihren Gesichtern, die sie vorher nie bemerkt hatten. Marianna war hübsch, aber es fehlte ihr ein Schneidezahn, und sie hatte das Gefühl, daß sie das entstellte. Eine Tochter entdeckte, daß ihre Nase zu stumpf und zu breit war; die zweite, daß ihr Kinn zu schmal und zu lang war; die dritte, daß ihr Gesicht mit Sommersprossen übersät war. Auch Jan Skiba warf einen Blick in den Spiegel und war unzufrieden mit seinen dicken Lippen und seinen Zähnen, die wie bei einem Bock nach vorn standen.
An diesem Tag waren die Frauen so mit dem Spiegel beschäftigt, daß sie kein Essen kochten, das Bett nicht machten und alle anderen Pflichten im Haushalt vernachlässigten. Marianna hatte von einem Zahnarzt in der Stadt gehört, der einen fehlenden Zahn ersetzen konnte, aber so etwas war teuer. Die Mädchen versuchten, sich gegenseitig zu trösten, daß sie doch hübsch genug seien, um Freier zu finden, aber sie waren nicht mehr so fröhlich und unbeschwert wie zuvor. Die Eitelkeit der Stadtmädchen begann sie zu plagen. Die mit der breiten Nase versuchte ständig, sie mit zwei Fingern zusammenzudrücken, um sie schmaler zu machen; die mit dem zu langen Kinn schob es mit der Faust

nach oben, damit es kürzer wurde; und die mit den Sommersprossen überlegte, ob es in der Stadt wohl eine Salbe gab, mit der man Sommersprossen entfernen konnte. Aber woher sollte sie das Geld für die Fahrt in die Stadt bekommen? Und woher das Geld, um so eine Salbe zu kaufen? Zum ersten Mal empfand die Familie Skiba ihre bedrückende Armut und beneidete die Reichen.

Aber nicht nur die menschlichen Bewohner der Hütte waren betroffen. Auch der Hund und die Katze gerieten durch den Spiegel in Aufregung. Die Hütte war niedrig und der Spiegel hing unmittelbar über einer Bank. Als die Katze das erste Mal auf die Bank sprang und ihr Ebenbild im Spiegel sah, war sie völlig verwirrt. Nie zuvor hatte sie so ein Wesen erblickt. Kors Barthaare sträubten sich, sie miaute ihr Spiegelbild an und hob eine Pfote, aber das andere Geschöpf miaute zurück und hob ebenfalls die Pfote. Bald sprang auch der Hund auf die Bank, und als er den anderen Hund sah, wurde er rasend vor Wut und Schrecken. Er bellte den anderen Hund an und fletschte die Zähne, aber der bellte zurück und fletschte ebenfalls die Zähne. Burek und Kor fühlten sich in solcher Bedrängnis, daß sie zum ersten Mal im Leben aufeinander losgingen. Burek riß Kor ein Stück Fleisch aus der Kehle, und Kor fauchte und spuckte ihn an und verkrallte sich in seine Schnauze. Beide begannen zu bluten, und der Anblick des Blutes brachte sie so in Rage, daß sie einander fast umbrachten. Nur mit Mühe gelang es den Menschen, sie auseinander zu bringen. Da ein Hund stärker ist als eine Katze, mußte Burek draußen festgebunden werden, und er heulte den ganzen Tag und die ganze

Nacht. Vor lauter Gram fraßen Hund und Katze nichts mehr.
Als Jan Skiba die Zerrüttung sah, die der Spiegel in seinem Haushalt angerichtet hatte, entschied er, daß seine Familie keinen Spiegel brauchte. »Warum soll man sich selbst ansehen«, sagte er, »wenn man den Himmel, die Sonne, den Mond und die Sterne, die Erde mit all ihren Wäldern, Wiesen, Flüssen und Blumen sehen und bewundern kann?« Er nahm den Spiegel von der Wand und brachte ihn in den Holzschuppen. Als der Händler seine monatliche Rate abholen wollte, gab ihm Jan Skiba den Spiegel zurück und kaufte statt dessen Kopftücher und Pantoffeln für die Frauen. Als der Spiegel verschwunden war, beruhigten sich auch Burek und Kor wieder. Burek glaubte wieder, er sei eine Katze, und Kor war überzeugt, ein Hund zu sein.
Trotz aller Schönheitsfehler, die die Mädchen an sich entdeckt hatten, machten sie gute Partien. Als der Priester aus dem Dorf hörte, was in Jan Skibas Hütte geschehen war, sagte er: »Ein gläserner Spiegel zeigt nur das Äußere des Menschen. Die Seele aber erkennt man an seiner Bereitschaft, anderen Menschen zu helfen.«

Menasses Traum

Menasse war ein Waisenkind. Er lebte bei seinem Onkel Mendel, einem armen Glaser, der es kaum schaffte, seine eigenen Kinder zu ernähren. Menasse war bald mit der Schule fertig. Nach den Herbstferien sollte er bei einem Buchbinder in die Lehre gehen.

Menasse war schon immer ein wißbegieriges Kind gewesen.

Kaum konnte er sprechen, hörte er mit dem Fragen gar nicht mehr auf.

»Wie hoch ist der Himmel?«

»Wie tief ist die Erde?«

»Was ist hinter dem Rand der Welt?«

»Warum werden Menschen geboren?«

»Warum sterben sie?«

Es war an einem schwülen Sommertag. Ein goldener Dunstschleier lag über dem Dorf. Die Sonne war klein wie der Mond und gelb wie Messing. Die Hunde schlichen mit eingezogenem Schwanz umher. Die Tauben saßen auf dem Marktplatz. Kauend und die Bärte schüttelnd lagen die Ziegen im Schutz der Hütten.

Menasse zankte sich mit seiner Tante Dwosche und ging ohne Mittagessen aus dem Haus. Er war ungefähr zwölf Jahre alt, hatte ein schmales Gesicht, dunkle Augen und hohle Wangen. Er trug eine verschlissene Jacke und ging barfuß. Alles, was er besaß, war ein zerfleddertes Geschichtenbuch, das er schon Dutzende Male gelesen hatte. Es hieß *Allein im wilden Wald*. Das Dorf, in dem er lebte, lag mitten in einem Wald. Und die Leute sagten, man könne durch den Wald bis nach Lublin laufen. Es war Heidelbeerzeit, und ab und zu konnte man sogar Walderdbeeren finden. Menasse ging durch Wiesen und Kornfelder. Er war hungrig und riß sich eine Kornähre ab, um die Körner zu kauen. Auf den Wiesen lagen Kühe, und es war so heiß, daß sie sogar zu faul dazu waren, mit dem Schwanz die Fliegen zu verscheuchen. In ihre Pferdegedanken versunken, standen zwei Pferde dicht nebeneinander, eines suchte im Schatten des anderen Schutz vor der sengenden Sonne. In einem Buchweizenfeld sah der Junge eine Krähe auf dem Hut einer Vogelscheuche sitzen.

Sobald Menasse in den Wald kam, wurde es kühler. Wie Säulen standen die Kiefern, und an ihren braunen Stämmen hingen goldene Halsketten, das waren Sonnenflecken. Kuckuck und Specht waren zu hören und der gellende Ruf eines Vogels, den er nicht sehen konnte.

Vorsichtig ging Menasse über grüne Moospolster. Er watete durch einen seichten Bach, der lustig über Kieselsteine hüpfte. Der Wald war still und doch voller Stimmen und Geräusche.

Menasse wanderte immer tiefer in den Wald hinein. Sonst ließ er Steine hinter sich fallen, um den Heimweg wiederzufinden, aber heute tat er das nicht. Er fühlte sich einsam, der Kopf tat ihm weh, und die Knie wurden ihm weich. Werde ich krank? dachte er. Dann bin ich bald bei Vater und Mutter. Er setzte sich in eine Mulde voller Heidelbeersträucher und stopfte sich eine Beere nach der anderen in den Mund. Aber er war immer noch hungrig. Um die Heidelbeeren wuchsen wilde Blumen, die einen berauschenden Duft verströmten. Ohne daß er es merkte, streckte sich Menasse auf dem Waldboden aus und schlief ein. Aber im Traum wanderte er weiter.

Die Bäume wurden noch größer, es duftete noch stärker, und riesige Vögel flogen von Ast zu Ast. Die Sonne ging unter. Bald wurde der Wald lichter, und er kam auf eine Ebene mit weitem Blick auf den Abendhimmel. Plötzlich tauchte im Zwielicht ein Schloß auf. Menasse hatte noch nie ein so wunderschönes Bauwerk gesehen. Das Dach war aus Silber, und darüber erhob sich ein Kristallturm. Die vielen Fenster waren so hoch wie das Gebäude selbst. Menasse ging auf eines der Fenster zu und schaute hinein. An der Wand gegenüber hing sein eigenes Bild. Er war in prächtige Gewänder gekleidet. Der riesige Raum war menschenleer.

Warum ist das Schloß leer? wunderte er sich. Und warum hängt ein Bild von mir an der Wand? Der Junge auf dem Bild schien lebendig zu sein, und er sah so aus, als würde er ungeduldig auf jemanden warten. Türen öffneten sich, wo vorher keine waren, und Frauen und Männer kamen in den Raum. Sie waren in weißen Satin gekleidet, und die Frauen trugen Juwelen und hielten Gebetbücher mit goldgeprägtem Einband in der Hand. Menasse war starr vor Staunen.

Er erkannte Vater und Mutter, seine beiden Großväter und Großmütter und andere Verwandte. Er wollte zu ihnen, sie umarmen und küssen, aber das Fenster war im Weg. Menasse weinte bitterlich.

Da kam sein Großvater Tobias der Schreiber ans Fenster. Der Bart des alten Mannes war so weiß wie sein Mantel. Er sah alt und jung zugleich aus.

»Warum weinst du?« fragte er. Obwohl das Glas sie trennte, konnte Menasse ihn deutlich hören.
»Bist du mein Großvater Tobias?«
»Ja, mein Kind, ich bin dein Großvater.«
»Wem gehört das Schloß?«
»Uns allen.«
»Mir auch?«
»Natürlich, der ganzen Familie.«
»Großväterchen, laß mich ein!« rief Menasse. »Ich will mit Vater und Mutter sprechen.«
Liebevoll schaute ihn der Großvater an und sagte: »Eines Tages wirst du hier mit uns leben, aber die Zeit ist noch nicht gekommen.«
»Wie lange muß ich noch warten?«
»Das ist ein Geheimnis. Es wird noch viele, viele Jahre dauern.«
»Großväterchen, ich will nicht so lange warten. Ich habe Hunger und Durst und ich bin müde. Ich sehne mich nach Vater und Mutter und nach Großmutter und dir. Ich will kein Waisenkind mehr sein.«
»Mein liebes Kind, wir wissen alles. Wir denken an dich und wir lieben dich. Wir warten alle auf den Tag, da wir zusammensein werden, aber du mußt Geduld haben. Du hast noch eine lange Reise vor dir, ehe du hier bei uns bleiben wirst.«
»Bitte, laß mich nur ein paar Minuten hinein.«
Großvater Tobias ging vom Fenster weg und beriet sich mit den anderen Familienmitgliedern. Als er zurückkam, sagte er: »Du kannst hereinkommen, aber nur für eine kleine Weile. Wir werden dir das Schloß zeigen und unsere Schätze, aber dann mußt du wieder gehen.«
Eine Tür öffnete sich, und Menasse ging hinein.

Kaum war er über die Türschwelle getreten, da verspürte er weder Hunger noch Müdigkeit. Er umarmte seine Eltern, und sie küßten ihn und drückten ihn an sich. Aber sie sprachen kein Wort. Menasse fühlte sich seltsam leicht. Er schwebte, und seine Familie schwebte auch. Der Großvater öffnete Tür um Tür, und jedesmal wuchs Menasses Erstaunen.
Ein Zimmer war angefüllt mit Kinderkleidern: Hosen, Jacken, Hemden, Mäntel. Menasse erkannte alle Kleider, die er getragen hatte, soweit er sich zurückerinnern konnte. Er sah auch seine Schuhe, Strümpfe, Mützen und Nachthemden.
Eine zweite Tür wurde geöffnet, und Menasse sah alles Spielzeug, das er einmal gehabt hatte: die Zinnsoldaten, die ihm der Vater gekauft hatte; die Pfeifen und Mundharmonikas; den Brummbären, den ihm der Großvater an Purim gegeben hatte, und das Holzpferdchen, ein Geschenk von Großmutter Sprinze zu seinem sechsten Geburtstag. Die Hefte, in denen er schreiben geübt hatte, seine Bleistifte und die Bibel lagen auf einem Tisch. Die Bibel war geöffnet, und er sah das vertraute Bild von Moses mit den Gesetzestafeln und Aaron in seinen wallenden Gewändern. Beide waren umrahmt von sechsflügeligen Engeln. Er sah auch seinen Namen an der dafür vorgesehenen Stelle.
Menasse kam kaum aus dem Staunen heraus, als die dritte Tür geöffnet wurde. Dieses Zimmer war angefüllt mit Seifenblasen. Aber sie platzten nicht, wie Seifenblasen das tun, sondern sie segelten feierlich umher und schillerten in allen Regenbogenfarben. Einige spiegelten Schlösser wider, Gärten, Flüsse, Windmühlen und vieles andere. Menasse wußte, daß dies die Seifenblasen waren,

die er aus seiner liebsten Seifenblasenpfeife geblasen hatte.
Die vierte Tür wurde geöffnet. Und obwohl kein Mensch zu sehen war, war das Zimmer erfüllt von munterem Geplauder, von Gesang und Gelächter. Menasse hörte seine eigene Stimme und die Lieder, die er gesungen hatte, als er noch mit seinen Eltern zusammengewesen war.
Er hörte auch die Stimmen seiner früheren Spielkameraden; einige hatte er längst vergessen.
Die fünfte Tür führte in eine große Halle. Hier waren all die Personen aus den Gutenachtgeschichten versammelt, die ihm seine Eltern erzählt hatten, auch die Helden aus *Allein im wilden Wald*. Alle waren sie da: David der Krieger und die ägyptische Prinzessin, die David vor der Gefangenschaft bewahrt hatte; der Straßenräuber Bandurek, der die Reichen ausraubte und den Armen half; Velikan der Riese, der ein Auge mitten auf der Stirn hatte und der eine Tanne als Wanderstab in der Rechten trug und eine Schlange in der Linken; der Zwerg Pitzeles, dem der Bart bis auf den Boden hing, und der Hofnarr war beim furchtsamen König Merodach; der doppelköpfige Zauberer Melchisedek, der durch seine Hexereien unschuldige Mädchen in den Wüsteneien von Sodom und Gomorrah verschwinden ließ.
Menasse hatte kaum Zeit, sie alle zu erkennen, da öffnete sich die sechste Tür. Alles und jedes veränderte sich fortwährend. Die Wände drehten sich wie ein Karussell. Bilder blitzten auf. Ein goldenes Pferd wurde ein blauer Schmetterling. Eine Rose, leuchtend wie die Sonne, wurde ein Glas, aus dem feurige Heupferdchen flogen, purpurne Faune

und silberne Fledermäuse. Auf einem glitzernden Thron, zu dem sieben Stufen führten, saß König Salomo, der Menasse irgendwie ähnlich sah. Er trug eine Krone, und zu seinen Füßen kniete die Königin von Saba. Ein Pfau schlug ein Rad und sprach König Salomo auf hebräisch an. Leviten spielten die Lyra. Riesen schwangen ihre Schwerter, und auf Löwen reitende äthiopische Sklaven brachten Wein und Schalen mit Granatäpfeln. Einen Augenblick verstand Menasse gar nicht, was das alles bedeuten sollte. Dann merkte er, daß er seine Träume sah.

Hinter der siebenten Tür erkannte Menasse undeutlich Männer und Frauen, Tiere und viele Dinge, die ihm völlig fremd waren. Und alles war nicht so lebendig wie in den anderen Zimmern. Die Figuren waren durchsichtig und von Nebel umgeben. Auf der Türschwelle stand ein Mädchen in seinem Alter. Sie hatte lange, goldene Zöpfe. Obwohl Menasse sie nicht deutlich sehen konnte, mochte er sie gleich.

Zum erstenmal drehte er sich zu seinem Großvater um. »Was bedeutet das alles?« wollte er wissen. Und der Großvater antwortete: »Das sind die Menschen und Ereignisse deiner Zukunft.«

»Wo bin ich?« fragte Menasse.

»Du bist in einem Schloß, das viele Namen hat. Wir nennen es den Ort, wo nichts verloren ist. Es gibt noch viel mehr Wunder hier, aber jetzt ist es Zeit für dich. Du mußt gehen.«

Menasse wollte an diesem seltsamen Ort für immer bleiben, zusammen mit seinen Eltern und Großeltern. Fragend schaute er den Großvater an, aber der schüttelte nur den Kopf. Es schien, als ob Me-

nasses Eltern beides wollten, daß er bliebe und daß er so schnell wie möglich ginge. Sie sprachen immer noch nicht, aber sie machten ihm Zeichen, und Menasse verstand, daß er in großer Gefahr war.
Das mußte ein verbotener Ort sein. Ohne zu sprechen sagten ihm seine Eltern Lebewohl. Sogleich war alles verschwunden – das Schloß, die Eltern, die Großeltern und das Mädchen.
Menasse schauderte und wachte auf. Es war Nacht im Wald. Tau fiel. Über ihm hoch oben die Kronen der Kiefern. Der Vollmond schien, und die Sterne blinkten. Er schaute in das Gesicht eines Mädchens, das sich über ihn beugte. Sie war barfuß und hatte eine geflickte Schürze umgebunden. Ihre langen Zöpfe glänzten golden im Mondschein. Sie rüttelte ihn und sagte: »Steh auf, steh auf! Es ist spät. Du kannst nicht hier im Wald bleiben.«
Menasse setzte sich auf. »Wer bist du?«
»Ich habe Beeren gesucht und dich hier gefunden. Ich wollte dich aufwecken.«
»Wie heißt du?«
»Challele. Letzte Woche sind wir ins Dorf gekommen.«
Sie kam ihm bekannt vor, aber er konnte sich nicht erinnern, ihr schon einmal begegnet zu sein. Aber plötzlich wußte er es. Sie war das Mädchen, das er im siebenten Zimmer gesehen hatte, bevor er aufgewacht war.
»Du hast hier wie tot gelegen. Ich hab' mich gefürchtet, als ich dich sah. Hast du geträumt? Dein Gesicht war so blaß, und deine Lippen haben sich bewegt.«
»Ja, ich habe geträumt.«
»Wovon?«

»Von einem Schloß.«
»Von was für einem Schloß?«
Menasse antwortete nicht, und das Mädchen fragte nicht mehr. Sie machten sich zusammen auf den Heimweg. Nie zuvor hatte der Mond so hell geschienen, nie zuvor waren die Sterne so nah. Hinter ihnen gingen ihre Schatten her. Überall zirpten Grillen. Und Frösche quakten mit menschlichen Stimmen.
Menasse wußte, daß sein Onkel böse auf ihn sein würde, weil er so spät nach Hause kam. Die Tante würde mit ihm schimpfen, weil er ohne Mittagessen gegangen war. Aber das machte ihm alles gar nichts mehr aus. In seinem Traum hatte er eine ganz merkwürdige Welt besucht. Und er hatte eine Freundin gefunden. Challele und er hatten schon ausgemacht, am nächsten Tag miteinander in die Beeren zu gehen.
Im Unterholz zwischen Pilzen tauchten kleine Gestalten auf in roten Jacken, goldenen Mützen und grünen Stiefeln. Sie tanzten im Kreis herum und sangen ein Lied, das nur der hören kann, der weiß, daß alles lebt und nichts verlorengeht.

Taschlik

Aaron der Uhrmacher wohnte nicht in unserer Straße, aber wenn ich in unserem Garten auf den höchsten Ast des Lindenbaums kletterte, konnte ich sein Haus deutlich sehen. Es war das einzige im Dorf, das einen kleinen Vorgarten hatte. Die Fensterläden von Aarons Haus waren grün gestrichen. Auf den Fensterbrettern standen Blumentöpfe. Im Garten waren Sonnenblumen. Aaron und seine Familie wohnten im Erdgeschoß – mit Ausnahme seiner Tochter Feigele, die ein Zimmer im Dachgeschoß hatte. Wenn nachts die Lampen im Erdgeschoß schon längst ausgelöscht waren, brannte in Feigeles Zimmer noch Licht. Manchmal sah ich, wie sich Feigeles Schatten hinter dem Vorhang bewegte. Mottel, ihr jüngerer Bruder, hatte auf dem Dach einen Taubenschlag gebaut und stand oft dort oben, um mit einem langen Stecken fremde Tauben zu vertreiben. Leon, der ältere Bruder, der am Krakauer Polytechnikum studierte, ritt in den Ferien zu Pferde durchs Dorf. Es gab nichts, was diese emanzipierte Familie nicht besessen hätte. Sie hatte einen Papagei, Kanarienvögel und einen Hund. Aaron spielte Zither. Seine Frau hatte ein Klavier – sie stammte aus Lublin und trug keine Perücke wie andere jüdische Frauen. Aaron der Uhrmacher, der auch Goldschmied und Juwelier war, hatte als einziger im Dorf ein Telefon; er konnte direkt mit Leuten in Zamosc sprechen...
Ich war nicht in diesem Dörfchen geboren. Ich war in Warschau aufgewachsen, doch als der Krieg be-

gann, verließen meine Eltern die Stadt und zogen zu meinem Großvater, dem Rabbiner. Da waren wir also in einem Kaff gelandet, das an keiner Eisenbahnstrecke lag und von Kiefernwäldern umgeben war. Mein Vater wurde zum Hilfsrabbiner ernannt. Ich hatte ständig Heimweh nach Warschau, seinen Straßen und Trambahnen, den hell beleuchteten Schaufenstern und den hohen Häusern mit ihren Balkonen. Aaron der Uhrmacher und seine Familie stellten für mich ein Stückchen Großstadt dar. Aaron hatte eine Bibliothek, die Bücher in verschiedenen Sprachen enthielt. In seinem Laden konnte man Kopfhörer aufsetzen und Radio hören. Er hatte zwei Warschauer Zeitungen abonniert, eine in polnischer und eine in jiddischer Sprache. Und er war ständig auf der Suche nach einem Schachpartner. Feigele hatte das Gymnasium in Lublin besucht und dort bei einer Tante gewohnt, war aber nach Erhalt des Reifezeugnisses nach Hause zurückgekehrt.

Aaron der Uhrmacher war ein Schüler meines Großvaters gewesen und hatte als religiöses Wunderkind gegolten, bis er eines Tages dabei ertappt worden war, wie er die Bibel in deutscher Übersetzung las – ein sicheres Zeichen für Ketzerei. Wie Moses Mendelssohn hatte auch Aaron einen Bukkel. Er war zwar nicht aus der jüdischen Glaubengemeinschaft ausgeschlossen worden, aber es war fast so, als gehörte er nicht mehr dazu. Er hatte eine hohe Stirn, einen Backenbart, der ziemlich räudig aussah, und große schwarze Augen. Aus diesen Augen sprach etwas, das uralt und schon halb vergessen war und das ich nicht benennen konnte, das mich aber an Spinoza und Uriel Acosta denken ließ. Wenn Aaron am Fenster seines Ladens saß und durch ein Vergrößerungsglas irgendein Uhrwerk betrachtete, schien er in den Rädchen zu lesen wie ein Wahrsager in seiner Kristallkugel. Den ganzen Tag lang schien sein trauriges Lächeln zu sagen: »O Eitelkeit der Eitelkeiten!«

Feigele hatte die Augen ihres Vaters geerbt. Sie war sehr zurückhaltend, und man sah sie immer nur allein spazierengehen – ein hochgewachsenes, schlankes Mädchen mit länglichem, blassem Gesicht, schmaler Nase und schmalen Lippen. Stets trug sie zwei Bücher unter dem Arm, ein dickes und ein dünnes. Etwas eigentümlich Sanftes ging von ihr aus. Mädchen, die mit der Mode gingen, ließen sich damals einen Bubikopf schneiden, Feigele jedoch trug nach wie vor einen Knoten. Sie schlug jedesmal den Weg zum russischen Friedhof ein. Einmal sah ich sie dort die Inschriften auf den Grabsteinen lesen.

Ich war zu schüchtern, um sie anzusprechen. Ich war mir nicht einmal sicher, ob sie wußte, wer ich war – sie hatte nämlich die Angewohnheit, über andere hinwegzusehen. Aber ich wußte, daß sie, genau wie ich, im Exil lebte. Sie schien nie damit aufhören zu können, sich über irgend etwas Gedanken zu machen. Manchmal blieb sie stehen, um Bäume zu betrachten oder nachdenklich in einen Brunnenschacht zu blicken. Ich versuchte immer wieder, sie näher kennenzulernen, wußte aber nicht, wie ich das anstellen sollte. Zudem war mir meine Aufmachung peinlich: Samtkäppchen, langer Kaftan, rote Schläfenlocken. Ich wußte, daß sie mich bloß für einen von vielen jungen Chassidim halten würde. Wie hätte sie ahnen sollen, daß ich heimlich Knut Hamsun und Strindberg las und mich mit Spinozas *Ethik* in hebräischer Übersetzung befaßte? Außerdem besaß ich ein Buch des Astronomen Flammarion und beschäftigte mich nebenbei auch mit kabbalistischen Schriften. Wenn ich abends auf dem höchsten Ast des Lindenbaums saß, betrachtete ich wie ein Astronom den Mond und die Sterne. Auch Feigeles Fenster konnte ich sehen, aber es war so unerreichbar wie der Sternenhimmel. Ich war bereits mit der Tochter eines Rabbiners verlobt worden. Tag für Tag las mir mein Vater aus dem *Schulchan Aruch* vor – Lektionen darüber, wie man ein Rabbi wird. Die Dorfbewohner beobachteten mich ständig, um sich zu vergewissern, daß ich mir nichts zuschulden kommen ließ. Mein Vater beklagte sich darüber, daß durch meine Leichtfertigkeit der Lebensunterhalt der Familie gefährdet werde. Das fehlte noch, daß man mich beim Gespräch mit einem Mädchen ertappen würde, zumal mit der Tochter von Aaron dem Uhrmacher!

Aber wenn ich nachts auf meinem Baum saß und Feigeles Fenster beobachtete, zweifelte ich nicht im mindesten daran, daß meine Sehnsucht nach ihr ein Echo finden würde. Ich glaubte schon damals an Gedankenübertragung, Hellseherei und Mesmerismus. Immer wieder starrte ich mit zusammengekniffenen Augen so lange hinüber, bis der Lichtschein von Feigeles Lampe sich in dünne, feuerrote Fädchen verwandelte. Meine telepathischen Botschaften sollten durch die Dunkelheit zu ihr dringen – ich versuchte nämlich, es Josef della Reina nachzumachen, der sich der Macht der heiligen Namen bediente, um zu erreichen, daß die

Tochter des Großwesirs im Trancezustand an sein Bett kam. Ich rief Feigeles Namen und versuchte, in ihre Gedanken und Träume einzudringen. Ich hüllte sie in ein unsichtbares Netz – wie ein Zauberer aus *Tausendundeine Nacht*. Ich glaubte felsenfest, daß meine Beschwörungen ihr Herz in Liebe entbrennen lassen und bewirken würden, daß sie mich leidenschaftlich begehrte. Zum Dank dafür wollte ich ihr Zärtlichkeiten erweisen, wie sie noch keiner anderen Frau zuteil geworden waren.

Ich würde sie mit Edelsteinen schmücken, die vom Mond stammten. Wir würden gemeinsam zu anderen Planeten fliegen, und Feigele würde als Königin in überirdischen Palästen wohnen. Ich wußte selbst nicht, warum, aber ich kam zu der Überzeugung, daß unsere Freundschaft während der Rezitation des Taschlik-Gebetes am Nachmittag des Neujahrsfestes, Rosch Haschana, beginnen würde. Es war absolut unsinnig, das zu erwarten. Ein aufgeklärtes Mädchen wie Feigele würde vermutlich gar nicht an der Zeremonie teilnehmen. Aber der Gedanke war wie ein Dibbuk in mich gefahren. Ich zählte die Tage und Stunden bis zum Feiertag, schmiedete Pläne, dachte mir aus, was ich zu ihr sagen würde. Zwei- oder dreimal sah ich von meinem Beobachtungsposten im Geäst aus Feigele am Fenster stehen und hinausschauen. Ich konnte ihre Augen nicht sehen, aber ich wußte, daß sie meinen Ruf vernommen hatte und in der Dunkelheit nach mir Ausschau hielt. Es war im Monat Elul, und täglich wurde im Lernhaus das Widderhorn geblasen, dessen Klang Satan vertreiben sollte. Spinnweben schwebten in der Luft. Vom Nordpol her blies ein kalter Wind. Der Mond schien so hell,

daß zwischen Tag und Nacht fast kein Unterschied mehr war. Von der Helligkeit aufgeweckt, krächzten Krähen. Die Grillen ließen ihre Abschiedslieder ertönen. Schatten huschten über die Felder rings um das Dorf. Der Fluß schlängelte sich durch die Wiesen wie eine silberne Schlange.
An Rosch Haschana zog ich den neuen Kaftan und die neuen Schuhe an, die ich geschenkt bekommen hatte, und bürstete mir die Schläfenlocken hinter die Ohren. Was sonst konnte ein junger Chassid denn tun, um modern auszusehen? Am Spätnachmittag lungerte ich in der Brückenstraße herum und beobachtete die Dorfbewohner, die zur Taschlik-Zeremonie gingen. Die Sonne schien, der Himmel war so blau und klar wie im Hochsommer. Ein kühles Lüftchen wehte und vermischte sich mit der Wärme, die der Erdboden ausstrahlte. Zuerst kamen die Chassidim, die – ein jeder mit Pelzhut und Atlasmantel ausstaffiert – eine Gruppe für sich bildeten. Sie hatten es so eilig, als wollten sie vor ihren Frauen und vor der Versuchung davonlaufen. Ich war unter diesen Leuten aufgewachsen, jetzt aber kamen mir ihre wirren Bärte, ihre schlecht sitzende Kleidung und ihr betont cliquenhaftes Gebaren sonderbar vor. Sie rannten vor dem Bösen davon wie Schafe vor dem Wolf.
Nach den Chassidim kamen die anderen Juden und dann die Frauen und Mädchen. Die meisten älteren Frauen trugen Umhänge und Gewänder, die noch aus König Sobieskis Zeiten stammten, und hatten Stirnreife und Hauben mit Bändern aufgesetzt. Als Schmuck trugen sie Ketten aus Goldmünzen, Ohrgehänge, die so schwer waren, daß sie fast die Ohrläppchen aufschlitzten, und Broschen,

die sie von ihren Großmüttern und Urgroßmüttern geerbt hatten und die im Rhythmus der Schritte wippten. Meine Mutter hatte ein goldfarbenes Seidenkleid an und dazu eine mit Straß verzierte Pelerine. Die jüngeren Frauen hatten die Modejournale studiert (die immer erst ein, zwei Jahre nach Erscheinen ins Dorf gelangten) und trugen Kleider, die sie für hochmodern hielten. Einige von ihnen trugen Röcke, die kaum die Knie bedeckten, und hatten sich sogar einen Bubikopf geschnitten. Die Damenschneiderinnen standen am Straßenrand und machten Bemerkungen über die Garderobe der Frauen. Sie verglichen die Kleider aus ihrer eigenen Werkstatt mit denen, die von der Konkurrenz angefertigt worden waren, und machten sich nicht nur über deren Schnittmuster lustig, sondern auch über die Frauen, die diese Kleider trugen.
Ich hielt vergeblich Ausschau nach Feigele. Meine Hexerei war ein Fehlschlag gewesen. Mit gesenkten Augen schloß ich mich den Nachzüglern an. Einige Dörfler standen auf der hölzernen Brücke und rezitierten den Taschlik; viele andere hatten sich am Flußufer aufgestellt. Junge Frauen nahmen ihr Taschentuch in die Hand und schüttelten ihre Sünden heraus. Junge Burschen leerten scherzhaft ihre Taschen, damit nur ja nichts Frevelhaftes darin zurückblieb. Die Spaßvögel des Dorfes machten die üblichen Taschlik-Witze: »Mädchen, schüttelt soviel ihr wollt – ein paar Sünden bleiben trotzdem zurück!« – »Die Fische werden fett, wenn sie so viel Abfall zu fressen bekommen!«
Ich versuchte gar nicht erst, das Gebet zu sprechen, sondern stellte mich unter eine Trauerweide und

sah zu, wie der riesige rote Sonnenball, den ein Wolkenfetzen in zwei Hälften teilte, allmählich unterging. Ganze Scharen von Vögeln kamen angeflogen und kreisten über dem Wasser; manchmal schimmerten ihre Flügel wie Silber, im nächsten Moment waren sie grau wie Blei. Das grüne Wasser des Flusses wurde rosenrot. Ich hatte alles verloren, was mir in dieser Welt etwas bedeutete, und dennoch war der Anblick des Himmels ein Trost für mich. Einige kleinere Wolken schienen Feuer gefangen zu haben und zogen wie Schiffe mit brennenden Segeln über den Himmel. Ich bestaunte die Sonne, als sähe ich sie zum erstenmal. In dem Buch von Flammarion hatte ich gelesen, daß dieser Himmelskörper eineinhalb Millionen mal so groß wie die Erde sei und daß auf seiner Oberfläche eine Temperatur von sechstausend Grad Celsius und in seinem Inneren eine Temperatur von mehreren hunderttausend Grad herrsche. Und daß alles von der Sonne komme – das Licht, die Wärme, das Holz für den Ofen und das Essen im Kochtopf. Was aber, so fragte ich mich, *ist* die Sonne? Woher ist sie gekommen? Wohin wandert sie, wohin bewegt sie sich mit der Milchstraße und dem ganzen Sonnensystem?
Plötzlich begriff ich, warum sie von den Heiden als Gott verehrt worden war. Am liebsten wäre auch ich jetzt vor ihr auf die Knie gefallen. Konnte man wirklich sicher sein, daß sie kein Bewußtsein besaß? Im *Führer der Schwankenden* steht, daß die Himmelskörper eine Seele hätten, daß sie durch »Ideen« auf ihre Umlaufbahn gebracht würden, auf der himmlische Musik von ihnen ausginge. Jetzt schien es mir, als vermischte sich diese Sphä-

renmusik mit dem Gezwitscher der Vögel, dem Rauschen des Flusses und dem Gemurmel der betenden Menschenmenge. Dann erschien ein grünblauer Schimmer am Horizont – der erste Stern, eine glitzernde Miniatursonne. Ich wußte, daß es viele, viele Jahre gedauert hatte, bis die Strahlen dieses Fixsterns für mich sichtbar geworden waren. Was aber, so fragte ich mich, *sind* Strahlen? Mich überkam eine Art kosmisches Heimweh. Ich wünschte mir, meinem Dasein zu entfliehen, zu meinem Ursprung zurückzukehren und wieder ein Bestandteil des Weltalls zu sein. Flüsternd betete ich zur Sonne: »Hol mich zu dir! Ich bin meiner selbst überdrüssig!«

Plötzlich zupfte mich jemand am Ärmel. Ich wandte den Kopf und begann zu zittern. Neben mir stand Feigele. Ich war so verdutzt, daß ich gar nicht dazu kam, mich zu wundern. Sie trug ein schwarzes Kostüm, einen weißen Kragen und eine schwarze Baskenmütze. Im Licht der untergehenden Sonne strahlte ihr Gesicht eine Rosch-Haschana-Reinheit aus.

»Entschuldigen Sie bitte«, sagte sie, »könnten Sie mir zeigen, wo das Taschlik-Gebet steht? Ich kann die Stelle einfach nicht finden.« Ihr Lächeln schien zu sagen: »Ein besserer Vorwand ist mir nicht eingefallen.« Aus ihrem Blick sprach Stolz und zugleich Demut. Ich hatte es also, wie Josef della Reina, geschafft, meine Angebetete aus dem Palast des Großwesirs zu mir zu rufen!

Sie hatte ein Gebetbuch mit goldgeprägtem Einband in der Hand. Ich hielt die eine Seite des Einbands, sie die andere. Auf jeder Seite des Gebetbuches stand links der hebräische und rechts der polnische Text. Ich blätterte weiter, konnte das Gebet aber auch nicht finden. Die Menschenmenge zerstreute sich allmählich, Gesichter drehten sich nach uns um. Ich blätterte schneller. Das Taschlik-Gebet war doch bestimmt nicht weggelassen worden! Aber wo stand es denn? Feigele sah mich verwundert an, und ihr Blick schien zu sagen: »Reg dich nicht so auf! Es ist doch bloß eine Kriegslist!« Die Buchstaben verschwammen mir vor den Augen; das Gebetbuch zitterte wie etwas Lebendiges. Versehentlich berührten sich unsere Ellenbogen, und wir entschuldigten uns beieinander. Das Taschlik-Gebet war anscheinend aus dem Buch entwischt. Aber ich wußte genau, daß es darin stand und daß meine Augen verhext worden waren. Gerade als ich das Suchen aufgeben wollte, sprang mir das fettgedruckte Wort »Taschlik« in die Augen. »Da ist es ja!« Mir war, als stände mein Herz still.

»Was? Oh, vielen Dank!«

»Ich habe den Taschlik auch noch nicht gebetet.«

»Wie wär's, wenn wir ihn zusammen beten würden?«

»Können Sie Hebräisch lesen?«

»Natürlich.«

»Dieses Gebet bedeutet, daß man seine Sünden ins Meer wirft.«

»Ja, natürlich.«

Gemeinsam sprachen wir das Gebet, während all die anderen sich bereits auf den Heimweg machten. Junge Burschen warfen mir spöttische Blicke zu. Ich wußte, daß ich wegen dieser Begegnung daheim eine Menge Ärger bekommen würde. Doch zunächst einmal genoß ich meinen Triumph als

Hexenmeister, dessen Zauberformeln und Beschwörungen gewirkt hatten. Der andächtige Ausdruck auf ihrem Gesicht ließ Feigele noch sanfter als sonst erscheinen. Die Sonne war bereits hinter den Bäumen verschwunden, und aus der Entfernung wirkte der Wald bläulich und fast wie ein Gebirge. Plötzlich war mir, als hätte ich diesen Moment schon einmal erlebt. War es in einem Traum oder in einem früheren Leben gewesen? Die Luft war erfüllt von Klängen: dem Krächzen der Vögel, dem Summen der Insekten und einem Klang, der sich wie Glockengeläut anhörte. Die Frösche begannen ihr abendliches Geplauder. Eine Kuhherde zog an uns vorbei, der Erdboden dröhnte unter ihren Hufen. Es war ein Wunder, daß wir von der Herde nicht in den Fluß gedrängt wurden. Das Buch zitterte nicht mehr in unseren Händen. Ich hörte Feigele murmeln: »Der Herr blickt vom Himmel herab und sieht alle Menschenkinder ... Er, der ihre Herzen allzumal geschaffen hat, durchschaut alle ihre Werke.«

Anhang

Sind Kinder die besseren Literaturkritiker?

KINDER sind die besten Leser echter Literatur. Erwachsene lassen sich von großen Namen, hochgespielten Zitaten und aggressiver Werbung hypnotisieren. Kritiker, die sich mehr für Soziologie als für Literatur interessieren, haben Millionen von Lesern eingeredet, daß ein Roman, der keine soziale Revolution herbeiführt, nichts tauge. Hunderte von Professoren, die Kommentare über Schriftsteller verfassen, wollen ihre Studenten davon überzeugen, daß nur jene Autoren, deren Werke ausführliche Kommentare und unzählige Fußnoten erfordern, die wahren schöpferischen Genies unserer Zeit seien.

Kinder fallen auf solche Ansichten nicht herein. Nach wie vor schätzen sie Klarheit, Logik, ja sogar etwas so Altmodisches wie Interpunktion. Und überdies verlangt der junge Leser richtige Geschichten, die einen Anfang, eine Mitte und ein Ende haben – Geschichten, wie sie seit Jahrtausenden erzählt worden sind.

In unserer Epoche, in der das Geschichtenerzählen eine vergessene Kunst geworden ist und durch dilettantische Soziologie und phrasenhafte Psychologie ersetzt wurde, ist das Kind der unabhängige Leser geblieben, der sich auf den eigenen Geschmack verläßt. Namen und Autoritäten bedeuten ihm nichts. Noch lange nach dem Zerfall der Erwachsenenliteratur werden Kinderbücher die letzte

Bastion des Geschichtenerzählens, der Logik, des Glaubens an die Familie, an Gott und die wahre Menschenliebe sein.
Wenn ich mich hinsetze, um eine Geschichte zu schreiben, muß ich zunächst einmal ein Thema haben. Für Kinder kann man nicht über einen, wie manche Kritiker es nennen, »Aspekt des Lebens« schreiben. Im Grund sind die sogenannten Aspekte des Lebens ja auch für erwachsene Leser langweilig.
Zweitens muß ich mir allen Ernstes wünschen oder leidenschaftlich daran interessiert sein, die betreffende Geschichte zu schreiben. Manchmal habe ich ein Thema, aber nicht den Drang, mich damit zu befassen. Ich habe Hunderte von Themen aufgeschrieben, die ich nie verwenden werde, weil sie mich nicht wirklich interessieren.
Und drittens muß ich die Überzeugung – oder zum mindesten die Illusion – haben, daß ich der einzige bin, der diese ganz bestimmte Geschichte schreiben kann. Es muß *meine* Geschichte sein. In ihr müssen meine Individualität, mein Charakter, meine Weltsicht zum Ausdruck kommen.
Wenn diese drei Voraussetzungen erfüllt sind, schreibe ich eine Geschichte. Das gilt nicht nur, wenn ich für Kinder sondern auch wenn ich für Erwachsene schreibe.
Manchen schlechten Büchern fehlen diese Voraussetzungen. Sie haben keine Geschichte zu erzählen, es mangelt ihnen an Leidenschaftlichkeit, und sie haben keine echte Beziehung zum Autor selbst.
Da Kinder Klarheit und Logik schätzen, wundert es Sie vielleicht, daß ich von übernatürlichen Dingen erzähle, also von etwas, das seiner Definition

nach *nicht* klar und *nicht* logisch ist. Als literarische Methode sind Logik und »Realismus« zwei verschiedene Dinge. Man kann ein sehr unlogischer Realist und ein höchst logischer Mystiker sein. Kinder neigen von Natur aus zum Mystizismus. Sie glauben an Gott, an den Teufel, an gute und böse Geister und an alle möglichen Zauberkräfte. Trotzdem erwarten sie von solchen Geschichten Folgerichtigkeit. Oft ist sehr viel Logik im religiösen Glauben und sehr wenig Logik im Materialismus. Viele von denen, die behaupten, die Welt habe sich selbst erschaffen, sind Menschen ohne jeden Respekt vor der Vernunft.

Es ist traurig, daß viele Schriftsteller, die verächtlich auf Erzählungen herabblicken, die von übernatürlichen Dingen handeln, Kindergeschichten schreiben, die das reine Chaos sind. Es gibt Kinderbücher, in denen ein Satz nichts mit dem anderen zu tun hat. Geschehnisse ereignen sich völlig willkürlich, ohne jede Beziehung zur kindlichen Erfahrung und Vorstellungswelt.

Nicht nur, daß solche Lektüre Kindern keinen Spaß macht, sie schadet auch dem kindlichen Denken. Manchmal habe ich das Gefühl, daß die Kinderbuchautoren der sogenannten Avantgarde versuchen, das Kind auf James Joyces *Finnegans Wake* oder ähnliche literarische Puzzlespiele vorzubereiten, die manche Professoren so gern erläutern. Statt dem jungen Leser beim Denken zu helfen, verkrüppeln solche Kinderbücher den kindlichen Verstand. Mit anderen Worten: Übernatürliches, ja; Unsinn, nein.

Die volkstümliche Überlieferung spielt in der Kinderliteratur eine ungemein wichtige Rolle. Es ist

die Tragödie der modernen Erwachsenenliteratur, daß sie sich vom Volkstümlichen abgetrennt hat. Viele moderne Schriftsteller haben ihre Wurzeln verloren. Sie gehören zu keiner spezifischen Gemeinschaft und wollen es auch nicht. Sie fürchten, man könnte sie als »volksverbunden«, »nationalistisch« oder »chauvinistisch« bezeichnen.
Tatsächlich aber gibt es keine Literatur ohne Wurzeln. Über den Menschen im allgemeinen kann man keine gute Belletristik schreiben. Wie im Leben, so ist auch in der Literatur alles spezifisch. Jeder Mensch hat seinen tatsächlichen und seinen spirituellen Wohnort. Gewiß, in bestimmten Fabeln sind Wohnorte unnötig, ja überflüssig. Aber nicht alle literarischen Werke sind Fabeln. Je tiefer ein Schriftsteller in seiner Umwelt verwurzelt ist, um so besser wird er von allen verstanden. Je nationaler er ist, um so internationaler wird er.
Als ich die in *Zlateh die Geiß* enthaltenen Geschichten zu schreiben begann, wußte ich, daß nicht nur jüdische sondern auch nichtjüdische Kinder diese Erzählungen lesen würden. Ich beschrieb jüdische Kinder, jüdische Weise, jüdische Narren, jüdische Brautpaare. Die Ereignisse, von denen ich erzählte, spielten sich nicht im Niemandsland ab, sondern in den Schtetln und Dörfern, die ich gut gekannt habe und in denen ich aufgewachsen bin. Meine Heiligen waren jüdische Heilige, die Dämonen waren jüdische Dämonen. Und dennoch wurde dieses Buch in viele Sprachen übersetzt.
Viele moderne Kinderbücher haben kein Lokalkolorit, keinen volkstümlichen Reiz. Die Autoren bemühen sich so sehr darum, international zu sein – Ware zu produzieren, die überall Anklang fin-

det –, daß sie letztlich nirgends Anklang finden. (Übrigens wimmelt es in der Bibel, insbesondere im Buch Genesis, von Geschichten für Kinder – jede einzelne kurz, klar, tief verwurzelt in ihrer Zeit und ihrem Nährboden. Eben deshalb finden diese Geschichten überall Anklang.)

Ohne volkstümliche Überlieferung und ohne Verwurzelung in einem spezifischen Nährboden muß die Literatur verfallen und verdorren. Das gilt für die Literatur aller Zeiten. Zum Glück ist die Kinderliteratur auch heute noch viel tiefer in der volkstümlichen Überlieferung verwurzelt als die Erwachsenenliteratur. Und darum ist in unserer Zeit die Kinderliteratur so wichtig.

Manche Schriftsteller beginnen nicht deshalb an einem Buch zu arbeiten, weil sie sich für die Fabel, die *story*, begeistern, sondern weil sie in die Botschaft verliebt sind, die eventuell dadurch vermittelt werden könnte. In unserer Zeit hat – genau wie in jeder anderen Epoche – niemals Mangel an Botschaften geherrscht. Wenn alle diese Botschaften verschwänden und nur die Zehn Gebote erhalten blieben, hätten wir noch genug Botschaften für die Gegenwart und die Zukunft. Unser Problem ist nicht, daß wir etwa zu wenige Botschaften erhalten hätten, sondern daß wir uns weigern, sie zu befolgen.

Ein Schriftsteller, der einen schlechten Roman verfaßt und dessen Botschaft Frieden und Gleichberechtigung und andere Tugenden sind, tut uns keinen besonderen Gefallen. Das alles haben wir schon vorher gehört und werden es auch weiterhin in Leitartikeln und Predigten, ja sogar von Diplomaten der aggressivsten Länder zu hören bekommen. Es gibt unzählige Schriftsteller, deren einziger literarischer Anspruch darin besteht, daß sie auf der richtigen Seite stehen und daß ihre Botschaften rechtschaffen sind.

Die Literatur braucht gut konstruierte, einfallsreiche Geschichten und keine abgedroschenen Botschaften, denn jede gute Geschichte *hat* eine Botschaft, die, auch wenn sie nicht offensichtlich ist, früher oder später von Lesern oder Kritikern entdeckt wird. Ich weiß immer noch nicht, was die Botschaft von Tolstois *Krieg und Frieden* ist, aber ein großartiges Buch ist es trotzdem. Eine echte Geschichte kann viele Interpretationen erfahren, zahlreiche Botschaften enthalten, unendlich oft kommentiert werden. Ereignisse werden nie abgedroschen sein; Kommentare sind es oft schon von Anfang an.

Als Kind war ich froh darüber, daß ich dieselben Geschichten erzählt bekam, die schon meinem Vater und meinen Großvätern erzählt worden waren. Damals lasen die Kinder keine Geschichten von Entlein, die in Suppentöpfe fallen und als tönerne Frösche wieder auftauchen. Wir lasen lieber die Geschichten von Adam und Eva, von der Sintflut, vom Turmbau in Babel, von den wundersamen Erlebnissen Abrahams, Isaaks, Jakobs und Josefs. Wir lernten, daß man sich niemals ganz auf eine Autorität verlassen soll. Wir versuchten, Motivation und Logik in Gottes Gesetzen und Seinen Zehn Geboten zu finden. Ich habe oft das Gefühl, daß vieles von all dem Bösen, das heutzutage geschieht, daraus resultiert, daß diese moderne Generation in ihrer Schulzeit so viel hundsmiserables Zeug gelesen hat.

Seit ich für Kinder zu schreiben begann, habe ich mich mit vielen Kindern unterhalten, ihnen Geschichten vorgelesen (obzwar meine Aussprache alles andere als tadellos ist) und ihnen auf unzählige Fragen geantwortet. Es erstaunt mich immer wieder, daß Kinder mit der gleichen Neugier Fragen stellen wie die Erwachsenen: Wie kommen Sie auf die Idee zu einem Buch? Ist es erfunden oder dem wirklichen Leben entnommen? Wie lange arbeiten Sie an einem Buch? Verwenden Sie Geschichten, die Sie von Ihrer Mutter und Ihrem Vater erzählt bekamen?
Kinder, ganz gleich, wie jung sie noch sind, interessieren sich für das, was man »die ewigen Fragen« nennt: Wer hat die Welt erschaffen? Wer hat die Erde, den Himmel, die Menschen und die Tiere gemacht? Den Anfang oder das Ende von Zeit und Raum können Kinder sich nicht vorstellen. Als Kind habe ich all die Fragen gestellt, die ich später in den Werken von Platon, Aristoteles, Spinoza, Leibniz, Hume, Kant und Schopenhauer erörtert fand. Kinder denken über Dinge wie Gerechtigkeit, den Sinn des Lebens, das »Warum« des Leidens nach. Oft fällt es Kindern schwer, sich mit dem Gedanken abzufinden, daß Tiere geschlachtet werden, damit der Mensch sie verspeisen kann. Der Gedanke an den Tod bestürzt und ängstigt sie. Die Herrschaft der Starken über die Schwachen ist etwas, das sie nicht akzeptieren können.
Viele Erwachsene sind zu der Überzeugung gekommen, es sei sinnlos, Fragen zu stellen, und man müsse die Dinge nehmen wie sie sind. Kinder hingegen sind oft Philosophen und Gottsucher. Das ist einer der Gründe, warum ich ihnen immer emp-

fehle, die Bibel zu lesen. Sie gibt nicht auf all diese Fragen Antwort, aber sie befaßt sich mit ihnen. Sie sagt uns, daß es einen Gott gibt, der Himmel und Erde erschaffen hat. Sie verurteilt Kains Mord an Abel. Sie sagt uns, daß die Bösen bestraft und die Gerechten, auch wenn sie viel leiden müssen, belohnt und vom Allmächtigen geliebt werden.

Wenn es nach mir ginge, würde ich eine Geschichte der Philosophie für Kinder veröffentlichen, in der ich die grundlegenden Ideen aller Philosophen in einfacher Sprache wiedergeben würde. Kinder, die ja höchst ernst zu nehmende Menschen sind, würden dieses Buch mit großem Interesse lesen. In unserer Zeit, in der die Erwachsenenliteratur im Verfall begriffen ist, sind gute Kinderbücher die einzige Hoffnung, die einzige Zuflucht. Wir schreiben nicht nur für Kinder, sondern auch für ihre Eltern. Auch sie sind ernst zu nehmende Kinder.

Verzeichnis der jüdischen Wörter und Begriffe

Asmodäus oder Asmodi In der jüdischen Literatur der König der Dämonen.

Bejgl Gebäck, Hörnchen.

Chale Geflochtenes Weißbrot für den Sabbat und die Feiertage.

Chanukka Achttägiges Lichterfest, gefeiert zur Erinnerung an die Wiedereinweihung (165 v. Chr.) des Tempels in Jerusalem, der von den Griechen entweiht worden war. Zu den alten Bräuchen anläßlich des Chanukkafestes gehört das Dredlspiel (siehe *Dredl*), für das die Kinder Chanukkageld bekommen.

Chanukkalampe oder -leuchter Öllampe mit acht Dochten oder achtarmiger Leuchter. Am ersten Tag des Chanukkafestes wird ein Licht, am zweiten Tag werden zwei Lichter angezündet, am dritten Tag drei, usw. Diese Lichter sollen an das Lichtwunder im heiligen Tempel erinnern, als nur noch Ölvorrat für einen einzigen Tag vorhanden war, das Öl dann aber für acht Tage ausreichte.

Chassidim (Einzahl: Chassid) Das Wort bedeutet »Fromme«. So werden die Anhänger des Chassidismus genannt, einer jüdisch-religiösen Bewegung, die seit dem Jahr 1740 in Osteuropa weite Verbreitung fand. Die Chassidim betonen das Gefühl in der Religion.

Cheder Traditionelle Grundschule der osteuropäischen Juden. Für Knaben vom 4. bis zum 13. Lebensjahr. Bibel- und Talmudunterricht. In vielen Gemeinden fand der Unterricht im Hause des Lehrers statt.

Dibbuk Im jüdischen Volksglauben ein Totengeist, der vom Körper eines Lebenden Besitz ergreift. Nur ein Wundertäter kann den Dämon aus dem Körper des Besessenen austreiben.

Dredl Kleiner Kreisel aus Holz oder Blech in Form eines Würfels, der an vier Seiten anstelle der Augen hebräische Buchstaben hat. Das Dredlspiel wird nach alter Tradition am Chanukkafest gespielt, wenn die Chanukkalichter brennen.

Elul Der letzte Monat des jüdischen Kalenders (August/September).

Gebetsriemen Sie werden beim Morgengebet am linken Arm und an der Stirn angelegt. An den Riemen befinden sich Kapseln mit vier auf Pergamentstreifen geschriebenen Texten aus dem *Pentateuch.*

Gebetsschal Viereckiger weißer Überwurf aus Wolle oder Seide mit *Schaufäden* an den vier Ecken, der zum Morgengebet und bei feierlichen Zeremonien getragen wird.

Gehenna Stätte der Pein für die Bösen nach dem Tod. Bezeichnung für die Hölle.

Gemara So heißen die späteren Teile des *Talmud,* in denen die früheren Teile *(Mischna)* durch Sagen, Legenden und Beispielgeschichten ergänzt und erläutert werden.

Hawdole Zeremonie am Ende des Sabbats, zur Unterscheidung von Sabbat und Werktagen, mit Segenssprüchen über Wein, Licht und Gewürze.

Jeschiwa Hochschule für das Studium des *Talmud*.

Jom Kippur Versöhnungstag, Fasttag. Der höchste jüdische Feiertag, der den Abschluß der mit dem Neujahrsfest beginnenden zehn Bußtage bildet.

Josef della Reina Gestalt der kabbalistischen Legende. Er versuchte, mit Hilfe von Zauberkünsten die Herrschaft Satans zu beenden und auf diese Weise die Menschheit zu erlösen.

Judenedikte Regierungserlasse, in denen der jüdischen Bevölkerungsgruppe strenge Beschränkungen auferlegt wurden.

Kabbala Zunächst Bezeichnung für die religiöse Überlieferung überhaupt, dann speziell für die Lehre und die Schriften der mittelalterlichen jüdischen Mystik ab ca. 1200. Die Kabbala befaßt sich unter anderem mit der geheimen Bedeutung der verschiedenen Gottesnamen.

Kaftan Langes, mantelartiges, vorne geknöpftes Übergewand der strenggläubigen Juden.

koschere Speisen Nach den jüdischen Speisegesetzen zubereitetes Essen. Tiere müssen nach besonderen Vorschriften geschlachtet werden. Fleisch- und Milchprodukte dürfen weder zusammen zubereitet noch zusammen gegessen werden.

Laubhüttenfest Das achttägige jüdische Erntedankfest, später auch gefeiert zur Erinnerung an die Wüstenwanderung der Kinder Israel nach dem Auszug aus Ägypten.

Lernhaus oder Lernstube Ein Haus oder ein Raum,

in dem die Mitglieder der jüdischen Gemeinde die Tora und den Talmud studieren und diskutieren.

Machpela Die Höhle von Machpela liegt bei Hebron und gilt als die Begräbnisstätte Abrahams und seiner Familie.

Melchisedek König von Salem. In der Bibel wird er als »Priester des höchsten Gottes« bezeichnet. Nach einer slawischen Überlieferung soll er der Sohn von Noahs Bruder Nir gewesen sein. Auf einer der Schriftrollen, die im 20. Jahrhundert in den Höhlen von Qumran am Toten Meer entdeckt wurden, steht geschrieben, daß Melchisedek dereinst Satan und seine Anhänger richten wird.

Menora Leuchter (meist siebenarmig). Eines der ältesten Symbole des jüdischen Volkes.

Mesusa Metall- oder Holzhülse, die eine kleine, handgeschriebene Pergamentrolle mit einem Text aus dem 5. Buch Mose enthält. Sie wird als Schutzsymbol am rechten Türpfosten des Hauses angebracht.

Mischna So heißen die früheren Teile des *Talmud*, in denen die biblischen Gesetze geordnet und erläutert werden.

Pentateuch Die fünf Bücher Mose, in die das Gesetz Mose (*Tora*) seit dem 2. Jahrhundert n. Chr. eingeteilt ist.

Pessach Das am ersten Vollmond im Frühling gefeierte achttägige Fest, das zur Erinnerung an den Auszug der Kinder Israel aus Ägypten begangen wird. Während dieses Festes darf nur Ungesäuertes gegessen werden.

Plinse Gebäck aus Kartoffel- oder Eierteig.

Purim Ein Freudenfest (die jüdische Fasnacht), gefeiert zur Erinnerung an die Errettung der persischen Juden durch Königin Esther und Mordechai. (Altes Testament, Buch Esther.)

Rabbi Bedeutet »mein Lehrer«, »mein Meister«. Anrede und Amtsbezeichnung, Ehrentitel des jüdischen Schriftgelehrten, des bestallten Rabbiners, zuweilen auch des Religionslehrers.

Rabbiner Amtsbezeichnung des von der jüdischen Gemeinde bestallten Geistlichen.

Reb Bedeutet »Herr« und ist eine respektvolle Anrede für gebildete fromme oder auch nur für ältere Männer.

Rosch Haschana Das im Herbst gefeierte jüdische Neujahrsfest.

Sabbat Der siebte Tag der Woche (Samstag), ein Ruhetag mit sehr strengen Verhaltensvorschriften, der an Gottes Schöpfungswerk erinnern soll. Der Sabbat beginnt wie alle jüdischen Feste bereits am Vorabend, an dem in den Wohnungen und Synagogen die Sabbatlichter angezündet werden.

Schaufäden Eigentlich »gedrehte Fäden«. Der biblischen Vorschrift entsprechend sind sie in Quastenform an den vier Zipfeln des Gebetsschals angebracht. Sie sollen an die Gebote Gottes erinnern.

Schawuot siehe *Wochenfest.*

Schekel althebräische Gewichts- und Münzeinheit. (Jetzt Währungseinheit im Staat Israel.)

Schläfenlocken Weil nach biblischer Vorschrift das Kopfhaar nicht rundherum abgeschnitten werden darf, lassen strenggläubige Juden ihr Haar an den Schläfen wachsen.

Schlemihl Jiddisches Wort für »Pechvogel«. Liebevolle Bezeichnung für einen unbeholfenen, vom Mißgeschick verfolgten Menschen.

Schmegege Jiddisches Wort für Dussel, blöder Kerl.

Schofar So heißt das traditionelle, in der Synagoge benützte Blasinstrument, das aus einem Widderhorn angefertigt ist. Wird nur am Versöhnungstag und zu Neujahr geblasen.

Schulchan Aruch Für den praktischen Gebrauch geeignete, übersichtlich angeordnete Zusammenfassung des jüdischen Religionsgesetzes und Rechts. Verfaßt von Josef Karo (1488–1575). Der hebräische Titel bedeutet »Gedeckter Tisch«.

Simchat Tora Das Fest der Gesetzesfreude, das im Herbst am Schluß des Laubhüttenfestes gefeiert wird.

Sukkot siehe *Laubhüttenfest*

Synagoge Das Gotteshaus (»Bethaus«) der Juden.

Talmud Nächst der Bibel das Hauptwerk des Judentums. Eine Zusammenfassung der Lehren, Vorschriften und Überlieferungen aus nachbiblischen Jahrhunderten (begonnen im 6. Jahrhundert v. Chr., abgeschlossen im 5. Jahrhundert n. Chr.) Der *Talmud* gilt als Grundlage jüdischer Erziehung und Bildung.

Taschlik Volkstümliche Zeremonie am ersten Tag des Neujahrsfestes. »Du sollst all ihre Sünden in die Tiefen des Meeres werfen.« (Altes Testament, Micha, 7, 19)

Tebet Der vierte Monat des jüdischen Kalenders (Dezember/Januar).

Tora Bedeutet »Lehre«. Bezeichnung für die fünf Bücher Mose. Später auch für das gesamte religiöse Schrifttum und Wissen.

Torarolle Pergamentrolle, auf der die fünf Bücher Mose aufgezeichnet sind.

Toraschrein Kostbarer Schrein, der in der Synagoge steht und in dem die Torarolle aufbewahrt wird.

Traubaldachin Bei jüdischen Hochzeiten werden Braut und Bräutigam unter einem Baldachin zusammengeführt.

Widderhorn siehe *Schofar*

Wochenfest Ein Ernte- und Wallfahrtsfest, das ungefähr zur gleichen Zeit wie das christliche Pfingstfest gefeiert wird.

Gertrud Baruch

Inhalt

Isaac Bashevis Singer im Carl Hanser Verlag

Feinde, die Geschichte einer Liebe
Roman. Aus dem Amerikanischen
von W. Teichmann
1974. 344 Seiten

Der Kabbalist vom East Broadway
Geschichten. Aus dem Amerikanischen
von E. Otten
1976. 316 Seiten

Leidenschaften
Geschichten aus der neuen und der
alten Welt. Aus dem Amerikanischen
von E. Otten
1977. 284 Seiten

Das Landgut
Roman. Aus dem Amerikanischen
von A. und H. Ritter
1979. 472 Seiten

Schoscha
Roman. Aus dem Amerikanischen
von E. Otten
1980. 332 Seiten

Das Erbe
Roman. Aus dem Amerikanischen
von Thomas Kolberger
1981. 416 Seiten

Isaac Bashevis Singer im Carl Hanser Verlag

Die Gefilde des Himmels
Eine Geschichte vom Baalschen Tow
Aus dem Amerikanischen
von Hannelore Neves
1982. 120 Seiten

Verloren in Amerika
Vom Schtetl in die Neue Welt
Aus dem Amerikanischen
von E. Otten
1983. 404 Seiten

Die Familie Moschkat
Roman. Aus dem Amerikanischen
von G. Baruch
1984. 784 Seiten

Old Love
Geschichten von der Liebe
Aus dem Amerikanischen
von E. Otten
1985. 312 Seiten

Der Büßer
Roman. Aus dem Amerikanischen
von G. Baruch
1987. 160 Seiten